WARHAMMER 40,000

异形

XENOS

［英］丹·阿伯奈特 著　赵笃 译

浙江科学技术出版社

English version originally published in Great Britain in 2019 by Black Library.

Games Workshop Limited,Willow Road, Nottingham, NG7 2WS, UK.

This edition published in China by Zhejiang Science and Technology Publishing House in 2022.

Copyright © Games Workshop Limited 2019.

This translation copyright © Games Workshop Limited 2019.

Translated and used under licence by Zhejiang Science and Technology Publishing House. All rights reserved. Xenos © Copyright Games Workshop Limited 2019. Xenos, GW, Games Workshop, Black Library, The Horus Heresy, The Horus Heresy Eye logo, Space Marine, 40K, Warhammer, Warhammer 40,000, the 'Aquila' Double-headed Eagle logo, and all associated logos, illustrations, images, names, creatures, races, vehicles, locations, weapons, characters, and the distinctive likenesses thereof, are either ® or TM, and/or © Games Workshop Limited, variably registered around the world. All Rights Reserved.

No part of this publication may be reproduced, stored in a retrieval system, or transmitted in any form or by any means, electronic, mechanical, photocopying, recording or otherwise, without the prior permission of the publishers.

This is a work of fiction. All the characters and events portrayed in this book are fictional, and any resemblance to real people or incidents is purely coincidental.

本书英文版由 Black Library 于 2019 年出版

Games Workshop Limited，地址：Willow Road, Nottingham, NG7 2WS, UK.

本书中文版由浙江科学技术出版社于 2022 年出版

Copyright © Games Workshop Limited 2019.

This translation copyright © Games Workshop Limited 2019.

浙江科学技术出版社可在授权下翻译与使用。Xenos © Copyright Games Workshop Limited 2019。Xenos、GW、Games Workshop、Black Library、荷鲁斯之乱、荷鲁斯之眼标识、星际战士、40K、战锤、战锤 40000、"天鹰"双头鹰标识，以及所有相关标识、插图、图像、名称、生物、种族、载具、地点、武器、角色及其中的特色同类物，所有带有 ®、TM 以及 © Games Workshop Limited 的标识均为在全世界注册的商标或为 Games Workshop Limited 版权所有。

未经许可，不得将本书任何部分以任何形式复制、存储在某个检索系统中，也不得以任何形式或手段，包括电子、机械、影印、记录或其他方式，传播本书的任何部分。

本书为虚构作品。书中人物、事件均为虚构，如有雷同，纯属巧合。

WARHAMMER 40,000

导 言

　　这是人类历史上的第四十一个千年。一百多个世纪以来，帝皇沉睡在地球的黄金王座上。他是神授的人类之主，用无穷无尽的军队征服了百万世界；他也是一具朽坏中的躯体，在黑暗科技时代的力量下隐隐痛苦挣扎着；他是帝国的腐肉之主，每天都有一千个灵魂为他献祭牺牲，让他永远不会真正地死去。

　　即使处在假死状态下，帝皇仍延续着他永恒的警惕。强大的舰队跨越恶魔肆虐、瘴气弥漫的亚空间，航行于被帝皇的强大灵能产生的星炬所照亮的，能在遥远恒星间通行的唯一航路。庞大的军队以帝皇的名义在无数世界奋战。而帝皇的士兵当中最伟大的，是阿斯塔特修会——星际战士，一群经由生物工程改造的超级军士。他们的战友众多：星界军和不计其数的行星防卫军，时刻保持警惕的审判庭和机械修会的科技神甫，诸如此类，不计其数。但即便集合他们全体的力量，也不足以阻止那些迫在眉睫的威胁：外星异形、异端叛徒、变种人，甚至更恐怖的存在。

奉泰拉神皇之命

审判庭机密卷宗
仅限授权人员访问

文档：112:67B:AA6:Xad

请输入授权代码 > ●●●●●●●●●●●●●●●

验证中……

感谢您，审判官。

您可以继续访问。

以下为录像文件的文本信息

事件地点：马其诺

事件日期：M41.239 年

由机仆记录模组修复

由学者艾里迪克斯摘录、批注

读取自攘外修会数据库

于费波斯二星，M41.240 年

（图像伴随着白噪声）一片黑暗。人类的痛苦哀号。闪光（可能是激光）。飞奔的脚步声。

镜头跟随目标转移，剧烈地抖动。画面聚焦在石墙表面。一道更加明亮的闪光，光源越来越近。又是一声痛苦的号叫（来源未知）。一道越发刺眼的闪光（画面信号丢失）。

（黑屏持续了 2 分 38 秒；背景噪声。）

一名身穿长袍的男子（代号：甲），一边呼喊一边向摄像头方向奔跑（语音无法修复）。镜头环视四周，全都是漆黑的石墙（注：可能在隧道或墓穴内）。（甲）的身份无法识别（脸部模糊）。摄像头跟随（甲）移动。他从长袍下的大腿侧抽出了一把动力锤，在他握住锤柄的手抬起时，一枚审判庭印记戒指出现在画面中；（甲）转过身（脸部隐藏在阴影中，无法分辨），口中振振有词。

声音（甲）：进来！快进来，以诸位圣者之名义！立即（语音消除）处死这头该死的怪物！

更多闪光亮起，这次确定是激光轰击。强光穿透了摄像头的滤镜（画面过曝）。

（白屏持续了14秒；画面逐渐恢复清晰）摄像头穿过一座高大的石门，移入一间开阔的厅室内。灰黑色石墙的表面粗糙不平。镜头继续移动。数具尸体横躺在廊道里，其中一些正从台阶上滑落。石壁上沾满了血迹。

声音（甲）：你在哪儿？躲哪儿去了？快现出原形！

镜头继续移动。两个人影在镜头前一晃而过，留下一片残影。画面中出现一名男性（代号：乙），约40岁，身穿帝国卫队的制式铠甲（未佩戴徽章或证件），面部伤痕累累（且年迈），手持装着弹药带的重型伐木枪；另一人（代号：丙）是一名女性，约25岁，身材纤细，全身的皮肤被染成蓝色，有文身，身穿莫里图瑞拜死教的护甲，手中挥舞着灵能战刃（约24厘米长）。

（乙）和（丙）模糊的身影飞快地移出了画面边缘。镜头跟随两人移动，捕捉到他们在低处台阶与敌人搏斗的场景。敌方的构成相当多样：六名体内植入生化器件的人、两名变种人、三台作战机仆（型号与配置详见附录）。（乙）手中的重型伐木枪正在开火（音轨失真）。

敌方的两人被密集的火力轰成了碎片（硝烟弥漫，图像模糊不清）。（丙）劈中了一名变种人的头颅，随即向后跳跃（此为摘录时的推测，镜头没有跟上）并刺穿了一个人。镜头开始向下移动（图像剧烈晃动）。

声音（甲）：马妮莎！左边！去左——

镜头捕捉到（丙）被能量武器的火力击中后死亡的一幕。血雾喷洒在镜头表面（画面变得模糊，但很快被擦拭干净）。（乙）号叫着，冲向了画面以外，重型伐木枪火力全开。几道刺眼的激光在空中相交（摄像装置的光学器件随之失灵）。

（噪声从多个源头同时响起，模糊的人声夹杂着尖叫。）

（图像恢复）（甲）站在镜头前，快速冲入了那间被绿色化学灯照亮的宽阔大厅（他的面部被灯光照亮了0.3秒）。至此，可以确认（甲）的身份是审判官赫崔斯·卢庚伯劳。

卢庚伯劳：奎索斯！奎索斯！我立誓要诛杀、焚灭全部帝国之敌！现在轮到你了，怪物！轮到你了，败类！

声音（无法识别）：我就在这里，卢庚伯劳。卡恩那伽恭候多时。

卢庚伯劳（甲）走出了画面。镜头随之移动。画面仿佛失控般上下晃动。可以看到，厅室里遍地都是尸骸（从器官特征判断，九具尸体之中也包括乙）。近处传出爆炸的巨响。画面剧烈地抖动，镜头倒在一边。

（空白画面持续了1分07秒。随后又是一声巨响。）

（画面恢复）画面左侧的卢庚伯劳时隐时现。他正在搏斗，手中的动力锤轰出一道火光，持续燃烧了数秒（影像模糊）。

镜头重新聚焦于卢庚伯劳。他正与那名未知的对手交锋。因为移速过快，镜头完全无法捕捉到两人的动作。

画面模糊不清。几个人影（身份不明，可能是敌人的部队）从右侧进入画面。他们的头颅突然爆开，瘫倒在地。

（画面过曝/镜头失灵，持续时间未知。）

（画面恢复，但仍然十分模糊）镜头前的地面与墙壁开始剧烈震颤。无法稳定聚焦。镜头重新锁定了卢庚伯劳与敌人战斗的景象（弥漫的浓烟遮住了大部分画面）。与先前一样，展开搏斗的两人身手迅捷，根本无法清晰地捕捉他们的动作。背景噪声更加刺耳。一道闪亮的直线（推测是刀刃）刺穿了卢庚伯劳。画面剧烈抖动（丢帧）。卢庚伯劳的身体被点燃（画面中满是火焰）。

（画面暂停／镜头失灵，持续时间未知。）

（画面恢复）一个面部特写，画面正中的脸孔正紧盯着镜头。身份未知（代号：丁）。（丁）容貌英俊，棱角分明，面带微笑，眼神空洞。

声音（丁）：你好啊，小家伙。我是切鲁贝尔。

亮光一闪。

尖叫声（据推测，来自摄像装置的操纵者）。

（画面切断。录像终止。）

目录

1	第一章	苦寒来袭　眠窖里的死亡
		来自纯净派的体悟
8	第二章	亡者复生　贝坦科尔的真性情
		埃莫斯的诠释
19	第三章	尼森梅·卡佩尔　无尽黑暗里的秽光
		庞提乌斯
40	第四章	飞驰在"太阳穹顶"　"融雪之景"12011号
		审讯赛门·克罗特斯
48	第五章	被掩盖的踪迹　古德伦的格劳家族
		不速之客
56	第六章	降神的预兆　梦境
		加入伊森号
63	第七章	伊森号之主　离别
		审查
73	第八章	十二杀手　检察官
		来自长庚星的谷物商人

目录

第九章　在多尔赛　市场因素　猎杀塔诺克伯雷	83
第十章　管辖冲突　格劳家族探秘	96
第十一章　吐露真相　贵族运动　505号平叛行动	112
第十二章　府邸废墟之间　纷争战祸	130
第十三章　锦缎星　北夸姆圣殿	141
第十四章　艰难往事　叛徒重返火焰山	148
第十五章　身陷敌营　敌众我寡　空中恶斗	159
第十六章　虚空对决　贝坦科尔的背水一战　踪迹	171

目录

181	第十七章	高谈阔论　关于非对称图案的推测
		背叛
188	第十八章	光翎照耀下的KCX-1288　进入裂隙
		谬误
202	第十九章	杰鲁斯的汇报　平原上
		"真迹"
211	第二十章	我的战友，混乱　曼德拉戈尔的狂怒
		对抗奥博伦
219	第二十一章	同袍集会　罗尔金领主的沉思
		马拉海特的秘密
238	第二十二章	亚空间入口　清剿令
		56-艾扎星
249	第二十三章	反入侵作战　扭曲的折角
		萨鲁提花园
256	第二十四章	肃清二号行动　沉默的革命
		达佐的胜利

目录

第二十五章　异形《亡灵经》　终局 262

　　　　　　眼神空洞的人

第二十六章　切鲁贝尔　边缘 271

　　　　　　灭绝令

尾　声　　　帕莫福瑞 274

第一章

苦寒来袭
眠窖里的死亡
来自纯净派的体悟

  那是帝国恒星历法 M41（编者注：M41 是小说虚构的人类历史的第四十一个千年）的 240 年，我在追捕惯犯穆尔丁·艾克隆的过程中抵达了时值蛰伏季的倨傲星。

  倨傲星的月相年历分为二十九个月，其中十一个月属于蛰伏季。在此期间，行星上唯一的生命活动迹象来自当地的禁卫军——他们手拄光杖，身披暖袍，在冬眠墓窖拼接的警区间往来巡逻。

  庄严的墓窖是用玄武岩与陶钢筑成的，倨傲星的达官显贵们正沉睡其中。他们长眠在刺骨的寒冰里，在睡梦中静候着融雪季——处于蛰伏季与繁茂季之间的季节。

  气温骤降，呵气成冰。墓窖笼罩在层层寒霜之中，本就平淡无奇的地貌被皑皑冰雪包裹得严严实实。亘古而神秘的夜空中，群星构成的图案时隐时现。倨傲星的恒星也位列其中，遥远而渺小。但周而复始，伴随着融雪季的到来，倨傲星将旋转着回归，投入它温暖的怀抱中。

  彼时，它将化身炽热的火球。而此刻，它只是一抹朦胧的星光。

  当炮艇在墓穴峰的十字登陆台着陆时，我已经套上自热仿生皮肤，穿戴上结实保暖的防寒装备，但仍能感受到彻骨的寒意。我的双眼变得湿润，眼泪顷刻间凝结为冰珠，挂在睫毛与脸颊上。我回忆起我的随行学者整理的关于当地风土的报告细节，连忙扣好防寒面罩；塑料面罩内循环起温暖的空气，我却仍然止不住颤抖。

  禁卫军早已通过星语者通信得知了我们到访的消息，几名卫兵正在十字登陆台的基座旁列队迎接。他们手握明亮的光杖，在寒夜中显得庄严肃穆。斗篷下逸散的热量令四周蒸汽弥漫。我对他们点头致意，并向领队出示了徽章。

异形

一辆冰车已等候多时——铁锈色的车身呈箭镞型，全长二十米，底座安装着冰刀制成的滑轨和布满冰爪的履带。

冰车载着我驶离了登陆台。身后的信号灯频频闪烁，炮艇的轮廓如同一柄布满锯齿的短匕首，逐渐消失在漫漫寒夜里。

在我们身后，履带的冰爪搅动起一团暴雪状的冰晶碎片。前方虽有灯光指引，沿途却始终是一片漆黑。我与罗勒斯·薇本和三名禁卫军坐在同一车厢。车厢内光线昏暗，散发着琥珀色微光的驾驶面板是唯一的光源。安置在皮革座椅下方的暖气口不时地喷出温热而污浊的空气。

一名卫兵将一块数据板交还给了薇本。她好奇地扫了一眼，随后递给我。我这才意识到眼前还扣着面罩。我掀起面罩，伸手在口袋里摸索着眼镜。

薇本会心一笑，从她严实的防寒服中取出了眼镜。我点头致谢，将眼镜挂上鼻梁，阅读起来。

当我读到最后几页资料时，冰车也停了下来。

"我们已经抵达圣歌区第2-12号。"卫兵提醒道。

我们再次将防寒面罩扣好，走下冰车。

剔透的雪花如碎钻般点缀着漆黑的夜幕，飘落在车灯的光柱中，折射出晶亮的光芒。我对这里的苦寒气候早有耳闻。愿神皇怜悯，我再也不愿体验这样恶劣的天气。寒流撕咬、摧毁着一切，我的舌尖甚至能感到一丝苦涩，四肢不听使唤，关节发出异响。

我感到双手麻木，思维都快被冻结了。

这可不妙。

圣歌区2-12号是一座冬眠墓窖，位于帝国大道以西。眠窖内容纳着一万两千一百四十二名倨傲星统治阶层的精英分子。

我们拾级而上，向巨型纪念碑的方向行进，漆黑台阶被冰层覆盖，踩上去的时候嘎吱作响。

我停下脚步。"驻守墓窖的卫兵去哪儿了？"

"还在巡逻。"随行的卫兵告知。

我瞥了一眼薇本，摇了摇头。她警觉地将手伸进了镶裘边的长袍里。

"即便知道我们要来，他们依然在巡逻？"我看了一眼卫兵，语气略带警示，"他们知道我们原计划要同他们会面，对吧？"

"让我核实一下。"先前那名递交数据板的卫兵答道。他走在前方，手杖的光晕随着步伐上下起伏。

另两名卫兵似乎也觉察到了异状。

我向薇本招了招手，示意她与我一起跟在领路卫兵的身后。

我们在一片低陷的平台边找到他时，他正直愣愣地盯着四具卫兵的尸体，几柄光杖散落在四周，光杖顶部的光晕渐渐熄灭。

"怎——怎么会这样？"他一时语塞。

"退后。"薇本在警告的同时已经抽出了武器。枪械上镶嵌的琥珀色符石在黑夜中显得格外耀眼。

我拔剑出鞘，将锋刃点燃。剑身发出嗡鸣。

墓窖南侧的入口敞开着，门内投射出了数道金光。我所担忧的一切正快速地应验着。

我们走进入口，薇本举着手枪来回扫视。门廊内的空间十分狭窄，厅顶很高，被几颗化学光球照亮。寒流席卷而入，锃亮的玄武岩墙壁表面结出了一道道冰霜。

入口几米处躺着另一名卫兵的尸体，他身下的血泊已经凝固。我们跨过尸体，继续前行。门廊两端的厅门全部敞开着，这就意味着通往冬眠墓室的道路畅通无阻。一排排冰冻密封舱整齐地陈列在用光滑的玄武岩修造的墓室内。

那感觉就如同走进了全帝国最庞大的停尸间。

薇本悄无声息地向右前方探索着，我则选择了左路。

我承认现在的自己正感到无比亢奋，恨不能马上终结这起为期六年的重案。艾克隆已经潜逃了整整六年！我每天都在研究他的作案手法，夜里做梦都在追缉他。

此刻，我甚至能闻到他的气味。

我掀起面罩。

水滴从窖顶滴落。那是融化后的冰水。眠窖内部正在升温。在冰冻密封舱中，我隐约看到了苏醒后开始活动的人影。

现在唤醒他们未免太早了！这足以致命。

就在我通过走廊交会处时，艾克隆的第一个爪牙率先向我发动了攻击。

我猛地转身，横扫剑锋，赶在对方的破冰斧挥落之前切开了他的咽喉。

第二个爪牙从南侧袭来，第三个从东侧逼近。敌人蜂拥而至。一场恶战难以避免。

就在我挥剑拼斗时，右侧墓室中传来一阵急促的枪响。薇本也遇到了麻烦。从兜帽内置的语音通信器中，我听到了她的呼喊："艾森霍恩！艾森霍恩！"

我挥舞动力剑，再次劈砍。敌人全部身穿暖袍，使用破冰工具作为武器，手法颇为熟练。他们的双眼黯淡无光，毫无情感表露。尽管他们动作敏捷，但种种迹象表明，这些敌人早已丧失了心智，完全受制于他人。

动力剑在我的手中上下翻飞——这是一件古老而优雅的武器，曾被英克斯学院院长本人亲自赐福。经过五轮突刺与劈砍，敌人全都死去了。

"艾森霍恩！"

我扭头狂奔。融化的冰水在地面流淌，脚步砸落之处水花四溅。前方又传来一阵枪响，紧接着是一声伴随着吸气的呼喊。

等我赶到时，我发现薇本俯身倒在冷却管道上，身下的血泊正在凝固，将她的遗体冻结在零摄氏度以下的塑料外壳上。八具艾克隆爪牙的尸体横躺在四周。薇本伸出利爪般的手，但武器却掉落在她能触及的范围之外，握柄中的电池已经耗尽，被弹了出来。

我时年四十二岁，按照帝国标准正值壮年，但对审判庭而言还相当年轻。在我的一生中，很多人认为我冷酷无情。有人评价我铁石心肠，不择手段，甚至恶毒残忍。但我绝非如他们所说。我亦有七情六欲，亦有恻隐之心。唯一与众不同的是我对意志之力的掌控——我的导师认为这是至高无上的品质。在我的职业生涯里，这一品质让我始终刚毅坚忍、不屈不挠地直面整个宇宙的悲惨真相。

罗勒斯·薇本已经为我服役了五年半。其间她救过我两次。她一直担当着副手和保镖的角色，但事实上，她更像是一位伙伴和战友。当初，我从托尼士的贫民窟征召她入队时，我看重的是她一身高超的武技和那股好斗的狠劲儿。但我逐渐发现，她敏锐的洞察、温柔的智慧与清晰的头脑更加值得我重视。

我低下头，凝视着她的遗体，好像轻唤出了她的名字。

我熄灭剑刃，归剑入鞘，重新隐遁在冬眠大厅对面的阴影中。大厅归于寂静，耳旁只有雪水一刻不停地滴落之声。水滴声越发密集，我从腋下的皮革枪套中抽出手枪，检查了装弹情况，随后开启语音通信器。毫无疑问，艾克隆此时正密切监视着圣歌区 2-12 号内发送的一切通信信号，于是我使用了格罗西亚暗语——一种非官方的口头加密语言，只有我本人和交往最密切的同伴才能听懂。很多审判官为了确保通信内容的机密性，都会开发专用的私人语言体系，规则大多复杂而晦涩。我在十年前设计了格罗西亚语的基础框架——这门暗语的复杂程度恰到好处，随着实战应用，语句的含义也在不断地迭代与变化。

"尖刺呼叫神盾，下有狂兽活动。"

"神盾收到，执行中，天空之色。"贝坦科尔的回答迅速而准确。

"玫瑰尖刺繁茂，焰光掩盖新月。"

片刻的沉默。"焰光掩盖新月？请确认。"

"确认。"

"剃刀申请更换路径！使用长牙战术！"

"申请拒绝。坚持熔炉战术。"

"神盾收到，执行中。"

连接中断。他已经展开行动。如我所料，薇本的阵亡令他深受打击。但我相信这一变故并不会影响他在行动中的表现。迈达斯·贝坦科尔是一位性情如火的莽汉，这也是我欣赏并征用他的重要原因之一。

我再次走出阴影，举起手枪。那是一把西皮奥海军制式手枪，表面镀以亚光铬金。我隔着手套掂量着它的分量，里面一共十发子弹，弹头粗钝，杀伤力巨大，被弹簧按压在枪柄内置的滑轨中。我腰间的口袋里还装着四枚同样的弹夹。

我不记得是从何处得到这柄西皮奥手枪的。多年以来，我都将这把枪带在身边。三年前的一个夜晚，薇本撬开了枪柄的陶钢护板，护板表面装饰着帝国双头鹰的雕刻图案和海军格言的钢印。第二天，薇本将改造过的手枪递给我，并表示这种改装是托尼士人的惯例。新的枪柄宛如一只粗糙的骨雕，两侧分别镂刻着一颗做工拙劣的人类颅骨，一枝多刺的玫瑰缠绕其中，盛开在空洞的眼窝上，骇人的血滴从花瓣上滚落。她还别出心裁地将几颗殷红的宝石镶嵌在血滴中，以突出鲜血的质感。颅骨下方是一张卷轴，卷轴被划破的地方赫然写着我的名字。

我见到那把枪时忍俊不禁。有几次战斗中，我甚至为了避免尴尬而不愿抽出这把黑帮意味浓重的武器。

而如今——如今她死了。我方才意识到，她倾注心血的改装对我而言，是何等荣耀。

我对自己立下誓言：我必将用此枪诛杀艾克隆。

作为伟大神皇审判庭的忠诚一员，我发现我的行事哲学更倾向雅玛拉锡安派。在广袤的银河里，我们组织的成员看上去大同小异：审判官就是审判官，皆是恐惧与恫吓的化身。然而，出乎多数人意料的是，我们内部却割裂为两组截然相反、相互对立的思想体系。

这令薇本感到万分诧异。我曾用整整一个下午，为她解释了二者的区别，却收效甚微。

简言之，审判官分为两个派系：纯净派和激进派。纯净派始终信仰并施行审判庭最传统的方针，致力于剿除银河系内威胁人类的一切罪孽与邪祟之物，其中共有三重邪恶——外星人、变种人和恶魔。一切企图颠覆人类纯净统治、亵渎国教教义、违背帝国律法的事物都会引起纯净派审判官的注意。刚正不阿、手法传统、冷酷无情……这便是纯净派的行事作风。

激进派则认为一切能够协助他们完成审判庭任务的手段均应被允许使用。据我所知，一些激进派审判官对禁忌之力竟然全盘接纳，甚至不惜动用亚空间本身作为抵抗人类之敌的武器。

我无数次听过人们关于二者的争论，每次都令我骇然。在我看来，激进派的信仰本身就是一种异端。

我生来就是纯净派，并选择奉行雅玛拉锡安派的信念。与雅玛拉锡安派相比，独尊派的审判官更加严苛、狂热，他们遵循的处世哲学对我有着莫大的吸引力。但他们却不屑动用任何诡计和手段，因此并不适合我。

雅玛拉锡安派的名称起源于雅玛拉特山脉的秘密修会。我们努力维系着帝国的现状，致力于识别、毁灭任何妄图从内部或外部颠覆帝国统治的个人或机构。我们认为团结是力量之源，而未知的变化是最大的敌人。我们坚信神皇早已制订了神圣而宏大的计划，并竭尽所能稳固着帝国的现状，直到计划被公之于众。我们强烈谴责修会派系之间的无端内耗与斗争……然而，我们自身也被其他派别标注为审判庭政治斡旋中的阵营之一，这何尝不是一种苦涩的讽刺？

我们是帝国最坚实的脊梁，是中流砥柱，是抵御疾病、癫狂、苦痛与入侵的顽强抗体。

这是我能想到的效忠帝国最好的方式，也是履行审判官职责最好的方式。

现在你认识我了。我名叫格雷戈·艾森霍恩，帝国审判官，纯净派，雅玛拉锡安派，标准年龄四十二岁，十八年前被授命为审判官。我身材高大，臂膀坚实有力，强壮且有韧性。我刚刚谈论过我的意志之力，接下来，你将领略我的刀剑之术。

还有其他应该介绍的信息吗？我胡子刮得是否干净？当然！我的瞳色是黑色，粗短的头发更加乌黑。这些都是细枝末节。

来吧，让我给你讲讲，我是如何诛杀艾克隆的。

第二章

亡者复生
贝坦科尔的真性情
埃莫斯的诠释

我隐藏在阴影中,悄无声息地横穿过高大的墓穴。恐怖的号叫声回荡在圣歌区 2-12 号积雪融化的拱顶之间。四周不时响起拳头与手掌拍打冰棺顶盖的声音。凄厉的号啕中,夹杂着含混不清的呢喃低语。

沉眠者正在苏醒,他们躯体僵硬,被困在密封的冰棺内,饱受冬眠带来的苦痛煎熬。通常情况下,在唤醒冬眠者时必须由专业人员完成解锁操作,他们会用温暖的活性溶液冲洗冻结的躯体,为冬眠者注射兴奋药剂,如有必要,还需要反复按摩他们瘫痪的四肢。事发突然,那些专业人员无一在场。

由于艾克隆的卑鄙行径,这颗行星的一万两千一百四十二名统治者被迫感受了蛰伏季的苦寒,在缺乏最基本医疗救助措施的情形下被强制唤醒。

我几乎可以确信,他们在短短几分钟内就会溺亡。

我的脑海中浮现出随行学者提供给我的情报。这幢建筑内有一间中央操控室,在那里我可以将墓穴内的密封舱全部解锁。这么做至少可以帮助沉眠者暂时摆脱溺毙的噩运。但这有什么用呢?倘若没有专业医护人员的协助,他们终究难逃一死。

况且,如果我这时改变路线,赶往中控室,艾克隆将有足够的时间逃之夭夭。

我用格罗西亚暗语向贝坦科尔描述了局势,并命令他立即通知驻守在墓窖外的禁卫军。在短暂的停顿后,他汇报援军和救援队正在火速赶来。

但是为什么?这个问题仍然困扰着我。艾克隆究竟为什么要这么做?

对于混沌使徒而言,追求屠戮与鲜血并不鲜见。但这起事件背后必定暗藏玄机,艾克隆的目标绝非只是造成伤亡那么简单。

我一边思索,一边穿过位于圣歌区西侧尽头的走廊。四周的冰棺内响起了激烈的敲打声，冰水与活性溶液混合形成的刺鼻液体从排水口中喷出，泼溅了一地。

　　枪声响起，那是激光枪特有的轰鸣声。光束轰射的位置与我仅有一掌宽的距离，激光直接炸开了我身后的密封舱隔板。舱内疯狂的敲砸声戛然而止，导管中的液体旋即被染成了粉红色。

　　我沿着墓窖的边缘向下还击，西皮奥手枪的枪声震耳欲聋。

　　又有两发激光向我射来。

　　我以石墙为掩体，将空弹夹抛在细长的廊道上，枪柄的滑轨中弹出几枚废弃的弹壳，硝烟缭绕。火药弹射出时产生了不小的后坐力。

　　我连忙侧身躲回到掩体后，飞快地更换弹夹。

　　又有几道激光束与我擦身而过，随后响起了一个声音。

　　"艾森霍恩？格雷戈，是你吗？"

　　对方是艾克隆。我立刻辨认出了他尖细的嗓音，但我没有回答。

　　"你完蛋了，格雷戈。和他们所有人一样，彻底完蛋了。赶紧走出来！"

　　他深谙此道，我不得不承认这一点。我的双腿抽搐了一下，不自觉地走向身侧的开阔地带。艾克隆有着不可小觑的心灵力量和蛊惑之音，因此臭名昭著，十多个人类定居的星系都对他有所防范。否则他又是怎样蛊惑那些瞳色漆黑的傀儡供他驱使呢？

　　但我也掌握了类似的技法，而且十分娴熟。

　　在某些时候，你可以动用灵能意念与蛊惑性的话语诱导目标。因为这些意念和言语的杀伤力丝毫不亚于平射范围内的伐木枪。

　　不过这些都是后话了。占据先机才是当务之急。

　　我抬高音量，调整意念高喊："你先现身！"

　　艾克隆并未就范。我原本也不指望他会中招。他与我一样经受过韧性训练，时刻警惕着灵能的侵袭。但他的两名枪手却毫无防范。

　　一名敌人不自觉地迈出一步，走到了廊道正中，手中的激光枪砰的一声掉落。西皮奥手枪的子弹径直击穿了他的前额，炸出一团奇异的绯红色血雾。另一名敌人跌跌撞撞地跟在他身后，猛然意识到自己犯了致命的错误，连忙向我开枪射击。

　　其中一束激光烧穿了我的外套袖口。我再次扣下扳机，西皮奥手枪的枪

第二章

身在手中剧烈跳动，发出了一声咆哮。

子弹击中了对方的鼻子，在他的上颚处爆裂，将整颗颅骨轰裂了。他踉跄着栽倒，抽搐的手指不断按压着扳机，接连射出的激光将四周冬眠舱的隔板轰得粉碎。腐臭的液体、活性溶液掺杂着塑料碎片四处喷溅。萦绕在走廊里的尖叫声越发凄厉。

我从尖叫声中辨出了脚步声。艾克隆正在逃窜。

我也加快步伐沿着墓穴追赶，穿过了一道又一道回廊。

骇人的尖叫声、绝望的敲击声……愿帝皇庇佑，这些声音将永远回荡在我的记忆深处。千万个疯癫扭曲的灵魂在被唤醒的一刻，就注定要面临痛苦的死亡。

该死的艾克隆，我诅咒他永受炼狱之焰的煎熬。

在第三道走廊的出口处，我一眼看到艾克隆，他正沿着与我平行的方向奔跑。同一时间，他也发现了我，拧过身向我开了一枪。

我俯身闪躲，一道激光从我身边呼啸而过。

那只是匆匆一瞥：艾克隆身材矮小、瘦骨嶙峋，身穿棕色的暖袍，山羊胡子修剪得整齐而精致，眼中闪烁着歹毒的光。

我举枪还击，他却再次逃开了。

我紧追不舍，在下一道走廊处瞥见他的身影一闪而过，连忙又开了一枪。

再下一道走廊，空无一人。我一边默默等候，一边解开了最外层的长袍。圣歌区 2-12 号的室内环境已经变得闷热潮湿。

一分钟过去了，走廊处仍然毫无动静。我举着枪，沿着走廊边缘谨慎地向他上一次出现的位置靠拢。我刚迈出第十步，他猛地从掩体后一跃而起，朝我连开数枪。

倘若不是命运之神的戏弄，我恐怕会当场毙命。

在艾克隆开火的一瞬间，几根冰冻管道突然爆裂开来，几个浑身赤裸、长满水疱的人蹒跚地走上了廊道。他们盲目地伸手抓挠，尚未融化的冰片连在指缝间；他们哀号着，呕吐着，一个个双目失明，全身都是冻伤导致的瘀青。激光弹将其中三人撕成了碎片，将第四个人轰成重伤。若不是他们突然出现，那几道激光必定会置我于死地。

急促的脚步声再次响起。他又逃走了。

我沿着走廊继续追赶，跨过那几名阴差阳错替我而死的冬眠者的遗骸。那个身受重伤的人是一名中年女子，她浑身赤裸，无力地躺在消融的冰水中，一只手死死地攥着我的腿。她在祈求解脱。艾克隆的攻击几乎将她开膛破肚。

我陷入了片刻的犹豫。此时，一发悲悯的子弹足以终止她的一切痛苦。但我不能这么做。一旦倨傲星的统治者全部苏醒，他们根本不会理解所谓的"恩赐解脱"。因为这发子弹，我或许会被迫滞留在此地多年，遭到当地司法部门的围追堵截，陷入无休止的诉讼乃至牢狱之灾。

我挣脱她的手，向前追赶。

你觉得我软弱且卑微？你因为我视审判官的职责高于受苦之人的诉求，而对我心生鄙夷？

如果你真的这么想，我反倒会赞许你。我至今仍然会回忆起那名女子，仍然会因为我的弃之不顾而问心有愧。倘若你因此而怨恨我，我也不会感到奇怪……你不是审判官。我们的道德评判标准有着天壤之别。

诚然，我可以立刻终结她的痛苦，我的灵魂也会因此得到宽慰。但这或许会成为我审判官生涯的终点。我考虑的常常是上万乃至上百万条性命……如果我的行动就此中断，他们会死得比那名女子更加凄惨。

这是傲慢吗？

或许是吧……但这样的傲慢恰恰是审判庭所珍视的品质。如果我能挽救成百上千甚至更多的民众于水火，让我忽视一两个受苦的灵魂，我也会欣然接受。

人类若要存续，必先经受苦难。这道理很简单。问问埃莫斯吧，他深知这个道理。

时至今日，她鲜血淋漓的惨状仍会出现在我的梦境里。至少看在这一点上，请宽恕我吧。

我贴着墓穴边缘继续前行，又穿过了两道长廊，探索的进度越发缓慢。上百名冬眠者从冰棺中解脱，癫狂而盲目地行走在长廊中。我尽可能避开一只只伸出抓挠的手，跨过躺在地上、无助抽搐的人们。他们此起彼伏的哀号与哽咽声令我脊背发凉。空气中弥漫着一股腐肉和生化废料的恶臭。有几次，我不得不努力挣脱那些想攥住我的冰手。

第二章

诡异的是，这一恐怖的景象反而使得追捕艾克隆的过程更加容易。每隔几步，就有一名冬眠者横尸当场，无疑是被仓皇逃窜的艾克隆残忍射杀的。

我发现厅室尽头的铁门被强行撞开，门外是一座直通建筑顶端的旋梯。旋梯两侧墙壁上悬挂的化学灯球将梯道照得通明。我听到了远处传来的枪声，拾级而上，并举起手枪，随时做好交战的准备。我用薇本曾经教我的方式，确保视线能够覆盖到楼梯的每一寸角落。

我走上台阶，头顶的标牌上写着"第八层"。耳旁响起了重型工业器械运作时发出的轰鸣。下一道铁门外是一条通向其他厅室的走廊，以及一道灰色的镍铬合金侧门，门上印着代表冷冻装置的符号。合金大门内浓烟滚滚，机械的轰鸣声格外嘈杂。

冷冻控制室内部相当宽阔，屋顶一直延伸到圣歌区1-12号的金字塔建筑顶端。庞大的远古机械杂乱地堆放在屋内。根据禁卫军在冰车上递交的数据板中透露的信息，倨傲星的冬眠墓穴使用一种特殊的冷冻发生装置，这些装置最初是为了运输首批殖民者的方舟舰队而打造的。殖民者抵达后，将那些古老的机械从方舟上切割下来，并在四周筑起石墓般的巨型建筑。如今，当地的科技贤者兄弟会正是当年首批方舟舰队工程师的后裔，数千年以来，他们孜孜不倦地维护着这些古老的冷冻发生器，确保它们能够高效地运作。

这台冷冻发生装置高达六十米，通体由铸铁和铜锻造，表面覆盖着亚光的红漆涂层。装置顶部安插的导管与热交换器相互交错，向上延伸，直到与屋顶的通风口相连。装置运作的同时，房间内的闷热空气随着轰鸣而震颤。浓烟与蒸汽弥漫，我踏入合金大门的一瞬间，额头和脊背就冒出了汗珠。

我环顾四周，发现其中几扇检查用的舱门已被撬开。门框已经严重变形，被红色油漆覆盖的表面留下了一道道撬棍敲砸、刮擦的痕迹。那些数百年前由科技贤者们使用、维护的圣膏和机械教印记都遭到了严重的破坏。

我透过破损的舱门观察，窥见了一排缠绕着铜线的电池。机架不断地振动，表面浸润着焦黑的润滑油，绝缘线缆纠缠成骏黑的一团，黑油沿着底部安插的铁管不断地滴落。其中几块电池上安装着附带金属锯齿的弹簧架，架子顶端的导线与一枚陶钢制成的方形零件相连。零件虽小，表面的涂层却是崭新的，被人用胶带捆绑固定在舱门的门框内侧。零件表面的数字符号散发着琥珀色的光芒。

艾克隆的爪牙们在这里手动重启了这台设备。这意味着他操纵或收买了当地的科技贤者，或者从其他世界聘请了技术专家。无论他使用了怎样的方式，这都意味着他投入了相当多的资源。

我穿过舱门继续前行，沿着旋梯向上攀爬，最终登上一座用金属格栅焊接而成的平台。平台上还有一样东西值得注意：一台长达一点五米的匣型装置。匣子底部有四只铁爪，两侧镶嵌着握柄。匣子顶端的盖子被掀开，几十根密密麻麻的导线和电缆蜿蜒而出，与冷冻发生装置的配电系统相连，接线经过的舱门同样是被人强行撬开的。

我仔细观察匣中之物，却无法分辨清楚：有几块电路板，以及用一些盘绕的线缆相互连接的复杂元件。除此以外，匣子的正中央还有一个特别留出的空间，底部的衬垫上有一处凹陷，显然曾经用于盛放某个拳头大小的物件。线缆一端的插口被胶带固定，可以直接与中央的物体连通。很显然，这台神秘装置最关键的部件消失了。

语音通信器在我的耳旁响起。对方是贝坦科尔。冷冻发生器的轰鸣几乎压过了他的声音，我勉强听到他用格罗西亚语作的简短汇报。

"神盾呼叫，天穹升起，三七方位，群星之冠。敌方有不洁天使，八分钟内将威胁尖刺，采取何种战术？"

我思忖片刻。对于这一战，我不愿再承担其他不必要的风险了。"尖刺回复，鹰隼战术。"

"鹰隼战术，确认执行。"他意味深长地回答。

就在我切断与贝坦科尔的通信大约半秒后，我从眼角余光处捕捉到了一丝动静，是艾克隆操纵的另一名黑眼傀儡。他手持旧型号的激光手枪，穿过主舱跑了进来。

他打出一枪，一枚淡红色的光弹在枪口呼啸闪烁，把我所在平台的金属扶手轰成了两截。就在我跳向下层平台躲避的同时，第二、三道轰击与我擦身而过，在冷冻发生器的铸铁表面弹开，激起灼人的火光。

我落地之后开枪还击，但射击角度并不理想。又有两发激光弹向我飞来。其中一发从侧面炸开了平台甲板的边缘，在格栅上轰出了一个缺口。枪手已经追赶到了旋梯底部。

此时，第二名枪手冲进了舱门，对第一个人高声地呼喊。他手持重型自动步枪，在抬头看到我的第一时间端起了武器。但这一次，我瞄准他的视角清晰得多，接连打出两发子弹，打中了他的胸腔。

先前的那名枪手几乎就站在我的脚下。他开了一枪，子弹射穿了我右脚旁的格栅板。

我没有丝毫犹豫，起身翻过栏杆朝他直扑下去。我们撞倒在舱室的金属地面，剧烈的冲击力将我手中紧握的西皮奥手枪震飞。对方对着我疯言疯语，死死攥住我的外套前襟。我一手扼住他的喉咙，另一只手摁住他的手腕，试图砸飞对方的激光手枪。他在挣扎的同时，失控地朝天花板开了两枪。

"住手！"我大声喝令，将意念灌注到话语中，投射向他的脑海，"丢掉手枪！"

他照做了，满脸讶异之色。灵能者的技法往往会令中招的对手陷入被震慑和茫然的情绪中。他跌跌撞撞地往后走了一步，我趁机抡起一拳将他砸翻在地。

就在我俯身捡起西皮奥手枪的同时，贝坦科尔再次发来了讯息："神盾禀报，鹰隼战术执行完毕，不洁天使已经陨落。"

"尖刺收到。恢复熔炉战术。"

我继续追赶着猎物。

艾克隆逃到了圣歌区 2-12 号建筑的拱顶上，并攀上了搭建在斜坡一侧的平台。寒风凛冽刺骨。艾克隆在八名邪教成员的簇拥下站在登陆平台边，等候着轨道飞艇将他们送往安全地带。

然而他们并不知道，多亏了贝坦科尔的"鹰隼战术"，他们仅存的逃脱工具已经化作一团烈焰，此刻正在北方八千米以外的冻土深坑中熊熊燃烧。

此时盘旋在登陆平台上方的，是我的炮艇。炮艇由五百四十吨重的合金装甲铸造而成，钢针般的头部与斜伸出的尾翼之间的距离约有八十米。起落架如同蛛腿般在两侧垂落，艇身在翻腾搅动的蓝色热流中向上抬升。炮艇喙鼻下方的一排泛光灯频频闪烁着，异端分子连同脚下的甲板都被吞没在了耀眼的白光里。

其中几人陷入了恐慌，开始胡乱扫射。

这对贝坦科尔来说是再明确不过的信号。他脾气火爆，除了薇本之死以外，早已顾不上其他。

炮艇短翼两端的炮管飞速旋转，强大的火力轰塌了整座平台。碎石横飞，敌人的身体爆裂为四处喷溅的浆水。

艾克隆比他的手下聪明得多，早在炮艇出现在视野中的一刹那，他就已经转身跳下平台，扭头朝着舱门狂奔。

在舱门外，我恰好与他撞了个正着。

他面露惊恐之色，不自觉地张大了嘴，我将薇本的手枪捅进了他的口中。我确信他正试图说些重要的事，但经历了漫长的追捕后，我并不在乎。

枪口砸入的力道很大，扳机护环将他的几颗下齿砸得粉碎。他挣扎着，伸手想从腰带上抓取某样东西。

我扣下了扳机。

那枚子弹轰开了他的脑壳，并仍然保持着强大的冲击力。它随即击穿了金属甲板，撞击在悬浮炮艇座舱下方的喙鼻表面。

"抱歉。"我说。

"不必担心。"贝坦科尔通过通信连接大声地回答。

"真是蹊跷的扰动。"埃莫斯说。这是他最常用的感叹。他佝偻着身子，俯身观察着控制室平台上的匣型装置。他偶尔自己动手，尝试修补拼接某些部位，或是将镜片贴在零件上，仔细检查。那副架在鹰钩鼻上的笨重眼镜配合着他的动作自动对焦，镜头不时地旋转，发出咔嗒的声响。

我站在他身旁，一边等候，一边盯着他苍老而光秃的后脑勺。他薄薄的皮肤上布满斑点，几缕白发环绕在脑后，弯成细长的新月形状。

尤伯·埃莫斯是我的随行学者，也是追随我时间最久的伙伴。早在我开始审判官生涯的第一个月，他就接受了审判官哈普山特的任命，开始为我服务——当时的哈普山特感染了噬脑蠕虫，已经病入膏肓。按照标准年龄，埃莫斯已经两百七十八岁，在我之前曾经担任过三位帝国审判官的随行学者。他之所以还活着，完全得益于全身上下接受的机能强化手术——他的消化道、肝脏、泌尿系统、臀部和左腿，都安装了大量的生化植入物。

在跟随审判官哈普山特的一次行动中，他不幸被伐木枪的子弹击中。在治疗过程中，外科医师们意外诊断出了在他腹腔内部肆虐多年，且此前从未被发现的晚期癌变症状。倘若他没有被那枚子弹击中，他在几周内就会毙命。多亏了那处出乎意料的枪伤，病变的器官在最后关头被及时辨别和移除，并被用塑钢、陶钢和钢铁制成的生化器件重新修复。

埃莫斯将那段因祸得福的往事称为"幸运的苦难"，时至今日，他青筋暴突的脖颈上仍然挂着那枚几乎夺走他生命的子弹。

"埃莫斯？"

他僵直地站起身，身上的生化器件相互摩擦，发出嗡鸣。他转身看着我，绿色刺绣长袍的褶皱随之舒展开来，衣角垂落在地。埃莫斯苍老的面孔被巨大的光学镜片遮住。他偶尔会令我想起某种外观奇特的昆虫，长着球泡状的双眼和狭长扁平的口器。

"这些设计相当独特，处理器的构造却又有些似曾相识，与神圣的机械教用于建立人类大脑与神之机械之间的思维脉冲单元的原理颇为类似。"

"你见过这东西？"他的推断出乎我的意料。

"在旅途中曾经见过一次。对此，我只掌握皮毛。但我相信机械教对这台装置会很感兴趣——这是某种禁忌科技，或许是从他们手中窃取的设备中衍生而出的。无论如何，他们都会渴望将此物占为己有。"

"无论如何，他们都不应该知晓此物——这是审判庭的证物。"

"说得没错。"他赞同道。

脚下传来了杂乱的噪声。守护墓穴的禁卫军和维护冷冻发生装置的科技贤者十万火急地赶来，慌乱地检查起这台庞大的冷冻机器。在我看来，他们挽救圣歌2-12冬眠者的举动皆是徒劳。墓穴内已是人声鼎沸，可怖的尖叫声回荡在空旷的长廊上空，久未平息。

我发现埃莫斯正一边饶有兴致地钻研着这台装置，一边在手腕上捆绑的数据板上记录着。在四十二岁时，他感染了一种能够永久转变大脑构造和功能的模因病毒，这驱使着他一有机会就会情不自禁地搜集、存储信息——任何信息。他对于知识的获取有着一种近乎病态的瘾。正因如此，连续四任审判官都认为他虽然是一名令人恼火、容易跑题的伙伴，却更是一位堪称完美的随行学者。

"这些钢管用低温螺栓相连。"他一边思索，一边抬头看着热交换机，"这么做是为了提升非恒定温度环境下的耐久性，还是为了便于大规模生产？另外，能够承受的温度范围是多少呢？考虑到——"

"埃莫斯，控制点。"

"嗯？"他回头瞥了我一眼，方才想起我还在他身后。

"匣型装置？"

"确实。我很抱歉。这是一台连发处理器……我刚刚提到过吗？"

"提到过，是处理什么用的？数据吗？"

"我最初也这么认为，但我随后考虑了意识处理或转移的可能性。我仍然怀疑自己是否研究过这样的设备。"

我指向匣型装置内部。"缺了某样东西？"

"哦，你也发现了？真是蹊跷的扰动。当然，我无法确定，但那东西应当有棱有角，外形并不标准，而且自带动力源。"

"你确定？"

"匣型装置自身没有电源接口，只有外接导线。接口的形状也很奇特，并不是帝国标准的配置。"

"异形科技？"

"不……是人类科技，不过并非标准配置，而是私人改装的。"

"是啊，但是为什么呢？"贝坦科尔爬上旋梯与我们会合。他一脸沮丧，黑色卷发勾勒出一张黝黑而消瘦的脸——平日里，这张脸上总会带有玩世不恭的神情。

"我需要进一步评估，迈达斯。"埃莫斯说着，再次检查匣子。

贝坦科尔凝视着我。他和我一样高，但体态更加轻盈。他穿着马裤和长靴，身披用柔软的黑色皮革缝制而成的紧身制服，衣角镶嵌着鲜红色的滚边——全身上下都是格拉威亚飞行猎手的传统打扮——在皮衣外，他一如既往地披着一件樱桃色的丝质夹克衫，夹克衫表面装饰着色彩斑斓的浮夸刺绣图案。

他双手戴着薄薄的白色手套，腰间隐约露出刺针手枪的曲柄轮廓。

"你赶来似乎费了不少工夫。"我说。

"他们要求我把炮艇停靠在墓穴峰的十字登陆台，坚持这里的平台只用于紧急登陆。我执拗不过，只能中途返回——直到我听到了罗勒斯的死讯。"

"她虽死犹荣，贝坦科尔。"

"但愿。"他说。

我无言以对。显然,他的情绪极为低落。我知道他已经爱上罗勒斯·薇本,或至少已经决定爱上她。让他从悲恸情绪中快速振作,这绝非易事。

"这个闯入者究竟是谁?这个叫艾森霍恩的?"

那声喝问来自我们脚下的房间。我俯身观察。说话的男子在四名身穿暖袍的禁卫军的护送下,迈步走进了冷冻控制室的大门,禁卫军们举着光杖四处搜寻。那人个头很高,皮肤苍白,满头灰发。他举手投足之间散发着泰然而自傲的气质。他穿着带有华贵佩饰的明黄色暖袍。我虽然不知道他的身份,但他看上去绝非等闲之辈。

埃莫斯和贝坦科尔也在观察。

"你知道这是谁吗?"我问埃莫斯。

"这个嘛,你看,黄色长袍,就像禁卫军手持的光杖一样,象征着太阳的轮回与照耀,也象征着重回人间的光和热。它至少代表蛰伏季期间禁卫军代理委员会的禁卫长。"

"这些不用你说,我自己也能判断。"我不耐烦地低声道。

"哦,他的名字叫尼森梅·卡佩尔,任禁卫长一职——按照本地习俗,你也应该这么称呼他。他是本地人,出生在第二百三十五个繁茂季,也就是五十个标准年以前。他的父亲是——"

"够了!我早料到会有这么一出。"

我走到栏杆边缘,向下俯视。

"我就是艾森霍恩。"

他抬头盯着我,脖颈因为愤怒而青筋暴突。

"立刻将他逮捕归案。"他命令道。

第三章

尼森梅·卡佩尔

无尽黑暗里的秽光

庞提乌斯

　　我瞥了贝坦科尔一眼，示意他不要轻举妄动，随后心平气和地走过他身旁，从平台一侧的旋梯上滑下，昂首阔步地走向卡佩尔。几名禁卫军环绕在他周围，与我保持着一段距离。

　　"禁卫长。"我点头致意。

　　他注视着我，眼神坚定而谨慎，随后舔了舔又干又薄的嘴唇，说道："你们将被扣押，直到——"

　　"不，"我答道，"我是效忠于人类神皇的审判官，隶属于攘外修会。我会配合你展开与此次事件有关的一切调查，但你无权扣留我。明白了吗？"

　　"你是……审判官？"

　　"明白了吗？"我重复问道。我并未使用意志之力，至少现在还不需要使用。除非迫不得已，我不会轻易动用灵能。我相信对方有足够的理性听我把话说完。他当然有权利让我感到片刻难堪，而我却能让他因为自己冒失的言行而抱憾终身。

　　不出所料，他的态度立刻缓和下来。他原本的愤懑很大程度上源于对暴行本身的震惊——众多贵族成员在他治下惨遭屠戮。他迫切地需要揪出元凶，转移来自民众的责难。此时他不得不调整情绪，面对一个更加残酷而现实的问题：与他针锋相对的人，是来自全帝国最令人闻风丧胆的执法机构的一员。

　　"数千人丧生。"他的话音不住地颤抖，"此等亵渎之举……倨傲星的堂堂贵族竟然……竟然惨遭……"

　　"惨遭黑暗暴徒的迫害。你应该庆幸我能及时介入，此人已被我就地正法，他的尸体就躺在顶层平台的塑料隔板上。我为倨傲星在今晚遭受的惨重损失而深感悲恸，我何尝不希望能防患于未然？但倘若我并未赶来警告……试想一下，你将会面临怎样的局面？"

我顿了顿，留给对方片刻思考的时间。

"遭殃的将绝不只是圣歌区，而是整颗星球上所有的冬眠墓穴……谁知道艾克隆原本有着怎样的阴谋？没人能揣测他的狼子野心。"

"艾克隆？那个恶贯满盈的重犯？"

"是的，长官。"

"你应该向我汇报整起事件的前因后果。"

"我自会起草一份调查报告，你也会得到应得的答案。几小时后我会通知你下次会面的时间。在这期间，恐怕你会忙得焦头烂额。"

我们穿过人群向出口走去。贝坦科尔向几名低阶禁卫军出示了清单，上面详细记载了有待收缴以供审判庭查验的证物。证物包括那台神秘的匣型装置，还有艾克隆及其全部爪牙的尸首。在我亲自查验之前，任何人都不得擅自触碰或研究这些关键证物。我在冷冻控制室中击倒的那名枪手是涉案嫌犯中唯一的幸存者，他将被收押候审。贝坦科尔将每一项要求都阐述得滴水不漏。

我们带上了薇本的尸首。埃莫斯身体孱弱，我和贝坦科尔分别提着轮床两侧的塑料提手。

我们从圣歌区 2-12 号的拱门处离开，踱步迈入冰冷刺骨的寒夜。我们抬着薇本，走向等候在一旁的冰车，沿途经过了被禁卫军排放在冻土上的数百行尸体。

本次追捕迫在眉睫，我与小队成员抵达倨傲星后就立刻展开了下一阶段的部署。如此看来，我们至少要在此地滞留一个星期，倘若卡佩尔有意刁难，我们甚至会停留更长的时间。就在冰车全速驶向十字登陆台时，我让埃莫斯着手安排临近的住处。

在倨傲星的蛰伏季，当百分之九十九的行星人口陷入冬眠状态时，有一个区域始终保持着活跃。禁卫军和科技贤者们在一处名为"太阳穹顶"的地方居住，共同挨过苦涩而艰辛的漫长冬夜。

成排的冬眠墓穴屹立在广袤的"蛰伏平原"之上，而"太阳穹顶"坐落于距离平原五十千米以外的地方，如同在地平线上鼓起的灰色囊泡。五万九千人聚居于此，与那些沉睡在地平线以下、等候着人们在融雪季归来的庞大城市相比，这里不过是一座破败凋敝的城镇。

炮艇穿过漫天冰雪驶向了"太阳穹顶"。我凝视着窗外逐渐临近的镇区，红色的标志灯在穹顶表面和矗立着的塔杆顶端频频闪烁。

贝坦科尔全神贯注地驾驶着炮艇，一声不吭。他摘除了手套，让掌心和指尖内置的错综复杂的格拉威亚电路更好地贴合在操纵杆上，他已经与炮艇的驾驶系统融为一体。

埃莫斯坐在后舱，目不转睛地研究着手稿和数据板。两台独立运作的多线程机仆正在船舱中等候新的指令。炮艇内共有五台机仆，其中两台是没有肢体的作战单位，被安插在炮台后端的凹槽内；还有一台名为尤克里德的高规格机仆，它统管着炮艇的整套动力系统，自始至终都不曾离开引擎室半步。

星语者洛温克此时正在通信室等候，他佩戴着语音通信器和图像传输系统，等候着召唤。

薇本被裹得严严实实，安详地躺在卧房的行军床上。

贝坦科尔驾驶着炮艇向穹顶俯冲。在连续交换了一系列测距数据后，安装在穹顶侧面的宽大的防爆窗口缓缓开启。夺目刺眼的亮光从穹顶内发散出来。贝坦科尔按下了驾驶舱遮光罩的开关，向空港的方向垂直驶去。

巨型穹顶的内侧是一整块圆弧状的镜面。一颗利用等离子效应的拟恒星球体正悬在穹顶的半空熊熊燃烧，城镇浸没在强烈的白炽光内，折射出晶亮刺眼的光芒，仿佛是用整块玻璃雕砌而成。

炮艇在宽阔的空港停靠，降落在一座约二十方平方米的金属平台上，从平台顶部可以俯瞰镇区的全貌。平台在强光的照耀下反射出一片煞白的光晕。单线程的重型机仆不紧不慢地驶来，将我们的载具拖入分布在主平台外沿的登陆井。几台轨道机仆紧随其后，接入了几根燃料管线，随后开始了最基础的维修保养工作。贝坦科尔可不愿让任何素不相识的人或物触碰炮艇，于是命令两台独立运作的机仆摩多和尼尔奎特接管了维护任务，并赶走了那几台当地的机仆。我听到它们在船舱内来回移动，伺服电机发出嗡鸣，液压系统咝咝作响。它们与引擎室中忙碌的尤克里德相互连接，一丝不苟地交换着机械代码和数据指令。

埃莫斯建议在镇上寻找一个更加适宜的住处，我却认为我们只需一个泊位即可。炮艇内部相当宽敞，足以满足我们在滞留期间的生活所需。在执行任务期间，我们常常在炮艇上度过数周，甚至数月的时间。

我走进洛温克位于驾驶舱甲板下层的通信室，并唤醒了他。他与我共事的时间不长。我的前任星语者在六周前企图破译亚空间密码时不慎丧命。

洛温克相当年轻，骨骼纤细，身材却臃肿肥胖。灵能通信的工作不断损耗着他的健康。他将头发剃光，颅骨上插满了黏滑的植入管线，线缆的接口如同一根根短刺，排列在小臂上。他向门口走来时，手臂上的接口将几根线缆拖拽出来，每根线缆上都贴着羊皮纸标签，一直连通到他的私人卧舱上方的通信主机箱。将近上千根线缆散落在通信室的地板上，但他似乎本能地知晓每根线缆的用途，并能根据传讯的需要，迅速设置、调试正确的接口。房间内弥漫着汗水与熏香混杂的气味。

"先生。"他说。他淡红色的嘴唇微微开启，双眼半睁半闭，摆出一副慵懒的神情。他散发出些许居高临下的气质，甚至掩盖了内心的胆怯。

"洛温克，请帮我起草一封信，发至阿奎塔恩君王号。"

那是一艘行商浪人的商船，奉审判庭之命将我们与炮艇送抵倨傲星。此时，舰船正停留在行星轨道上待命，随时准备开启亚空间的通路。

"请代我向戈尔昆宗主致意，告诉他我们必须滞留一段时间。他可以先行离开，无须费时等候。我们或许会耽搁一周的时间，甚至更长。请使用正规书信格式，多用敬语。替我转达感激之情，希望在不远的将来，我能再次与他会面。"

洛温克点头道："我立刻草拟。"

"此外，我还想请你执行一些其他任务。联络倨傲星本地的星语庭，并申请调取过去六周内从外部世界来的船只记录——包括全部未获批的登陆申请、携带星语者的个体舰船记录。数据类型要尽可能丰富。你可以强调这是一名审判官的申请，如果有必要，略带威胁的口吻也未尝不可。他们断然不愿为了保留情报而得罪审判庭的人。"

他又点了点头，"您需要自主降神吗？"

"暂时不需要，但结案前会开展一次。我会给你充足的时间准备。"

"先生，这就是全部任务了吗？"

我转身走向门外。"是的，洛温克。"

"先生……"他顿了顿,"那个叫薇本的女孩死了,是吗?"

"是的,洛温克。"

"啊。难怪如此安静。"他说着掩上了门。

这句评价听上去并非那么冷酷无情。与他相比,我的灵能微弱而稚嫩,但我与他感同身受。罗勒斯·薇本是一名潜在的灵能者,她陪伴在我们身边时会产生一种连绵起伏的背景共鸣,音调几乎就藏在她的潜意识里,从她年轻而热忱的头脑中无意识地散播而出。

我在屋外遇见了贝坦科尔,他正站在炮艇短翼的阴影下。他低头盯着地面,嘴里叼着一根洛草烟管。我向来不赞成部下使用致幻剂,但这次我没有阻止。过去几年他都不曾沾染毒物。但最初与他相识时,他就在吸食暗影烟。

"这鬼地方真晃眼。"他咕哝着,被舷窗外的眩光照得睁不开眼。

"这是典型的过激反应。他们要度过十一个月的漫长黑夜,于是将栖息之所照得通明。"

"他们有昼夜之分吗?"

"恐怕没有。"

"难怪这里一团乱麻。极端的光明与极端的黑暗,共同引发了极端的心态。他们的生物钟和自然周期恐怕早就被打乱了。"

我点头赞同。在穹顶之外,我曾一度认为漫漫长夜永无休止。而此刻,我面对那颗一成不变的午阳产生了同样的不适感。从埃莫斯的简报中,我得知此地之所以取名为"倨傲星",是因为最早的方舟舰队在耗费了七十个标准年抵达此地后,那些原初殖民者发现先前的勘探结论与实际情况相去甚远。与常规的行星截然不同,这颗行星的昼夜交替模式更加极端。即便如此,先民们还是选择在此处定居,并通过冷冻发生器的方式延续生存——这一独特的作息也成了他们文化的一部分。在我看来,这种倨傲之举实在是荒谬。

但我来这里的目的终究不是文化批判。

"有什么发现?"我问贝坦科尔。

他朝登陆平台外挥了挥手。"这个节气的访客很少。贸易几乎中断,整个世界都在休眠。"

"这就是为什么艾克隆会乘虚而入的原因。"

"没错。这里停靠的多数船只都只是当地的大气层舰艇。有些是禁卫军专用的，有些只是为了度过蛰伏季。除我们之外，我只找到三艘外世界船只——两艘贸易汽船和一艘私人飞艇。"

"打探一下。问问这些船究竟受雇于谁，从事哪些贸易。"

"这就去办。"

"艾克隆的座驾，就是你击落的那艘，它从哪儿来？"

他吸了一口烟，摇了摇头。"或许来自近地轨道，又或许是从某个私人宅邸起飞的。洛温克当时截取到了飞艇向艾克隆发送的信号。"

"我会派人调查。但它会不会来自近地轨道？艾克隆可能有一艘属于自己的星船。"

"不必担心，我早就扫描过了。没有任何可疑信号，如果真的有，那艘星船也已经驶离。"

"我想知道这个渣滓究竟是通过何种途径来到这个世界的，此外，他原本计划怎样逃离。"

"我会查个水落石出的。"贝坦科尔说着，用脚跟狠狠地踢了一下墙角的管道接口。他是认真的。

"薇本该怎么办？"他问。

"你知道她生前的愿望吗？她从未与我提过。她可曾提到过她想在故乡托尼士下葬？"

"你会那么做吗？"

"如果这是她的愿望，我会这么做的。你知道吗？"

"我不知道，艾森霍恩。她从没说起过。"

"能帮我个忙吗？整理她的遗物，看看有无留下遗嘱或其他信息。"

"我愿意效劳。"他说。

我感到一阵疲惫。我与埃莫斯又花了一个小时的时间，在他那狭窄拥挤、堆满数据板的房间里为卡佩尔起草了一份报告。我只罗列了最基础的细节，有意省略了所有他无须掌握的情报。但我列举了追捕过程中的每一个细节，并让埃莫斯逐条核对了当地的律法，以防卡佩尔提起诉讼。我对他并无忌惮，实际上当地的律法对我毫无约束，但我还是想核查一遍。雅玛拉锡安派始终追求循规蹈矩地融入帝国社会，成为其中的一部分，而非凌驾于其上或超脱于其外。我们也不会像独尊派那样，企图利用社会的力量完成使命。我希望能够拉拢卡佩尔和其他倨傲星的高官来协助我的调查。

报告完成后，我退出了房间。我在薇本的屋门前停步，推门而入，将那柄西皮奥海军手枪放在她胸前的两手之间。这把枪属于她，它已经完成了使命，理应伴她长眠。

六年来，我第一次没有梦见艾克隆。我曾梦见过一片伸手不见五指的漆黑，随后是一道闪烁不灭的光芒。光芒之中竟然夹杂着黑暗。我知道这不合逻辑，但那感受无比真切。仿佛谜底被揭示的同时，其本身还隐藏着更加阴森、更加晦涩的真相。梦境里的地平线上，几道闪电般的亮光掠过。我转身看到了一名外表英俊、眼神空洞的男子。与艾克隆的那些眼瞳漆黑的傀儡不同，他的双眼空无一物，一如广袤而无垠的远方。他正对着我微笑。

那时的我，对他一无所知。

次日晌午，我如约会见卡佩尔。"太阳穹顶"之下永远都是午阳，但根据钟表显示的时间，那是真正的晌午时分。会面前，洛温克、埃莫斯和贝坦科尔已经为我挖掘到了最新的情报。

我刮好胡子，穿上黑色亚麻衬衣、高筒皮靴，以及一件庄重的灰棕色鳞皮夹克，将审判徽章戴好。我有意向卡佩尔表明自己的重视程度。

埃莫斯和我走出密封电梯，从登陆平台上沿阶而下。几名身披黄袍的禁卫军早已伫立等候多时。尽管四周都是氪氙的淡黄色灯光，他们却一如既往地手持着光杖。我们穿过混凝岩堆砌的街道，走上一辆敞篷轿车，灼热的光芒在脚下投出一片短小的阴影。那是一部由铬金锻造的座驾，倨傲星的缎带在车头飘扬。中央驾驶舱后方安装着四只厚实的皮革座椅。

轿车在八轮驱动下轰鸣着穿过街道，驶入一条林荫大街，街道上灯火通明，明亮耀眼，自不必说。街道两侧，一座座玻璃质地的高楼拔地而起，全部延伸向半空中闪耀的等离子光球，如同渴求阳光的花朵。每隔三十米，就屹立着一根装饰华美的灯柱，闪耀的化学灯令整条大道熠熠生辉。

车辆寥寥可数，人行道上不过千人。我注意到多数人都佩戴着明黄色的

第三章

缎带，灯柱上都装饰着明黄色的花环。

"这些花是？"我问。

"来自东部穹顶七号区的水培农场。"一名禁卫军回答。

"含义是？"

"哀悼。"

"和缎带含义一样，"埃莫斯确信地说，"昨晚的事，对整个世界而言无疑是莫大的惨剧。黄色是他们的圣色。我认为本地宗教带有太阳信仰的痕迹。"

"太阳象征着帝皇？"

"类似的象征意向很普遍。由于众所周知的极端原因，这里尤其如此。"

禁卫殿厅是一座毗邻镇区中心的玻璃尖塔型建筑，塔尖上是一个太阳形状的圆盘，表面装饰着帝国双头鹰图案。附近有一座国教教堂，周边的几栋楼宇已经转交给了帝国内政部。让我格外感兴趣的是，整座建筑用漆黑的石材筑成，窗门紧闭，密不透风。驻扎此地的帝国公仆们穿梭其间，脚下的阴影在刺眼的强光照射下缩成了一团。

我们穿过玻璃门廊，在众人的护送下走进大殿。沿途的人们都横眉怒目，多数是身穿黄袍的禁卫军，一些是本地官员和技术贤者，还有几名行政人员和随行机仆。大殿内部气势恢宏，规模丝毫不亚于帝国教堂，唯一不同的是，殿堂的主体由漆黑铸铁镶嵌的明黄色玻璃拼接而成。璀璨的金色光芒透过玻璃照射在整间殿厅内。地板上铺着黑色的地毯，地毯中央编织着一个耀眼的太阳圆盘。

"审判官艾森霍恩！"护送人员中的一人叫了我的姓名，声音透过传声系统回响在整座殿堂。四周顿时鸦雀无声，所有人都转身，向我们投来了目光。一把镀金廷椅悬浮在厅堂中央，禁卫长卡佩尔正襟危坐。一盏燃烧着的化学灯在廷椅上方闪耀。他见我抵达，起身向我走来。

"禁卫长。"我郑重地点头致意。

"他们都死了。"他说，"圣歌区 2-12 号的一万两千一百四十二位公民都确认死亡。无一幸存。"

"我对倨傲星致以最深切的哀悼，长官。"

殿厅内一片喧哗，尖叫、呐喊与训斥声此起彼伏。

"你的哀悼？该死的哀悼？"卡佩尔的怒吼压过了回荡在殿厅内的嘈杂声，

"我们统治精英中的大部分人一夜之间惨死，而你，就只有哀悼？"

"我能给予各位的仅此而已，长官。"我感觉到埃莫斯在我身旁不停地颤动，在他手腕处固定的数据板上漫无目的地记录着关于当地习俗、服饰与语言风格的信息……任何能将他的思绪从一触即发的论战中抽离的信息。

"差得远呢！"我身旁的一名年轻男子啐了一口。他是当地贵族，年轻且魁梧，但他的肤色惨白，额头冒着虚汗。他蹒跚地向前一步，几名禁卫军搀扶着他。

"你是谁？"我问。

"维纳尔·梅培，达洛温郡的领主继承人！"如果他指望我下跪，恐怕他要失望了。

"鉴于本次事件的严重性，我们不得不让几位高贵氏族的成员提前从休眠中苏醒。"卡佩尔说，"梅培领主的兄长和两名妻子已经在圣歌区2-12中丧生。"

原来如此，肤色苍白是苏醒后的症状。我方才意识到殿厅中的五十多人看上去都憔悴不堪。

我转身看向梅培。

"领主。我重复一遍，我向你们致以哀悼。"

梅培勃然大怒。"你胆敢如此无礼，外来人！是你引狼入室，擅自选择在我们的圣殿中与凶犯搏斗。这场草率的行动几乎害死了我们全部的精英，而你——"

"住口！"我无须忍耐使用了意志之力，梅培噤若寒蝉，呆若木鸡地站在原地，偌大的殿厅顿时被寂静笼罩，"我来此地，恰恰是为了救民于水火，粉碎艾克隆的阴谋。倘若不是我和同伴的不懈努力，他摧毁的将远不止一座冬眠墓穴。我没有违反你们的任何一条律法。行动过程中，我严格遵守了当地法令。你说我引狼入室，是何用意？"

"我们做过调查。"身旁一名年迈的贵族女性答道。与梅培一样，她也带有明显的复苏症状，身形佝偻地坐在机仆抬着的担架上。

"什么调查，夫人？"

"您与恶徒艾克隆之间积怨已久，已经五年了，是吗？"

"六年了，女士。"

"好，六年。您一路追猎，不择手段地将他驱赶、吸引到这个世界，正如梅培领主所言。"

"此话怎讲？"

"艾森霍恩，在过去二十天中，除了你的舰船，我们没有任何一艘其他世界的船只的造访记录。"卡佩尔一边查看数据板，一边说，"阿奎塔恩君王号。想必就是这艘船将你连同艾克隆本人带到了这个无辜的世界，是你引来了战争，引来了灾祸。你之所以选择倨傲星，是因为这是一颗静谧而遥远的星球，能让你在漫长黑暗的冬夜中无所顾忌地了结你的宿怨？"

事到如今，我真的被激怒了。我努力遏制住怒火。"埃莫斯？"

他在我身旁喃喃自语："……那么他们在彩色玻璃中究竟掺入了何种硅酸盐燃料？建筑的墙板中有加固装甲吗？这些支架确实属于早期帝国的哥特式，但是——"

"埃莫斯！报告！"

他立刻回过神来，从皮箱中取出一块数据板递到我手中。

"给我仔细读，卡佩尔。"我说着并将数据板递出，他刚想伸手接过，我又将数据板抽回，"或者我应该亲自向在座的各位大声宣读报告的内容？我是否需要讲述我如何获悉艾克隆在倨傲星的计划，并动身赶来的全过程？我是否需要详细讲述，早在两个月前艾克隆就发送过一则信息，其中透露了这一计划？那条信息只有星语者才能解密，而我们的星语者在破译的过程中惨遭横死？"

"审判官，我——"卡佩尔刚想辩解。

我面向所有人高举手中的报告，用手指来回滚动着屏幕旁的轮轴。"或许我应该念出这一条？有充足的证据表明，艾克隆为了入侵你们的世界，已经谋划了整整一年时间。还有昨晚新搜集到的证据——三天前，一艘未经注册的星船曾在你们的近地轨道出没，将艾克隆暗中送达，整个过程都没有引起行星驻军，以及我们的'守护者'禁卫军们的觉察？或许你们曾经识别到了详细的通信信号，却因为玩忽职守而疏于防范，甚至都没有对可疑的信息进行追溯、破译？"

我将数据板扔在卡佩尔的膝前。上百只错愕震惊的眼睛瞪着我。

"是你们自己门户大开，让他乘虚而入！不要责备我没能出面阻止。正如我所说，我对你们致以哀悼。"

"下次，当你们选择与一名帝国审判官对簿公堂时，"我补充道，"或许你们应该学会最起码的尊重。我因为意识到你们在本次事件中遭受的惨重损失而一再忍让，但请记住，我的忍耐是有限的……我的职权则不是。"

我转身看向卡佩尔。"现在，禁卫长，我们能聊聊吗？我要求私人会面。"

我们跟随卡佩尔的悬浮廷椅走进了旁边的附楼，身后的殿厅内响起一片讶异的低语声。除我们以外，他的一名部下也跟了进来。那人身材高大，一头金发，身穿我并不熟悉的深褐色制服。我猜测他是一名贴身保镖。卡佩尔将廷椅降落在地毯上，举起遥控手杖轻轻一触，房间四周的玻璃便被赋予了新的色彩。

殿厅内的光线强度恢复到了正常水平。基于此，我断定卡佩尔已经意识到我不容怠慢。

他向对面的座椅抬手示意。埃莫斯跟在我身旁，潜藏在阴影中。身穿褐衣的男子站在窗边注视着我们。

"下面该怎么办？"卡佩尔问。

"我希望你能全力配合我展开调查。"

"可此事已经告一段落。"褐衣人说。

我的目光仍然盯着卡佩尔。"希望你能批准我继续调查，更希望在调查过程中你能鼎力相助。艾克隆已经伏诛，但他只是一件细长而致命的武器的刀尖，斩断了刀尖，那件武器却仍然致命。"

"你在说什么？"褐衣男子打断道。

我仍然没有移开目光，继续紧盯着卡佩尔。"如果他再不表明身份，并且继续唐突地打断我说话，我会把他扔出窗外。我可不会先打开窗户。"

"这是惩戒官费希格，隶属于法务部。我希望他在场。"

我扭头观察着那名褐衣男子。他体格健硕，一道晶亮的淡红色疤痕在清澈的眼眸下闪烁。我一度误以为对方是个皮肤完好、金发碧眼的年轻人，仔细端详后，我方才发现他至少与我同龄。

"惩戒官。"我点头致意。

"审判官，"他答道，"我还是心存疑虑。"

我坐回到椅子上。"穆尔丁·艾克隆是一名异端组织的操办人。他狡猾奸诈，是我追猎过的最致命的人物之一。对待这样的猎物，终止其作恶行径的唯一手段就是杀无赦。我肯定你有过类似的经历。"

"你称他为'操办人'？"

"这恰恰是他的致命之处。他相信为其他的邪教团伙提供一技之长能够最大限度地侍奉邪祟与污秽之主。他为虎作伥，虽然不愿效忠于任何一方，却始终处心积虑地推动他人完成不可告人的惊天阴谋。而他之所以潜入倨傲星，恰恰是为了操办他人的计划。如今他死了，阴谋被挫败，或许值得庆幸，但我的任务远未结束。我必须从艾克隆及其爪牙入手，从他遗留的线索入手，按图索骥，挖掘出背后的真相——一场更宏大而隐秘的黑暗阴谋。"

"因此，你需要倨傲星民众的支持？"卡佩尔问。

"民众、当局、你们……所有人。我建设帝皇之伟业，你难道要袖手旁观？"

"不，我不会！"卡佩尔驳斥道。

"非常好。"

卡佩尔向我抛来一枚金色的太阳形徽章。徽章镶嵌在一块漆黑的皮革垫上，虽然陈旧却很有分量。

"此物将赋予你至高的权限——我的权限。烦请尽快彻查此案。我只提两点要求。"

"什么要求？"

"我希望你如实汇报全部的案件细节，并允许惩戒官与你同行。"

"我自有安排——"

"费希格拥有开启'太阳穹顶'所有门禁和通信器械的权限，职权甚至高于我的徽章。姑且将他视作本地向导吧。"

还有你的耳目呀，我暗想。但我深知他即将面临来自贵族阶级的多重压力，也是身不由己，于是改口道："如果他能协助，我将感激不尽。"

"我们先去哪儿？"费希格早已跃跃欲试。我意识到，他们都无比迫切地想要追讨这笔血债。他们渴望揪出能为死难者付出应有代价的幕后真凶，尤其是那些他们能够宣称是亲自缉捕或协助抓获的始作俑者。他们希望从我下一步追查的成果中分得一杯羹，这样，当倨傲星的广大民众在几个月后如期苏醒并得知这一惨剧时，他们才不至于颜面扫地。

这无可厚非。

"首先，"我说，"去停尸间。"

艾克隆看上去仿佛在熟睡。他的脑袋被包裹在一顶造型夸张的塑胶帽子里，以确保破碎的颅骨尽可能地保持完整。他的面部被塑料框固定住，神情十分平静，只有嘴角处有轻微的瘀伤。

他正躺在法务部一号停尸间地下室冰冷的石质解剖台上。其余的同伙被陈列在四周，多数尸首保存完好。石台后的墙边堆放着贴有标签的圆筒，其中盛放着被贝坦科尔的炮艇轰得难以分辨的尸骸与血浆。

地下室被蒙上了一层冰蓝色。空气循环机被冰霜覆盖，将"太阳穹顶"外冰雪荒漠的零摄氏度空气泵入室内。费希格向我们提供了视察和验尸必备的暖袍。

停尸间内的景象令我印象深刻：按照我的指示，验尸官对所有案犯的尸体都做了严格妥善的隔离和保存处理，其间没有任何人触碰过他们。这道命令看似简单，但可想而知，在我抵达前，那些验尸官或牧师们曾经多少次遏制住先我一步开棺验尸的冲动。

停尸间的主管是一名六十多岁的憔悴女子，名叫图特伦。她身穿磨损严重的暖袍，袍袖内露出了红色的塑胶手术服。图特伦验尸官一只眼窝中安装着仿生眼球，右手植入了一套手术专用的钢制刀片与骨锯。

"一切都遵照您的指示处理，"她说着将我们领下螺旋形台阶，走进了阴森冰冷的地下室，"但这不符合常规。按照规矩，我们必须尽快开膛验尸，至少是预验。"

"感谢你的协助，图特伦。我会立刻查验，并让你们尽快恢复常规流程。"

我戴上手术手套，穿过成排的二十多具尸体，将我认为重要的发现口述给埃莫斯。这些尸首并无稀奇。我根据体型和肤色判断其中一些人来自外部世界，但他们没有任何身份证件与出入凭证，没有改造手术的迹象，也没有任何能透露身份或来源的线索，就连服饰都毫无特征……衣物上的标签均被撕掉，印有符号的布料也被烧穿。对此，我可以申请司法鉴定，进一步确定这些衣物面料和纤维的来源，但那将耗费大量的资源。

我在其中两人身上找到了新的疤痕，从切口形状看，是原本植入皮下的身份标识被手术切除的痕迹。倨傲星本地并没有植入皮下身份标识的规定，所以这至少表明他们来自外部世界。但究竟来自何处？类似型号的身份识别器在成百上千个帝国世界中都颇为常见，皮下植入的手法也中规中矩。我在孩提时代就佩戴过这样的标识，直到我被黑船选中后才被彻底移除。

其中一具尸体前臂上有一道怪异的疤痕，伤口不深但连成一片，整块表皮都被烤焦了。

"某人用热熔灯烤掉了原本的帮派文身。"埃莫斯分析道。

他说得很对。这又是一个被刻意移除的线索。

我将目光投向艾克隆，他或许是这里仅存的线索来源。在女验尸官的协助下，我将他的衣服剪开，他的衣物和其他人的衣物一样辨别不出来源。我翻过赤裸的尸体开始寻找线索。

"看！"费希格惊呼一声，俯身查看，"左臀上方的标记。"

"拉尔库斯的六翼天使，过去的混沌符号。二十年前，艾克隆为了纪念他当时的主子特意文在身上。那是他以前效忠的教派和雇主，但与这起事件并无关联。"

费希格诧异地瞥了我一眼。"你连他文身的细节都知道？"

"我有线人。"我回答道。我不愿细说事情的原委。依曼达曾经是我最初的伙伴之一，聪慧美丽，有勇有谋。正是她担任内应，为我打探到了这些细节。而现在，她已经在精神疗养院度过了五年的时光。在最新的报告中，她因为失心疯啃掉了自己的一根手指。

"但他会给自己烙印？"费希格问，"每当他加入一个新的混沌教派，他就会烙上新的印记以示忠诚？"

该死，他的话切中了要害。我们再次翻检尸体，艾克隆身上至少有六处被激光灼烧留下的痕迹，是他在脱离异端组织后便被烤掉的教派烙印。

在他左耳后的肌肤上，镶嵌着一块"混沌烈焰"的银制饰物。

"是这个？"图特伦一边用指尖的刀刃剃光头发，一边向我询问。

"旧时的烙印，和先前的一样。"

我后退一步，陷入了思索。就在我将他击毙前，他曾经伸手摸索腰带上的某样东西，至少摆出了类似的动作。

"他的随身物品在哪儿？"

它们被安放在旁边的金属托盘中，包括一把激光手枪，一枚小巧的语音通信器，一个镶嵌着珍珠、塞着六支暗影烟和一只打火机的烟盒，一根信用磁条，激光手枪的备用电池，一把塑料汤匙，以及那根腰带，腰带上挂着四个纽扣口袋。

我将口袋一一打开，翻出了少量本地硬币、一把袖珍激光刀、三根高热量口粮棒、一枚钢制牙签、被盛放在注射针管中的液态暗影烟，还有一块数据板。

在濒死的一刻，他究竟在摸索什么？激光刀？倘若对方将一把海军手枪的枪口塞进了你的口中，这把刀无疑是一个糟糕的选择。他根本毫无胜算。

况且他手中还握着更加有效的激光手枪。

或许是数据板？我将它拾起，用手指激活了屏幕，但它需要特定密码才能开启。全部秘密都可能锁在其中……但问题是：为什么一个人面对必死的局面会伸手去拿数据板呢？

"小臂上有注射痕迹。"图特伦继续着她的检验。

考虑到他随身携带的物品中有致幻剂，这一点并不奇怪。

"没有戒指、手环、耳钉，或者其他的穿刺装饰？"

"都没有。"

我从解剖推车的容器中取出一只塑料袋，将这些物件裹好。

"你会在证物单上签字的，对吧？"图特伦抬头看着我问。

"当然。"

"你恨他吗？"费希格突兀地问。

"什么？"

他双臂交叉，倚靠在解剖台边。"你将他就地正法，尽管你知道他的头脑中存储着惊天的秘密，可你还是毫不犹豫地轰开了他的脑壳。我从不因为杀人而愧疚，但我不会轻易浪费线索。你这么做难道不是出于愤怒？"

"我是审判官。我不会被愤怒所左右。"

"那是为什么？"

我听够了他尖刻的质问。"你对这个人的危险程度一无所知。我不愿再冒别的风险。"

"至少现在，他看上去安全得很。"费希格露出了憨厚的笑容，低头看着尸体。

"有情况！"图特伦轻呼一声，我们连忙凑近观察。

她娴熟地操控着纤薄的解剖刀和探针，小心翼翼地处理着艾克隆的左手。植入解剖工具的手指灵活地翻飞舞动。

"左手的食指，有一处异常的肿胀和瘀青。"她透过微型扫描器仔细观察。

"指甲盖是陶钢铸成的，是人工植入物。"

"里面有什么？"

"未知。无法读取。或许是……啊，那是……甲床下有一枚袖珍装置。需要用细小的东西撬开才行。"

她调整着手部的植入装置，抽出一根非常纤细的金属探针，细得就像……一枚钢制牙签。

"退后！立刻退后！"我高喊。

但为时已晚。图特伦已经掀开了装置的封盖。假指甲被弹飞，某样东西从指尖的小洞里一跃而起。那是一条银色的蠕虫，仿佛一串项链在半空中闪烁。

"它去哪儿了？"

"不知道，"我说着并将图特伦和埃莫斯推到身后，问费希格，"你看清了吗？"

"那边。"他边说边从袍袖中抽出了一把短柄自动手枪。

我刚想拔枪，才想起我已经把枪还给了薇本。

我从推车上拾起了一柄切骨刀。

蠕虫在空中舞动，重新暴露在光线中。它的体型迅速地膨胀，一直膨胀到足有一米长、几厘米宽。我不知是怎样的巫术造成了此种程度的变异。它的身体由几段金属铸成，圆锥形的头颅上没有眼睛，一张怪嘴发出咝声，露出满口剃刀般的尖牙。

蠕虫直直朝图特伦飞过去，她惊呼一声，随即被我推到一旁。那怪物猛地在我们头顶高高跃起，一头撞在隔壁解剖台的尸体上。伴随着一阵令人毛骨悚然的吸吮和啃啮声，虫口钻出了一个锯齿状的空洞，虫身也消失在了尸身的躯干内。

那具尸体震动着爆开，空气中弥漫起恶臭的蒸汽。怪虫嗖的一声飞出，再次消失在视野中。几乎与此同时，费希格火力全开，将解剖台上的尸体轰成了碎片。但虫子早已逃之夭夭。

"是触控机制。"埃莫斯喃喃自语,"构造非常特殊,或许是异形科技制造的防身武器,武器内置某种高强度的质量转换系统,能够与大气或周边的多种物质发生反应,进而剧烈膨胀。能追踪声音进行攻击。"

"快闭嘴!"我呵斥一声,将他和图特伦推到墙角。费希格与我不约而同地冲向解剖台的另一侧,手中的武器蓄势待发。

它再次凭空出现。在我的视线捕捉到金属蠕虫的瞬间,它几乎就要撞在我的身上,金属尾巴在空中扭动翻转。那一刻,我猛然领悟到艾克隆当时做出那个反常动作的原因。这条蠕虫正是他在圣歌区 2-12 号的登陆平台上企图释放的最致命的武器。

我感到怒不可遏,径直捅出一刀,刀刃扎进了张开的利齿之间,划开了它的腔道。那股强大的冲击力砸得我后退了半步,我低头,惊觉那条怪虫正如同一条钢鞭般在我的刀尖上来回舞动。

几发子弹与我擦身而过。费希格正试着击中它。

"你会杀了我的,蠢货!"

"别乱动!"

伴随着尖厉的金属摩擦声,怪虫疯狂地啃噬着刀片和刀柄,眼看就要咬到我的手掌了。

图特伦从我身后走出来,我们合力将那条粗壮、虬结的怪物砸在解剖台上。她随即打开了人工手臂上的骨锯,将虫子拦腰斩断。飞旋的刀片发出了锐利刺耳的尖叫声。

虫身还在挣扎扭动。她一把抓起金属蠕虫,将它投进了盛放着生化废料和强酸的水槽中。咝咝作响的金属头颅连同被咀嚼的刀片一同浸泡在了酸液里。

我们四个人紧盯着金属蠕虫的残骸,看着它无声无息地缓慢溶解。

我扭过头,瞥了一眼验尸官图特伦和费希格。

"我总算明白,面对险情,我该找谁帮忙了。"我咕哝了一句。

面对此情此景,图特伦忍不住放声大笑。费希格却没有。

"那到底是什么东西?"就在我们乘坐费希格的兰德速攻艇赶往法务部总部的路上,埃莫斯仍然念念不忘地问我。

第三章

"你乱猜都比我知道的多，"我答道，"显然是他某个雇主的馈赠物。"

"什么样的雇主会制造那样的东西？"

"强大的雇主，埃莫斯，最恶毒的那种。"

在法务部阴冷的大厅里，我们召开了简短的会议。应我的要求，费希格召来了冷冻发生装置的科技贤者负责人——宗师帕拉斯特米斯。

他看了一眼证物室的匣型装置，便表示："我不知道这是什么东西。"

"感谢。这就够了。"我说完，转身看向费希格，"尽快将此物送到我的飞艇上。"

"这是属于倨傲星的关键证物——"他开口辩驳。

"你为谁工作，费希格？"

"帝皇。"

"那么把我看作帝皇，你就不会犯太大的错误。照我说的做。"

哈达姆·本兹正在审讯室等候。他被脱光了衣服。费希格向我确认，此前并未在他的衣物中发现任何值得追究的证物。

本兹是我在冷冻室内击倒的枪手，也是艾克隆众多爪牙中唯一的幸存者。他的嘴因为遭受重击而浮肿。在我们抵达前，他只供认出了自己的姓名。

费希格、埃莫斯和我走进了审讯室，这里四面环绕着压抑沉闷的石墙。本兹的双手被铐在一把金属座椅上，满脸惊恐。

他理应如此，我暗想。

"说说关于穆尔丁·艾克隆的事。"我说。

"谁？"他眼眸中的那抹漆黑消失了。艾克隆的咒语早已失效。他正感到惊异而错愕。

"那就说说你记得的最近一件事。"

"我当时正在特雷锡安主星。那是我的故乡。我是一名空港码头的装卸工。我只记得和一个朋友去酒吧喝酒。就这些。"

"一个朋友？"

"是一名叫韦恩·艾登的码头工长。我们当时醉得不轻。"

"艾登提到过艾克隆这个人吗？"

"没有。听着,我到底在哪儿?这些杂碎就是不肯告诉我。我到底做了什么?"

我笑道:"别的姑且不提,你试图杀了我。"

"你是?"

"我是帝国审判官。"

那一刻,恐惧感令他彻底丧失了对身体机能的控制。他开始央求,语无伦次地讲述了自己一生中所有的不端行为。但每件事都无关紧要。

我从审讯开始就断定他毫无价值。他不过是一个被蛊惑利用的奴隶,因为一身肌肉被选中,对于事件本身毫不知情。但我们的审讯还是持续了两个小时。费希格缓慢转动着门旁墙壁上的旋钮,门外低于零摄氏度的冷空气逐渐涌入。我们披上暖袍,翻来覆去地进行着审问。

当本兹赤裸的身体被冻结在座椅上无法动弹时,我们知道,这场审讯注定毫无结果。

我们离开牢房时,费希格对下属嘱咐道:"给他换个暖和的地方,让他填饱肚子。我们等到黎明时再将他处决。"

我没有问他所谓的"黎明"究竟是本地执法周期的特定日子,还是六个月后漫长冬夜结束时迎来的真正黎明——融雪季的开始。

我并不在意。

费希格示意我们可以自由活动一段时间。我与埃莫斯在一家几乎位于"太阳穹顶"正下方的露天餐馆共进午餐。食物酸涩难以下咽,虽然全都用冻干食品重新烹饪而成,但至少都是热的。临近的喷泉划出一面优雅的水幕,在拟恒星光球的照耀下散射出一道彩虹,斑斓的彩虹横跨在餐桌与街道之间。由于此时尚处在哀悼日,餐馆内没有别的顾客。

埃莫斯颇有兴致。他在餐桌上喋喋不休,话语间提到了很多我并未留意的事物,并开始分析这些现象之间的关联。尽管他的缺点显而易见,但他有一颗无与伦比的头脑。在与他共处的每个小时,我都能学到更多的知识和技巧。

他一边吃着鱼肉和米饭,一边查看起数据板。

"我在看艾克隆从这颗星球上收发的信息,洛温克检测到了这些信息的传输延时。"

"那些通信都被加密了。洛温克也没办法完全破译。"

"没错,说得对,但我指的是延时。这一条……延时八秒……从近地轨道的星船发送……信息的发出时间和艾克隆那艘消失的星船的出没时间相吻合,这确实在情理之中。但是这条……差不多发送于昨晚,也就是你开展追捕行动的那段时间。延时足足有十二分三十秒。那完全是另一个星系。"

我放下手中的风干肉,扭头看向那块数据板。我从未仔细考虑过星语通信表格四周那圈含混不清的侧栏的含义。

"十二分三十秒?你确定?"

"我特意让洛温克核对了。"

"我们似乎可以建立一个坐标?"

他露齿一笑,似乎在替我感到欣喜。"我初步锁定了三个世界,他们都处在十一到十五分钟的延时范围之内:特雷锡安主星、科伯特二星和古德伦。"

特雷锡安主星在情理之中。那是我们最近一次逗留的停靠港,也是艾克隆上一次暴露行踪的所在。况且,根据那个可怜虫本兹的描述,艾克隆在那里招募了一部分甚至是所有部下。

"科伯特没什么。那只是一个帝国哨站。但是古德伦——"

"一个古老的贸易世界。俗话说,循常习故,名门望族——"

"陈年老毒。"他笑着说完那句俗语。

我用餐巾擦了擦嘴。"我们能做进一步确认吗?"

"洛温克正在帮我调查。一旦我们破译了密码……我指的绝非完整信息,只需实际文本的编码抬头,那个世界便可揭晓。"

"古德伦……"我思忖着。

通信连接在我耳边响起。是贝坦科尔。

"听说过庞提乌斯吗?"

"没有,怎么了?"

"我也没听过,但是洛温克成功破解了几条过去的通信记录。在艾克隆抵达倨傲星的几周前,有人用经过授权的通信信道向'太阳穹顶'的某个位置发送过讯息。谈论的内容与庞提乌斯的运输工作有关,但模棱两可。"

"有具体的接收位置吗?"

"当然有,否则你雇我们是干啥的?在'融雪之景'第 12011 号,位于穹顶西侧的高房租居民区。也是贵族专属区。"

"有姓名吗?"

"没有,他们在通信活动方面似乎总是遮遮掩掩。"

"我们即刻动身。"

我和埃莫斯刚从餐桌后站起,转身便看到费希格正站在不远处。他穿着整套防爆护甲,身披坚实的甲壳,头戴法务部钢盔。我不得不承认,他这一身行头确实显得威风凛凛。

"你们这是要背着我去哪儿,审判官?"

"事实上,我们刚要去找你。带我们去'融雪之景'。"

第四章

飞驰在"太阳穹顶"
"融雪之景"12011号
审讯赛门·克罗特斯

倨傲星最富有的人都聚居在"太阳穹顶"西侧的冬宫。如惩戒官费希格所说,他们"既能沐浴光明,也能享受黑暗",仿佛这是某种骄奢的特权。他们房屋的一面正对着明亮的穹顶,透过另一面的护窗又能窥探到漆黑的寒冬荒漠地貌。埃莫斯表示,这是某种精神层面的享受。

驶入街道时,费希格关闭了自动地形引导系统,操纵着重型速攻艇抬升到了车流和建筑上方。车身在玻璃尖塔之间快速穿梭,咆哮着向西方飞驰。

我觉得他是在炫耀。

埃莫斯坐在后排,紧紧攥住压杆。飞艇加速的一刻,他轻哼一声后闭紧双眼。我与身穿铠甲的费希格坐在前排,看到他在法务部头盔的面甲下露出了得意的笑容。

这艘速攻艇是标准的帝国型号,表面涂着亚光棕色油漆,上面描画着太阳图案的徽章、V字形车标和当地法务部的编号。艇身外包裹着厚重的铠甲,在反重力系统的作用下被抬升到半空。我的座位前方放置着一挺重型爆矢枪。我环顾四周,看到后座旁边的武器架上锁着几把霰弹枪。

"给我一把!"我努力让声音盖过气流和涡轮风扇的呼啸声。

"什么?"

"我需要武器!"

费希格点了点头,在安插在粗重控制杆上方的键盘中输入了一组安全代码。武器架上的扣锁应声弹开。"拿一把!"埃莫斯将其中一把递给了我,我开始装填子弹。

"融雪之景"出现在眼前,一座由奢华的水晶玻璃和混凝岩构造体搭建的平台型建筑横亘在穹顶的弧线边缘。我们在阶梯式花圃上方的低空中飞行，脚下的蕨类植物与棕榈树在气旋中不住地抖动。

费希格关闭螺旋桨，将速攻艇停靠在第八层阳台顶端的宽阔平台上。

他跳出车身，手中握着霰弹枪。

我紧随其后。

"守在这里。"我示意埃莫斯。他无须参加行动。

"哪一间？"费希格问。

"12011 号。"

我们沿着宽阔弯曲的平台摸索着前行，繁茂盛开的花朵攀缘在栏杆两侧。

12011 号是一幢玻璃门建筑，露台上的拉窗玻璃如同通透的镜面。

费希格抬手以示警告，从口袋中掏出一枚硬币抛在阳台上。硬币顷刻间被九道不同方向的激光光束轰成了原子颗粒。

他拨通语音通信器。"这里是法务部惩戒官费希格，收到请回答。"

"收到，惩戒官。"

"接入穹顶中控室，解除'融雪之景'12011 号的自动防御系统。马上。"

片刻停顿。

"已经授权，系统关闭。"

他刚要迈步向前，我示意他停下脚步，抛出了我自己的硬币。

硬币在玄武岩阳台的地面上弹跳了两下，随后静止不动。

"我得确认清楚。"我说。

我们沿着主窗的两侧爬上阳台。费希格用力拉动滑门，但门被锁死了。

"这是装甲门，"我说着用手指轻轻敲击门板，"别犯傻。"

我从夹克口袋中取出装有艾克隆随身物品的塑料袋，寻找那把微缩激光刀。在我找到它之前，我发现了那把塑料钥匙。

看似渺茫的机会，往往最为关键。这是审判官哈普山特的谆谆教诲。

我将钥匙插入门框一侧的锁孔中，主窗沿着自动滑轨移到了一旁。

我们等候片刻。馥郁的芳香扑面而来，四周飘荡着轻缓悠扬的管弦乐曲。

"法务部！屋里的人立刻回答！"费希格吼了一声，声音被头盔内置的传声器放大。

他们的确照做了。

屋内响起激烈的枪声，密集的火力轰飞了平台的栏杆，盆栽灌木和低矮的树丛被直接削首，花坛被炸为两截，平台上的线杆也被齐腰斩断。

"你自己看着办！"费希格吼道。他贴地翻滚进门，手中的霰弹枪不断地轰射。爆破声震耳欲聋。

我沿着一根管道爬上了第二层阳台，霰弹枪被我挂在肩头。激烈的枪声在我的脚下隆隆作响。

我掀开阳台外的轻纱门帘，走进主卧室。

屋内温暖而昏暗，四周装饰着红色的天鹅绒墙饰，安装在隐蔽位置的播放器演奏着轻柔舒缓的环境音乐。床铺上杂乱不堪。墙角的镀金书柜上摆放着一台便携式通信装置。我走近一步，翻阅起装置的通信记录。费希格掀起的混乱如同暴风骤雨一般，轰鸣透过地板从脚下传来。

一个女孩从侧面的浴室里推门走出，见到我时惊声尖叫。她当时一丝不挂，情急之下慌忙躲进了被褥里。

我将霰弹枪的枪口对准了她。

"你是谁？"

她哽咽着，摇了摇头。

"审判庭。"我低声吼道，"你是谁？"

她啜泣起来，再次摇头。

"趴下。尽可能爬到床底。"

侧屋门后传来了口哨声。有人在喊她的名字。

"不要回答。"我对啜泣的女孩说。

我缓缓靠近侧屋的门口。灯影幢幢。沐浴油的气味伴随着水汽传出。口哨声戛然而止。

我知道他已心生戒备。果然，那人一声不吭，门内突然响起了枪声。

我用枪口撞开了门。五发高速旋转的子弹在门板上轰出了几个弹孔。

我快速扑倒在地，向门缝中接连开了三枪——

"审判庭！放下武器！"

另外两发子弹射穿了门板。

我握着枪，撤到门后，小心地站起身。

"出来。"我在话语中倾注了意志之力。

一名身材魁梧、浑身刺青、赤身裸体的男子跌跌撞撞地走出了浴室。他的胡子刚刮到一半，半边脸上还涂着肥皂泡沫。他的手中握着一柄特伦瓦瑟高出力自动手枪。

"把枪放下。"我命令道。

他陷入了犹豫，我的意志之力似乎并未立即生效。我发现对方的意识似乎有所防范。

终究不能掉以轻心。

就在他举枪对准我的那一刻，我用霰弹枪轰开了那张清洁到一半的脸。他的尸体被冲击力震飞，从半掩的门后摔了回去。

女孩仍然蜷缩在床头。她浑身赤裸着，瑟瑟发抖。我惊讶地发现她竟然没有因为听到我的灵能喝令而走出来。

我转身看着她。

"你叫什么名字？"

"丽丝·B。"

"全名！"我简短地命令。她本不值得我特别留意，但她身上有某种罕见的特质，一种独一无二的气场。

"伊丽莎白·贝坤。过去四个蛰伏季都在'太阳穹顶'靠卖笑谋生！"

"你为什么在这里？"

"他们预付了一笔钱！想要寻欢作乐！天哪……"

她的声音微弱无力，整个人都瘫倒在床上。

"穿好衣服，待在这儿。我稍后还有问题。"

我大步迈出屋门，向昏暗的大厅里看去。下方的楼梯中回荡着枪声和呼喊声。

楼下有人看到我的身影，径直向我跑来。

"威尔克！威尔克！他们发现我们了！他们已经——"

就在对方发现我并非威尔克的一瞬间，我抡起枪托砸中了他。他仰面摔倒在地。

两发实弹与我擦肩而过，轰射在门框上。

我俯身躲避，退回到屋内，手掌划过霰弹枪的枪身，重新握住枪柄。

几发子弹射穿了床头上方的墙壁。贝坤尖叫着滚下了床。

第四章

我转身向后射击，在门上再次轰出两个弹孔。

两个人猛地冲进房间，眼中满是愤怒与绝望。他们都穿着浅色的贴身衣物。其中一人手持激光手枪，另一人提着自动步枪。

我一枪将拿着激光手枪的敌人轰飞。手持自动步枪的人见状连忙还击，几发子弹呼啸而过，炸开了一侧的床腿。

自动步枪持续倾泻着火力。地毯被撕成了破烂的布条，镜子碎片与家具碎屑四处飞溅。

我连续翻滚，拼命地寻找着掩体。

就在我命悬一线之时，枪手突然面朝下地栽倒在床上。先前的女孩握着一把弹簧长刀，将刀尖从尸体的脖子上抽了出来。

"我救了你一命。"她说，"这应该对我有好处，对吧？"

我示意女孩留在卧室里，她点头的动作让我断定她不会轻易离开。

我推开房门走进昏暗的大厅。楼下已经恢复了寂静。

"费希格？"我对着通信器询问。

"下来吧。"他的声音有些刺耳。

螺旋形阶梯通向一间宽敞的多层起居室。空气中浓烟弥漫，透过被我们开启的露台拉窗向外溢散。"太阳穹顶"的强光照射进来，在半空飘浮的烟尘中折射出一层层光斑。大厅对面的墙壁上安装着一扇宽阔的分段式护窗，透过窗口便能观察到穹顶外寒风呼啸的冰原和荒野。

枪林弹雨几乎摧毁了屋内所有的名贵家具和奢华配饰。五具面目全非的尸体扭曲地躺在地板的各个角落。费希格掀起面甲，将第六个人抬上了一把高背座椅。那人右肩受了伤，不住地哀号哭泣。费希格将他铐在了椅背上。

"楼上怎样？"费希格头也不回地问。

"清理完毕。"我回答。

我在大厅内来回踱步，观察着角落里的死者和散落在桌案各处的杂物。

"我认识其中几人。"未等我开口询问，惩戒官便开口补充道，"靠窗的那两个是本地人，都是低等奴工，有一连串案底。"

"都是雇来的打手。"

"手段似乎和你的敌人类似。其他人都来自外部世界。"

"有证件吗？"

"没有。这只是我的预感，他们都没有携带任何身份证件或标识，连数字存储器都没有。"

"这位呢？"我走到他身边，看着被他铐在椅背上的嫌犯。那人一边咳嗽一边哽咽，眼珠来回滚动。除非他能通过药物或隐藏植入物增强他的力量，否则以他的体形来看，他绝非打手。他比其他人更加年迈，身材瘦削，下巴上留着花白的短须。

"你是故意留下活口的，对吧？"我问费希格。他闻言微微一笑，仿佛对我能够发现这一点颇感欣喜。

"我——我有自己的权利！"那人突然嘶吼一声。

"你已被帝国审判庭羁押。"我直白地警告，"你没有任何权利。"

他陷入了沉默。

"是外地人。"费希格说。我扬起眉毛瞥了他一眼。

"听口音。"费希格解释道。

如果是我自己，断然不会发现这一点。这也是我一有机会便会征用当地人员协助办案的原因，哪怕是惩戒官这样可能会带来麻烦的家伙，我也不会排斥。我的职责要求我穿梭于不同的世界，往返于多个文明之间。方言、口音，乃至俚语上的细微差别通常会被我忽略。但费希格立刻留意到了差别，并且做出了合情合理的判断。如果此人并非普通打手，而是艾克隆精心挑选出的头目，他就更有可能来自外部世界。

"你的名字？"我问。

"我拒绝回答。"

"那我暂时不会处理你的伤口。"

他摇了摇头。他伤势严重，显然正忍受着剧痛。这令我格外确信他是一名头目。他很快停止了颤抖和抱怨。他似乎切换了某种新的心智模式，人为地屏蔽了痛感，这无疑是从艾克隆那里学会的。

"意识上的把戏根本救不了你。"我说，"我比你更精于此道。"

"去死吧！"

出于礼节考虑，我向费希格使了个眼色："留神。"他连忙退后了几步。

"报上姓名。"我在话语中倾注了意志之力。

第四章

椅子上的人浑身痉挛起来。"赛门·克罗特斯！"他痛苦地喘息着。

"古德温·费希格。"惩戒官也脱口而出。他面带红晕，连忙走到别处搜寻。

"很好，赛门·克罗特斯，你从哪里来？"我这次没有动用意志之力。根据过去的经验，只需动用一次灵能便可让普通人的心智防御土崩瓦解。

"特雷锡安主星。"

"你在那里从事什么职业？"

"我曾是西尼西亚联合商贸行会的贸易使节。"

这个组织的名称对我来说并不陌生。西尼西亚联合商贸行会是整个星区规模最大的商贸公司之一。它的资产遍布上百颗行星，并且和帝国贵族关联密切。除此以外，贝坦科尔当天清晨还曾向我汇报，"太阳穹顶"的登陆平台上就停靠着一艘隶属于该行会的贸易运输船。

"你来倨傲星做什么？"

"一样的工作——担任贸易使节。"

"在蛰伏季这个时候？"

"生意还是要做的。在这个世界上，要与当权者签订长期贸易合同，靠的纯粹是个人关系。"

"你所在的行会能帮你证明吗？"

"当然。"

我走到他身后。"你为什么来这里？这里是私人住所。"

"我应邀而来。"

"应谁的邀请？"

"南博·威尔克。他是当地的大贸易商。是他邀请我参与蛰伏季的宴席。"

"这套宅邸确实登记在南博·威尔克的名下。"费希格说，"正如他所说，威尔克长期经商，没有作案前科。我对他并不熟悉。"

"艾克隆呢？"我问克罗特斯，并俯身直视着他的双眼。他的眼中闪过一丝恐惧。

"谁？"

"你真正的雇主。穆尔丁·艾克隆。别让我问第二遍。"

"我不知道什么艾克隆！"他的语气十分真诚，毫无欺瞒的意味。或许他确实不知道艾克隆这个名字。

我拖过一把椅子,在他面前坐下。"你的供认驴唇不对马嘴。你与其他惯犯勾结,涉嫌参与扰乱多个行星的阴谋。你将被以谋杀罪起诉——这涉及多条人命。你最好能识时务,为我们补充更多的细节,否则,我将使用更彻底的手段并执行这场审讯。"

"我不知道我还能告诉你什么。"

"什么都行。或许,你可以说说庞提乌斯?"

话音未落,他的脸上突然露出狰狞而恐惧的神情。他的下巴在用力开合,仿佛正试图吐出几个字。他浑身抽搐,伴随身体内的液体暴涌的声音,他的头颅向前垂了下去。

"王座之光啊!"费希格惊呼。

"该死。"我咒骂了一声,弯腰检查起克罗特斯垂落的头颅。他已经咽了气。艾克隆在他体内植入了致死装置,一旦触发条件便会置人于死地。而"庞提乌斯"这个名字显然是装置的触发条件之一。

"是人为的突发性中风。"

"所以我们折腾这么久,结果却毫无进展?"

"我们获取的情报已经足够!你没在听吗?最重要的是,我们知道了庞提乌斯才是他们竭尽所能想要守护的东西,是他们最关键的秘密。"

"关于它,你究竟还知道什么?"

我还没来得及回答。那扇隔绝穹顶外侧极端气候的护窗突然被炸开。数枚埋藏在暗处的炸弹几乎同时被引爆。金属碎片被强大的气旋卷入冰冷的黑暗中,随之产生的冲击力将费希格和我同时掀翻在地。

几毫秒之后,漫天飞舞的玻璃碎片被蛰伏季呼啸的狂风裹挟着灌回到了室内——上亿颗锋利的晶体切片会聚成一场致命的风暴,在我们眼前肆虐。

第五章

被掩盖的踪迹

古德伦的格劳家族

不速之客

　　爆炸声震耳欲聋，我情急之下抓起费希格扑向门外。出门的一瞬间，露台的应急护窗从硬木墙顶砸落。我俩气喘吁吁地躺倒在露台上，来自"太阳穹顶"的强烈光芒烘烤着我们被严寒冻僵的身体。

　　"融雪之景"住宅区的警报声大作。法务部的援兵正快马加鞭地赶来。

　　我们站起身。得益于我们精良的装备——抑或只是好运——我们并没有遭受碎片风暴最严重的侵袭。尽管我的左脸颊被割开，费希格大腿部位的铠甲也被一根细长的玻璃碎片刺穿。但除此以外，我们只是受了些轻微擦伤。

　　"是巧合吗？"他问，尽管他很清楚这绝非巧合。

　　"引爆装置与克罗特斯的致死装置的原理类似，是同时触发的。"

　　他瞥向别处，一边解开臂铠，一边给自己思索的时间。他满脸阴沉，或许是被惊吓所致，但我认为他已经开始了解我们敌人的非凡手段，以及他们具备的资源与能力。他们在圣歌区 2-12 号犯下的滔天罪行足以显露其恶意，但惩戒官并没有在现场见证。此时此刻，他目睹了那些追随黑暗的狂热使徒，目睹了他们为了邪祟之主肝脑涂地、战斗赴死的暴行，更目睹了他们为了掩盖踪迹而不惜一切代价，甚至大规模地使用灵能武器和脑部触发的诱杀陷阱——这些手段足以表明幕后真凶乃是手眼通天的人物，而且城府极深。

　　当地的医疗机仆在包扎我们的伤口时，法务部的武装小队迅速占领了那幢豪宅。小队成员及时搭救了那个名叫贝坤的女孩。她裹着毛毯，冻得面色发青。我出示了徽章，示意他们将她暂时收留。她浑身颤抖，冻得连抱怨的力气都没有了。

　　费希格和我披上暖袍重新返回宅邸。工程人员还需要两三个小时才能更换好穹顶外侧的护窗。在露台一侧的强光照耀下，我们走过临时换上的隔热帘布，走进宅邸昏暗的深蓝色夜幕中。护窗所在的整面墙都已轰塌，我们瞭望着远方那一抹玻璃般清澈透明的暮色，晦暗的远景不停地闪烁。一抹阳光从穹顶边缘逸散而出，散射出一抹朦胧的背光。我再次置身于这冰冷刺骨的苦寒中，体内流淌的血液仿佛都因为凝固而隐隐作痛。

我们先前审讯克罗特斯的主厅被爆炸产生的烟灰熏得一片漆黑，遍地都是锋利的玻璃碎片。家具的金属碎粒散落一地，被冰霜覆盖，偶尔能看到死者扭曲而残破的面孔。原本陈列的尸体被风暴搅动的玻璃碎片刺穿，泼洒的血液快速凝固，如同黑暗中闪烁的猩红宝石。

我们点亮白炽的灯光。我不禁怀疑我们究竟能找到多少线索。根据我的推测，屋子里全部有价值的文档极有可能也设置了自毁程序，在特定的触发条件下会被烧毁或删除，而这一触发条件与杀死克罗特斯、炸开护窗的条件也完全相同。除此以外，这些人似乎早已将真正重要的信息存储在头脑中，以类似记忆留痕或模因代码的形式保管。这一技术常常被外交部、内政部或一些从事星际贸易的商业代表团的核心成员使用。

这一点让我联想起克罗特斯的雇主——西尼西亚联合商贸行会。

"这个名字在这片次星区很常见。"在停靠在平台泊位的炮艇内，埃莫斯坐在舒适柔和的灯光下，开始了分析。他始终在搜索"庞提乌斯"这个名字。"我发现一共有超过五十万人名叫庞提乌斯，另外二十万人用作中间名，这还不包括四五万个拼写的变体。"

他将一块数据板递给我。我将它推开，盯着手中的一面镜子，仔细观察着脸颊伤口上蝴蝶形状的金属缝线。

"除了人名以外呢？"

他叹了口气。"我找到了九千多个与这个词有关的地名和机构名。"他开始阅读起数据板上的列表。"庞提乌斯·斯维尔文青年学院、庞提乌斯·普拉克斯泰尔斯翻译局、庞提乌斯·吉万特·罗普斯投资财团、庞提乌斯显微镜像医疗……"

"够了。"我坐在编码器旁，将一组组姓名输入其中。符文在屏幕表面闪烁变化。我目不转睛地注视着不断跳转的文字，手指在滚轴上停了下来。

"庞提乌斯·格劳。"我说。

他眨了眨眼，抬头看了我一眼，瘦长而苍老的脸上浮现出学者特有的欣喜笑容。"这可不在我的名单上。"

"因为他死了？"

"因为他死了。"

埃莫斯向我走来，隔着我的肩膀注视着屏幕。"但是，你说的不无道理。"

确实有道理。一种看似不合逻辑的真相。对于这样的真相，审判官理应始终保持最灵敏的嗅觉。

格劳家族是一支古老的贵族血脉，他们的政治势力在一千年间保持着旺盛的生命力，在这片次星区中有着举足轻重的作用。家族最主要的财产都位于古德伦——这个世界早已引起我们的注意。根据编码器显示的数据，格劳家族同样也是西尼西亚联合商贸行会的大股东和投资方。

"庞提乌斯·格劳……"我沉吟着。

庞提乌斯·格劳已经死去了两百多年。他是奥博伦·格劳——格劳家族历代族长中最伟大族长的第七子。庞提乌斯自小就经受了大多数贵族次子都会面对的不公命运——家族产业被他的兄长先后继承，轮到他时却所剩无几。他的大哥，同样名为奥博伦，继任为家族长；二哥继承了家族股份的控制权；三哥接管了家族武装；四姐、五姐通过政治联姻，成功嫁入了内政部的上流豪门……

我还在接受忠嗣学院的训练时，就从相关的传记中读到过庞提乌斯·格劳的事迹。庞提乌斯早年间是一名气宇轩昂、知书达理的纨绔子弟，但虚度光阴让他耗尽了青春。他沉迷赌博，失去了人生中的一大笔财产，随后又靠奴隶贩卖和坑斗竞技场重新积攒起了财富。他的前半生都背负着残暴与酷虐的骂名，遭到世人的唾弃。

直到后来，在他四十岁时，他的身体状况因为骄奢淫逸的生活而不断恶化。他被迫转变，踏上了一条更加黑暗的道路。后人一度怀疑这种转变是否完全出于偶然：某样邪祟的物件或是文本阴差阳错地流入他的手中，他也因此得知了他手下一位野蛮角斗士的异端信仰。直觉告诉我，异端的倾向始终隐藏在他的内心中，但在那一刻，这一倾向彻底爆发了。据记载，他一生都收藏着那本被列为禁忌的珍贵古籍。他原本对艰涩与污秽的书籍爱不释手，这一喜好究竟从何时开始蔓延到了异端邪说和对帝皇的亵渎？

庞提乌斯·格劳沦为混沌的使徒，银河间最奸恶、最狎亵、最龌龊邪神的祭拜者。他召集信徒，开始了骇人听闻、让人羞于启齿的邪恶征途，十五年间恶行累累、罄竹难书。

他与众多追随者在大审判官阿布沙隆·安格文率领的清剿行动中被诛杀，最终命丧于拉姆萨洛特世界。为了洗脱嫌疑，格劳家族也参与了这次清剿——此举撇清了他们与庞提乌斯的恶行之间的干系，更使得整个家族免于遭受害群之马的牵连。

他是一头怪物，一头臭名昭著的怪物。正如埃莫斯所说，他已经死了两个多世纪了。

但这个名字几乎与所有线索都存在显而易见的关联，实在让我无法忽视。

我踱步走向驾驶舱，在贝坦科尔身旁坐下。"我们将离开这个世界，向古德伦进发。"

"我会安排。大概需要一两天。"

"事不宜迟。"

我向卡佩尔呈交了报告，但并未透露全部的细节。作为调查报告的结论，我向他表明我即将动身前往古德伦，继续开展必要的追查。就在我翻阅审判官安格文的机密卷宗时，两名法务部人员将贝坤押送到了我的炮艇。我此前曾嘱咐倨傲星当局将她交给我处理。

她站在船员室昏暗的角落里，眉头紧蹙，手戴镣铐，身穿色彩艳俗的长袍，披着薄纱坎肩。尽管她的衣着毫不考究，神态局促不安，但这不影响她出众的美貌。她身材姣好，嘴唇丰盈，眼神敏锐，一头黑直长发。然而，我再一次从她身上感受到了一种奇特的气场，正如我先前捕捉到的气息一样。尽管她美艳动人，但她身上却有着某种令人厌恶的特质。这颇不同寻常，但此时，我对那股气场的来源已经心知肚明。

我走进船员室时，她转身瞥了我一眼，满脸的恐惧与愤怒。

"我救过你一命！"她怒斥道。

"确实。尽管我并不需要，也从未恳求你的援救。"

她生气地噘起嘴。那种气场格外浓重。一种强烈的不适感在我的全身流淌，我从内心深处涌起一股冲动，想将她扔出炮艇的舱门。

"法务部说他们会以谋杀和勾结异端的罪名起诉我。"

"法务部迫切地需要有人戴罪受罚。你只是无辜地被卷入了此事，这一点我不得不承认。"

"太对了！"她满脸愠怒，"这件事毁了我！我才刚刚摆脱困境。"

"你的生活曾经十分困窘？"

她面带冷笑地直视着我，仿佛在质疑我的智力。那表情似乎在说：我是个卖笑女、一件玩物、最低贱的人……你觉得我的生活能好到哪儿去？

我走近一步，解开了法务部的镣铐。她揉了揉手腕，惊讶地看着我。

"坐下。"我说。我提高音调，注入了意志之力。

她又看了我一眼，似乎对那种滑稽古怪的腔调感到好奇，随后又安静地坐在船员室后墙旁的软垫皮椅上。

"我会申请将那些不当的指控撤回。"我对她说，"我有这样的特权。相信我，这种特权正是你至今尚未遭受指控和拷问的原因。"

"你为什么这么做？"

"你刚刚不是说，你救过我一命吗？"

"我说什么并不重要。"她上下打量着我，面色阴沉。我突然意识到自己有些心动，她的美貌与活泼的性格无疑都充满了魅力。然而我……我情绪失控，想对她大声呵斥，将她驱赶到我的视线之外。再一次，我对她凭空产生了一种匪夷所思、出于本能的厌恶。

"即便你能证明我的清白，我也没办法继续留在这儿了。他们会赶走我。我会被人唾弃，更没有办法维持生计。我得另找别处谋生。"她低头看着地面，口中咒骂了一声，"我刚摆脱困窘没多久！"

"另找别处？你不是倨傲星本地人？"

"这个荒远偏僻的鬼地方？"

"你是哪里人？"

"我来自特雷锡安主星，四年前。"

"你出生在特雷锡安？"

她摇了摇头，说："我出生在波拿文都。"

那是半个星区以外的世界。"你怎么会从波拿文都跑到特雷锡安？"

"我一直漂泊不定，颠沛流离，从没在一个地方停留过太久。"

"因为世事艰难？"

她又冷笑了一声，说："是啊。我在这里生活的时间比其他地方都要久。可是现在，全都完了。"

"站起来。"我突然喝令一声，话语中充满了意志之力。

她抬头看着我，耸了耸肩。"别一惊一乍的。"她说完，缓缓站起身。

"我要问你一些与'融雪之景'12011号的人有关的情报。"

"我猜你会这么做。"

"如果你配合审讯，我会给你回报。"

"什么回报？"

"我会将你送抵古德伦，给你一个重新开始的机会。或者，如果你感兴趣的话，我想雇用你加入我们的小队。"

她困惑地笑了笑。这是我从她脸上捕捉到的第一个积极的表情。这更增添了她的迷人气质，但我还是一点都喜欢不起来。

"雇用？你要雇我？一名帝国审判官要雇我？"

"是的，我需要你提供服务。"

她向我款款走来，暧昧地将双手平放在我的胸前。"我懂了。"她说，"即便是一本正经、冷血严肃的审判官也有生理需求，是吗？好吧，我答应你。"

"你误会了。"我说着，尽可能礼貌地将她推开，与她的肢体接触让那股不自然的厌恶之情格外浓烈，"我所说的服务你应该闻所未闻，和你过去从事的工作更是毫不相干。你还感兴趣吗？"

她歪着头，一边思索一边注视着我。"你真古怪。好吧，我答应你。所有的审判官都和你一样吗？"

"不是。"

我命令名为摩多的机仆为她准备了点心，并将她安顿在船员室。贝坦科尔站在门外的阴影中，向她投去了欣赏的目光。

"真是个美人胚子。"他低声对我说，但我好像并未留意到这一点。

"你这么快就把薇本抛到脑后了？"

他仿佛被戳到了痛处，转身怒视着我。"这么说可过分了，艾森霍恩。我只是评价两句。"

"你真正认识她之后，恐怕就不会喜欢了。她是个不可接触者。"

"真的？"

"真的。灵能消除者。她的能力与生俱来，而我还没有测出她防御灵能的极限。和她在同一个屋檐下就足以让我疲惫不堪。"

"终究是个美人啊。"贝坦科尔叹了口气，再次向她投去目光。

"她会是个得力的帮手。如果满足条件，我会征她入队。"

他点了点头。不可接触者是凤毛麟角般的存在，几乎不可能人为地培育与改造。他们会在亚空间产生一种负面的投影，对于灵能近乎免疫，因此也常被视作天生的反灵能武器。他们消除灵能的能力也会带来一个副作用——他们所过之处，常常会产生令人不适的气场扰动，不经意间便会触发旁人内心的恐惧与厌恶之情。

难怪她一生命途多舛，孤苦伶仃。

"有新的情报吗？"我问贝坦科尔。

"我和一艘名为伊森号的贸易星船取得了联络。船主名叫托比亚斯·马希拉，靠贩卖小型奢侈品为生。他两天后就会从长庚星运送一批葡萄酒到这里，随后赶往古德伦。只需一小笔订金，他就会为我们的炮艇腾出足够的空间。"

"干得漂亮。我们何时抵达古德伦？"

"两周后。"

我花了一个小时审问贝坤。不出意料，她所掌握的情报微乎其微。我们将她安顿在贝坦科尔卧房旁一间狭小的卧铺隔间内。那充其量不过是个方盒子，尼尔奎特不得不清空杂乱堆砌的废旧设备，为她腾出足够的空间，但她似乎非常满足。当我问她需要从"太阳穹顶"带走哪些物件时，她只是毫不在意地摇了摇头。

就在我和埃莫斯钻研更多数据时，费希格风风火火地闯了进来。他身穿棕色羽缎制服，肩头扛着两只高高鼓起的行囊。他迈进炮艇的舱门，将行囊砰的一声扔在了地上。

"惩戒官，你来干什么？"我问。

他将一块雕刻着卡佩尔官印的数据板递给了我。"禁卫长已经同意放行，让你继续调查。但前提是……"

我扫了一眼数据板，叹了口气。

"前提是我也能参与行动。"他说。

第五章

第六章

降神的预兆

梦境

加入伊森号

　　我向倨傲星禁卫长发出了严正抗议，但这不过是逢场作戏罢了。倘若我拒绝他的代理人参与行动，卡佩尔就会给我造成不小的阻碍。当然，我可以直言拒绝，随心所欲地采取下一步行动。但卡佩尔却能以此为由拖延我的行程。如果我因为本次调查中产生的违规行为遭到倨傲星当局的指控，我不知道倨傲星的长老和行政部门还能给我多大程度的支持。

　　此外，卡佩尔对我动身前往古德伦的计划了如指掌。即便我不允许，他也有权力派遣费希格携法务部的授权令径直前往。权衡再三，我决定把惩戒官费希格留在身边，以免局面失控。

　　在我们动身的前一天下午，我让洛温克准备了一场"自主降神"。尽管我怀疑我们很难再获取更多新的线索，但我仍想尝试所有可行的调查手法。

　　如往常一样，降神仪式在我的舱室内进行。我将房门紧闭，严令贝坦科尔不得让任何人中途打扰。我坐在高背扶手椅上，将思绪放空，意识在大约一刻钟后进入了半昏半醒的状态。这是一种古老的侦探技巧，也是审判庭导师在发现我的能力后教会我使用的第一项技能。我与洛温克之间摆放着一张绒布桌案，洛温克罗列出了一些关键的证据，包括艾克隆的随身物品，以及从"融雪之景"12011号和圣歌区收缴的证物。我们也摆出了从冷冻控制室中发现的那枚神秘的匣型装置。

　　在确保我已准备就绪后，洛温克向亚空间开启了心智，他用久经磨砺的心灵搭建起了一个特殊的结构，筛滤着来自亚空间的凶猛洪流。这样的操作总会令我感到胆战心惊。房间内气温骤降，摆在一旁矮柜上的玻璃盏毫无预兆地突然爆裂。洛温克喃喃自语，眼球向后翻动，眼睑轻微地抽搐起来。

我紧闭双眼，但房间内的布置仍然一览无余。我所见的一切，全部都是洛温克通过心灵感应能力塑造出的亚空间投影——四周的一切都事无巨细地呈现在眼前，由内而外散发着淡蓝色的荧光，固体的表面也变得无比通透。房间的空间维度略有变化，仿佛正在勉强地维系着现实空间所需要的连续性，不时地延展扭曲。

我依次拾起桌上的物品。在洛温克的投影下，它们展现出无与伦比的质感，发出的亚空间信号被显著增强，我感受共鸣的能力也得到了提高。

多数物品都显得晦暗而迟钝，产生的共鸣也微不足道。其中一些物体四周笼罩着一圈氤氲的光环，那是被人的双手和意识触碰过的痕迹。艾克隆的通信器嗡嗡作响，发出了虚无缥缈、含糊晦涩的鬼魂号哭声，但并没有透露任何有意义的信息。

在我的指尖触碰到艾克隆手枪的那一刻，枪身如同蝎尾的毒针般刺痛了我——我与洛温克同时倒吸了一口凉气。我从那短暂的刺痛中嗅探到了死亡的气味，决心不再触碰那把手枪。

埃莫斯尚未破解艾克隆的数据板，但面板四周萦绕着混浊不堪、近似于胶状质地的光斑。灵能残留的厚度表明数据板中包藏着极其复杂的思维逻辑和数据，但其中的秘密被掩藏得滴水不漏，我不禁感到一丝气馁。洛温克继续扩大我的感官，直到一声低语在我耳畔响起，我辨认出一个词，或许那是一个名字——"戴索姆诺"。

最后，我们只剩下那枚匣型装置了。它四周闪烁着幽光，在亚空间中产生了强烈的心灵共鸣。我们只与它短暂接触了片刻，便因为它的光环而感到精疲力竭。

我们继续触探，通过灵能探查出三种不同的存在。其中一物锐利而坚硬，散发着金属的气味。洛温克认定那是智慧种族的遗物，或者至少出自某个先进的文明之手。无论如何，此物都是极端邪恶的存在。

金属古物之下，掩藏着一个冰冷、微小却紧实无比的神秘物体——仿佛一颗暗淡无光、坍塌崩坏的恒星。它被严丝合缝地锁在匣型装置内，诡异地闪耀跳动着。

在两个物体四周，来自圣歌区2-12号的亡者弥留的痛苦情感正如同飞鸟一般扑腾、盘旋着。他们哀怨而扭曲的心灵哀号声在我们的脑海中回响，几乎耗尽了我们的心神。圣歌区的幽魂在这台装置上留下了难以磨灭的精神印记——这是艾克隆谋杀他们的工具。

我们刚想撤出幻境，中断这次降神，第二个邪祟之物突然显形，它冰冷而邈远，密度大得惊人。我起初感到好奇，但很快就震惊于它展现出的力量和速度。从中我感受到一股令人作呕、难以忍受的饥渴感，如同饿虎逢羊，垂涎三尺。

那怪物从匣子中央升腾而起，号啕着，渴求着，散发着足以撕裂其他所有踪迹的黑暗气息。我一眼瞥见了它深邃的恶意，感受到了它无边的欲望。

洛温克毫不犹豫地切断了连接。他瘫坐在椅子上，气喘吁吁，皮肤上浮现出通灵感应导致的血斑。

我同样疲惫不堪。我感到内心冰凉，甚至比倨傲星蛰伏季的苦寒还要刺骨。良久，我的思绪才开始恢复，如同逐渐解冻的管道中缓慢流淌着的冰水。

我起身给自己倒了一杯阿玛斯克酒。沉吟片刻后，我又给洛温克倒了一杯。我俩举行的降神仪式无一例外地充斥着痛苦和悲伤，但这次的经历与往常格外不同。

"有危险。"洛温克终于压低嗓门说，"可怕的危险，就藏在匣中。"

"我感受得到。"

"恐怕这次降神并不顺利，先生。似乎受到了某种……某种额外因素的干扰。"

我叹了口气。我知道他觉察出的异常是什么。"我知道干扰的来源。那个刚刚登舰的女孩是一位不可接触者。"

洛温克打了个寒战。"请让她离我远点。"

我将"戴索姆诺"发送给了埃莫斯，让他研究这个词条对于破解数据板是否有帮助，随后便返回房间整理罗列出的证物。洛温克退回到位于驾驶舱甲板下方的狭小卧室内。我想，他在相当长的一段时间里都会感到虚弱无力，更无法投入其他的工作中。

我将证物一一收好，重新封装入袋，并锁进炮艇的保险箱中。那台匣型装置体积过大，被我们用防水帆布严实地包裹起来，用链条固定在船舱尾部的储物柜里。当我搬起它走向柜门时，我感受到了它邪祟光纹的震颤，仿佛我们唤醒了某种禁忌的古物，那是一种邪恶的人类本能。我怀疑那或许是长期奔波引发的疲劳与思维上的幻觉，但我还是谨慎地戴上了手套，以防万一。

不久后，贝坦科尔找到了我。他仔细检查了薇本的行囊，却没有发现任何遗嘱或留言。我们需要腾出她的房间供法务部的费希格入住，于是将她的物品放进了船员室的储物箱，并将裹好的遗体转移到了医疗室的小床上。离开前，我锁好了房门。

"你会如何安置她？"贝坦科尔问，"我们现在可没有时间举行葬礼。"

"她曾说过，她想亲眼见证璀璨的群星。我们就将她葬在群星之间。"

虽然我疲惫不堪，但当我躺在床上时却仍然辗转反侧。终于入眠后，我再一次进入了冰冷而不适的梦境。黑暗之中，危机四伏，诡谲的浓云在无光的天空中翻滚，云层间雷电交加、电光闪烁。远方的丛林朦胧而晦暗，矗立在梦境边缘的高墙则是一片纯粹的漆黑。我感受到了一种似曾相识的饥饿本能，那本能的源头正隐匿在我视野的盲区中。

成群的食腐鸟从高空俯冲而下，羽翼掠过之处，色彩便都褪去，整片梦境也因此蒙上了一层灰色。唯独留下了一枚红点，在我眼前的无色泥土中不断地闪烁。

我每向红点迈近一步，它便会后退一步。我开始加速奔跑，它便亦步亦趋地向后逃离。

终于，我气喘吁吁地放弃了追逐。那枚红点也消失不见。我再次感受到了那种异样的本能，充斥在我的咽喉处，饥饿与渴求在全身蔓延，如同百爪挠心。原本在半空搅动的浓云仿佛突然被冻结住，纹丝不动，就连火光和闪电也被定格为锯齿状的磷光。

一个声音正在呼唤着我的名字。我原以为那是薇本，但当我转身寻找时，眼前却空无一物，只有一片消逝的烟尘。

我猛然惊醒。根据钟面上显示的时间，我不过睡了几个小时而已。我感到口干舌燥，在边柜上倒了两杯水，然后一饮而尽，翻身栽倒在床上。

我感到头痛欲裂，天旋地转，纷扰的思绪一刻不停。自那之后，我便再难入眠。

大约四小时后，语音通信连接突然响起，从中传出了贝坦科尔的声音。"伊森号刚刚抵达了近地轨道。"他向我汇报道，"我们随时可以动身。"

伊森号倾斜地停靠在倨傲星的大气层弧面上方，船体轮廓在星光的映衬下依稀可辨。

我们驶离光辉灿烂的"太阳穹顶"，跃入皑皑的冰雪世界。炮艇的艇身剧烈地震动起来，直到贝坦科尔驾驶着炮艇从凛冽的寒风中挣脱出来，攀升到寒雾弥漫的大洋上空。

舷窗之外，先是狂风暴雪，随后是雕塑般的白色大陆架。随着海拔不断升高，我们能够清晰地看到洋流、海风与潮汐在倨傲星自转产生的离心力作用下拉扯出的丝缕痕迹。

"在那儿。"贝坦科尔说着，向远处倾斜的空港点了点头。即便身处距离地表九十千米处的高空中，他仍然只凭借肉眼，目不转睛地注视着窗外。飞艇在稀薄的空气中徐徐上升。

片刻后我才找到它。那是珍珠色的天穹边缘的一抹阴影。

一分钟后，那抹阴影变得更加立体。又过了一分钟，我能够分辨出星船表面闪烁的点点灯光。

又一分钟过去了，那艘船几乎完全凌驾于整座港口。它如同一座被连根拔起的巨塔，静谧而优雅地飘浮在半空中。

"真是个美人。"贝坦科尔一边欣赏着优雅的舰船，一边低声说。他内置电路的手掌轻拂着操纵杆，飞艇掉转方向继续前行。炮艇和巨大的舰船交换了登舰信号与遥测数据。一连串信息在驾驶舱的操控面板上飞速掠过。

"典型的伊索尔德型货运商船，来自乌尔海文或唐克瑞德的货运码头，是一艘宏伟的……"埃莫斯闲来无事，再次对着手腕上的数据板絮叨起来。

据我目测，伊森号有将近三千米长，最宽部位足足有七百米宽。船艏的形状是一个细长的圆锥体，形状酷似教堂的尖顶，边缘由重叠交错的哥特式弧面拼接而成，顶部安插着青铜质地的尖刺。棱角分明的船身严密地衔接在利刃般的船艏后，坚实护甲的表面涂着锈红色的镀层，外侧由黑钢铸成的肋拱结构层层加固。船脊顶部隆起几座锯齿状的塔楼，百米长的主桅如同尖锐的獠牙矗立在船身之上，相对矮小的桅杆则从船舷和船底的部位凸出，导航灯不断闪烁着。这艘庞然大物的尾部由四块炭黑色的圆锥体构成，每一个锥体都能容纳下十几艘炮艇。

贝坦科尔掉转方向，沿着船舷驶向船尾。炮艇调整到水平方向的过程中，在我们眼中，巨舰本身好似正在翻滚。

一枚闪亮的光斑脱离了伊森号，跃入我们的视野，散发着红绿相间的强光——那是一台导航无人机。

贝坦科尔缓缓地跟在无人机身后，在灯光的指示下转向左舷。我们平稳地穿过两排桅杆组成的阵列，紧贴着棱纹遍布的船腹行驶，最终悬停在方形船舱边缘、标记红黄相间的Ｖ字形舱口外。船体底端并排布置着六个入口，只有炮艇正对着的入口开启着。我们随即沐浴在炽热的橘黄色暖光中。

驾驶舱中，贝坦科尔与机仆尤克里德简短交流了两句，随后推动操纵杆，将炮艇驶入了敞开的舱口。飞艇紧贴着舱口边缘，几乎要碰撞到一起，我看到舱室的墙体约有两米厚，金属涂层上有几处刮擦的痕迹。

伴随一阵轻微的震颤，炮艇的外壳似乎发生了机械碰撞，发出了轻微的挤压声。驾驶舱内亮起了琥珀色的灯光。我抬头注视着窗外，但除了龙门架和货物升降井的漆黑轮廓外，几乎什么也看不见。

又是一阵晃动。贝坦科尔将一排阀门依次拨开，动力源与自动操控系统仿佛发出了一声叹息，随后彻底关闭。他双手一推，一边从控制台后站起身，一边将皮手套穿戴好。

他转身见到我的表情，露出了玩世不恭的笑容："你真的用不着这么紧张。"

事实上，我面对我无法完全掌控的事物时，确实会感到局促不安。虽然我掌握最基本的技能，能够操控一艘大气层舰艇，但我并不是专业的飞行员，当然更没有迈达斯的格拉威亚血统。这不仅是我雇用他的原因，更是他如此轻车熟路地操控飞艇的原因。尽管如此，面对掌控之外的事物，我仍然会在不经意间流露出警戒的表情。

另一个原因，是我实在太累了。但我知道即使尝试入睡也无济于事，而且无论怎样，我手头永远不缺要紧的工作。

埃莫斯、贝坤和洛温克暂时留在炮艇内。舱口闭合的一刻，伊森号的船舱内恢复了空气循环。我打开舱门，与费希格和贝坦科尔一同走了出去。

第六章

异形

我们正身处一座巨大的拱形货舱内。我提醒自己，这不过是整艘星船容纳货物的六个舱室之一。墙壁和甲板表面涂着一层油亮的黑漆涂层，被螺栓固定在天花板上的高压钠灯排成密集的照明阵列，整座货舱被橙黄色的灯光照得通明。颅骨形状的运输机和单线程升降机密集地悬浮在我们的头顶。它们都已被关闭，毫无动静。空旷的地板上到处都堆砌着零散的包装材料。我们的炮艇被液压夹锁固定在密封舱口上方的槽位中。

我们穿过货舱，靴底踩踏在金属甲板上，咔咔作响。周遭的气温很低，来自空旷宇宙的寒冷仍然挥散不去。

贝坦科尔一如既往地穿着格拉威亚的飞行员制服和那件花哨的夹克衫，欢快地吹着口哨。费希格则面无表情，身披棕色的法务部制服，显出一副盛气凌人的姿态。他将禁卫军当局的金色太阳圆盘别在了外套的前襟上。

我套着深灰色羊毛上衣，穿着漆黑的皮靴，戴着手套，外披一件海军蓝高领皮衣。我从武器柜中取出了一支短枪，装在左臂下方的枪套内。审判庭徽章也被我塞进了搭扣衣袋里。与费希格不同的是，我根本无须彰显自己的权威。

舱门砰地开启，从星船内部的廊道中照射出一片灯光。一个身影从中走出，向我们致意。

"欢迎光临伊森号，审判官。"托比亚斯·马希拉问候道。

第七章

伊森号之主

离别

审查

  马希拉是一位八面玲珑的商人。过去五十年间，他驾驶着伊森号在特雷锡安主星和大浅滩之间苦心经营。他告诉我，在职业生涯的早期，他主要从事大宗消费品的交易，但大宗批发市场遭到大型联合行会的垄断，于是他只好转型成为贩卖古董和异域商品的行商。

  "伊森号航速很快，适合短途贸易。即便这艘船没有达到满载，光是运输奢侈品和运输委托的包裹也能给我带来丰厚的报酬。"

  "你经常跑这条航路？"

  "过去几十年里经常往返。这条航路的季节性很强。我会去萨米特、长庚星、特雷锡安、倨傲星、古德伦，有时候还要去梅西纳。倨傲星的蛰伏季一旦结束，那里的生意就会好转许多。"

  我们坐在富丽堂皇的会客厅里，从大号的水晶酒杯中啜饮着阿玛斯克酒。马希拉在炫耀财力，但这无可厚非。这艘船向来以奢华的装潢著称。

  "所以你很了解这一带的航路？"费希格插话道。

  马希拉微微一笑。他体格健壮，从外表上根本辨别不出年龄。他身穿用红色天鹅绒缝制而成的外套，佩戴着做工考究、极尽奢华的黑色蕾丝领结，绽放笑容的同时，会露出一口镶着珍珠母的晶亮牙齿。浮夸的装饰和配件在船主之间十分常见，这些都是炫耀的一部分。有人曾经劝告我说，要舍弃对家族脉系和血统的成见，因为它们不再是衡量身份贵贱的标准——如今，真正的帝国新贵往往在浩瀚星海的舰船中。这些船主才算得上是人类帝国的不贰之躯。

  显然，马希拉也这么认为。他的脸上抹着雪白的脂粉，脸颊上镶嵌着一枚蓝宝石作为美人痣的点缀。银线纺成的假发被束在脑后，盘成了犄角的形状。

他举杯致意，手指上佩戴着沉重的印记扳指，指环与酒杯相互碰撞，发出叮当脆响。

"是的，惩戒官，我很熟悉。"

"现在就要审问马希拉先生恐怕不太合适，费希格。"我语气平静地说。贝坦科尔轻哼一声，马希拉也咯咯笑了。费希格低头凝视着酒杯，眼神略带愠怒。

一台上半身被改装成古代船艏饰像的机仆向我们走来——它的外观酷似一名少女，头发上盘着金蛇，在精致华贵的塞尔吉奥尼地毯上来回行走，为我们端来了一盘盘美味珍馐。我出于宾客的礼貌，接过其中一盘。那是一条上等冠冕鱼，经过精心炸制后被裹在一个如叶片般纤薄的面饼中。贝坦科尔也挑选了几碟食物。

"你是格拉威亚人？"马希拉颇有兴致地问贝坦科尔。两人很快就开始讨论起格拉威亚特有的"长船"的优势和风格。我感到兴味索然，环顾起会客厅四周的装饰。在华贵的墙饰表面，陈列着一组来自萨米特学派的价值连城的肖像画、著名行星统治者的大理石半身塑像、一件太空猿猴的光学雕塑、从维崔亚出土的古董武器和镶嵌着礼仪镜甲的骑兵铁铠。我想，这里对于埃莫斯而言，想必是一种享受。在这趟为期一周的旅程中，我确信他有足够的时间一饱眼福。

"你了解古德伦吗？"马希拉问我。

我摇了摇头。"这是我第一次造访古德伦。我大约一年前才来到这片次星区。"

"那是个宜居的地方，不过此时此刻，当地人都忙得焦头烂额。他们正在为帝国卫队的新兵团筹备为期一个月的建军大典。如果你有时间的话，我推荐你去当地的帝国美术学院和多尔赛的公会博物馆参观。"

"我恐怕没那么多时间。"

他耸了耸肩。"我总会忙里偷闲，做些轻松的事情，审判官。但我知道您背负的职责要沉重得多。"

我试着揣摩他的心思，但到目前为止，我还是捉摸不透。他同意捎我们一程，但考虑到他平时的收费标准，他收取的佣金并不高。我已经付给他一笔帝国债券。即便报酬丰厚，多数船主都是迫于压力才不得不对审判官唯命是从。马希拉是想与攘外修会保持亲密的合作关系吗？或者是因为他原本就慷慨热忱？

或许另有隐情？

我有些好奇。但说句实话，我根本不在乎。还有一种可能性，是他将有求于我，并认为出手相助可以卖我一个人情。

如果他当真这么想，那就大错特错了。

那天的晚些时候，伊森号驶离了倨傲星，在轻松地跃入亚空间后全速赶往古德伦。马希拉为我们提供了宽敞的住所，但我们多数时间仍守在炮艇内工作。贝坦科尔与众机仆对飞艇进行了检查整修。洛温克还在酣睡。费希格、埃莫斯和我终日埋头于证物和文书的整理工作，也由此形成了不少推断和假设。费希格对庞提乌斯几乎一无所知，最初对我们的研究毫无贡献，但他很快便协助我们筛选出了与庞提乌斯有关的线索。

贝坤始终独自一人。她穿着从储物柜中找出的作战服，一边在甲板上来回踱步，一边阅读从我的私人馆藏中挑选出的书籍。其中多数是诗集，还有一些史学、哲学经典。我并不介意。至少现在，我还不希望让她介入。

航程的第三日，我再次与马希拉会面。我们在长廊的顶层甲板上并肩而行。他乐此不疲地对我讲述着用铜锡合金装裱的画作的起源和历史。我们偶尔能看到往来运作的机仆，但到目前为止，我尚未看到过任何一名活着的人类船员。

"您的朋友，那个叫费希格的……他可真是个鲁莽的人。"他拉长了话音。

"他算不上是我的朋友。不过你说的没错，他确实行事鲁莽。他又质问你什么了？"

"我昨天在前舱甲板上碰到他了。他问我是否认识一个名叫艾克隆的人，甚至向我出示了一张照片。"

"你是怎么回答的？"

他扭过头来，对我一笑，露出一口珍珠般的白牙。"现在轮到谁审问了？"

"请原谅我的冒失。"

他挥了挥手，蕾丝袖口随之摆动。"哦，没关系！反正您也得问，何不趁这个机会问个明白？"

"很好。你怎么回答的？"

"我说我不认识艾克隆。"

我点了一下头。"感谢你的坦率。"

"但我撒谎了。"

我连忙转身，双眼紧盯着马希拉。他脸上仍然挂着微笑。我的脑海中突然闪过一个可怕的念头：我们或许已经落入了敌人的陷阱。我比任何时候都希望自己随身带着武器。

"别担心。我之所以撒谎，是因为他是个傲慢的莽夫。但我会向您吐露真相。我可不敢与帝国审判庭结怨。"

"明智之举。"

马希拉坐在绸缎面料的沙发上，小心翼翼地抚平了外套上的褶皱。"那是两个月前，我最近一次抵达特雷锡安主星。当时有人提到过一批特殊的货物，我也参与了几次商谈。起初那笔订单没有什么稀奇，直到艾克隆中途出现。那时我们不那么称呼他。神皇啊，我记不清他的化名了。但那就是他本人无疑。艾克隆有几个面色阴沉、与他形影不离的部下。其中有一位叫克罗特斯，据说还是一名贸易使节。克罗特斯企图让我相信您的这位死对头已经获得了西尼西亚联合商贸行会的批准——但那根本就是胡扯，即便克罗特斯本人确实持有凭证。"

"他究竟想做什么？"

"他想雇一艘空船前往古德伦，在那里装载一批货物后送到倨傲星。"

"什么货物？"

"我们没谈到那一步。我直接拒绝了他。一切都不合常理。他承诺会给我一笔丰厚的报酬，但我知道，如果我按部就班地继续走完航程，得到的报酬会是他的十倍。"

"他在古德伦有别名吗？"

"我亲爱的审判官先生，我只是名普通的船主，可不是个侦探啊。"

"你知道最后是谁接了他的订单吗？"

"我不知道。"他向前挪了挪，"但我刚好与其他船主联络密切。我们几个全都拒绝了，而且大多数人都是出于同样的原因。"

"什么原因？"

"那笔订单看起来像是个不小的麻烦。"

第五日，我的睡眠逐渐恢复到与往常一样。事实上，有些过于回归往常了，因为艾克隆再次萦绕在我的梦境里。他找到了睡梦中的我，满口嘲弄和威胁。我已经忘记了梦境的大多数细节，但我每次睁开眼，脑海中都残留着他狞笑的样子。

事后看来，尽管梦境中出现的确实是艾克隆，但那诡异的笑容绝不属于他本人。

第八天清晨，伊森号回到了现实空间，赶在计划前驶入了古德伦星系。马希拉夸耀着自己的星船正处于航行的最佳状态——那绝非凭空吹嘘。

我示意马希拉在跃出亚空间后暂时停靠在古德伦星系的边缘，与多数访客抵达古德伦时选择的拥挤商路保持一段距离。他毫不犹豫地同意了。行动需要暂时搁置一段时间。

"她是谁？"贝坤问。我们站在观察舱的舷窗后，看着薇本苍白的遗体在窗外缓慢地旋转，从伊森号中飘移而出。

"我们的朋友，也是战友。"我答道。

"她想以这样的方式离开？"她问。

"我想她根本不想离开。"我答道。在我身旁，埃莫斯与贝坦科尔庄重地望着舷窗外。埃莫斯的表情难以捉摸。贝坦科尔黝黑的脸庞上写满了痛苦和哀伤。

洛温克并没有参加仪式，费希格也没有。但当我转过身时，我看到马希拉正恭敬地站在观察舱的后方，他身穿漆黑的丝绸丧服，短假发上绑着肃穆的黑色缎带。他发现我正看着他，径直向我走来。

"我希望没有搅扰到各位。我向你们失去的战友致以哀悼。"

我点头致谢。他大可不必如此，但一场空葬祭礼理应有船长出席。

"我不知道安排这种仪式是否妥当，马希拉。"我说，"尽管我自认为这么做符合她生前的意愿。我已经念诵了帝国信条和祭亡悼词。"

"那算得上是厚葬了。请允许我……"

他挥手向一名镀金的船艇饰像机仆示意。机仆端着托盘向我们走来，送上了几只玻璃高脚杯和一只酒瓶。

"为逝者举杯是一种传统。"

我们全都举起了酒杯。

"致罗勒斯·薇本。"我说。

默哀持续了一分钟后，我们缓慢地散开。我让马希拉驾船向古德伦靠近，预计两小时后我们便能抵达星系的内部。

在返回炮艇的路上，我发现贝坤就跟在我身边。她仍然穿着刚刚被解救时的那套旧衣服，但那件旧衣丝毫没有削减她的美丽，反而衬托出了她出众的外貌。

"我们就快到了。"她说。

"没错。"

"所以你交给我的工作究竟是什么？"

我还没向她解释她的与众不同之处，更没有解释我招募她的原因。航程上有足够的时间，但我却有意拖延。我能抽出时间向埃莫斯展示马希拉的奢华房间，甚至和贝坦科尔玩弑君棋游戏。但当我面对她时，我真心地希望自己能忽略那股发自内心的厌恶。

我与她并肩行走在长廊的甲板上，开始了解释。

我不知道她会作何反应。当她因为我的解释而感到心烦意乱时，我也会情不自禁地感到无比烦躁。然而，我深知那是她的体质触发了我的负面情绪，于是，我竭尽全力调整思绪，试图重新建立起对她的同情心。

她走到了一幅油画前，突然停下了脚步——那幅巨型油画将贵族们骑着纯种乌尔萨兽围猎的场景描绘得气势恢宏、栩栩如生。她坐在闪缎面的椅子上开始了啜泣，口中不时地低声咒骂，偶尔发出懊恼的叹息。

显然，她并非因为我想雇用她而沮丧。她痛恨的不过是她……异于常人这件事本身。形单影只、颠沛流离的生活突然有了一个合理的解释，而这个解释竟然是她自己的特质。我相信她多年以来都保持着坚忍与冷峻，是因为她将遭受的一切不公归咎于整个银河，而非自己。如今，我的言论无异于一脚踢开了她长期依赖的情感支柱。

我暗自为没能厘清后果而感到懊恼。我剥夺了她为数不多的自尊和勉力维持的自信。她一生都在追寻爱、善意与尊重。但事到如今，她付出的努力在我的解释下却显得空洞而无力，沦为自我否定、自我毁灭的徒劳之举。

我继续向她解释着她能为我做的工作。但她看上去并不感兴趣。最后，我拉过一张椅子坐在她身边。她眼泪汪汪，沉默不语，陷入了痛苦的沉思。

我一直陪在她身边，直到我收到了来自马希拉的语音通信信号。

"审判官，您能来一趟舰桥吗？我需要您的协助。"

第七章

伊森号的舰桥是一间宽敞的圆顶大厅，地板和立柱用红黑相间的石块雕砌而成。银色的机仆如同精致华美、繁复考究的雕塑，被安置于木质地板下方凹陷的控制台中，它们挥舞着构造精巧的齿轮手臂，操纵着镶嵌在光滑的红木檐板内的控制装置。空气凉爽而舒适，周遭一片寂静，只有机械运转时发出的轻柔嗡鸣声。

马希拉依旧穿着丧服，坐在一个巨大的皮革宝座上。在大理石台顶端，他俯瞰着屋内的一切。几根金属足肢从座椅后伸出，将显示面板和整座控制台悬挂在他触手可及的位置，但他仍然目不转睛地隔着舰桥前沿巨大的瞭望口向外眺望。

我迈步走进了舱门。每一名机仆都佩戴着镶金面具，每张面具都被雕琢成完美的人类脸孔。

"审判官。"马希拉起身致意。

"你的船员全都是机仆。"我评论道。

"是的。"他看上去有些心烦意乱，"它们比血肉之躯可靠得多。"

我对此不置可否。在我看来，马希拉对待伊森号的态度，丝毫不亚于机械教成员对待神之机械的崇拜。在与这些古老器械形影相伴多年后，他们无比坚信人类的肉身注定孱弱。

我顺着他的目光，向舷窗外望去。古德伦闪闪发光的球体悬挂在窗外，质地混浊的旋涡状云层遍布在它四周。在大气覆盖下，大片的森林被蒙上了一层灰绿色的幻影。一簇簇细小的黑色物体分布在我们与古德伦之间。我逐渐意识到，那是一群在近地轨道飞行的舰船。停靠在深邃星空中的庞大的无畏级战舰、整齐排列的巨型商船、无数运输舰艇组成的队列在严密的指挥与监视下往来运作。我极少在一颗星球四周见过如此丰富多样的轨道活动。

"有麻烦了？"我问他。

他看着我，眼中闪过一丝焦虑。"我在申请合法审批后驶入了贸易通道。古德伦的控制中心给我配发了一组高空坐标。相关数据都没有异常，我也按规定上缴了关税。但我刚刚收到一则通知，我们需要配合登舰检查。"

"这很不正常吗？"

"距离上一次发生这种事，已经有十年了。"

"原因是什么？"

"他们说是例行安检。我曾经向您提起过，这个世界正在举办建军大典。您甚至能从空间站的位置观察到斯卡鲁斯舰队的一部分。我想，军队对于自身的利益和安全保障似乎有些过于谨慎了。"

"你刚刚说，需要我的协助？"

"安检小队已经在来的路上了。我觉得，倘若能有一名帝国审判官陪同船主出面，检查会格外顺利。"

"我绝不会帮你走后门。"

他干笑了一声，直视着我的眼睛。"您当然可以！但这并非我的请求。如果有审判官在场，他们至少会更加尊重我的伊森号。我不能放任他们在这艘船上为所欲为。"

我思忖了片刻。他特意请求我的协助，这一行为足以透露出他迫切的心情。更糟的是，我从他的话语中捕捉到了一丝弄虚作假的成分。

"我同意出席安检现场，但前提是，你得向我保证你没有见不得人的事。"

"审判官艾森霍恩，我——"

"将你的愤怒留给搜查小队吧，马希拉。我只需要你向我承诺这一点。如果我发现你有任何藏污纳垢、作奸犯科的行为，你需要担心的远远不止帝国海军那么简单。"

他脸上浮现出失望的神情。或许他是一个演技高超的演员，又或许是我的言论确实伤害了他。

"我没什么好隐瞒的。"他愤懑地低声道，"我很欣赏您，我本以为已经和您成为……或许算不上朋友，但至少是个值得彼此信任的熟人。我对你们毫无保留，始终热忱相待。事到如今，您却还是质疑我，这让我伤透了心。"

"质疑就是我的工作，马希拉。如果是我误会了你，我向你道歉。"

"我没有什么好隐瞒的！"他自言自语般地重复着，领着我走出了舰桥。

一艘深灰色的海军搜查艇停靠在庞大的伊森号身旁，在右舷的闸口处锁定。马希拉与我在闸口内迎接，费希格与我们同行。我们身旁站着两台舰船的主控机仆——均是用金银机械零件拼接成的精巧结构。

我叫费希格来的原因很简单：倘若审判官在场有助于快速检查，那么法务部的惩戒官同样能起到类似的作用。我命令贝坦科尔守在炮艇内保护其他成员。

闸口旋转着开启，舱门两侧的钳口张开，喷吐着热气。十几名体格魁梧的士兵从弥漫的蒸汽中走出，他们全都身穿灰黑色的海军安防护甲，胸前佩戴着斯卡鲁斯舰队的军徽和星区标志，肩章边缘镶嵌着金色的穗带。每个人都戴着统一配发的陶钢头盔、护目面板和呼吸器。每一位安防小队成员都配备着一把便携式短柄自动步枪。

领队向前迈出一步，其余队员在他身后集合。他们的队列并不整齐。我暗中观察，发现这是一支作风散漫、缺乏纪律的作战小队，行动风格与帝国海军安防部队一贯严明的军纪大相径庭。这些人对待例行公事的态度十分懈怠。他们似乎也希望尽快完成检查的手续。

"托比亚斯·马希拉？"领队高声喝问，他的声音透过面具的传声器传出，听上去格外嘹亮。

"我就是马希拉。"船主说着迈出了一步。

"你已经收到官方通知，我们将对贵船实行例行检查。请出示全部船员的名单和货物清单。希望各位能全力配合。"

马希拉点头示意后，一名机仆沿着轨道无声地驶来，将一块记录着相关资料的数据板递到了安防小队的领队手中。

他并没有翻看。"搜查开始前，你们当中可有人主动上缴非法物资？对于主动供罪、上缴赃物的人，我们会宽大处理。"

我观察着交涉现场。对方共有十二名士兵，对于偌大的伊森号而言，这些人根本不足以搜查整艘舰船。

这还不是最关键的，问题是，他们的随行机仆、扫描仪器、搜查用的撬棍、多功能钥匙，以及热感监测仪都去哪儿了？

第七章

他们不可能通过我的装扮推断出我的真实身份,可是他们怎么会没能认出法务部惩戒官的行头?

　　我暗自将语音通信连接切换到炮艇内。我没有开口说话,只是轻轻敲了三下——那是只有贝坦科尔才能领会的格罗西亚非语音暗号。

　　"你还没有表明身份。"我说。

　　安保队长转身瞥了我一眼,从他的反光护目板上,我只能看到自己的影子。

　　"我们是海军安防部队——"他语气不善,一步步向我走来。其他士兵见状,似乎都陷入了迟疑。

　　"你可能是任何人。"我取出了审判庭徽章,"我是格雷戈·艾森霍恩,帝国审判官。请按照章程办事,否则我一定拿你问罪。"

　　"你是艾森霍恩?"他说。

　　那句疑问丝毫没有惊讶的语气。这看似细枝末节,对我而言却足以说明一切。

　　几乎就在我喊出警告的同时,他们端起了枪。

第八章

十二杀手
检察官
来自长庚星的谷物商人

马希拉发出了一声难以置信的惊呼。安保队长和两名手下同时扣下了扳机。

他们配备的便携式自动步枪经过了特殊改造，为了在舰船内和零重力环境下作战，枪械射速和反冲力都被大幅度降低了，并且特意配备了钝头子弹，以免在执行搜查任务期间射穿墙体。

但这些子弹却足以轰开人体。

我连忙侧身闪避。第一轮子弹轰射在甲板上，在墙面上留下了一道道丑陋的金属划痕。十二名海军士兵火力全开，其中一些还开启了半自动模式。烟雾弥漫，船舱内的空气在闪烁摇曳的火光与震耳欲聋的枪声中不住地震颤着。

一名机仆的头颅，在向袭击者转身的一瞬间就被轰成了金属残片。另一名机仆企图保护马希拉，但敌人密集的枪弹将它的履带和躯壳撕得粉碎。

两发子弹击穿了我的外套，但被我侧身躲开，轰进了我们身后的门框里。我从枪套中抽出了手枪。

费希格掏出枪，刚要向门后撤退，不料被几发子弹击中。他忍着剧痛，扣动扳机，将一名敌人轰得血肉模糊，却又被一发子弹击中了腹部，仰面栽倒。他转过身，俯身趴在房间的角落里，一动不动。

马希拉咆哮一声，抬起了右手。一束灼热的激光从一枚精致的戒指上喷射而出，一名士兵被那道激光直接穿透，只剩下漆黑的焦骨和铠甲的残片。就在那具烧焦的残骸砸在甲板上的一瞬间，躲在他身后的敌人用自动火力击中了马希拉，船主被强大的冲击力轰飞，身体直接砸穿了逃生舱的玻璃门。

其余人则全力向我扫射。我调整准星开枪射击，子弹轰开了一名安保士兵的护目面板。他俯身摔倒，当场丧命。

我的短枪是专门为了隐蔽而设计的，弹夹容量只够填充四发子弹。我的

外套口袋中还装着一枚备用弹夹。我还剩下七发子弹,却要面对九名敌人。

但这把短枪的杀伤力并不弱。弹夹之所以只能容纳四发子弹,是因为每一发子弹都是大口径、高威力的实弹,弹壳足有我的拇指粗细。随着粗短的枪口发出另一声咆哮,又一名士兵被击毙了,尸体旋转着栽倒在地上。

我沿着廊道向后撤退,背部紧贴着墙面。这条宽阔的走廊一直通向星船内部的气阀控制设备,顶部由铁索贯通,横截面呈八角形。因为只有甲板灯,内部显得十分昏暗。廊道内响起了嗡嗡的枪声。我又开了一枪,却没能打中目标。随之而来的几发子弹击中了我身后墙上的电源继电器,那台设备被彻底击碎,火星四溅。我潜伏在阴影里,突然感到后背抵在了一根舱门控制杆上。

我转身将金属杆拉出,随后一头钻进了狭窄的舱门,暴风骤雨般的子弹在我原本依靠的墙面上轰出了几条深深的凹痕。

在舱门内,我发现了一条狭长的检修隧道,这条隧道专门用于检修气阀与闸口的对接装置。地板镶嵌着金属格栅,牢固的墙面上布满了密集交错的电缆和不断摇晃的软管。隧道尽头是一架裸露在外的金属长梯,梯子将上下各层的甲板全部打通,连成了一座专用的检修窖井。

我还没来得及攀爬,一名敌人已经撞开了舱门,举起武器搜寻目标。我顺着隧道的方向,朝他开了一枪,子弹炸开了他的胸甲。我旋即转身,从格栅甲板上跳入了窖井。

我向下坠落了大约五米,重重地砸在铁栏环绕的平台上。四周只有红色的辅助灯,十分昏暗。与我不同的是,那些海军士兵们全都佩戴着视觉增强装置。

我躲在庞大的对接舱底部,在涂满机油的巨型活塞和杉树粗细的液压杆之间匍匐前进。两侧的器械喷吐着蒸汽,润滑液从环状的锁链上不断地滴落。伴随着重型压缩机与气压调节器的运行,空气也不断颤动着。

我躲在掩体后,短枪握柄上的四个红色指示灯全部亮起。我敲出了弹夹,重新装弹,红灯变成了绿色。

梯井高处传来了杂音。在井口灯光的映衬下,两个高大而模糊的人影正向下移动。

他们的目镜自带热感应功能——这一点从他们向我开火的一刻便暴露无遗。我躲在活塞装置后,一颗子弹从滑腻的金属机壳上弹起,击中了我的右肩。

冲击力将我掀翻在地，我的脸撞在了格栅上，脸颊上的伤口猛地裂开，缝合伤口的几根缝线都被崩断了。

更多的子弹轰击在金属机壳上。其中几枚反弹起来，击中了我的脚趾和胳膊，将我持枪的手砸向了身后的金属墙壁。

我握在手中的短枪被震飞。枪身滚落在我能够伸手捡拾的范围之外，四个幽绿色的小灯仿佛在嘲弄我，频频闪烁。

对面至少来了三个人，他们正穿过装置之间的狭小缝隙，向我的位置射击。我的手掌和膝盖贴着地面，躲在一个水平动力活塞后。低速飞行的子弹轰射在我身后和头顶的墙面上，然后又弹跳在半空中。

我在思索是否应该动用意志之力。但我此刻看不见敌人的方位，且对于复杂的心灵诡术并没有十足的把握。

在庞大的动力装置后方，我找到了制动器与动力阻尼器——它们的功能是缓冲飞艇在登船过程中遭受的对接臂的挤压。我躲在金属挡板后，隐约看到设备之间的墙壁上镶嵌的控制面板表面散发着几道绿色的荧光，面板的外观酷似一台功放通信器。我只一眼，就认出那是用于检测或重置登船设施的终端操作台。我试着按了一下按钮，但终端操作台下的椭圆形控制板被彻底锁死了。从海军安防部队的飞艇停靠在闸口起，伊森号的自动安全保障措施就已经完全开启，与上层甲板的密封闸门共同保证星船与飞艇之间能够安全对接。

在器械的嘈杂轰鸣声中，我听到了新的动静。先前那几名士兵正跨过动力活塞，从缝隙中爬下，沿着我来时的路线向制动器逼近。

我情急之下取出了审判庭徽章。这枚徽章是当局配发的至高凭证，但它的功能却远不止于此。我用拇指按下按钮，开启了徽章凹槽处的多功能钥匙，将匙板插入了终端的插口中。装置立即开启，黑色的屏幕也随之变亮。我的徽章的安全访问权限属于帝国品红级。我暗自祈祷马希拉没有擅自使用私人密码为整艘船的设施加密。

屏幕再次闪动。我将一连串破解指令输入了终端。

"登船闸口开启中。"屏幕上浮现出了莹绿色的文字。

我按下了超控按钮。

伴随着剧烈刺耳的摩擦声，登船闸口的气阀打开了，制动器发出了轰鸣。

异形

蒸汽从排气口喷涌而出。拉长、刺耳的警报声突然响起，在船舱内回荡。

我身后的士兵突然惨叫一声，他的腰部被重达十吨、快速膨胀的环状阀片死死地钳住。

从闸口的轰鸣声中，我勉强听到远处的甲板上传来的数声巨响，还有切割金属的刺耳噪声。

巨型活塞发出了一声叹息，蒸汽喷射的咝咝声逐渐归于沉寂，残存的气体溢散而出，仿佛在断断续续地喘息。我从气阀后爬起身。就在庞大的闸口引擎从开启切换为脱离的一刻，船舱的结构发生了天翻地覆的变化。两名士兵受到重型装置的撞击，当场丧命，另一名士兵被活活烫死在了蒸汽口下方，铠甲内的皮肉被高温蒸汽灼得通红。

我从地上捡起一把海军自动手枪，循着来时的路线返回。

我快速计算了一下人数，船上还剩四名敌人。我沿着检修隧道返回，重新穿过最外侧的舱门。警示灯在通道顶部不断闪烁，警报声依旧回荡在耳旁。一个人影突然出现在我左侧，我惊得连忙转身，那是贝坦科尔。他见到我时，目不转睛地盯着我的身后，没有丝毫懈怠。他手中握着一把外观精巧的针刺手枪，向我身后的隧道里开了两枪。

一种怪异刺耳的嗡鸣在我耳旁回响，一名安防士兵在隧道尽头踉跄地寻找掩体，随即被贝坦科尔的第二发子弹击中。他四仰八叉地栽倒在地上。

"你发出信号的第一时间我就来了。"贝坦科尔说。

"你干掉几个？"

"目前有四个。"

"那么我们应该安全了，但不要掉以轻心。"我说完，竟然被自己的话逗乐了。提醒迈达斯这样的家伙不要掉以轻心，无异于提醒一条狗不要忘了长毛。

"你怎么这么狼狈？"他说，"到底发生了什么？"

鲜血沿着我脸颊上重新裂开的伤口流淌了下来，我窘迫地将目光从肩膀和手臂的枪伤上移开，方才发觉自己浑身上下都浸满了登船闸口机器的机油。

"这哪里是什么安全搜查，他们分明是冲我来的。"

"海军安防部队冲你来？"

"应该不是。他们的枪法很差，而且对搜查的手续一知半解。"

"但他们全副武装，设施齐全——海军搜查艇。帝皇啊，这可不是常见的玩意！"

"我担心的正是这个。"

我们返回登机口。在刚刚的战斗中，我手动操控闸口气阀，将搜查艇从伊森号的右舷处甩开，几乎与此同时，船舱的应急门及时堵住了缺口。透过登船口的侧门，我看到搜查艇灰色的船身倾斜着漂浮在星船一旁，船身外的连通器仍然与闸口外的扣锁相连，但因为强大的惯性而严重变形。飞艇的气闸在连接切断时断作两截，至少船员舱部分被完全暴露在真空中。倘若船员想要存活，他们就必须快速躲入前舱——即便如此，存活的可能性还是微乎其微的。闪烁的残骸碎片、剥落的金属镀层颗粒与连通器的残片漂浮在舷窗外的星空中。

我检查了费希格的伤势，他还活着。他虽然身穿法务部的重型铠甲，但还是受到了近距离轰击，被震出了内伤。他陷入了昏迷，嘴角流淌着鲜血。

贝坦科尔在碎裂的玻璃门后找到了马希拉。可怜的老船主正在地板上爬行，倚靠在控制架旁。他胸口以下的华美服饰都被炸成了碎片，双腿也被炸断。

然而他并无大碍。直到这时，我们才发现他胸口以下的部位都不是人类的肉体。

"所以我的……秘密终究还是被你看穿了，审判官……"他努力挤出一个微笑。他似乎十分痛苦，或者至少十分震惊。为了控制下半身复杂的仿生构造，精密的神经连接必不可少，因此痛感也在所难免。

"我能帮你做些什么，托比亚斯？"

他摇了摇头说："我已经呼叫了机仆协助修复。我很快就能重新站起来。"

我有很多问题想问他。他用机械重塑身躯，是因为伤痛、疾病，还是年龄？我隐约感到原因并没有这么简单，难道是自愿进行了替换？我放弃了追问。那是马希拉的私事，与我的调查毫不相干。

"我需要访问你的星语通信设备。我必须联络舰队统帅，尽快解决此事。他们绝对不是海军安防部队的人。"

"我这就呼叫舰桥，向你提供所有的通信权限。你可以从我的通信日志中查到搜查艇要求登船的申请信号。"

那会很有帮助。我不认为斯卡鲁斯舰队的高阶指挥官们会对这样的事故置之不理。

我猜对了，但只猜对了一半。不到半个小时，在几名殷勤的机仆簇拥下，我就返回了伊森号的舰桥，并通过加密的星语通信器向舰队指挥通报了整起事件的经过。不久后，我与海军上将罗帕尔·斯佩提安指挥办公室的参谋们接通了语音通信，他们要求我将伊森号停留在既定的高空坐标位置，等候舰队安防部队的特使抵达。

在经历了刚刚的突袭后，我们还要等候更多的海军士兵，这不禁令我感到如坐针毡。

"那些人都是逃兵，长官。"两小时后，检察官欧姆·马多辛向我进行了汇报。他身材瘦削，鬓发花白，左耳下的脖颈处留着一个老式人工植入物。他一身海军舰队纪委的行装：一件白色高领夹克、一副红色手套，黑色的马裤被熨烫得平平整整，脚上一双锃亮的漆皮绑腿军靴。马多辛彬彬有礼地踏上了甲板，向我摘帽致意，随后毕恭毕敬地将那顶金穗白檐的军帽夹在腋下。他麾下的士兵与登上伊森号刺杀我们的人的装扮完全相同。但从他们登船的那一刻，我便注意到，他们举手投足之间展现了更加严明的军纪和精良的战斗素养。

"逃兵？"

马多辛看上去颇不自在。他显然不喜欢与一名审判官对峙。

"是新招募的帝国卫队士兵。您应该知道，古德伦本地正在举办建军大典。根据作战总指挥官的命令，帝国卫队计划征召七十五万名新兵入伍，形成古德伦第五十步枪团。事实上，这个原本就繁华兴旺的世界对第五十支兵团的组建尤为重视，建军典礼声势浩大，整个星球的人民都投身其中。"

"可他们为什么要当逃兵？"

士兵们将气闸周围的杀手尸体装进了封袋，马多辛见状，小心翼翼地将我拉到了一旁。我已经让贝坦科尔监督他们的行动。

"我们遇到了麻烦。"他平静地向我讲述了事情的真相，"一开始，我们集结了五十万新兵，但作战指挥官心血来潮，临时提高了人数要求——他正在准备征讨欧非狄安次星区——嗯，除此以外，不少人发现他们在几乎不知情的情况下就被草率地征召入伍。希望您替我保守这个秘密：这场庆典之所以声势浩大，某种程度上正是为了转移人们对这些乌龙事件的关注。建军区域的兵营中发生了一些骚乱，逃兵事件偶有发生。我们都忙得焦头烂额。"

"确实是麻烦事。你能确定这些人是帝国卫队的逃兵？"

他点了点头，递给我一块数据板。屏幕上列着十二个名字，并附有每个人的生平记录与模糊的全息肖像。

"他们昨天从多尔赛城外的七十四号兵营潜逃，从轨道空港的配发库中偷走了军装和武器，并劫走了搜查艇。从来没有人胆敢挑战一支海军安防部队。"

"他们没有行动凭证，更没有导航代码，为什么没人质疑他们？"

"可惜的是，那艘搜查艇已经预装了航线数据和转发代码，顺利地抵达了舰队驻扎地。否则他们很快就会被识破。他们显然在有意地寻找伊森号这样的非军用星船。"

"这些是常规军？步枪兵？"

"是的。"

"那他们怎么会驾驶搜查艇？"

"他们的头目，"他翻看着数据板，"一名叫乔诺·林加特的人，曾经是一名训练有素的近地轨道飞行员。他常年在渡船港口工作。如我所说，这起事件背后是一系列糟糕的巧合。"

我不会善罢甘休。我确信马多辛并没有撒谎。但他向我汇报的信息绝非表面上看起来那么简单，这其中必定暗藏玄机。

"关于那则登船检查的申请信号有什么发现？"

"信号来自搜查艇本身。格式完全是非官方的。他们在发现你们的星船后，才随机应变地要求登船。我们正在搜查艇的语音日志中搜查那则信号。"

"不对！"他感受到了我语气中的愤怒，警惕地后退了一步。

"怎么了，长官？"

"我已经检查了伊森号的通信日志。记录中并没有显示讯号的来源，但它至少说明了一点：登船申请是通过星语通信传来的，而不是你所说的语音通信。据我所知，搜查艇上根本没有星语者。"

"这——"

"这则星语通信与向伊森号发送高空坐标的信号来自同一个信号源。这绝不会有错。这些人就是冲我来的，检察官。他们知道我的名字，我就是他们的目标。"

他的脸色变得苍白，一时语塞。

我转过身，迈出了几步。"我不知道这些人究竟是谁——或许的确是帝国卫队的常规军。但他们必定是受某人指使，才会特意来找我。这个幕后真凶策划了整场刺杀行动，为他们提供了充足的装备和能够蒙混过关的载具，并亲自授权他们搜查了这艘星船。此人或许属于舰队，又或许与舰队内部有千丝万缕的关联。除此以外，没有其他可能。"

"您的意思是……此事蓄谋已久？"

"我对暗度陈仓的卑鄙手段并不陌生，马多辛。我树敌颇多，每一个敌人都想夺我性命，这些事情总会发生。但此事证明了一点，我的这名敌人比我料想中的强大得多。"

"长官，我——"

"你是哪个职级的，检察官？"

"我是一阶军官，正品红级，军衔等同于舰队准将。我直接向洪博特检察长汇报。"我从他的肩章就能判断他的官阶，但我希望他能自己告诉我。

"当然。你的上级想必不会将这样的事务草率地交给低阶军官处理。他不敢怠慢于我。我想，这件事在舰队中仍然是机密吧？"

"长官，是的！检察长意识到了此事十分……微妙。除此以外，遵照作战指挥官大人的命令，我们对任何逃兵引起的恶性事件都应该守口如瓶，以免引起更多的骚乱。知晓这起事件细节的只有我和我的作战小队，以及检察长和他的高阶参军。"

"那么，我想请你们继续保守这个秘密。我希望我的敌人相信这次刺杀已经成功，他们被蒙蔽的时间越久越好。我能仰仗你们的协助吗，检察官？"

"当然，审判官。"

"请你立刻向你的长官发送一条加密通信，如实向他汇报并传达我的请求。我会提供给你一个加密的语音通信频道，如果有任何新的消息，你可以随时与我联络。马多辛，任何消息，即便看上去与此事毫无关联。"

他敏锐地点了点头。倘若此事遭到了泄密，我将彻查与他有关的一切，调查的对象将囊括检察长本人和每一名高阶参军，他们将感受到"罗格·多恩之怒"——对于这一点,我并没有明说,但我相信他已经心领神会了。

就在马多辛与他的队员离开伊森号时,我将目光转向了贝坦科尔。
"怎么了?"他问。
"死亡的感觉是怎样的,迈达斯?"

我们在午夜乘坐炮艇驶出了伊森号。费希格已经苏醒,此刻正留在马希拉的船上。他伤势不轻,不得不在伊森号设施精良的自动医疗室内疗养。

马希拉同意将伊森号暂时停靠在古德伦附近。我预留了一笔资金以弥补他在停靠期间蒙受的经济损失。我认为我们需要一艘可靠的星船以防万一,况且倘若伊森号立刻离开,我们遭到刺杀的假象便会被质疑。

我与马希拉在舰桥的船长室谈论起相关的安排。他端坐在宝座上,一边啜饮着阿玛斯克酒,一边监督组装机仆们一丝不苟地拼接他的腿脚。
"我很抱歉,让你被迫脱不开身,托比亚斯先生。"
"并没有啊。"他反驳道,"这么多年了,这是我经历的最有趣的一趟旅程。"
"你愿意为我们耽误工夫?"
"您给的资金相当丰厚,审判官!"他大笑道,"事实上,我很荣幸能与您一同效忠帝皇。另外,那个叫费希格的蠢货需要十分周到的医护,光是那艘炮艇上的破烂设备可远远不够啊。我可以向您保证,在他能够安全离开我的船之前,我决不起锚。"

我走出了舰桥。马希拉的热忱慷慨几乎令我动容。他如此全心全意地帮助我有很多原因——对审判庭的恐惧或许是主要因素——但事实上,我确信,这是因为他在与其他人类的互动中重新体会到了趣味。从他迫不及待地与我们交谈、展示艺术品收藏、提供援助和住宿环境等行为中足以看出这一点……

他独自与机器为伍的日子实在太久了。

就在我们离开伊森号的同时,贝坦科尔切换了炮艇的转接代码。我们早就在编码器中存储了一些用于掩人耳目的飞行器标识码。在我们逗留倨傲星的几个月里,我们驾驶审判庭的官方载具往来穿梭,丝毫不需要担心会暴露身份。

而现在，我们需要伪装成来自萨米特世界的贸易特使，负责经营固化基因品种的谷物。古德伦的贵族们在开疆扩土之初就耗尽了劳力与资产，想必他们对那些易于维护、免于虫害的农作物品种会大感兴趣。

贝坦科尔通过语音通信联络了古德伦当局，在表明身份后申请了通往多尔赛登陆点的航线许可证。对方几乎毫不犹豫地批准了我们的申请。在他们看来，我们不过是又一伙赶来参与庆典、企图分一杯羹的贪婪商人。

我们从高空坐标处，向下扫视着斯卡鲁斯舰队的主体部分：运兵船整齐地排列，它们造型诡异，船舱臃肿而笨重；巨型驱逐舰配备着高高隆起的撞角和雄伟的双头鹰徽章；庞大的战舰仿佛是屹立于宇宙间的严酷无情的灰黑色巨人，全身装备着武器。护卫舰全都身披利刺，舰身修长纤细，如同木蜂群般致命且残忍。战斗机群盘旋在四周，警惕地视察着舰队内外的一切。

外围的轨道上挤满了运输载具、飞驰的拖船、运输补给专用的舰艇、商贸快艇、笨重的民用升降机，拥堵的轨道上矗立着几座镂空的装卸平台。右舷窗外同样是一片繁忙的景象：商船、散装运输机、小巧灵活的短途商用船、庞大的行会专用舰往来穿梭，其中不乏形形色色、漂泊至此的小船。伊森号就潜藏在其中，躲在外围轨道的某个角落里。

数不清的浮标灯在夜空中不住地闪烁，映照出空港忙碌而繁荣的景象，这些灯光俨然构成了一座人造星系，遮盖住了真实的星空。

贝坦科尔驾驶炮艇在拥挤忙碌的船队间穿梭，冲破水晶般剔透的电离带，跃入氤氲的乳白色云层中。随着星球的转动，我们从黑夜驶向白昼，朝多尔赛的方向全速进发——黎明来临，整座城市都笼罩在建军典礼的喜庆氛围中，即将迎来崭新的一天。

第九章

在多尔赛

市场因素

猎杀塔诺克伯雷

多尔赛城彻夜未眠,此时仍是一片喧嚣。广播的扬声器分布在古老的街巷、道路和运河两侧,一刻不停地播放着军旅主题的音乐。横幅遍地,旌旗招展。

我快速浏览了埃莫斯整理的行星简报:古德伦,赫里甘次星区的首府,隶属于朦胧星域的斯卡鲁斯星区。人类文明在这颗星球上发展了三千五百年,几个最有权势的贵族家族在这里分疆而治——每个家族都权势滔天,在赫里甘次星区境内的三十多个世界均颇具影响力。特雷锡安主星是该区域人口最多、产能最高的星球,也是最庞大、最丰饶的工业与商业中心。但古德伦才是文化与政治的核心。据统计,这些贵族的私人财富总和之巨,足以同特雷锡安多个巢都的总产值相媲美。

我们距离多尔赛越来越近,城市在旭日的照耀下泛起耀眼的白光。多尔赛坐落在海岸边,临海潟湖环绕在城镇四周,壮美的德伦纳河横跨在中央。飞艇入港时,我们能够透过舷窗看到潟湖中的无数帆船,它们犹如洁白闪烁的斑点分布在湖面上。我还能看到起伏的青山和峭壁上竖立着的层层壁垒和炮台,那是为新组建的兵团搭建的临时兵营。

贝坦科尔降落在了乔瓦场——多尔赛专用的城市港口。它建在一座面向市区、紧邻潟湖的狭长海岛上。这里地势狭小,我们这样的小型船艇只能借助单线程重力升降梯进入,停靠在海岛内部的蜂窝状熔岩孔洞中。

洛温克守在炮艇内。迈达斯、埃莫斯、贝坤和我动身前往多尔赛。我们换上了朴素而低调的服装:埃莫斯身穿深蓝色的长袍,贝坦科尔和我穿着漆黑的面料精良的长皮衣,伊丽莎白·贝坤则套着一件瓷蓝绉纱长袍,披着一条乳白色的蕾丝披肩。贝坦科尔有些为难地重新翻出了薇本的遗物,找出了几件适合贝坤的衣服。

她似乎并不介意穿着死者的衣物。

鲜红色的遮阳篷在晨风的吹拂下来回摆动，岛屿码头上挤满了等待前往大陆的旅客。我们与一群商人、来访贵宾和休工的机务人员一同排队等候。街头卖艺的演奏者与市井摊贩们叫喊吆喝着，吸引着暂时被困在原地的游客的注意。

几经波折后，我们终于雇到了一艘在码头前排队的船。那是一艘如针一般细长的汽艇，船身泛着紫罗兰色的光泽。敞篷船舱内有五个座位，舵手坐在船尾高高的球形反重力装置后。汽艇载着我们穿过了潟湖，艇身悬浮在两米高的半空中，下面是波光粼粼的湖面。

多尔赛浮现在眼前。此刻，我们与城市建筑处在同一个水平面上，方才领略到这座城市的雄伟与高大。整座城市都矗立在巨型玄武岩铸成的砖块和石柱垒砌的高坡上，建筑群用抛光的巨石堆砌而成，外墙表面涂抹着石灰涂层，微微倾斜的屋檐用青铜铸成的瓦片拼接而成。屋檐尖角末端的滴水兽张大了兽口，蜷缩着蹲坐在落水管和闸口四周。顶层的阳台和栏杆均用铸铜打造，表面已经严重褪色。多数阳台都被遮掩在篷布下方。石砖堆砌的拱桥和金属楼梯与四周的建筑相连，有些横跨在街道上方。一些道路被涨高的水面覆盖。石砖铺成的小路平行地排列在运河两侧，边沿的人行道几乎与水面齐高。

行人熙熙攘攘。整座城市充满了生机，到处都笼罩在缤纷的色彩里，喧嚣声一片。我们进入市区的那一刻，便与沿运河行驶的重力艇、水上客车、私人快艇和摩托艇挤在一处，不得不减缓速度。

与运河相比，我们头顶的交通更加拥堵，高速飞艇与高空飞行器嗡嗡作响。所见之处无不悬挂着横幅，庆贺着斯卡鲁斯舰队与古德伦帝国卫队，尤其是第五十步枪兵团的成立。

埃莫斯和往常一样，一边喋喋不休地自言自语，一边在手腕上的数据板中记录着与多尔赛有关的一切——他对于知识的热情从未有丝毫削减。我观察着他的一举一动，他的神情紧张而兴奋，流露出好奇的孩童般的欣喜之情，看到新奇之物时，就如同强迫症一般，变本加厉地敲击着面板按钮。

那块陈旧数据板的键盘表面早已被打磨得无比光滑。

迈达斯·贝坦科尔保持着一如既往的机警与敏锐。他坐在反重力汽艇的前端，与埃莫斯一样密切观察着周遭的环境。但他关心的细节比老学究的关注点更能切中要害，做出的判断也实用得多。

贝坤只是面带微笑地坐在一旁，微风扬起了她的披肩。我不禁怀疑，就算我没有征召她入队，她有朝一日是否会自己游历至此。古德伦是整个次星区的文化中心，也是她梦寐以求的光明世界。

我决定让她享受片刻的惬意。等待她的将是异常艰巨的任务。

我们在多尔赛的皇家酒店订了一间套房。在这片大陆上找一个住处是极有必要的。贝坦科尔用工具钻开了房屋的门框，将内置诡雷的防护装置安装在锁芯内。除此以外，我们还在内室的门廊处布置了线路。我警告了酒店的侍从和机仆，我们不在时，任何人都严禁入内。

我走上石灰粉饰的客厅阳台，站在褪色的紫色帆布遮阳篷下，聆听着街道两旁扬声器播放的《修会进行曲》。

脚下的运河被堵得水泄不通。其中一艘船上坐满了醉酒的卫兵，全都身穿着新配发的红色军装。他们是古德伦第五十步枪兵团的人，此刻正享受着离开故乡前最后的时光——哪怕冒着溺死的风险也心甘情愿。再过几天，他们就会被塞进冰冷陌生的军舰，大义凛然地奔赴一个次星区以外的恐怖战场。

就在他们踉跄地走上河岸时，其中一名士兵一头栽进了运河里。战友们将他从水中拉了出来，用瓶中的酒水冲洗着他的头。

埃莫斯凑了过来，向我展示了数据板上的地图。

"西尼西亚联合商贸行会。"他说，"他们的总部距离这里只有五个街区。"

西尼西亚联合商贸行会拥有整个多尔赛商业区最气势恢宏的办公大厦。大运河的一座丁坝与建筑物主体的玻璃门廊下方打通，这一别具匠心的设计让来访的商人可以将船艇停靠在大厦内，徒步走上铺设着瓷砖与地毯的迎宾码头。

反重力汽艇载着我们驶入了高楼，在一群访客的簇拥下走上了台阶——其中既有身材高瘦、披着礼袍的梅西纳交易员，也有头戴可笑笨重的礼帽、披着面纱的萨米特商人，还有来自特雷锡安巢都、大腹便便的银行家。

我阔步前行，走上岸的一刻转身向贝坤伸出了手。她站在船边，礼貌地

第九章

点了点头。我并没有向她介绍本地的风俗，那种贵族特有的风度与优雅全凭她的即兴发挥。尽管我仍然无法遏制对她的厌恶，但随着时间的推移，我越来越欣赏她的敏锐与智慧。她的一颦一笑都极为得体。

"请问尊姓大名，有何贵干？"一名西尼西亚联合商贸行会的接待员彬彬有礼地走近询问。他身穿华丽的金色锦缎礼袍，周围的仆从也都身着盛装。他的耳旁戴着人工植入物，手中握着一块数据板和一支标记笔。

"我叫法尔卡瓦，是一名来自长庚星的商人。这位是法尔卡瓦夫人。我们专程前来，是想与本地的高级官员签订粮食贸易合同，我们听说西尼西亚联合商贸行会将为我们提供一切必要的经纪服务。"

"您在敝会可有对接人，先生？"

"当然有。我的联络人叫赛门·克罗特斯。"

"克罗特斯？"接待员闻言一愣。

"哦，格雷戈，我有些厌倦了。"贝坤突然开口抱怨道，"这里闷得要死。我还想去运河边转转。为什么我们不回去和那些曼秀雷伊商会的家伙打交道呢？他们可热情周到多了。"

"一会儿再说，亲爱的。"我答道。她的即兴表演令我措手不及，也让我感到一丝惊喜。

"您二位……已经拜访过别的商会了？"那名接待员赶忙询问。

"他们确实不错，还用索利安茶招待了我们。"贝坤嘀咕了一句。

"二位跟我来。"接待员忙不迭地引路，"当然了，赛门·克罗特斯是我们最受器重的贸易使节之一。我马上为您安排接见。劳烦二位在套间等候片刻，我这就吩咐仆人，给二位上茶。"

"配几块纳法尔饼干？"贝坤不依不饶地轻声问。

"当然，女士。"

他说完走出了装潢奢华的等候室，恭敬地关上了身后的屋门。贝坤这才得意地瞥了我一眼，咯咯地笑了起来。我承认，我当时也忍不住笑出了声。

"你这是哪一出？"

"你说过，我们要扮演无利不起早的商人。我只不过是奉命行事。"

"继续保持。"我说。

我们环顾四周。十米高的窗户蒙着一层薄纱，隔着薄纱可以俯瞰整条大运河的景象，但室内却听不到丝毫噪声。几幅萨米特画派的油画悬挂在墙面上，画作之间装饰着华贵的挂毯——倘若马希拉在场，他一定会对这些油画和装饰品大感兴趣。

片刻后，一台表面光洁的机仆端来了茶点。它将餐碟放在大理石台面的茶几上，随后缓步移出。

"真是索利安茶！"贝坤兴奋地低呼一声，将瓷罐的盖子掀开，"纳法尔饼干！"她莞尔一笑，捏起一小块饼干。

她给我倒了杯茶。我啜饮着茶水，站在火炉旁，试着摆出一副不可一世的姿态。

片刻后，商会代表从门外飞奔进来。他身材矮小，头发根根竖起，身上的长袍随风飘动，袍带上镶嵌着数不清的珠宝。他的额头上佩戴着西尼西亚联合商贸行会的标志。

根据那个标志，我推测他是商会的主管之一。

他名叫马切尔。

"法尔卡瓦先生、女士，早知二位贵客到访，我就应该取消一切会议。原谅我的怠慢。"

"我原谅你。"我说，"但我恐怕法尔卡瓦女士很快就会失去耐心。"

贝坤适时地打了个哈欠。

"哦，那可不妙，相当不妙！"马切尔拍了下手，几名机仆缓缓驶入。

"立刻满足这位可爱的女士的一切要求！"马切尔命令道。

"嗯……沃德烟叶？"她说。

"立刻去买！"马切尔命令道。

"再来一碟碧瑞松露？最好搭配红酒嫩煎？"

我只能强颜欢笑。

"马上去做！赶紧！"马切尔招呼着，将机仆赶出了房间。

我走出一步，将手中的茶杯放下。"我就开门见山了，先生。我此次到访，代表的是长庚星的谷物商会，这是我们世界最重要的商业联盟。"

我将我的全息凭证递给了他。那当然是伪造的。贝坦科尔与埃莫斯一起钻研了很久，埃莫斯充分动用了他储备的渊博知识，尤其是对长庚星的了解——他们甚至专门访谈了马希拉，获取了与当地商贸组织有关的细节。

马切尔看到我的证件后，表现得格外谄媚。

"先生，我们讨论的是……多大规模的生意？"

"整个西部大陆。"

"您售卖的是？"

我从衣袋中取出了一根盛放着样本的试管。"这是一种固化基因的谷类作物。这种株型的作物极容易生长成熟，考虑到古德伦劳动力向来枯竭，这对本地的地主而言，一定有巨大的经济价值。这可是堪称奇迹的物种。"

那几台机仆重新出现在门口，为贝坤端来了点心。

她一边咀嚼着柔软的松露，一边说："其他的商会都在竞购这件产品，先生。这是个千载难逢的机会，希望你们西尼西亚联合商贸行会不要错过。"

马切尔晃了晃试管，仔细端详着。

"这……"他放低声音，"这是异形科技培育的？"

"那样会有什么麻烦吗？"我问。

"不会，先生。审判庭对这种违禁品的要求向来苛刻。但正因如此，我们对待来访的贸易使团才会格外谨慎。整座商会大厦都采取了严格的防护措施，任何追踪器、语音拦截和窃听装置都无法运行。"

"那我就放心了。所以异形科技的谷类作物在这里售卖并不是难事？"

"当然不难。据我所知，我们接触的一些财团和企业亟须确保当地农作物的产量，即便动用异形科技也在所不惜。"

"很好。"我谎称，"但我要确保最好的回报。赛门向我优先推荐了格劳家族。"

"哪个赛门？"

"赛门·克罗特斯。那个在长庚星与我对接的西尼西亚联合商贸行会使节。"

"原来如此。您希望我组织一次与格劳家族的会晤？"

"如此甚好。"

我们在二十分钟后离开了西尼西亚联合商贸行会。贝坤意犹未尽地舔了舔唇边的汁水。

就在我们的汽艇离开商会大厦的那一刻，我缝在袖口里的语音接收器震动了一下。

第九章

"艾森霍恩。"

是洛温克的声音。"我刚刚收到了托比亚斯·马希拉的讯息,需要我向你转达吗?"

"尽可能简短些,洛温克。"

"他说那艘载着艾克隆从古德伦到倨傲星的星船就停靠在附近,并且他已经完成了侦查。是行商浪人舰船斯卡维勒号。船主是一个叫伊福瑞斯·塔诺克伯雷的人,现在就在古德伦行星上。"

"向马希拉回信,感谢他的协助,洛温克。"我说。

艾克隆征用的那艘神秘星船终于浮出了水面。

我们在一家商务餐厅吃了顿午饭,通过餐厅的窗口可以俯瞰卡诺顿大桥的全貌。午餐期间,马切尔通过语音无人机向"法尔卡瓦先生"发了一则私人讯息。

它是一台椭圆形的金属设备,柑橘大小。它像一只贪婪吸食花粉的昆虫,在袖珍的排斥子马达驱动下嗡嗡地飞上了餐厅的露台。无人机悬浮在距离地板一人高的位置,穿梭在餐桌之间,直到发现我才停了下来。它悬停在我的水晶酒杯前,将预载的全息影像投射在酒杯的侧面:那是西尼西亚联合商贸行会的徽章。随后是一封措辞严谨、口吻谄媚的语音通信,信中热情地邀请了法尔卡瓦先生及全部的随行人员参与次日下午在格劳庄园举办的会议。按照计划,我们将于四点与马切尔在商会大厦会合,共同转乘提前准备的专车。

无人机继续重复着讯息,直到我挥手打断它投射出的光束,并口头确认后,它才将我的回复记了下来。它断断续续地做出了应答后,扬长而去。

"这小家伙是怎么发现我们的?"贝坤问。

"通过信息素。"埃莫斯回答,"商会大厦的主系统在你们到访期间对你们的体征进行了勘测和采样,这样它就能搜索与传感记录相符的信息素特征,通过无人机准确地找到每一位访客。"

语音无人机在帝国内科技较高的世界是一种常见的本地化通信方式。一个念头闪过我的脑海。

"你刚刚说这家商会对异形科技似乎并不忌讳?"贝坦科尔说完,举起酒杯饮了一口。

我点头。"我们现在需要将注意力集中在格劳家族身上。他们才是本次行动的重点目标。但我不会对西尼西亚联合商贸行会的越界行径视若无睹。等此事告一段落，审判庭将会全力追查他们的全部交易记录。"

贝坤望着那座造型精致、美轮美奂的卡诺顿桥梁，桥身横跨在蜿蜒的德伦纳河上。"那是什么生物？"她问。每一根古旧的栏杆上都装饰着一座巨型四足食肉动物的石像——那些野兽体格健硕，外形酷似巨大的獒犬，尾巴健壮有力，口中长着锋利的獠牙。

"是卡诺顿兽。"埃莫斯说着，为能够分享他渊博的学识而得意扬扬。"那是古德伦的纹章兽。它们在纹章和族徽中最常见，在这个世界上象征着权势和威望。当然，如今它们极为罕见，已被猎杀得濒临灭绝。我想，应该只有北部荒原上还能找到一头这样的野生巨兽。"

"我们有一天时间自由行动。"我打断了他们的闲聊，"让我们用好这一天，揪出这个叫塔诺克伯雷的船主。"

贝坦科尔扬起眉毛看了我一眼。他刚想告诉我这绝非易事，直到我向他讲出了我的那个念头。

我们沿着奥斯金运河，在水路旁找到了一个邮局，并购买了一个语音无人机的通信服务。我发送的内容十分简洁：向舰船斯卡维勒号的船主询问短期内是否计划离开行星。为我们办理业务的文书办事员一声不吭地从我手中接过了文本，并收取了相应的费用。他身后的铁架上摆放着三十多架语音无人机，他将文字录入到其中一架中，随后开启了数据文档，检索出塔诺克伯雷的信息素数据——不出我所料，那名船主曾经在当地的移民部门登记备案，毫无保留地提交了信息素记录。

那台记载着文本的无人机嗡嗡地抬升向半空，飞出了邮局。

在门外的街道旁，贝坦科尔坐在临时租借的摩托车上。他早已等候多时，无人机飞出的那一刻，他快速发动引擎，驱车紧随其后。

这台无人机极有可能帮助我们锁定猎物。它能给贝坦科尔可乘之机，我们也有充足的理由相信，塔诺克伯雷在收到信息后会暴露自己——他终究是一名逐利的商人。

埃莫斯、贝坤与我坐在一艘公用的反重力汽艇上，通过语音通信与贝坦科尔保持联络。运河的交通比任何时候都要拥挤，当地的法务部和海军安防部队尽数出动。当天傍晚，河畔将举办一场重大的游行庆典，周边的街道、店铺都在筹备，凑热闹的民众聚集在大桥和人行道上，到处悬挂着横幅与寄托美好祝福的花环。

贝坦科尔在特塞格德区的一条人行道旁等着我们——这里是多尔赛最著名的酒馆、俱乐部聚集区。我示意埃莫斯和贝坤留下，随后跳下了汽艇。

"在里面。"他说着指向一座破旧的拱门建筑，"我跟着它进去了，无人机停在了左数第五张桌子前。塔诺克伯雷是个身穿玫红色夹克的高个子。我猜他身边还有两个同伙。"

"准备好，掩护我。"我嘱咐了一句。

酒馆内一片昏暗，拥挤不堪。灯光随着音乐的旋律在低矮的天花板上频频跃动，空气中弥漫着汗水、烟草和啤酒花的气味，以及呛鼻的暗影烟味。

就在我走进酒馆大门时，我的那台语音无人机正往外飞。它感应到我的信息素，在空中停顿了片刻，向我传达了消息后便飞走了。那句回复同样简短：斯卡维勒号已经不再承租。

我在熙熙攘攘的顾客中找到了塔诺克伯雷。他身上的玫红色夹克用上等的丝绸缝制而成，一头黑发卷曲着，用丝带盘在脑后。他的五官棱角分明，凶相毕露。与他对饮的同伙是一对普通船员，都穿着镶钉的皮甲。

"塔诺克伯雷先生？"

他漫不经心地扭头看了我一眼，没有说话。他的同伙阴森地盯着我。

"或许我们可以单独聊聊？"我提议道。

"或许你应该立刻滚开。"

我不慌不忙地坐下。另外两人显然因为我的轻蔑举动而感到震惊，僵坐在原地。我意识到，只需要塔诺克伯雷点一下头，他们便会立刻动手。

"我想先问一个简单的问题。"我刚开口。

"你先滚到一边去。"他粗暴地回答，恶毒地瞪着我。我虽然一直在与他对视，但余光注意到他把手揣进了外套口袋里。

"你看上去很焦躁，为什么？"

没有回答。另外两人紧张地抽动了一下。

"有什么需要遮遮掩掩的？"

第九章

"我只想安静地喝一杯,别打搅老子,快滚!"

"真不友好。好吧,如果这两位先生不愿让我们私聊,我就在这儿坐着好了。希望你们不要介意。"

"你到底是谁?"

我没有立刻回答,双眼始终与他对视。"你的高空泊位费拖欠很久了。"我说。

"撒谎!"

我的确在撒谎,而且我不介意这么做。我的目的只是激怒他。"你的凭证和舱单都不完整。古德伦的控制中心有可能会扣留你的星船,直到你阐明全部的违规记录为止。"

"胡说八道。"

"想澄清也不难。你曾经去往倨傲星,而且没有登记,更没有上报任何货物清单。他们是怎么计算关税的?"

他的椅子向后挪动了一两厘米。

"你为什么要去倨傲星?"

"我没去!谁说我去过?"

"给你点提示,赛门·克罗特斯、南博·威尔克。"

"我不认识他们。你找错人了,杂碎!给我滚开!"

"那就是穆尔丁·艾克隆了。是他雇了你?"

听到这个名字,他终于点了一下头,而点头的幅度几乎难以觉察。

坐在我身边的船员从椅子上一跃而起,袖口中弹出了一根细小的电震连枷,被他紧握在手中。

"放下武器。"我释放出意志之力,甚至都没有开口。

连枷砸落在桌面上,火花四溅。

不到一秒钟,我便捡起连枷,一下抡倒了对方,他身后的椅子也被撞翻。我顺势再次挥击,砸中了另一名船员的左耳。那人被砸倒在地,躺在桌脚旁抽搐着。

我重新坐下,面对塔诺克伯雷,手中握着连枷。他脸色煞白,眼中满是惊恐和无助。

"艾克隆,说说关于他的事。"

他的左手在夹克中搜寻着什么，我挥动连枷猛击他的肩膀。击中的那一刻，我才发现他的丝绸外套下穿着厚实的铠甲。

　　他遭到撞击后踉跄了一下，但还是抬起了胳膊，手中攥着一柄短管手枪。

　　我掀翻了酒桌，桌面砸在了他的身上。他一枪打偏，击中了邻近一名酒徒的后背。那人中枪后挣扎着摔倒，砸烂了另一张桌子。

　　枪声和骚动惊动了整个酒馆，尖叫声伴随着混乱快速蔓延。

　　我并不在意。塔诺克伯雷隔着翻倒的桌子又向我开了一枪，我侧身闪避，撞在了旁边的人身上。

　　塔诺克伯雷爬起身，对着人群拳打脚踢，推搡着挤出门外。我看到了贝坦科尔，但拥挤的人群阻挡了他的视线。

　　"闪开！"我高喊，人群向两旁避开，如同应声开启的舱门。

　　塔诺克伯雷在门外的人行道上，朝着街道尽头的港口狂奔。他侧身开了两枪。路边的行人们尖叫着四散奔逃，有人被推搡到了河里。

　　塔诺克伯雷几步跳上了一艘反重力汽艇，司机还没来得及开口抱怨，就被他一枪击毙。他将尸体从驾驶台上推开，驱动汽艇驶出了运河。

　　贝坦科尔的悬浮摩托停在我左侧。我启动引擎，沿着水道奋起直追。

　　"等等！"贝坦科尔在我身后高喊。

　　没时间了。

　　塔诺克伯雷如丧家之犬，逃窜途中给堵塞的运河造成了严重的破坏。他将汽艇开进了拥挤的河道，逼迫沿路的船只避让。黑色艇身表面的装饰性金丝花纹被刮擦得面目全非，在连续十几次撞击后留下一道道凹痕。就在他丧心病狂地横穿水道时，岸边和水面的人们对他高声喊叫。在水道与运河干道交汇处，他突然加速，想把我彻底甩开。一艘小型货运船正快速地驶过岔口，眼看就要被撞飞，司机连忙掉转方向，巨大的惯性将整艘船甩向了岸旁的码头。船只被整个掀翻，船体被撞得粉碎，司机被抛向了半空。

　　我驾着摩托，循着塔诺克伯雷的踪迹追赶，两侧的船艇都因为他的野蛮冲撞而停滞在原地。我试图抬升摩托的水平高度，如此便可以无所顾忌地全速行驶。但摩托的反重力板上安装着强制调节器，能够防止摩托进行三米以上的爬升。情势危急，我根本无暇研究调节器的位置，更无法将它关闭。我全神贯注地驾驶着摩托飞驰在水流湍急的运河之上，在来回转弯的汽艇、水上客车的空隙之间穿梭。

前方传来了军乐队的演奏声。

塔诺克伯雷飞速驶离了岔口，将汽艇开向了主河道，随后从一侧汇入了游行队伍。一支由汽艇、军用驳船、兰德速攻艇组成的护卫小队正在这条水道上方行进，一副悠然自得的姿态。每艘船上都坐满了欢欣鼓舞的帝国卫队官兵，兵团和舰队成员发出了雷鸣般的欢呼声。天空中旌旗招展，彩带与横幅漫天飞舞——连队旗帜、帝国双头鹰和古德伦的卡诺顿巨兽的图案随处可见。其中一艘驳船上摆放着一座巨大的金色卡诺顿雕像，雕像上方站着几名高声欢呼的帝国卫队士兵。上千支步枪枪管上系着缤纷的彩带，随风飘扬。人行道和桥梁上挤满了欢呼雀跃的民众。

塔诺克伯雷的汽艇一头撞在了一艘运兵船的船舷上。他试图掉头逃跑时，怒吼与痛骂声从四周的船上传来。人们纷纷向他丢去水果、石块和其他杂物。

他回头看了一眼群情激愤的士兵们，骂骂咧咧地驾驶着汽艇绕过了驳船，直冲向岸边。

我距离他越来越近，并且尽可能绕开了那些混乱的民众，以免他们迁怒于我。塔诺克伯雷驾船横穿水路时，汽笛和警报声纷纷响起。一名士兵从驳船跳上了他的汽艇，塔诺克伯雷趁对方还没站稳，一脚将来人踹进了水里，这一不敬的举动无疑是火上浇油。众人的怒吼和训斥声变本加厉。游行队伍格外愤慨，几艘驳船逼近，数十名愤怒的卫兵隔着栏杆，伸出手去，想抓住塔诺克伯雷。

他慌忙掉头，想要甩开逼近的游行队伍，船身一偏，又偏偏撞在随行军乐队乘坐的皮艇上。几名奏乐者被猛烈的冲击力撞倒，他们引以为傲的帝国赞歌中突然出现了几个错乱的音符和鼓点，随后戛然而止。

士兵们被彻底激怒了，他们跳上了一艘小型游船，冲向了塔诺克伯雷的汽艇，一边试着强制登船，一边剧烈摇晃着船身。塔诺克伯雷掏出了手枪。

这是他一生中犯下的最后一个错误。我在运河的堤岸边停了下来。继续追捕已经毫无意义。

塔诺克伯雷朝愤怒的队伍开了两枪。顷刻间，邻近驳船上的二十多支崭新的步枪火力全开，将他与劫来的汽艇一起轰成了碎片。紧接着汽艇的动力装置被引爆，船体的碎片散落在翻腾的水面上。一缕黑烟向上升起，在横幅与旌旗上空飘浮。

就这样，初生牛犊般的古德伦第五十步枪兵团完成了他们军旅生涯中的首次击杀。

第九章

# 第十章

管辖冲突

格劳家族

探秘

深夜,我在多尔赛皇家酒店的卧室内准备入睡。贝坤与埃莫斯都回到了各自的房间。卧室内朦胧昏暗,窗外的运河河面上波光粼粼,水波在天花板上折射出一片银白色的涟漪。

"神盾呼叫,玫瑰利刺!"贝坦科尔的声音透过语音通信敲击着我的耳膜。

"玫瑰利刺收到,请讲。"

"鬼魅潜入,螺旋藤蔓。"

我警觉地站起身,快速穿上长裤和皮靴,赤身套上了皮革外套。我手中握着动力剑,走向酒店套间的休息室。

灯光早已熄灭,但整间屋子在运河的波光掩映下半明半暗。

贝坦科尔已经站在对面的墙边,双手各持一把针刺手枪。他对着主门点了点头。

潜入者的手段相当高明,几乎无声无息,然而我们都隔着门缝捕捉到了轻微的震动。他们的动作虽小,但在门外大厅光源的衬托下仍然依稀可辨。

门把手传来微弱的声响,这表明有人正在撬动锁内的弹簧。我和贝坦科尔不约而同地倚靠在两侧的墙上,紧闭双眼,用双手捂住了耳朵。任何强行撬开门锁的行为都会触发威慑性的防护装置,我们可不想被自己的诡雷害得眼盲耳聋。

门被撬开了一道缝隙,既没有致盲的闪光,也没有刺耳的嗡鸣。我们的不速之客早就甄别并解除了安全防护。他们的手段比我想象中的要高明得多。

一根细长的伸缩杆从门缝探入屋内,末端的光学传感器四处扫视,搜索着房间内的事物。我向贝坦科尔略一点头,一个箭步冲上去,抓住了伸缩杆猛地向后拉扯。与此同时,我点燃了动力剑的剑锋。

一个人猝不及防地撞在了门板上，他手中的窥探伸缩杆被我突如其来地拉扯，连带他也失控地向前滑倒。我跨出一步，将他摁倒在地。他骇然失色，但很快便反应过来，咒骂着向我挥出一拳。我一边抵挡，一边用余光看到对方是一名身材魁梧、身穿修身皮衣的男子。

我们同时摔倒在地，扭打在一起，角力的同时掀翻了沙发，撞倒了桌案上的烛台。对手显然训练有素，牢牢地攥住了我持剑的手的腕部，沉着冷静地避开我的杀招。

于是我改用左手挥出了一拳，击中了他的咽喉。

他瘫倒在地，连连干咳。我迅速起身，却听到一个无比强大的声音喝令道："立刻放下武器。"

一个身材矮小、弓身驼背的人站在门外。贝坦科尔原本握着两把手枪，听到那声喝令后竟然无法控制地放低了枪口。

他动用了意志之力。我尚且能忽视脑中的刺痛，可迈达斯却难以承受那股灵能的冲击。两把针刺手枪掉在了地毯上。

"到你了。"那人转身对我说，"放下你的剑。"

我极少感受心灵操纵的影响。对方采取的手段与我使用的截然不同，那股意志之力异常强大。我调整心绪，做好了迎接灵能恶战的准备。

"你能反抗？"那人话音未落，一道心灵能量如同一把尖利的匕首刺入了我的颅骨，我向后趔趄了半步。我瞬间意识到我们之间的灵能强度根本判若云泥。那是一个久经战场，百般锤炼过的意识。

第二股灵能攻击紧随其后，向我的颅脑袭来。先前被我击倒的人正跪坐在原地。他也是灵能者。那道灵能比第一道的力度更大，但显然在控制与技巧方面都有所欠缺。那道攻击灼伤了我的头颅，我不禁痛苦地嘶吼起来。我踉跄着后退一步，短暂地调整心神后，释放出一道孤注一掷的刺击。这一击有效地将他逼退。

灼热的灵能冲击波敲打着窗户，家具也随之剧烈震动，桌案上的玻璃杯被炸成了碎片。贝坦科尔匍匐在地，发出了啜泣声。那个驼背的老者向前迈出一步，再次释放出一道灵能冲击，我被迫跪在地上。我感到鼻腔中鲜血喷涌，我的视线因为眼部充血而模糊。我唯一能做的，就是握紧手中的剑。

可那股冲击突然被某样东西打断了。埃莫斯和贝坤听到了异动，急忙冲进了房间。贝坤惊讶地尖叫起来。她空白的灵能投影突然闯入了心灵交锋旋涡的正中央，熄灭了所有的能量，如同烈焰的焰心被真空吞噬了一般。

驼背老者惊呼一声，跌坐在地上。我迈步上前，将他一把抓起，抛向了房间的另一边。他虽然佝偻瘦小，身体却出乎意料地沉重。

贝坦科尔捡起武器，点亮了台灯。

那个被我拉进门的不过是个年轻人：他身材魁梧，嘴唇扁平，头发剃光了，露出了瘦长光洁的头颅。他趴在窗户下，已经失去了意识。年轻人戴着一副配有枪械控制系带的黑色皮手套。贝坤丝毫不敢懈怠，夺下了他的手枪。

驼背老者缓慢而痛苦地站起身，苍老的肢体不断地抽搐、挣扎着。他身穿乌黑的长袍，瘦削的双手戴着黑色绸缎手套，长袍的褶皱处扣着一排浮夸闪耀的圆环。他掀开了兜帽。

他看上去十分年迈，饱经风霜的面孔如同风干的水果般干瘪。长袍领口外的咽喉处有人工植入手术的痕迹——毫无疑问，那副遭受岁月侵袭的脆弱躯壳十分依赖人造器件的保护。

他眼窝深陷，瞪视着我，眼中满是冰冷的怒火。

"你犯了一个错误。"他一边喘息一边说，"我确信，是个致命的错误。"他掏出了一枚厚重的护身符举在眼前。那枚护身符的含义毋庸置疑。"我是审判官康茂德·沃克。"

"很高兴能见到你，兄弟。"我笑道。

康茂德·沃克盯着我的审判庭徽章，几秒钟后方才移开视线。我能感受到他因为愤怒而产生了显著的灵能波动。

"我们……管辖的事务似乎出现了冲突。"他勉强解释着，用手抚平长袍的褶皱。他的助手已经醒来，此时正站在房间的角落里，面色阴沉地注视着我。

"那就让我们共同解决这桩案件吧。"我提议道，"但请至少解释一下你为何在夜深人静之时闯入我的公寓。"

"八个月前的一桩案件将我引到古德伦。搜查一直在进行，事态也越发复杂，直到一个名叫伊福瑞斯·塔诺克伯雷的行商浪人引起了我的怀疑。我刚准备收网追捕，他却在一次逃亡中被乱枪打死。交叉分析的结果表明，一位名叫法尔卡瓦的谷物商人牵涉其中——这着实令人费解。"

"法尔卡瓦是我在古德伦的伪装。"

"你似乎很喜欢用这种鸡鸣狗盗、掩人耳目的手段？"他语气轻蔑地问。

"我们殊途同归，审判官。"我答道。

我此前从未见过大审判官康茂德·沃克本人，但他的名号如雷贯耳。作为刚正不阿的纯净派，他几乎完全信奉独尊派的强硬准则，唯一的不同之处，就在于他的灵能极为精湛。正因如此，我认为他的信仰更符合索瑞安派。三百年前，他初出茅庐时，便追随着传奇审判官阿布沙隆·安格文。从那时起，他就开始在这个星区有史以来最惨烈而严酷的清洗行动中扮演着关键角色。他偏向光明磊落、直截了当地解决问题。任何瞒天过海、暗度陈仓的计谋在他看来都是令人生厌的卑劣行径。他善于利用自己的审判官身份，更善于利用这一身份带来的恐惧，在任何地方，要求任何人做任何事以达成自己的目标。

根据我的经验，这类正大光明的手段确实能得到一些线索，但无疑也会打草惊蛇。坦率地说，他能在这颗行星上苦苦寻觅八个月未果，并未让我感到惊讶。

他戒备地盯着我，仿佛稍有不慎便会与我同流合污。"每当我看到审判官使用诡诈的计谋，便会感到隐隐不安。请你切记，艾森霍恩，诡计往往是异端之源。"

这句问责让我陷入了片刻的思索。我在先前的报告中曾经提过，自始至终，我都认定自己是一名坚定的纯净派。我素来对异端禁忌深恶痛绝，毫不留情。但为了更高效地履行使命，我偶尔会采取一些相对灵活的手段。然而沃克竟以此认定我是激进派！那一刻，我在他眼中竟然沦为一名极端危险的荷鲁斯派，甚至是穷凶极恶的重聚派。

我打消他无端的多虑。"我们应该互通有无，审判官。我猜，您此次的调查行动或多或少都与格劳家族有关。"

沃克一言不发，没有做出任何反应。但我感觉得到，他的助手正站在我身后，神经高度紧张。

"我们的工作确实出现了交集。"我继续说，"我同样有意追查格劳家族。"我简要介绍了艾克隆在倨傲星的罪行，并通过关于神秘的庞提乌斯·格劳的分析，解释了这和格劳与古德伦的潜在关联。

我成功地引起了他的兴趣。"庞提乌斯或许只是个常见的人名，艾森霍恩。

但是庞提乌斯·格劳却不然——他已死去多年。我曾经效忠于伟大的导师安格文，并在一次清洗行动中将他诛杀。我亲眼看到过他的尸骸。"

"可你却执意来此，继续追查格劳家族的事。"

他缓缓呼出了一口气，仿佛终于下定了决心。"在庞提乌斯·格劳被剿灭后，格劳家族付出了极大的代价才自证清白，洗脱了异端的嫌疑。但安格文——愿他不朽的灵魂能得到安息——却始终怀疑这个家族已经积重难返，他们从来没有真正摆脱混沌的腐蚀。这是一个历史悠久的家族，而且颇有权势，探寻它的秘密何其艰难。但在过去两百年间，我始终对他们保持着密切的关注。十五个月前，我在追查位于萨德尔VII星的异端教派时发现了一些新的线索。有迹象表明，我追踪的教派与其他小型异端组织一样，实质上是在一个更加庞大的隐蔽邪教的掌控下运作——这个邪教人数众多，幕后主使权势滔天，长年以来暗中作乱，却丝毫不露锋芒，悄无声息地侵蚀着多个世界。有一些线索明确地指向了古德伦。而古德伦乃是格劳家族的发家之地，对我而言，这未免过于巧合了。"

"看来我们都有些进展。"我说着，在一把高背椅上坐下。贝坤从我的卧室里拿出一件衬衫，我取过衣服套在身上。埃莫斯从衣橱上的雕花玻璃酒瓶里倒了六杯阿玛斯克酒。沃克端起一杯，在我的对面坐下。他啜了一口，陷入了沉思。

他的助手却谢绝了埃莫斯，固执地站立在原地。

"坐下，赫尔丹！"沃克命令道，"这种时候，我们要虚心求教。"

助手这才接过玻璃杯，坐在角落里。

"我揪出了一支邪教帮派，为首之人是一名罪孽深重的混沌操办人。"我接着说，"我破坏了他们令人发指的罪恶阴谋。而那起案件的线索却指向了古德伦和格劳家族。想必，您在另一个异端教派里也找到了类似的线索——"

"不是一个，而是三个。"他纠正道。

"好吧，另外三个。如今，您终于寻觅到了一个更加宏大的组织。从某种程度上说，我们殊途同归，被两条不同的线索吸引，找到了同一个罪孽之源。"

他用苍白细小的舌头舔着嘴唇，点了点头。"自从来到古德伦，我已经接连铲除、焚灭了两个异端帮派。而我有充足的理由相信这颗行星另有九个帮派，其中三个就活跃在多尔赛。对待此等鼠辈，我一律格杀勿论。过去几个月里，他们似乎一直在密谋着某件大事。然而几周前，他们的行为轨迹却不约而同地发生了变化。这些反常之举与你在倨傲星的行动几乎在同一时间发生。"

"艾克隆的使命非同小可，他心思缜密，部署周全。然而就在最后关头，事态却突然失控，也有可能是计划生变吧。尽管我击溃了他的阴谋，并将他就地正法，但他原本的阴谋早就因为庞提乌斯未能抵达而功亏一篑。除此以外，您还查出与格劳家族有关的哪些情报？"

"我三个月拜访过他们两次，在两个不同的场合。他们每次都毕恭毕敬地回答我的全部问题，甚至允许我搜查他们的庄园和卷宗，可我却一无所获。"

"恐怕这是因为他们知道正与审判官打交道，因而早有防范。好在'法尔卡瓦先生'明天将前往格劳家族的府邸，与他们协商谷物的贸易合作。"

他思忖了片刻。"审判庭理应为了共同的理想和使命并肩作战，坚定不移地抵抗人类之敌。尽管你的手段并不光彩，但我将遵循协作共进的原则。我对你这次伪装渗透的收获拭目以待，尽管我不认为你会有太多成果。"

"本着协作共进的原则，沃克，我会与您分享所获取的一切情报。"

"你能做的远不止于此。格劳家族虽然认识我，但他们却没见过我的弟子。我想让赫尔丹与你同行。"

"我不同意。"

"我坚持这一请求。我决不会让追查的案件轻易毁在草率、鲁莽的同僚之手。我必须在前线安插一名眼线，否则，我很难坚持对你的认同。"

他让我陷入了两难，而且对此毫不避讳。倘若我直言拒绝，反而会加重他对我作风激进、行事鲁莽的成见。我无意与另一名审判官针锋相对，尤其是像康茂德·沃克这样炙手可热、一呼百应的人物。

"那么，他最好对我言听计从。"我不得不做出妥协。

次日下午四点，我们离开多尔赛，赶赴格劳的庄园。我与贝坤重新打扮成富有而低调的商人夫妇，随行人员有埃莫斯、贝坦科尔和沃克的弟子赫尔丹。我很欣慰地看到，赫尔丹为了配合我们也选择了变通，他换上了一身朴素的平民服装。他与贝坦科尔伪装成我们的保镖和护卫，埃莫斯则扮演基因生物学者的角色。

马切尔与西尼西亚联合商贸行会的其他四名使节身着华贵的礼袍，早已恭候多时，一艘大气层飞艇已经准备就绪。

那艘飞艇镶嵌着行会徽章，如同一支锃亮的离弦之箭，从商会大厦顶部的停机平台平稳地飞向了布满阴霾的天空。根据马切尔的介绍，航程大约有两小时。一名商会使节端着几盘点心在装潢精致的客舱内来回穿梭。

马切尔向我们解释了日程安排：当晚我们将与格劳家族的代表共进晚宴，留宿一晚后，在次日清晨共同游览庄园。倘若在那之后，双方仍然有兴趣的话，再进行正式的贸易磋谈。

我们向着西方的内陆行驶，风雨肆虐的沿海天气渐渐消散，温暖明媚的风光映入眼帘——连绵起伏的牧场、低矮的山丘和茂密的丛林。德伦纳河如同一根蜿蜒曲折的银线，在我们脚下闪烁。沿途偶尔能看到一些住宅、农庄和密集的镇区，还有一座高耸的尖顶教堂。另一艘飞艇正掠过远方的天空。

昏暗的山峦在西方天际线的位置绵延起伏。傍晚的云朵色彩缤纷，变幻莫测。群山一侧的地势崎岖不平，陡峭的断崖与岬角横亘在边缘。这一带的地貌景观格外雄奇壮丽，峭壁与幽谷之间生长着繁茂的丛林。

马切尔带着夸耀的语气向我们介绍，我们早就抵达了格劳家族的属地上空。

几分钟后，格劳的庄园在昏暗的群山顶部若隐若现：主体是一幢三层楼高的建筑，建筑的风格是典型的新哥特式，可以从上百个窗口俯瞰整座悬崖峭壁，精心粉饰的石墙在暮色下闪闪发光。紧邻主体建筑的是几座修建于不同时期的附属建筑，其中一座将主楼基座和林地旁的巨型石屋连接起来，我猜测那是供仆人居住的副楼。另一座附属建筑悬挂在悬崖的顶部，穹顶在落日余晖的照耀下散发着耀眼的金光。这座府邸极其庞大，而且遍地都是复杂的迷宫，这里足以容纳一座常规城镇的居民。

飞艇降落在府邸后一片宽阔的石制庭院内。庭院边缘处有一座维修机库，外观酷似改装后的旧式马车房，另外三艘飞艇正停靠在设施齐全的机库内。

我们离开飞艇，走进庭院。天气微凉，晚风夹杂着雨点，吹打着树丛，发出叹息般的簌簌声。浓密的云层将群山之上的夜空遮盖得严严实实。

身穿深绿色礼服的仆从们殷勤地赶到我们面前，一边从我们手中接过行李，一边撑起长柄雨伞为我们遮雨。几名身着格劳家族制服的警卫站立在庭院两侧，他们身穿翡翠色长风衣，头戴翎羽银盔，浑身散发着不可一世的傲然气质。我猜测他们都是身经百战的退伍军人。

我们和商会使节在仆从们的簇拥下走进了一座中厅，厅堂地面铺设着黑白相间的瓷砖，每块瓷砖都银光透亮。几十个巨大的水晶吊灯高悬在拱顶上。更多的警卫伫立在厅门两侧，格劳的家族佣兵显然规模不小。

"欢迎光临舍下。"厅里传来了女子的声音。

她向我们走来，那是一个身材高挑、体态优雅的女人，搽脂抹粉的脸上流露出多数贵族共有的傲慢与轻浮。她穿着华贵的黑色长袍，长裙的银色镶边拖曳在地面上，头上佩戴着黑色网纱和珍珠制成的对称头饰，细长的脖颈上系着一条黑色丝巾。

马切尔和使节们礼节性地鞠躬行礼，我们五人则相对保守地点了点头。

"这是法布丽娜·格劳夫人。"马切尔介绍道。她向我们走来，身后的绿衣仆从们整齐地排成了两队。

"夫人。"我致意道。

"法尔卡瓦先生，与您相见荣幸之至。"

她带领我们参观了主楼的中厅。除帝国宫殿外，我很少见到如此奢侈华贵的装潢——就算是托比亚斯·马希拉的会客室也相形见绌。猎犬在我们四周欢快地奔跑。法布丽娜夫人向我们展示了几幅历史悠久的画作，其中多数是常规的肖像油画，也不乏构图精妙的全息画和几座微缩雕塑——作品描摹的人物均是她的长辈和祖先，包括父辈、祖辈、堂兄弟、母系和掌握家族佣兵指挥权的领主。这是身穿家族卫队制服的弗纳尔·格劳，那是接待来访的萨米特贵族客人的奥彻斯·格劳，对面那幅是在围猎活动中大展身手的卢丁和基维斯·格劳兄弟。再往前走，画中人就是伟大的奥博伦本人，他身披帝国指挥官的战袍，将一只手平放在代表着古德伦世界的古董天体仪上。

使节们适时地啧啧称赞。法布丽娜似乎并不在意，她平静而耐心地逐一展示着厅堂内的收藏。她在尽到女主人应尽的地主之谊。我们虽然只是谷物商人，但终究是远道而来。这是必要的礼节，也是应尽的职责。

我看到埃莫斯正偷偷做着笔记。我也留意了四周的环境，尤其是这间中厅所在的地理方位。狭长的走廊中，石地板上铺着三张卡诺顿巨兽皮，皮毛略有磨损，姿态却充满了张力，兽头怒目圆睁，露出了一口尖利的獠牙——

它们的表情被定格在了狂怒的一刻。即便落入如此可悲的境地，这些巨兽的魁梧体型和蛮力仍然可见一斑。

"我们曾经猎杀过它们，如今它们已经所剩无几。"法布丽娜·格劳看到我颇有兴致，轻描淡写地讲解了两句，"那是很久远的过去了，我们曾经过着茹毛饮血的原始生活。而如今，格劳家族放眼未来。"

晚宴开始。在气势恢宏的宴会厅内，我们与家族佣兵总指挥乌瑞瑟尔·格劳，以及他的长兄——现任格劳家族族长奥博伦会面。但我们并不是晚宴上唯一的宾客。格劳家族的一名表亲带着随行人员从外部世界归来，与他们同行的是几支贸易代表团，以及一位名叫戈尔贡·洛克的富有船主。

我丝毫不感到惊讶。说到底，我们不过是贩卖谷物的商人，即便在西尼西亚联合商贸行会的陪同下也配不上如此隆重的晚宴。我们被邀请参与一场规模更加盛大的宴席，这样的安排显然更加得体。毫无疑问，这次宴会注定会让我们印象深刻。

我与贝坤、埃莫斯共同赴宴。这里并没有仆从和保镖的位置，所以贝坦科尔和赫尔丹被带到了我们的套房，并在那里用餐。这恰好能够满足行动计划的需要。

宴会厅内摆放着五张做工考究的长桌，桌上摆满了烤肉、水果和数不清的美味佳肴。细心周到的管家和仆人来回穿梭，不断地更换碟盘，为我们倒酒。大厅的每一个角落都侍立着一名神态威严的家族佣兵，他们身穿墨绿色的锦缎制服，佩戴闪亮的银盔。

我们被安排在第三张长桌前，与一队来自古德伦南部大陆的加里纳城牲畜商人一同落座。法布丽娜夫人也与我们同桌用餐。除她之外，陪同出席的人还有格劳家族的卫兵队长泰伦斯，以及家族内负责购置农产品的科韦兹——他是个相当健谈的家伙。

奥博伦领主与他的兄弟乌瑞瑟尔坐在首席，格劳家族的表弟、船主洛克与名叫达佐的年迈的教会司事都被奉为上宾。科韦兹眉飞色舞地向我介绍道，达佐教士来自次星区边陲世界——锦缎星，担任当地的传教团代表，而这一教团正是在格劳家族的赞助下成立、运作的。

让科韦兹这个话痨闭嘴，简直难于登天。在管家为他斟满酒杯时，他始终喋喋不休地向我介绍在座的每一位客人。格劳家族与次星区内的所有世界都有利益关联，而这种定期举办的晚宴无疑起到了牵线搭桥的作用，维系着家族庞大的商业体系。

终于，我成功地将科韦兹的注意力转向了埃莫斯——我所认识的唯一比他还啰嗦的家伙。两人很快就开始了关于次星区贸易差额的高谈阔论。

我密切监视着头桌的动态。乌瑞瑟尔·格劳体态臃肿，身材高大，穿着嵌满宝石的礼袍，与戈尔贡·洛克密切地交谈着。我仔细观察着乌瑞瑟尔的样貌，他身上似乎有某种别样的气质，尤其是他浮肿的脸颊和油光锃亮的黑发，酷似他那罪恶滔天的祖先庞提乌斯。他正举杯痛饮，偶尔听着船主的笑话放肆地大笑。他肥胖而有力的手指时不时地拽着外套的金穗衣领，试图让他粗短的脖颈得到些许放松。

与他相比，奥博伦领主又高又瘦，宽大的颧骨高高隆起，下巴上留着分叉的山羊胡。格劳家族的相貌特点在他脸上显露无遗，但他比其他成员威严得多，也没有弟弟身上那种放荡的慵懒气息。格劳领主整晚都在和他常年在外的表弟畅谈——他是一位狂妄的纨绔子弟，肆无忌惮地大笑着，举手投足之间流露出轻浮与炫耀的神情。尽管如此，奥博伦却时不时将眼光投向另一个人。他真正关心的，似乎是那名一言不发的教士达佐。

我也仔细观察了那名船主——戈尔贡·洛克，个头很高，骨瘦如柴，眼窝深陷，目光涣散。他的红色长发扎在脑后，盘成了连珠发辫，下巴上蓄着一片银白色的短须。我迫切需要与他的商船生意相关的一切情报。我决定宴会结束后，就联系马希拉开展调查。

晚宴一直持续到了午夜。我见时候不早，起身告辞返回了住处。

格劳家族在府邸主楼的西侧为我们准备了一套客房。屋外狂风呼啸，空气涌入了陈旧的烟囱和敞开的炉箅子中，发出哀叹般的咆哮声。雨点滴滴答答地拍打着窗沿，门窗的护板在席卷的气流中不断地晃动。

我们回到房间时，赫尔丹正独自坐在套间的客厅中央。他在桌子上摆满了研究资料，听到我们进门时警觉地抬起了头。

"怎么样？"我问他。

在我们用餐的同时，他和贝坦科尔躲在一旁的副楼中侦查。他向我展示了侦查结果。府邸的多数房间都安装着窃听和视频监控装置，甚至暗藏了精密度极高的警报系统。赫尔丹在我们的套房内接通了一台微缩干扰机，以屏蔽一切可能的间谍设施。

"请将两张图纸对照着看。"他说着递给我一块数据板，上面画着两张相互重叠的地图，"绿色区域标注出的是我的导师在来访期间搜查过的位置。"沃克是个信守承诺的人，毫无保留地为我提供了他所有的审查记录。

"我们用红色标记出了我们今晚侦查的部分。"

差异很显著。沃克或许打开了他能找到的每一扇门，但这组对比图却表明，此时此刻府邸内还有很多他没有发现的隐藏区域。

"有地窖？"我问。

"当然有。"赫尔丹回答，他语气轻柔，带有一丝病态，仿佛每一个字都是从裂开的唇缝间勉强挤出，"这些区域紧邻着酒窖。"

一扇窗户突然被破开，狂风卷入，吹起了屋内的窗帘。贝坦科尔从窗外爬了进来，他的黑色防护服被雨水淋得湿透了。他脱下攀爬手套和皮靴，解开绑带。

"你发现了什么？"

他浑身湿淋淋的，从贝坤手中接过一杯烈酒，同时递给我一块数据板。

"屋檐上全都是警报系统，就算有干扰仪和感应器，我也不敢侦查太远的地方。东侧副楼下面有几间密室，审判官沃克对此毫不知情。庭院地下的秘密隧道错综复杂，将东西两个方向的副楼都连通了起来。"

我用几分钟研究了地图的细节，随后进屋开始换衣服。

我穿上具有隔热性能的亚光黑色贴身战斗服，衣服自带可伸缩的兜帽和手套。我系上了一条网格绑带，向里面塞了一台微型示波器、一把多功能钥匙、一把折叠刀、两捆单丝绳索、一个手电、两台干扰装置和一台扫描数据板。我将语音装置的听筒固定在兜帽下，把自动手枪扣在胸前，向大腿侧的裤袋中塞了两枚备用弹夹，最后将审判庭徽章放在臀部的口袋里。

这次行动异常凶险。审判庭徽章是我的救命稻草，不到关键时刻，我不会轻易使用。

我返回客厅，穿上贝坦科尔刚刚使用过的攀爬手套和钉刺皮靴。

"如果我一小时后还没回来，你们务必要格外警惕。"我告诉他们。

第十章

屋外一片漆黑，狂风呼啸，大雨滂沱。

府邸的外墙早已湿透，一些墙体的灰泥已经剥落。我测试了攀爬所需的每一个动作，以确保手套和皮靴上的齿钉足够牢靠。

我紧贴着房屋的一侧，小心翼翼地移动着步伐，低身蹲在一根凸起的排水管上。为了便于查看，我将贝坦科尔的数据板固定在左臂上。微缩的背光屏幕描绘了整座建筑的三维模型，数据板内置的定位器不断地同步着地图中的坐标，以确保在移动过程中，我自己的位置始终固定在屏幕正中央。

在瓢泼大雨中，我隐约听到下方两层楼距离的位置传来了碎石挤压的嘎吱声。我一只手抓紧墙砖，另一只手关闭了数据板，以免因为屏幕的荧光暴露踪迹。

两位格劳家族的佣兵披着斗篷、顶着暴雨从我脚下走过，他们的身影在一楼窗口的灯光映照中若隐若现。他们走进了门廊避雨，随后亮起一道打火机或火柴的闪光。片刻后，一股暗影烟的气味向我飘来。

他们几乎就站在我的正下方，如果他们不离开，我也不敢挪动半步。我别无选择，只能耐心等待。我的关节在寒风中渐渐麻木，为了完全隐蔽在排水管道后，不得不蜷起了身子。

雨势越来越大，狂风搅动着府邸后影影绰绰的树丛，簌簌作响。我听到他们的对话声和偶尔爆发出的一两声大笑。

被动地等待已经行不通了。时间正在流逝，我的双腿也开始失去知觉。

我集中精力，无声地做了一个深呼吸，随后将意念投射而出。

我用灵能触探到了他们的思绪，他们的心灵在寒风中留下了温热的痕迹。他们的意识柔软无力，模糊不清，毫无疑问，是因为受到了暗影烟的麻痹而变得无比迟钝。这样的头脑不会听从意志之力的暗示，相反，更容易变得偏执而多疑。

我驱动意念，煽动着他们的焦虑感。

几秒后，他们便从门廊后走出，口中低声嘶吼着，惴惴不安地向对面的庭院跑去。

我如释重负，沿着墙体向下试探，将身体重心靠在凸起的窗沿上，在排水管的支架旁找到了一处落脚点。

落地后，我便遁入西侧副楼的阴影内，沿着庭院边缘悄无声息地移动。

异形

经过细致的侦查，贝坦科尔已经辨别出所有激光监测器的位置——它们大多被安装在门厅的入口四周，还有少量仪器分布在庭院中央的喷水池的基座边缘。尽管我凭肉眼根本无法识别，但它们的位置却被精确地标注在数据板上。我遵循地图上的指示，依次抬腿跨过了激光陷阱，在经过最后一道齐腰高的激光时，我俯身从下方钻了过去。

我的侦查目标是用于停靠飞艇的后院机库。先前，我们通过扫描，在这里捕捉到了一处通往地下隧道的入口。贝坦科尔也找到了其他入口，但它们绝大多数都位于宅邸的私人区域，或者在餐具室、冷库、肉类贮藏室等内部人员的专用工作区。

飞艇机库的百叶门紧闭，顶端的射灯也已经熄灭。我牢牢抓住屋外的石墙，沿着倾斜的瓦顶向上攀爬。机库屋顶上方，每一块隔板都镶嵌着一扇方形的金属通风口，用于排放维修产生的废气。我用折叠刀撬开了百叶门上的一块金属板，双脚向下，滑进了通风管道。

我沿着漏斗形的金属管道，一眼就看到了脚下停靠着的飞艇的顶端。我滑了下去，当双脚落在飞艇表面的那一刻，俯身蹲在飞艇座舱后的阴影里。

我见四下无人，从飞艇上跳下，绕到了艇身后方。其中一面墙上的舱口直通隔壁的维修车间，另一个舱口通向零件仓库。钢化混凝岩的地板上布满了油污，我小心翼翼地躲在阴影中行动，尽可能避免撞到车床、工具车或是悬挂着的吊链一类的障碍物。

我核对了一下数据板。迈达斯标记的隧道入口就在零件仓库后。

这扇库门的关键程度不言自明。门上安装着一道由陶钢制成的反破解锁，锁上安插着报警装置和可输入密码的键盘。

我从未指望过这次行动能顺风顺水，但面对这样的景象，我还是叹了口气。我需要在门闩旁接通一台干扰装置，以避免触发警报。之后，我必须搜索或破译出正确的密码。如果我足够幸运，十分钟就能破解，但倘若事与愿违，我将耗费数个小时。

我摘下手套，以便操作精密仪器。突然间，我停了下来。我脑中闪过一个念头。我的导师，堪称完人的哈普山特一生中从未使用过灵能。愿帝皇庇佑，哈普山特是一位彻头彻尾的独尊派，但他却始终相信直觉。他告诉我，作为帝皇的忠仆，理应相信脑海中一闪而过的念头。在他看来，那些念头均是帝皇赐予我们的崇高启示。

我向面板中录入了"戴索姆诺"的词条。门锁转动了一下，应声开启。

门后是一座楼梯，干净、舒适且温暖，通风良好，看上去比庄园的主体建筑新得多。这座楼梯直通地窖。每隔三米，墙上就会挂起一盏灯笼。根据地图和我的目测，我正在地表以下十米的位置，在东侧附属建筑下方移动。我摘掉兜帽，仔细聆听四周的动静。

我用"戴索姆诺"的密码打开了第二道密门，悄声走进一间有很多扇门的大厅。一个人站在大厅中央的开阔处，我隐约能听到他的声音，与此同时，一股呛鼻的烟味飘来。

"……两周前才确定。"那声音说。

"一个月前你就这么说了！"另一个声音怒斥道，"怎么，你还想漫天要价不成？"

我所在的大厅似乎是一间休息室或书房。书籍与数据板被整齐地码放在墙边的木制书架上。头顶的吊灯散发着柔和的暖光，书架前的密封玻璃书匣内也发出了类似的光芒。这些书匣让我联想起了封存在帝国图书馆中的古典文献——那些书籍弥足珍贵，被保管者小心地存放在被密切监测和控制的环境里。

房间里铺满了地毯。我探头观察，看到四个人正围坐在一张低矮的茶几旁，四张扶手椅如同宝座般精美而舒适。其中一人虽然背对着我，但他落在椅子扶手上的衣服褶皱却似曾相识——那是乌瑞瑟尔·格劳。正对着他的是那名船主——戈尔贡·洛克。其余两人我均不认识，但我隐约想起他们也在晚宴上露过面。他们都端着酒杯，其中一位不知身份的人举着一根水烟枪，贪婪地吸食着暗影烟。他们中间的桌子上摆着各式各样的物件，有的裹在天鹅绒的布料中，有的直接陈列在外面——看上去像是一些石板或是某种古代遗迹的残片。

"我只是在解释延期的原因，格劳。"洛克说，"即便它们保存完好，具备开凿条件，这些遗迹也极难处理。"

"这就是我们请你的原因。"格劳嘲弄地笑了一声，伸手拨弄着其中一块石板。

第十章

"但我们片刻也不能再拖延了。我们在这件事上投入了太多,时间、资金和各种资源。我们为此拒绝、舍弃了太多其他的生意,其中不乏千载难逢的商业机会。"

"您不会失望的,大人。"手持烟枪的人说。他是个身材粗壮的秃头男子,穿着普通的黑色衣服,长着一双水蓝色的眼睛,"这些古代异形发源地意义非凡,价值极高。况且,萨鲁提人决不会食言。"

乌瑞瑟尔一边回答,一边站起身。我连忙躲进暗处,沿着大厅的边缘后退。我借助艾克隆的密码开启了尽头的另一扇门,蹑手蹑脚地钻进了一间宽阔的圆形保险库。保险库的两侧各有一扇常规型号的舱门。我的正前方是一个更大的拱廊,可异乎寻常的是,入口处并非普通的屋门,而是一道密不透风的力场屏障。

有人从拱廊内关闭了屏障,我连忙退到暗处。一个人从拱廊中走出,转过身想要重新升起屏障。来人是科韦兹。

我站在他身后,赶在他操纵屏障之前发起了偷袭。我用胳膊死死地锁住了他的咽喉,让他无法发声,另一只手钳住他的右臂。他发出低沉的咕哝声,开始绝望地挣扎。我双手用力,将科韦兹的上半身扭转过来,随后将他的头砸在了门框上。

科韦兹晕了过去,我将他拖过力场屏障。拱廊内侧墙面上的自动控制系统重新升起了屏障。

拱门内的房间低矮狭长,空气在调节系统的作用下显得格外干燥。我意识到这是一间小教堂,石质地板的正中央陈列着一座酷似祭坛的设施。屋内别无他物,甚至连任何座椅或长凳都没有。屋顶的嵌入灯散发出明亮的光芒。我将科韦兹留在地板上,穿过狭长的教堂,向中央的祭坛走去。

祭坛有两米高,用一整块漆黑的黑曜石雕砌而成。玻璃般剔透的黑石仿佛由内而外地散发着幽光。祭坛顶部摆放着一个大约三十厘米见方、镶嵌着华贵珠宝的匣子。我小心地用刀尖撬开盒盖,天鹅绒衬垫上卧着一枚构造精细的球体。它看上去由一团混浊的石英物质构成,有攥起的拳头大小,内部镶嵌着金色的纹路和错综的环线,仿佛一颗未经切割、浑然天成的晶体,诡异而华美。

身后传来了异样的响动,我连忙转身。

科韦兹正站在我的身后,额角鲜血直流。他举枪对准了我,面色苍白,带着愠怒而困惑的神情。

"从庞提乌斯身边滚开,你这个杂种!"他说。

第十章

第十一章

吐露真相

贵族运动

505号平叛行动

　　此地不宜久留。我屏息凝神，一动不动地站在原地，暗中调动意志之力，向他的眉心发出一道灵能轰击。

　　如此强度的精神冲击，尤其是在近距离清晰对视的情形下，其威力绝不亚于一把抡起的动力锤。科韦兹却连眼也不眨。

　　"别让我重复说过的话。"他说着，将枪口对准了我的脑袋。

　　这个房间里安装了灵能屏蔽装置，我对此并不意外。可能是特殊设备，抑或是某样东西正在快速汲取空气中的灵能。

　　"这是个误会，科韦兹。"我说，"我只不过出来散了个步，真是鬼使神差，莫名其妙地闯进了这里。"

　　没有比这更拙劣的借口了。但我想要的并不是解释，而是通过语言让他分心。

　　"我不这么认为！"他嘶吼道。他腾出一只手在身后摸索着，试图找到入口的控制板。控制板的键盘上方安装着一只警报器。

　　我在原地等候。他摸索过程中的任何一秒都可能会转移目光。

　　就在他目光移开的那一刻，我一边向他猛扑过去，一边拔出了自动手枪。

　　他扭头惊呼一声，连忙开枪，但他的准心太高，子弹在房间另一侧的墙面上弹开了。

　　我俯卧在地，向他的左锁骨连开两枪，子弹将他轰到了门板上，发出噼啪的撞击声。

　　科韦兹面朝下地趴在地上，周身开始流血。

　　我奔向门控开关，琥珀色的符文在门锁上闪烁。那个混蛋似乎成功启动了某个装置，我赶紧按下了解锁按钮。

什么都没发生。

我将"戴索姆诺"的词条输入面板。

依旧什么都没有发生。

我这才意识到大祸临头。

我推测科韦兹按响警报的同时将一切都锁死了。我根本无法将门开启。

乌瑞瑟尔·格劳带领着几名家族佣兵出现在门外。我看到他们正向门内张望，同时大声呼喊。

我退到门廊内，捡起了科韦兹的激光手枪，将两把枪同时举起，随时准备击倒破门而入的任何人。

但就在这时，一道强大到可怖的黑暗灵能从我身后袭来。顷刻间，我的意识被彻底吞没，眼前一片漆黑。

一张脸正低头注视着我，那是一张眼神空洞的英俊脸孔。他似乎在诉说着什么，随即在火焰中熔化消逝——我方才意识到这是梦境。在清醒的一瞬间，我的全身都笼罩在无边的痛苦中。

"够了，给他留口气。"一个声音响起。另一个人大笑一声，我的前脑、肺叶和肠道同时传来了撕心裂肺般的剧痛。

"够了，我再说一遍！洛克！"

随着一声低沉的咒骂，那股痛感逐渐消退，我身上只剩下迟钝的麻木感与残留的阵阵隐痛。

我的四肢被绑在一块硬木十字架上，手腕和脚踝被镣铐牢牢地锁住。他们收走了我的全部武装，绑带、兜帽、语音听筒和其他的一切，我身上只穿着紧身衣和皮靴。我的嘴唇、口腔、下颌与咽喉处的血迹已经凝固，鼻腔中有鲜血流淌。

我睁开双眼，一只肥胖的手将我的审判庭徽章举在我的眼前。

"认识这个吗，艾森霍恩？"

我啐出一口血。

"你以为你只身闯入，凭这枚徽章就能让我们唯唯诺诺，放你一马？"

乌瑞瑟尔·格劳将徽章从我眼前移开，低头俯视着我。

"这对我们格劳家可行不通。我们对你这种人毫不畏惧。"

"那么……你们还真是愚蠢透顶。"我说。

他一掌拍在我的前额，将我的头狠狠地砸向脑后的硬木板。

"你以为你的朋友们会来救你？我们早就将他们一网打尽了。他们就在你脚下不远处的牢房里。"

"我严肃地警告你，"我说，"还有其他人知道我在这里。你绝对不会想得罪审判庭的人，无论他看上去有多仁慈。"

格劳在我眼前微一弓身，摊开双手。"劳您费心了，我从来不敢低估审判庭的实力。但我说过，我们丝毫不畏惧。好了，我现在需要你回答一些问题。"

他直起身子，后退了几步。我看到牢房四周是污渍斑驳的石墙，石阶上方尽头的角落里有一扇装着双重铁锁的牢门。奥博伦·格劳领主与那名抽着暗影烟的男子站在台阶下，饶有兴致地观摩着行刑的过程。船主戈尔贡·洛克跨坐在一旁肮脏的木凳上，右手戴着某种古怪的刑具。那是一只由金属板拼接而成的手套，每根手指的指尖上都有一根锋利的针刺。

"你错了，格劳。应该回答问题的人是你。"

乌瑞瑟尔·格劳对洛克点了点头。船主向我走了过来，伸展着戴着针刺手套的手指。

"这是斯特罗斯人的神经针刑，我的好友洛克先生深谙此道。他能够亲自施行这次审讯，这真是让我感到荣幸啊。"

洛克扼住了我的咽喉，将我的头用力向后扳。他戴着手套的右手消失在我的视线里。

短短一秒内，痛苦如同一根根锐利的冰针刺穿了我的肺叶和心脏，我的呼吸道剧烈痉挛起来，我产生了一种强烈的窒息感。

"像您这样的饱学之士，想必对人体的神经压力点并不陌生。"洛克耐心地讲解，"斯特罗斯人也是如此。但他们热衷的绝非简单的刺激和痛感——而是将它们刺穿。我曾经与他们最神圣的施虐大师学习这种技艺。比方说，如果我刺穿这里，你会感到窒息。同时这会麻痹你的呼吸系统，甚至让你的心脏骤停。"

我几乎听不清他的话。血液在我的耳膜内鼓动，越发刺眼的光芒让我感到天旋地转，视线开始模糊。

他移开了手套。我的痛苦与窒息感戛然而止。

"就像这样，我能让你的心跳停止，刺穿你的大脑，弄瞎你的眼睛。我有的是取乐的法子。"

我拼尽全力地挤出一个微笑。

那只手抓住了我的脸，将几根尖刺扎进了我的脸颊。我再次昏厥了过去。

"……还没杀他！"我恢复意识时，听到了洛克的嘶吼声。我的脸部感到一阵麻木的刺痛。

"看看他！看啊，你的自信笑容去哪儿了，杂种？"

我没有回答。

洛克将脸贴近，他的眉头贴着我的前额，逼着我直视他的双眼。"针刑。"他怒声道，喷吐间带出暗影烟的呛鼻气味，"我刚刚在你的脸上刺了几针，你这辈子都别想笑了。"

我本想告诉他，这里的一切都不值一笑，但我并没有争辩。相反，我猛地探出头，一口咬住了他的半片嘴唇。

洛克歇斯底里地尖叫起来，奋力挣扎着。他的嘴唇被撕开，血流如注。他挥舞着拳头不断殴打着我的头部和脖颈，红色的发辫散开，珠串在我的头上来回抽打。终于，他咆哮着挣脱开。我将鲜血连同他下唇上的一块肉吐到了地上。

洛克用没戴手套的手捂住自己被撕烂的嘴，跟跟跄跄地后退了几步。随后怒不可遏地向我反扑过来。他使出浑身力气，接连几拳砸在我的脸颊上，拼命地踢打着我的腹部和后腰，几乎要将我的脊椎砸断。

随后，我感到肋骨之间被针刺深深地扎中，令人窒息的痛楚将我彻底吞没。

洛克不断地叫嚣辱骂着。痛苦令我再一次陷入了昏迷。

撕心裂肺的痛苦反复冲击着我的意识，我感到呼吸困难。乌瑞瑟尔从我身前抱起洛克，将他推到牢房的一边。

"他得活着！"乌瑞瑟尔吼道。

"看看他做了什么！"洛克的嘴巴血肉模糊，他语无伦次地抱怨着。

"你本应该万分小心。"奥博伦·格劳说着，向我走近。他俯身打量着我，我则回望着他那张如雄狮般傲慢的脸庞。他蓄着胡须，看上去凶相毕露，虎视眈眈。

第十一章

"他已经半死不活了。"奥博伦的语气中带着愠怒,"我和你们这些蠢货怎么说的?我需要的是答案。"

"你自己问吧。"我低吼道。

奥博伦领主扬起眉毛,继续端详着我。"你为什么来这里,审判官?"

"庞提乌斯。"我说。我只能孤注一掷。虽然我不抱任何希望,但总觉得有一丝渺茫的机会——或许这个词条能够触发他们的致死装置,就像赛门·克罗特斯在倨傲星"太阳穹顶"的暴毙一样。但事与愿违,他们安然如常。

"你从倨傲星来?"

"我阻止了艾克隆的行动。"

"无所谓,我们早就放弃了那次行动。"奥博伦领主又后退了两步。

"庞提乌斯是什么?"我问道,试图注入意志之力,却仍未能成功。那场针刑让我痛不欲生,根本无法集中精力。

"如果你原本就不知道,我自然也不会告诉你。"奥博伦·格劳说。

他转身看向乌瑞瑟尔、洛克和那个抽着烟枪的人。

"我想,他对'真迹'一无所知。但我需要确认这一点。洛克,这次你能提高点效率,尽快帮我确认吗?"

洛克点点头。他再次向我走来,伸展手指,将一根刺针扎进了我的耳后。我感到颅骨处一阵麻木。我的意识开始涣散,无法集中精力。

"我食指上的刺针已经扎进了你大脑的顶枕沟。"洛克在我耳旁低语,"这将直接影响你的真相中枢。无论怎样,你都无法撒谎。你对那个'真迹'知道多少?"

"一无所知……"我嗫嚅道。

他用刺针按压着我的神经,我感到大脑中的痛苦如同火势般蔓延。

"你叫什么名字?"

"格雷戈·艾森霍恩。"

"你出生何地?"

"德科勒世界。"

"你的第一次性体验?"

"十六岁时与忠嗣学院的女佣……"

"你最恐惧的事物?"

"眼神空洞的男人！"

我脱口而出，包括最后那句。我所说的无一不是发自肺腑的真实回答，但最后那句回答让我自己都感到错愕。

洛克并没有收手。他继续操纵着刺针，用其他的针尖刺穿了我的后颈，我的身体陷入了瘫痪，血管仿佛被冰冻住一般。

"你对'真迹'究竟了解多少？"

"什么都不知道！"

尽管我毫无意识，钻心的剧痛却让我本能地啜泣了起来。

戈尔贡·洛克持续审问了四个小时……我只知道那是将近四个小时的审讯。除此以外，我失去了全部的记忆。

当我再次苏醒时，我发现自己正躺在冰冷的混凝岩地板上。挥之不去的痛楚和疲惫充斥着我体内的每一个原子。我几乎动弹不得。在我当时的人生经历里，我还从未感受过如此撕心裂肺的痛苦与绝望。我从未距离死亡如此之近。

"躺好，格雷戈……你和朋友在一起……"是埃莫斯的声音。

我睁开双眼。尤伯·埃莫斯——我无比信任的学者正关切地注视着我，眼部佩戴的光学仪器也无法遮掩他的担忧。他脸上满是瘀青，礼袍破烂不堪。

"躺好，老朋友。"他叮嘱道。

"你知道我的，埃莫斯。"我说着，缓慢地坐起身。但这个简单的动作却让我备受煎熬，我全身上下几乎所有的肌肉群都在抗拒，强烈的不适感几乎令我呕吐。

我茫然地环顾四周。

我躺在一间混凝岩筑成的圆形监牢中。监牢一旁立着一扇厚重的石门，对面是一个囚笼般的出口。埃莫斯蹲在我身旁。伊丽莎白·贝坤站在他身后，俯身注视着我。她礼服残破，满身污渍，眼神中充满关切。赫尔丹交叉着双臂，站在牢房的另一边。在他身后竟然是介绍我们与格劳会晤的商会成员：马切尔和其他四名西尼西亚联合商贸行会使节。他们面色惨白，眼神呆滞，似乎已经哭得精疲力竭。现场看不到贝坦科尔。

第十一章

埃莫斯看着我，用标准的格罗西亚暗语说："洪水来临前，神盾隐退。"

这句话的意思是，贝坦科尔赶在格劳的部队出现前，逃脱了围捕，并没有和其他人一起被捉。总算有了个好消息。

我咬紧牙关，在埃莫斯和贝坤的搀扶下勉强站起身。我只穿着长裤和皮靴，躯干、脖颈、手臂和额头都沾满了自己的鲜血，浑身上下都是细小的伤口。戈尔贡·洛克施加针刑的部位几乎遍及我的全身。

我会让戈尔贡·洛克为每一处创伤付出代价的。

"你们现在掌握了什么情报？"我一边调整呼吸的频率，一边询问。

"我们现在死定了。"赫尔丹毫不避讳地说，"难怪我的导师对这种低劣的伪装行径嗤之以鼻。你们这些激进派，全都是些有严重自杀倾向的疯子，我一开始就不该答应加入这次冒失的行动。"

"感谢夸奖，赫尔丹。其他人呢，有没有客观些的情报？"

埃莫斯笑出了声。"我们正在西侧副楼底部的一间牢房里。就在府邸的正后方，差不多就在那片密林下方。在你出门侦查的三小时后，他们突然持枪闯进了客房，控制住了所有人。我沿途记下了到这里的路线，并和记忆中迈达斯绘制的地图进行了比对。所以，我基本能确认这里的方位。"

"他们究竟对你做了什么？"贝坤说着，从礼袍上撕下一根布条，反复擦拭着我胸前的伤口。

我痛得向后缩了一下，随即意识到她的衣服如此残破的原因。在我昏迷期间，她就一直在帮我清理伤口。我看到身边有一团血淋淋的碎布，那便是她劳碌的证明。

"他们一个小时前将你扔了进来，和我们关押在一起。他们什么都不肯说。"赫尔丹补充道。

"您真的是审判官吗，法尔卡瓦先生？"马切尔迈出一步，惴惴不安地问。

"是的，我的名字是艾森霍恩。"

马切尔号啕大哭，其他的使节们也跟着啜泣起来。

"我们完蛋了，是你害了我们！"

我不禁为他们感到惋惜。诚然，西尼西亚联合商贸行会已经腐坏到了最深处，这些人必定也难辞其咎。但他们沦落到这步田地，确实是因为我。

"闭嘴！"赫尔丹呵斥了一声。

他转身看着我，从紧身衣的口袋里取出了一个细小的东西。那是一枚红色的胶囊。

"这是什么？"

"阿德米尔素，十克剂量。你会需要它的。"

"我从不滥用药物。"我说。

他将胶囊塞进我的手中。"阿德米尔素能够消除疼痛，提神醒脑。我才不管你是不是习惯服药，我只想让你在那扇门开启时咽下它。"

我看向那扇门。

"为什么？"

"你参与过死坑角斗吗？"他说。

格劳已经从我口中得到了所需的一切。如今，他们想置我于死地。

他们渴望从中取乐。

黎明时分，囚笼的大门向上开启。灰白色的朦胧光线投射进来，随即被明亮刺眼的人工光源替代。

身穿铠甲的格劳家族佣兵走进牢房。他们举着动力盾，挥动长鞭将我们赶出了牢门。

我们被迫走向了开阔地带，强光照得我们睁不开眼，牢门在身后关上了。

我环顾四周。我们身处一座巨型的露天圆顶竞技场中央，高大的穹顶横跨半空——毫无疑问，那就是我们刚刚抵达时所见的那座金灿灿的穹顶建筑。死斗坑的地面潮湿黏滑，布满了苔藓和淤泥，高达十米的石墙矗立在四周，上面到处都是青苔。在高墙上方，格劳家族和几名贵宾正坐在陡峭的阶梯看台上，满脸嘲弄地观察着我们。我见到了乌瑞瑟尔·格劳、奥博伦领主、洛克、法布丽娜夫人、教士达佐，以及那名抽着暗影烟的男子。晚宴上与我们同桌用餐的佣兵队长特伦斯率领了一支四十人组成的仪仗队，侍立在看台两侧。他们身披墨绿色铠甲，头戴翎羽银盔，腰间插着自动手枪。竞技场内还有其他的两百名看客，均是与格劳有关的氏族成员、府邸员工、家族佣兵和仆从。他们彻夜未眠，通宵达旦地饮酒取乐。见我们登场，他们如同嗜血的鬣狗一般，立刻发出了兴奋的嚎叫。

我无视他们的喧哗,沉下心来,仔细观察着周遭的环境。竞技场周围生长着几丛低矮的树木,从裸露的岩石缝隙间钻出,构成了别具一格的风景。

距离我们不远处放着一个锈迹斑斑的武器架。马切尔和他的同事们见状,慌乱地直奔过去,取下了几柄短剑和长枪。

我从铁架上挑选了一把宽刃匕首和一柄造型古怪的钩状弯刀,弯刀内侧遍布锯齿。

我提着一把武器,掂量了一会儿分量。

赫尔丹握着一把短刀和一把长柄斧,贝坤拿着一面柳木盾牌和一根刺刀。埃莫斯耸了耸肩,什么也没拿。

嘘声和嘲笑声此起彼伏。片刻后,观众席突然安静了片刻,随之而来的是齐声惊叹。

一头卡诺顿巨兽出现在死斗坑中。它从鼻子到尾尖足有六米长,大约有九百公斤重,全身肌肉虬结,一身条纹皮毛,露出一口钢锯般的长牙。

它从树丛后一跃而起,脖颈上的尖刺项圈上拖拽着一根沉重的铁链,咣当作响。它四足落地的一瞬间,突然加速向我们猛冲过来,将马切尔撞翻在地。

马切尔——西尼西亚联合商贸行会的特使歇斯底里地尖叫着。他的哭喊与嚎叫持续了许久,直到身体最重要的部位全都被卡诺顿巨兽撕成了碎片。那或许是我面对这一可怖景象时产生的短暂错觉,但彼时的我真切地感受到,直到马切尔被这头蛮荒巨兽啃噬殆尽时,那凄厉的叫声才归于沉寂。

其他的使节尖叫着,抱头鼠窜。有一个人当场昏厥。

"我们死定了。"赫尔丹说着,愤愤地举起了武器。

我默默地吞下了他递给我的胶囊。或许是心理作用,药物并没有让我感到丝毫的好转。

卡诺顿巨兽转身扑向了其他的使节,鲜血在它巨大的兽口中流淌,身后的铁链发出了摩擦与碰撞声。

贝坤突然发出了惊恐的尖叫声。

第二头卡诺顿巨兽跳出了土坑,四足落在了场地中央。我发现它的体形比第一头还要略大一圈。它向我全速冲撞过来。

我跌跌撞撞地向右侧躲闪,那头巨兽的利爪扎进了我身后的苔藓里,随后它再次腾空跃起,动作无比迅猛。它身上拴的铁链在我头顶飕飕作响。两头巨兽轮流发出粗重低沉的咆哮声，它们的喉舌不住地震颤着，周边的空气也随之抖动。

体型更大的那头巨兽扭过身子，挥动巨爪向我横扫过来，我向后跳起，勉强避开。赫尔丹见它的全部注意力都集中在我的身上，从巨兽的侧面发起了攻击，长柄斧的斧刃砍中了它的肋部。

卡诺顿巨兽发出一声嚎叫，它的喉头似乎被异物哽塞住，扭动着身子左右猛扑。沃克的弟子被掀飞到了竞技场的另一头，他上半身的衣服被利爪撕得粉碎。我再次跳开，与卡诺顿巨兽拉开了一段距离，我们中间隔着一片杂乱扭曲的树丛。

先前的那头卡诺顿兽扑倒了另一名商会使节。那人的身体被利爪剖开，躯干上被撕出了一道骇人的伤口，瞬间没了动静。他的肢体被撕扯得四分五裂，过程中一声不响。

这些野兽十分饥饿——从它们凸显的肋骨就足以看出。这对我们来说似乎是一个有利的因素⋯⋯当卡诺顿巨兽猎杀一人，便会专注于撕咬、吞噬猎物的尸体。巨兽身上捆绑的铁链被牢牢地固定在陷坑旁的地钉上，以确保它们仅能在死斗坑的范围内自如地扑杀。显然，这些铁链的长度经过了仔细的测量和设计，以防这些猛兽伤及四周的看客。

体形较大的捕食者摇摆着尾巴，在竞技场的边缘来回踱步，一双深色的眼瞳瞪视着远处观众席上的人类。贝坤带着埃莫斯躲在角落里，举着那面脆弱的盾牌，背靠着墙垛作为掩护，但那些无情的看客朝他们投掷着银币、水瓶和食物，驱赶着他们。

看客们渴望取乐。他们渴望流血。

那头搜寻猎物的卡诺顿巨兽突然转过身来，口鼻处喷吐着黏液与唾沫。它发现了贝坤和埃莫斯，开始加速奔跑。我确信，光是它的沉重身躯就足以将弱不禁风的两人当场碾死。我从掩体后跑出，想从侧面阻拦巨兽。观众席上的人们开始兴奋地尖叫、跺脚。

当它意识到我正从侧面向它进攻时，它扭转身子向我扑来。我挥动那把弯刀切向了它的皮毛。锈钝的镰钩划开了它的肩胛骨上的厚实皮毛，在它的肋骨处留下了一道血红的划痕。它正对着我，一只利爪猛地挥过。我在向后闪避的同时，另一只手抡动匕首——考虑到它的攻击范围远大于我，以我的臂展我根本刺不中它，只能趁机戳刺它巨大的兽爪。它调整步伐，再次向我撞来，喉咙里发出了震天动地的怒吼声。

我连忙仰面躺倒，避免被它撞得骨骼碎裂。但此时我已落入下风，它凌驾在我之上，一只利爪撕开了我的胸口。巨兽扭过头，张开血盆大口，想要撕咬我的脸。我胡乱地挥动着武器，不断捅刺，拼命踢打它脆弱的腹部。

我身上的压迫感突然减轻了些许。卡诺顿巨兽猛地后退，发出了可怕而低沉的嘶吼。我手中的匕首不知何时已经消失不见。

匕首手柄上的银球被固定在了巨兽的下巴上。刀锋刺穿了它的上下颚，使之无法轻易张开。它一边盲目地挥动双爪，企图挣脱刀刃，一边暴怒地晃动着硕大的头颅，模样酷似被蝇虫困扰的马匹。

我连忙爬起来，鲜血从我胸前的伤口上不断地喷涌。赫尔丹突然从侧面跃入我的视野中，外衣上被撕开的碎布在身后拂动。他举起长斧，一斧砍在这头肉食巨兽的脊背上，伴随着断裂的声音，巨兽的脊背被砍断了。卡诺顿巨兽浑身抽搐着在泥土中翻滚，盲目而癫狂地扑挠着。赫尔丹拔出斧刃，顺势劈开了它的颅骨。

来自看台的叹息声回荡在死斗坑的上空。人们再次投来了杂物。赫尔丹回头看了我一眼，露齿一笑，眼神杀气腾腾，同时满是胜利的喜悦。

下一刻，另一头卡诺顿巨兽从背后将他撞飞到半空中，他面朝下摔倒在竞技场的地上。

除那个昏厥的人外，所有的贸易使节都惨死在了这头巨兽的利爪下。它撕扯着无助的赫尔丹，将他的头皮咬开，啃噬着他背部的皮肉。

我发出一声嘶哑的怒吼，几步跳到它的背后，将弯刀的刀尖刺进了它的耳朵后方，竭尽全力地向后拉扯。弯曲的刀锋死死地钩在肉中，我将它的头颅向后拉扯了足足一秒钟。然而，来自看台的一只酒瓶不偏不倚地砸中了我的后脑勺，我跌倒在地，弯刀从手中甩脱。

那头巨兽抛下了皮开肉绽、趴在血泊中的赫尔丹，扭头瞪视着我。我翻过身，向它连踢了几脚。

"艾森霍恩！"贝坤高喊着，沿着场地边缘向我跑来。她掷出了手中的武器。那把匕首向着巨兽的背部飞来，被我伸手接住。巨兽被她的叫声惊扰，前足腾空而起，向她猛扑过去，将那面柳木盾牌砸成了碎片。贝坤被掀翻在地。

我一跃而起，索性跳到了它的背上，反复用匕首捅刺它的脖颈。可那把匕首似乎连它厚实的兽皮都无法刺穿。

它暴躁地扭动着，想将我甩飞。我看到那把弯刀仍然挂在它耳朵后方的头皮处，剧烈地摇摆着，于是伸手抓住了刀柄，用刀刃钩住了它满是尖刺的项圈。

巨兽被彻底激怒了，奋力拉扯着锁链。我将匕首的刃口穿过锁链上的一枚铁环，将刀尖刺进了它的肩胛骨，用尽浑身的力气将它向后撬动。

出乎意料的是，铁环竟被拧断了。锁链断成了两截。

挣脱束缚的卡诺顿巨兽向前奔跑了几步，怒吼一声，疯了般地狂奔。

它轻而易举地从死斗坑的边缘跳上了看台，看客们全都乱作一团。我仍然骑在它的背上，手中死死地攥着弯刀的刀柄。就在我们同时跌落在看台上时，我被那股巨大的惯性甩飞，一头栽进了起身逃窜的人群中。

巨兽彻底陷入了狂暴。它冲进了人群，顷刻间残肢遍地，鲜血飞溅。场面一片混乱，连硕大的穹顶也随之震动。

我站起身，推开慌不择路、跌跌撞撞的人群。枪声响彻圆顶竞技场上空。我看到高台上的佣兵们正手忙脚乱地朝着卡诺顿巨兽开火，特伦斯和其他人正全速逃向看台侧面的安全出口。慌乱中，几发子弹击中了逃窜的人群。

我接连跨过几个座椅椅背，挥拳打倒了两个试图阻拦的仆人。在我上方座椅的台阶旁，两名家族护卫迎面向我跑来，他们端起手中的自动步枪，朝着散开的人群中央的巨兽开火。

我早已是满腔怒火，在肾上腺素的驱动下释放出一道灵能轰击，将其中一人击倒，并从他手中夺过了武器。趁着他的同伴还没来得及转身，我抬手一枪将对方轰飞。那人仰面摔倒，沿着台阶滚了下去，在惯性的作用下翻过围栏，跌落在了死斗坑的地上。

我抬头看向格劳家族的人和贵宾落座的位置。格劳领主、洛克和那个抽着烟枪的人均已消失不见，法布丽娜夫人和教士几乎被护卫们半抬着匆匆离场。但乌瑞瑟尔·格劳留在了原地，面对突如其来的血腥场面，他正对着部下怒吼，反复下达命令。他一眼看见了我。

"审判庭对你决不会心慈手软！"我对他吼道。我不知道他能不能听清。

乌瑞瑟尔低头瞪着我，侧过头对部下喝令了几句，将注意力转向了那头

第十一章

卡诺顿巨兽。巨兽早已跳上了普通看台，长满斑纹的毛皮上有多处血淋淋的枪伤。

乌瑞瑟尔从一名部下手中接过一杆特制的猎枪。他目不转睛地瞄准卡诺顿巨兽的一瞬间扣下了扳机。

那杆威力巨大的武器发出了震耳欲聋的轰鸣，巨兽的身躯突然在半空中翻转，胸腔被强大的火力炸开。它跌落在地，将一名卫兵的腿压得粉碎。

人群仍然在仓皇逃窜，但喧嚣声明显减弱了许多。我留意到穹顶之外响起了钟声。那是一种电动的金属警铃发出的声音。这座巨型府邸的深处传来了各式各样的警报声。乌瑞瑟尔放低枪口，凝神听了一会儿，随后命令部下去探查陌生警报的来源。人群中不乏头脑冷静的人，他们起初没有因为恐惧而丧失理智，却在听到警报声的那一刻，面露焦虑之色。

我还没有来得及理清那些交错响起的警报声的含义，乌瑞瑟尔就已经再次举枪瞄准。这次，他的目标是我。

我连忙卧倒在地，面前的木椅被炸成了碎片。

我快速爬向了高处的看台。乌瑞瑟尔正在重新上膛，特伦斯向我冲来，其他人紧随其后。

特伦斯开火了。我一边闪避，一边发起还击，其中一发子弹射穿了他的头颅，那顶翎羽银盔也被轰开。

乌瑞瑟尔眼看着就要再次开枪。他将猎枪的长柄顶在肩膀处，在人群中锁定了我的位置。

千钧一发之际，从我身后的某处传来了一连串嗡鸣般的枪响。三名围堵在死斗坑护栏边的卫兵被当场击毙。乌瑞瑟尔·格劳显然受到了惊吓，面对突如其来的袭击，他本能地后退了半步，那发子弹呼啸着射向了穹顶。原本稍显平息的人群再一次陷入了混乱和骚动，几乎所有的佣兵都同时举起了枪，搜寻着那名神秘的枪手。

我转过身，一眼就认出了他。迈达斯·贝坦科尔正躲在竞技场对面的看台遮阳篷下方，蹲在铺着瓷砖的坡道角落里。他手中握着刺针手枪，再一次连续射击，致命的子弹轰向了看台的前排座椅，几名贵族成员和卫兵应声倒地。其中一名卫兵从栏杆后方跌落，摔进了死斗坑中。在栏杆的另一端，聚在一起的仆人们惊恐万分，开始相互挤压、踩踏。栏杆啪的一声断裂，六名随行人员与后厨劳工从死斗坑边缘的高墙上坠落。其中一人在坠落前绝望地抓住了栏杆边缘，但只坚持了短短的一秒钟。

其余的卫兵很快便发现了迈达斯，纷纷端起自动步枪向遮阳篷下斜坡的位置射击。看台表面的瓷片被轰出了一片粉尘，但迈达斯轻巧地避开，沿着陶土架的边缘谨慎地移动。他收回手枪，将枪管塞进皮套，腾出双手握住了看台的栏杆，划出一个漂亮的圆弧，跃到了空空如也的看台上。

卫兵们穷追不舍，疯狂地扫射着，慌乱中甚至击中了尖叫的人群。

我沿着栏杆向下奔跑。"掩护！掩护！"我对死斗坑角落里的贝坤和埃莫斯大喊。他们已经将赫尔丹血肉模糊的身躯拖到了相对安全的护栏边。我跑向附近一具卫兵的尸体，从他的行囊中取出了几枚弹夹。

接连几发子弹在我身边弹开，但大多数火力仍然对准了迈达斯。我躲在观众席的座椅后，低头在被卡诺顿巨兽扑杀的尸体之间穿梭，向高处看台的佣兵们开了几枪。每一次开枪，敌人都迅捷地发起了还击，火力将我身前的掩体一一炸开，木屑与血肉四处飞溅。迈达斯再次转移方位，手中的刺针枪发出了断断续续的嗡鸣。

警报声仍然回荡在半空中。这次，除了警报和喧哗的人声以外，我还能听到尖锐的枪声和沉闷的爆破声。

竞技场的大部分人已经疏散，只剩下残存的几名卫兵和潜藏在暗处的迈达斯。庭院外的空地和府邸传来的枪战声越来越大。

我趁机爬上了格劳家族长专属的看台。格劳和众多贵宾早已逃之夭夭。乌瑞瑟尔的猎枪横放在地上，座椅上血迹斑斑。迈达斯至少有一发子弹击中了他。

我沿着那排座位向前摸索，在楼梯间奋力追赶，将自动步枪的枪托抵在腰间，两具被踩踏致死的尸体仰面躺在地上。

乌瑞瑟尔·格劳没有走多远，他肩膀上的伤口血流如注。听到我靠近的声音后，他踉跄着回头张望，随后躲在昏暗的隧道内，用手中的短柄手枪朝我射击。转眼间，他又消失在了我的视线里。

我抬起枪托夹在腋下，沿着漆黑的岩石隧道向前探查。我来到一处岔道，左边的洞口与一座楼梯间相连，一直通向底层的牢房。右侧的大门则通向府邸的主楼。

我用自动步枪的枪口推开了大门。

乌瑞瑟尔突然从我身后的牢房入口内冲出，怒吼着向我扑来。

我一头撞在门框上，自动步枪打出了三发子弹，枪身被我从手中甩飞。

我根本没打算转身去捡，而是弯下腰，伸手抓住了他的衣领，将乌瑞瑟尔·格劳向坚硬的墙壁上猛砸。他痛苦地大喊了一声。

我随即挥出左拳，将他打翻在地上，又用右拳砸中了他的牙齿。他死命地抱着我，我们踉跄着后退了两步。我压低重心，站稳脚跟，抬脚将他的腿踢开，用指关节叩击在他的一根肋骨上。

他似乎丧失了继续打斗的力气。我用一只手掐住他的脖子，将他的头颅猛地砸向隧道的石壁。

"你已罪无可赦。"我一口啐在他满是血污的脸上，"你龌龊的家族同样如此！明智地用好你的最后一口气，向我坦白真相吧，否则审判庭将让你领略到戈尔贡·洛克根本不敢想象的痛苦！"

"你——"他咯咯狂笑起来，血沫四溅，露出一口碎牙，"你也根本无法想象格劳家族将为帝国带来的苦难。我们强大无比。我们会将你们的帝皇从黄金王座上扯下来，让他摇尾乞怜、跪地屈服，让他以粪便为食。帝国的所有世界将在奥博伦和庞提乌斯眼前被焚为灰烬，化作可悲的沙砾。沙历士的伟大黑暗将再次升腾——"

我对他的异端言论并不介意，但他提到的恶魔与邪神之名却令我作呕反胃、胆战心惊。我举拳将他砸倒在地，转身寻找能将他捆绑起来的工具。

在隧道的尽头，格劳的府邸早已化作烈焰中焚烧的战场，随着爆破剧烈震颤着。

迈达斯·贝坦科尔出现在了隧道口，同时，我从遮阳篷上扯下了一根帘线，将乌瑞瑟尔绑在一根暖气管道上。他将刺针手枪收回到枪套中，沿着隧道走了下来，与我会合。我听到他对着语音通信器汇报了他的位置，对方给予了一声短促的回答。

"发生了什么事？"我问他。

"斯卡鲁斯舰队正在行动。"他得意扬扬地说。

早在格劳家的佣兵围堵埃莫斯、贝坤和赫尔丹之前，贝坦科尔便遁入了黑夜。那时我已经有两个小时未归。他见情势不妙，悄悄溜出了客房寻找我的去向。佣兵们倾巢而出，在庄园内展开了全面搜捕，但迈达斯绝不是那种束手就擒的人。他避开了佣兵团的围捕，闯入了府邸内的私人通信站，直接向位于多尔赛的康茂德·沃克发去了一封言简意赅的加密报告。

沃克的回复果断而直接。格劳家族采取暴力手段强行拘留了帝国审判庭的要员及其同伴。这个理由对沃克来说已经足够了。

他下达的作战命令非同小可，甚至绕过了海军上将斯佩提安及其麾下的参谋，径直发送给了作战总司令官本人。总司令在半小时内便调集了一支海军安防部队，命令部队全速奔赴沃克指定的区域。

作为一名审判官，我深知自己也有足够的权利和资格调集同等规模的援军，即便直接对总司令提出要求也无妨。我偶尔也行使过这样的特权，但老审判官在一群位高权重的人物中竟然受到如此的敬畏，着实令我惊叹。

唯有举重若轻的沃克方能做出如此自信的举动。他只需要一个恰当的理由，便可以号令三军，为格劳家族引来"马卡里乌斯之怒"。而我的处境刚好给了他这样的理由。

仅凭我被囚禁这一点，就足以发动一场战争。

我不禁暗自猜想，这一系列举动无疑彰显了康茂德·沃克的权势与决断，是他树立威望、塑造伟岸形象的必要手段，更不失审判庭的威严。

事实上，我认为这场战斗或许是最合理的安排。尽管竞技场上突发的流血事件为我们带来了一线生机，但倘若他没有发动这场突袭，我们根本无法从格劳家族和佣兵团的围剿中逃脱出来。

此次行动的代号为"505号平叛行动"。505是格劳家族所在地理区位的代号。早在拂晓之前，四艘满载的装甲运兵船就已经悄然抵达，在群山起伏的内陆地区待命，以避开格劳府邸严密的监测系统。

太阳升起时，运兵船在临近的山丘降落，而那时的我们已经遭受几轮拷打，被囚禁在石牢内。他们派出了一支海军安防小分队作为先遣部队，并采取了一系列电子化攻坚手段，最终在府邸外沿的防御工事中找到了一处漏洞。那时，他们已经走进了贝坦科尔的语音通信范围内，贝坦科尔趁机向海军部队提供了完整的后勤信息，并用"局内人"的视角描述了格劳家族佣兵的部署情况。

大约就在第一头卡诺顿巨兽从囚笼中一跃而起的同时,那几艘运兵船也从那排长长的低矮树林后一跃而起,沿着山谷的边缘向府邸的方向全速进发。与此同时,帝国轻量级护卫舰斯塔林瓦守卫号在海军上将斯佩提安的重新部署下,始终将轨道轰炸的准星锁定在目标——格劳/505之上。在行动开始的一瞬间,几道光矛就精准地向下轰击,将位于府邸庭院后方的飞艇机库全部摧毁。

其中两艘运兵船一边发射着烟幕弹和杀伤性榴弹,一边降落在府邸的主楼前。强大的冲击波将所有窗户都震得粉碎。四十名来自海军安防部队、身穿黑甲的士兵登陆后发起了正面总攻。此时,格劳的佣兵们还一头雾水,七十多人同时出动,试图拦截未知的入侵者。

另外两艘运兵船在府邸后方盘旋,将作战部队部署在庭院里。那时机库还在燃烧,庭院被机库燃烧发出的火光照得通红。三分钟内,格劳府邸的大厅和门廊处就发生了激烈的枪战,持续了很久才结束。警报声震天响。

格劳家族的扈从中有将近四百名战斗人员,更不用说还有九百名府邸劳工,其中多数人都配备了武器。格劳的佣兵全都是训练有素的退伍军人,他们全副武装,套着墨绿色防弹衣,头戴银盔,提着自动步枪、重型伐木枪和榴弹。根据一般的战力标准,他们能够媲美一支常规军队。我在帝国卫队中认识不少优秀的指挥官,同等的兵力在他们的指挥下足以攻城略地,甚至连续占领多个星球。格劳家族的佣兵掌握着地利的优势。他们对这座古老庄园的构造、布局和地形都再熟悉不过。

但海军部队将他们打散了。斯卡鲁斯舰队的作战精英们有着钢铁般的纪律,他们手持亚光黑色的地狱枪,战术高超,行动果断,清洗着府邸的每一个房间。

一些区域的敌人还在负隅顽抗。在后厨区域附近,帝国在近距离枪战中损失了三人。两个格劳佣兵发动了自杀式的冲锋,他们引爆了全身的雷管,将四名海军士兵瞬间蒸发,距离最东侧二十米的建筑体也因此炸成了碎片。

在突袭打响的二十分钟后,格劳家的佣兵已经被歼灭了将近三百人。

几名家族长在低阶扈从的护送下向府邸后方的丛林和山谷内逃窜。少数人侥幸逃脱,多数人遭到了封锁和包围,超过三十名贵族成员在帝国卫队收缩包围圈的过程中被当场击毙。参与行动的帝国卫队士兵将近两千人,都是从古德伦步枪兵团的建军大典上临时派遣来的——他们从兵营中被唤醒，乘坐运兵船抵达内陆地带，在离开故土前参与了这场突发行动。

格劳的佣兵用血肉之躯的抵抗为贵族的核心成员争取到了逃跑的时间。格劳家族的堂兄和他的扈从被古德伦士兵逼进了死角，在试图突围时被当场击毙。晚宴上的其他商队与宾客们面对围剿，纷纷选择缴械投降。

几艘轨道飞行器从隐秘的发射台处仓皇起飞，紧贴着战场后的丛林驶向了天空。其中一艘被地面部队用火箭筒击中，从半空中坠落。另外两艘则是沿着山谷边缘逃窜，刚飞出不到五千米，便被警惕的斯特林瓦守卫号轰成了灰烬。

除此以外，还有一辆重型装甲飞艇从战场逃离。它一路避开了地面部队的搜捕，向西面逃窜。斯特林瓦守卫号派遣了三架战斗机紧随其后，经历了漫长的追逐战后将其在公海上空击落。直到几周后，在法医出具鉴定报告时，我们才能确认飞艇上几人的真实身份，但验尸报告的准确率也并非百分之百。不出意外的话，在击落的飞艇残骸中，我们找到格劳领主、法布丽娜夫人、戈尔贡·洛克、教士达佐和那位不知名的抽烟枪的人的可能性极高。唯一可以确定的是，在帝国卫队和帝国海军收容的俘虏中，这些关键人物均未露面。

尘埃落定。在"505平叛行动"第一枪打响后的九十分钟内，乔姆·乔科尔斯少校就发送了"任务完成"的信号。

此时，审判官康茂德·沃克也乘坐审判庭飞艇抵达了战场。

第十二章

府邸废墟之间

纷争

战祸

此时已是晌午，但昨夜的大雨一直下到了现在。雨水仿佛将天空的色彩冲刷殆尽，浇熄了格劳府邸燃烧的烈焰，只剩下一座焦黑的骇人废墟矗立在山巅。所有的窗户都被烧穿，屋顶的锯齿参差不齐，遍地都是断瓦残砖，灰白的浓烟缭绕在半空。

我坐在庭院中央，倚靠在帝国卫队运兵车的挡板上，时不时地从一只雕花玻璃酒瓶中啜饮一口。我低垂着头。我迫切地需要医疗救治和止痛药，再接受一整套精神理疗，吃一顿饱饭，修复洛克造成了上百处创伤的神经系统，洗个热水澡，以及换上一些干净的衣服……

这些都不是我最需要的，我最需要一张床。

一支帝国部队走过，他们的皮靴整齐地踩踏在潮湿的石板上。队伍前后的指挥人员高声呼喊着口令。空中时不时掠过一架战机，补燃机振动产生的轰鸣声不断冲击着我的耳膜。

我的思绪在游离。碎片般的记忆在我的潜意识内汇聚、拼接，转瞬又消失不见。每一次，我都努力摇醒自己。那个眼神空洞的男子就站在那里，躲在我的脑后。我不愿意去想他，更不知道他与此事之间的关联，但他的样子却始终挥散不去。有一次，我甚至确信他就站在庭院对面，站在餐具室的门外对着我微笑。我眨了眨眼，他又消失了。

我浑身上下都是血迹、汗水和泥垢。疼痛与疲劳如同裹尸布一般包裹缠绕着我。海军安防部队的一名下士从乌瑞瑟尔·格劳的密室中走出，拿回了我们被夺走的衣物和装备，我穿上衬衫和那件扣袖皮衣。那名士兵将审判庭徽章也交还给我，我死死攥着它，仿佛那是象征着我生命的图腾。

一队古德伦第五十步枪兵团的士兵从我身边路过，他们推着几名被俘的格劳家族劳工,先后穿过了庭院。囚徒们将双手扣在脑后,有些人在不安地啜泣。

一个人从我身旁冰冷的石板上滑下,与我一同靠在身后满是机油的运兵车履带隔板前。

"真是漫漫长夜。"迈达斯说。

我将雕花酒瓶递给他,他灌了一大口。

"埃莫斯去哪儿了?那个女孩呢?"

"我上一次见到他们,老学士应该在四处溜达,忙着记录什么。我们被解救之后,我还没见过伊丽莎白。"

我点了点头。

"你很虚弱,格雷戈。我现在就呼叫一艘飞艇,将你带到多尔赛。"

"我们在这里的工作还没结束。"我说。

海军检察官马多辛一边向我行了个军礼,一边走过来。他并没有穿先前那件标志性的白色制服。他整个人套在漆黑的铠甲中,比上次见面时显得高大威武得多。

"我们已经完成了全面搜查。"他说。

"奥博伦·格劳?"

"毫无踪迹。"

"戈尔贡·洛克?那个教会修士达佐呢?"

他摇了摇头。

我叹了口气,将酒瓶递给了他。出乎我的意料,他居然接了过去,坐在我们身边抿了一大口。

"他们可能已经在逃跑的路上被轰成了灰烬。"他说,"但我需要向您汇报一点。斯特林瓦守卫号粉碎了两艘正在逃离山谷的废船,但海军方面已经确认,二者身上并没有检测到任何生命迹象。"

"都是诱饵。"贝坦科尔说。

"格拉威亚人说的没错,我也这么想。"他评论了一句,耸了耸肩,"但是精良的护甲也有可能屏蔽生理信号。真相如何,我们还不得而知。"

"我们总会知道的,马多辛。"我十分肯定地回答。

他又从酒瓶中喝了一口,递还给我后站起了身,用手掸了掸那身无缝铠甲上的灰尘。

"我很荣幸，帝国海军安防部队能为您效劳，审判官艾森霍恩。我希望这次行动能够让您重拾对舰队的信任。"

我抬头看着他，微微点头。"你能亲自参与指挥这次行动，我真的很感激，检察官。"

"您在开玩笑吗？伊森号上发生的那件事情，足以要了我的脑袋啊。"

他踱步走开。我对他的印象很好，虽然他总在舰队指挥与审判庭的政治利益冲突之间斡旋，却始终竭尽所能，值得每一个人信赖。事实证明，在未来的岁月里，欧姆·马多辛展现出的忠诚与谨慎将更加令我肃然起敬。

一个弓身驼背的苍老身影走进了庭院，站在我的身旁。"看看，谁采取的方法更加明智？"康茂德·沃克略带讽刺地笑道。

"你说呢？"我说着站起了身。

沃克率领了将近五十名下属参与行动，他们全都身穿黑袍，多数人佩戴着人造装置。他们搜查了贵族府邸内所能找到的一切证据。所有的文件、书籍、数据板、手工制品和成像板，被一箱一箱地装上了一旁等候的货车。

我无心争辩。疼痛与疲乏在我体内游荡。姑且先让沃克的人开始艰难而漫长的数据修复和取证工作吧。

"不少资料都被废弃、删除了，有些被直接烧毁。"一位名叫克利西斯的学者前来汇报，表情十分凝重，而当时我正与审判官同僚走向残破的主楼，"还有很多被加密了。"

我们继续前进，走进了地下室。我带着沃克走进了那间能让灵能失效的密室，也是我被格劳擒住的地方。科韦兹的血迹还残留在地上，而那枚摆放在祭坛基座上的诡异物件却消失了。

"他称那东西为庞提乌斯。"我对沃克说。房间里的灵能干扰或屏蔽效应已经消失，不难推断，当时屋内笼罩的反灵能屏障极有可能来自庞提乌斯本身。而那道击中我的心灵轰击也一样来自庞提乌斯，我几乎可以确定这一点。

我靠在密室的墙上，耐心地向沃克讲述了过程中最关键的细节。"艾克隆在倨傲星的任务就与庞提乌斯关系密切，而且与他们正在密谋的行动息息相关；但奥博伦·格劳当时曾明确表示，他们早已放弃了那场行动……或至少提前叫停了，因为他们渴求一件更重要的东西。他们称之为'真迹'。"

"这也就解释了为什么你的宿敌艾克隆最终沦为了弃子。"他似乎饶有兴致，"在进行了这一系列筹划之后，格劳没能及时将庞提乌斯送到倨傲星。"

"确实合情合理。显然，教士达佐和船主洛克也与此事有密不可分的联系，我们需要挖掘更多相关的情报。我敢断定他们曾经密切接触过禁忌的异形古物。他们曾经提到过'萨鲁提人'。"

"那是一个异形种族，位于次星区以外。"沃克的学者说，"人类帝国对其知之甚少，并严令禁止与它们发生任何形式的接触。审判庭曾经追查过多起与之相关的案件，但全都悬而未决。它们也依旧不知所终。鉴于这群异形总是偏安一隅，且从不直接干涉帝国的事务，那些案件也因为其他更加紧急的事情而被一再拖延。"

"但像洛克这样的行商浪人却与他们建立了密切的联系。"

克利西斯与沃克同时点头。"这确实有待进一步核查。"沃克总结道，"攘外修会需要展开对萨鲁提人的调查。但至少现在，此事可以暂告一段落。"

"此话怎讲？"我发出一声轻蔑的笑声。

沃克用晶亮的双眼瞪着我。"格劳家族已经灭亡，主要成员与共犯也都被诛杀。他们最珍视的物品均已被收缴。无论他们此前在计划什么，如今都已经结束了。"

我甚至不打算继续与这名老者争执。沃克对于他认定的真相无比固执。在我看来，这也是他最大的弊端。

当然，他大错特错。第一个迹象出现在十天之后。行动结束之后，我与同伴立刻返回多尔赛，在毗邻大运河的帝国疗养院静养了一段时间，对全身上下的伤口进行了全面治疗。多数是皮肉擦伤和表面创口，随着时间会逐渐愈合。然而，洛克的针刑在我身上留下了很深的伤痕。多处神经损伤反复折磨着我的神经系统，其中很多伤口永远都无法愈合。来自舰队医疗所的神经科专家为我的脊椎、胸腔、脑干和咽喉处的神经递质进行了多轮微创手术。他们植入了将近六十段人工神经纤维和神经节。我的视网膜和食道的敏感度遭到了严重削弱，左侧身体的反射弧也迟钝了许多。他们对我的面部神经无能为力，那里遭受的伤害格外严重。洛克所言非虚。我此生都将与微笑无缘，更无法做出丰富的表情。我的面孔将永远冷漠下去，只剩下一副面具般的冰冷表情。

埃莫斯每天都会来探望我。疗养院的私人病房堆满了他带来的一摞摞数据板和旧书。他与沃克的学士们开始了一系列的联合研究（前文提到的克利西斯，不过是康茂德·沃克聘用的十七名随行学者之一），并承担了数据筛选和证据排查的关键工作。我们尝试搜集与格劳的盟友相关的一切情报。尽管沃克麾下的学者们在夜以继日、孜孜不倦地钻研，但他们得到的情报仍然屈指可数。洛克是个谜一样的人物，是如同传说般虚无缥缈的存在。他在整个赫里甘次星区都赫赫有名，但关于他的出生、生平事迹、同船伙伴，甚至连航船的名称都无人知晓。达佐同样神秘莫测。

国教并没有名为"达佐"的教士记录在案。但我记起了科韦兹在晚宴上所说的，达佐与一支传教士团有密切的关联——在格劳家族的资助下，这支教团在名为"锦缎星"的边陲世界宣扬教义。锦缎星是一个真实存在的世界，一颗气候恶劣的边缘星球，坐落于赫里甘次星区的最边缘，也是那片区域里的上百颗贫瘠荒凉、无人问津的星球之一。根据天象地理学的测算，该星球将在引力作用下，连续几个月滞留在固定的轨道上，并途经一片萨鲁提人不知道的神秘疆域。

在我康复到一定程度时，洛温克陪着埃莫斯前来探望。他从我的脑海中提取了那个抽烟枪的神秘人的肖像——他从一张未曝光的心灵透视底片上发现了那个神秘人的身影。那张图像虽然模糊，却足够辨认。肖像很快便被复制，并发送给了多个调查机构的分支部门，但没有人能认出他的身份。

洛温克用同样的手段得到了庞提乌斯的图片。那个外观瑰丽的球体令所有人陷入了困惑，除了埃莫斯——他立即意识到这件奇特的物品恰好能放进艾克隆的匣型装置中，无论是尺寸还是形状都完全吻合。那台匣型装置是从圣歌区 2-12 号截获的关键证物。与我们的推测相符，此物正是艾克隆一直苦苦等待的关键物品，也是他在倨傲星的冬眠墓穴中实施屠杀的根本目的。

"乌瑞瑟尔·格劳口中的庞提乌斯似乎还活着。"我对埃莫斯说，"当时，在盛放庞提乌斯的密室中，曾经有一股强大的黑暗灵能将我击晕。从某种意义上来说，他是否确实还活着？或许是以某种精魄与意识的形态被封存在了那枚球形的装置里？"

埃莫斯点了点头。"在人类的躯体遭受严重损伤，甚至死亡后，将他们的意识和精神留存下来，这对于帝国的科技水平而言，并非天方夜谭。但这种技术极其罕见，即便是格劳这样大权在握的贵族也……"

"你之前提到过，那台装置似乎运用了机械教的神秘技术？"

"确实。"他答道，"真是蹊跷的扰动。莫非在倨傲星上的屠戮恶行是为了将那些脆弱的生命能量吸入这台装置内？为了唤醒庞提乌斯而提供能量？"

第十二章

第三日清晨，费希格前来拜访。他的伤势已基本痊愈，看上去对于错过针对格劳家族的行动而懊恼不已。他为我带来了一块价值连城的古董数据板，其中记载着马卡里乌斯麾下的统帅之———尤里斯·萨塔西尼在自我忏悔期间创作的鼓舞人心的诗集。那是来自马希拉的礼物，是从他的藏书中精心挑选出的。

格劳事件关联重大，建军大典被暂时搁置了一段时间。行动结束后，新入伍的帝国卫队士兵们被舰队派遣的运兵船送回，那场锣鼓喧天的庆典也顺利地落下帷幕。作战总指挥迫不及待地想要发动平定欧非狄安次星区叛乱的战争，他认为这起地方性事件已经耗费了太多的人力和时间。

然而，到了第十日，这起事件的影响已经远不止地方性那么简单。我通过星语通信了解到，整个次星区都同时传来了令人担忧的消息：特雷锡安主星发生了一系列爆炸事故；一艘奔赴长庚星的客船遭到了劫持，最终被炸毁；梅西纳巢都的广大居民也遭到了致命毒素的残害。

当晚，一颗明亮的火球在多尔赛的半空点燃。极限凯旋号是一艘四万吨的铁甲战舰，它在附近抛锚时竟然意外发生了爆炸。爆炸导致周边的四艘舰船接连陷入了瘫痪。

一小时后，一场更加严重的事故让舰队高层真正意识到事态的严峻。尽管此次事件的演变过程犹未可知，但可以推测的是，一切变故都来自那个关于外敌入侵的错误警报——它表明，舰队的多个成员同时遭受了袭击。整整一支护卫舰连队在名为伊斯特鲁姆的舰队长指挥下擅自开火，而先遣方阵的几艘驱逐舰将其误认为入侵的外敌，纷纷予以反击。在长达二十七分钟的恶战中，隶属斯卡鲁斯舰队的舰船集体失控，盲目地自相残杀。六艘船在混乱中失去音讯。最终，伊斯特鲁姆公然无视高层的命令，突然掉转方向，率领包括十五艘战舰的机动舰队擅自跃入亚空间，追赶起所谓的"敌人"。斯佩提安上将紧急召集了一支由八艘重型巡洋舰组成的纵队，跟在伊斯特鲁姆小队后紧追不舍。

其余的舰队成员连忙分散开来，避开了爆破引发的连锁反应。良久，局面才得到控制。

据我所知，总指挥官在听闻这起事件后怒火攻心，不得不接受私人医师的镇静治疗。

"这种事情不会无故发生。"贝坦科尔说。我们坐在我的私人病房中，紧挨着高窗，眺望着窗外绮丽的城市风光。能量泄露与连环爆炸在半空中形成了一片鬼火般的闪光，一个流星般的光点划过了夜幕，从半空中坠落。

"帝国舰队素来以'号令如山、军纪严明'著称，是银河间最严谨的作战部队。那样的混乱实在不应该发生。"

"这种事发生的概率很低。还记得那群占领了整艘飞艇和全套制式装备的逃兵吗？他们甚至知道即将登舰的星船里有谁。我们暗中的敌人正在左右着我们的行动。沃克曾经提到过一支规模庞大的异端教派，它暗中操纵着大量的帮派与组织。他早就怀疑格劳是一切阴谋的始作俑者。但我认为这样的判断为时过早，幕后真凶或许掌握着更高的权势。"

乌瑞瑟尔·格劳被囚禁在帝国大教堂的地牢中。自从被捕后，他已经经历了数个小时的酷刑与审讯，但他什么都不愿透露。

那晚我也赶到了监牢探视。沃克和他的审讯员还在工作，随着时间的推移，他们已难遮掩焦急的神情。

他们将他关在一处名副其实的地牢中，监牢位于巨大的黑色石堡下九十米深的地方。在突袭搜查格劳府邸过程中落网的全部犯人都被囚禁于此。为了便于看押、审讯，沃克从当地的法务部武装——古德伦常备军，甚至国教人员中抽调了一些兵力。他们与他麾下的众多人员一起开展了繁重的审讯和取证工作。

我的飞艇刚刚落地，一名身穿栗色外套的高个儿灰发男子迎接了我，两台武装机仆紧随其后。我立刻认出了他。审判官泰图斯·恩多与我年纪相仿，早年间共同拜在哈普山特门下。

"你康复了，格雷戈？"他热情地握着我的手问。

"可以重返工作岗位了。真没想到，竟能在这里遇到你呀，泰图斯。"

"沃克关于格劳案情的报告已经引起了次星区审判庭当局的注意。审判官领主罗尔金下令将此事追查到底。沃克无法从乌瑞瑟尔·格劳口中盘问出任何实情，这让他颇为恼火。我被当局派来协助他。而且不只是我，松嘉尔德也来了，莫里托正在赶来的路上。"

我叹了口气。恩多和我一样，是雅玛拉锡安派，哪怕同一起案件并不需要那么多审判官，我也乐意与他共事。但松嘉尔德是一名狂热的独尊派。至于康拉德·莫里托，则是典型的激进派，在我眼中根本不值得信赖。

"真是兴师动众。"我说。

"我们都与此案有关。"恩多解释道，"你和沃克在这里揭开的巨大谜团，将看似毫不相关的几十起案件都串联了起来。两周前，我在玛利亚姆烧死了一名异端，在他的遗物中搜出了与格劳有关的文件；松嘉尔德则在追查一份异端的文本，他确信文档最初是通过西尼西亚联合商贸行会的货船送到次星区境内的；莫里托嘛……没人知道他在忙什么，但毫无疑问，他手头的案子与这件事也有关联。"

我说："我总觉得，我们有时在互相拆台。这个案情已经水落石出，但是你看，我们竟然对同一个迷局持有各自的线索。倘若我们提前交换情报，或许一个月前，甚至两个月前就能将敌人各个击破，将幕后真凶绳之以法？"

恩多大笑。"你是在质疑备受尊崇的审判庭吗？你在质疑我们的工作方式吗，格雷戈？这套体系早已确立了数个世纪。还是说，你在质疑修会同僚的工作动机？"

我知道他在开玩笑，但我仍然保持着严肃的态度。"在这个体系内，我们甚至连最基本的相互信任都做不到。我只是对此表示谴责罢了。"

我们在卫兵的护送下走进了囚牢深处。

"格劳怎么样？"

"什么也不说。"恩多回答，"迄今为止，他遭受的刑罚足以令多数人彻底崩溃，或者至少能让普通人祈求死亡或自杀。但他都挺过来了，心情愉悦，甚至态度傲慢，就好像他始终期待着一线生机。"

异形

"他期待得很对。只要他守住秘密，我们就不会让他死。"

沃克的手下在一间臭气熏天、粉刷着红色油漆的牢房里忙碌着。格劳已经不成人形，全凭与酷刑配套的维生手段存活。

从异端的头脑中得到答案是审判官最重要的职责，我不会吝惜任何手段，但面对格劳，再高明的手段也无疑都是徒劳的。倘若由我来执行这次刑讯，我几天前就会停止肉体上的折磨。只需要一眼就能看出，乌瑞瑟尔·格劳决不会轻易开口。

我会让他一个人独处几个星期。尽管我们的刑罚让他痛不欲生，但我们越发频繁的举动反而暴露了我们内心的迫切，仅凭这点，他就有了守口如瓶的动力。真正能让他崩溃的，是漫长的沉默与令人窒息的孤独。

审判官松嘉尔德从捆绑着格劳的刑桌旁退后了几步，解下沾满污秽的手术手套。他体格魁梧，一头淡棕色头发，戴着一副令人胆寒的黑色金属面具。没人知道，他戴这副面具究竟是为了掩盖面部的创伤，还是为了满足他的个人癖好。那双漆黑、病态的眼眸透过面具的椭圆形圆孔瞪视着恩多和我。

"兄弟们，"他低声招呼，声音嘶哑而混浊，一如既往地低沉，"他是我生平所见最固执的犯人。沃克和我都认为他的头脑意识经过了某种大型的改造，能够屏蔽一切外部刺激。我们同样使用了灵能探针，但一无所获。"

"或许我们应该向星语庭发起申请，调用一名高阶星语者做进一步检查。"沃克说着，从我们身后走来。

"我认为你们所说的意识屏蔽根本就不存在。"我推断道，"如果他的头脑进行过改造，多少会留下痕迹。而如果他真的无法告诉我们答案，恐怕早就尖叫着乞求我们停手了。"

"无稽之谈。"松嘉尔德低声说，"天然的意识根本承受不了这样的酷刑。"

"有时候，我不禁怀疑我的同僚们究竟是否真的理解人类的天性。"我语气温和地反驳，"此人就是个恶魔。他出身贵族，直视过令我们都会感到恐惧的至邪之物，他体会过那种力量。摆在他和同伙面前的承诺足以让他无所畏惧。"

我走到刑桌边，低头看着格劳被割除眼睑的双眼。他在对我微笑，血沫从剥开的嘴唇边涌出。

"他承诺要倾覆众多世界，屠戮数以亿计的生灵。他曾经对我夸耀过此事。

与格劳追求的罪恶使命相比，这些刑罚不值一提。是吧，乌瑞瑟尔？"

他咯咯狂笑。

"这不过是他献祭道路上的重重磨难之一。"我轻蔑地说着，从异端身边走开，"他会坚持下去，因为他知道自己舍命维护的一切都是值得的。"

沃克不以为然地哼了一声："究竟什么值得？"

"艾森霍恩说的不无道理。"恩多说，"无论我们采取怎样的酷刑，格劳都会誓死守护这些秘密，因为那些秘密最终将以千倍的代价补偿。"

松嘉尔德戴着面具的脸轻轻摇了摇。"我同意沃克兄弟的判断。在审判庭最优秀的施刑者的漫长折磨面前，还有什么值得坚持的回报？"

我没有回答。事实上我也不知道答案，但这个问题让我陷入了对幕后阴谋的一丝联想：那会是怎样的恐怖之景？

仅是这一丝联想就让我不寒而栗。

如果要说当时我对格劳的权势还存在一些质疑的话，在接下来的一周内，这些疑虑便被一扫而空了。爆炸、投毒、灵能破坏活动在整个次星区的多个世界同时爆发，好像一夜之间，隐藏在帝国社会内部的各种黑暗隐秘的邪恶势力同时凶相毕露，暴徒们倾巢而出，冒着被当局发现的风险向各地的平民发起了袭击。他们的行动整齐划一、默契十足，仿佛是在某个幕后势力的统筹下有序开展的。格劳领主及其同谋极有可能已经从古德伦逃脱，抑或他们只是这个无形的统治精英组织的一部分——无论是哪种情形，将近二十多个世界在他们的指挥下遭到了大量分支组织的袭击。

"还有一种解释。"就在我们参加帝国教堂的集会仪式时，泰图斯·恩多对我说，"尽管格劳的权势与威望高人一等，但他们并非处于阴谋金字塔的顶端，还有人凌驾于他们之上。"

确实有这种可能，但我亲眼见过格劳的傲慢，他们绝不会轻易俯首称臣。即便他们有主子，也不会是普通的人类。

在那之后，古德伦本地也发生了一系列暴动。南方的一座城镇遭到了爆炸袭击，西部大片农场的作物因为水源被投毒而遭到灭杀。斯卡鲁斯舰队逐渐从自相残杀的混乱中恢复，斯佩提安上将却并没能召回在冲突中仓皇逃离的舰船。伊斯特鲁姆的机动舰队就这么离奇地失踪了。我曾经联络过马多辛，据他描述，舰队的指挥们已经达成了共识，极限凯旋号的突然爆炸与随之而来的骚乱并不是外敌入侵的结果。我们的敌人似乎已经渗透到了舰队本身。

特雷锡安主星的两座巢都掀起了暴动。数万名工人在混沌的腐蚀与煽动下，纷纷走上街头，烧杀抢掠。他们甚至公然展示出混沌的邪恶徽记。

作战总指挥对欧非狄安次星区发动远征的计划被无限期推迟了。斯卡鲁斯舰队被迫改变行军路线，全速赶往特雷锡安镇压暴动。

但这只是一系列灾难的开端。萨米特首府周边的多个区域发生了哗变。一天后，长庚星也爆发了内战。二者均出现了混沌腐蚀的迹象。

这段无比惨烈、惊心动魄的时期在帝国历史上被称作"赫里甘之祸"。战乱持续了八个月，数百万人在三个星球的战争中丧命，这还没有考虑古德伦等行星上发生的千百起小规模的暴力事件。总指挥官始终对神圣远征的计划念念不忘，但我敢肯定，他一定没有想到自己治下的次星区的民众竟会倒戈相向。

帝国当局，甚至是那些精明强干的审判庭同僚，都因为这场史无前例的暴动而彻底乱了阵脚。人类的大敌频频出动，在光天化日之下横行无忌，这并不合乎情理。为什么？在长达数个世纪的处心积虑、秘不告人的蛰伏与酝酿后，这些异端势力为什么要同时发动叛乱？甘愿暴露自己，只为引来帝国军队的讨伐？

我确信这个问题的答案就是格劳所说的"真迹"的内涵。乌瑞瑟尔·格劳面对审讯时近乎愉悦的抵抗更加验证了这一点。帝国之敌正在酝酿一场天大的阴谋，以至于他们不惜一切代价，宁愿牺牲在整个次星区的隐藏势力，也要让我们顾此失彼。

我同样无比确信一点：与战火席卷的群星相比，所谓的"真迹"要可怕得多。

这就是为什么我决定动身前往锦缎星。

第十三章

锦缎星

北夸姆

圣殿

在铅黄色的斑驳天空下，一片球冠树林正在随风滚动。

它们乍看上去就像一群体型臃肿的牲畜，彼此紧挨在一起，沿着碎石坡的边缘向下翻滚奔腾。它们之间相互碰撞，发出酷似蹄子砸地的声响。

但它们都是树木：这些球状植物纤维的外观酷似脓疱，因为体内分解产生的低密度气体而不断鼓胀。它们随风飘动，沉重的根部组织被拖拽在身后。球冠树之间偶尔相互挤压，导致球体内的气体从近似括约肌结构的纤维体中被挤出，发出阵阵冗长的刺耳尖叫。溢散出的鹅黄色气体在树丛上方飘荡。

我爬上了一片低矮的高原，湛蓝的燧石与沙砾上长着褐黄色的地衣。几棵孤零零的球冠树幼苗疾驰着越过了山顶。在高原中央的最高处，矗立着一根混凝岩筑成的高塔纪念碑，根据碑文的标注，这里是锦缎星首批移民最早的着陆点。但恶劣的天气让石碑遭到了严重的磨损与侵蚀。站在纪念碑旁，我慢慢转身，仔细观察着周围的地貌。西侧是一座黑色的燧石山；北方宽广的河谷两旁生长着茂密的球冠树林；东侧是几排荆棘树林，在我们降落位置的不远处随风抖动；南部的远方屹立着轰隆作响、火光闪烁的火山，半空中黑烟弥漫，天空都被染上了一层硫黄色。成群的食草兽在起伏的球冠树林上方盘旋，准备钻入树冠栖息过夜。一轮阴沉晦暗、伤痕累累的月亮缓缓升起，被琥珀色的大气折射得阴森而扭曲。

"艾森霍恩。"迈达斯透过语音通信呼叫道。

我沿着高坡，顶着呼啸的晚风原路返回，同时扣好胸前的皮衣扣。迈达斯和费希格正倚靠在一艘兰德速攻艇上。他们刚刚花了两个小时，从炮艇的后备舱中卸下艇身，重新组装。这是一辆破旧不堪、未配备武器的载具，已经有三年没有使用过了。迈达斯完成检查，合上了引擎盖。

"看来这玩意儿能用了。"我说。

迈达斯耸了耸,说:"这就是一堆废铁,我让尤克里德拆了一些零件来替换,几乎所有的缆线都坏了。"

费希格看着这台座驾,满脸鄙夷。

我确实很少用到它。多数有人类活动的世界都有可直接用的交通设施,我只是没料到锦缎星居然会如此——荒无人烟。

记录显示,这颗行星上至少有五个定居点,但我们此前在近地轨道上并没有收到任何语音或星语信号。这份记录最后一次更新于五年前,在这期间,锦缎星的人口是否出现了急剧萎缩,甚至整个世界的人类是否遭受了灭顶之灾?

我们将埃莫斯、贝坤和洛温克留在了炮艇内,暂时安置在一片水域的河堤旁。为谨慎起见,我们将飞艇藏在了一张伪装网下。迈达斯选择的着陆点距离记录上记载的殖民驻地不远,驱车刚好能赶到。但我们也特意保持了一段距离,以免我们的降落被任何人发现。托比亚斯·马希拉则留在高空轨道上的伊森号里,时刻等候着我们的消息。

迈达斯发动了速攻艇那熄灭了多年的引擎,我们离开了隐藏好的炮艇,驶向了最新数据中显示的距离最近的人类定居地。

速攻艇在灌木丛之间的道路上疾驰,我们驶过一座陡峭的悬崖,崖边生长着根茎牢固的树木,高耸入云的巨树树冠上挂满了气囊,整棵巨树仿佛在狂风中挣扎,与土壤和重力抗衡着。生长着膜状双翼、酷似蝙蝠的食草兽在树冠四周纷乱地飞舞。高空中,一头体形硕大却没有头颅的生物正挥动着遮天蔽日的双翼,长尾上布满利爪。它显然感受到了我们散发的热量,默默地在我们头顶盘旋。这个世界的地貌残破不堪,地上铺满了蓝色的燧石。空气灰蒙蒙一片,夹杂着致命的毒气,我们必须时刻佩戴着呼吸面具。

我们沿着泡沫状的、散发着咸腥味的河水行驶了二十千米,随后离开了宽阔的堤岸,颠簸着驶向如同人工铺设而成的燧石戈壁。那里遍地是风化成沙砾的燧石块、被覆盖在厚土之下的黄色蕨类植物,以及在狂风中飘摇颤抖的地衣。那轮丑陋的月亮升得更高了,天边却又露出了一抹阳光。

由于引擎的老化和故障,迈达斯不得不将速攻艇停靠在路边。引擎的轰鸣把一群体形更大的食草兽吓得不轻。它们浑身都是鸽灰色,背部高高隆起,头部长着象鼻，两侧伸展出纤细的吸盘足肢。它们的腿部退化严重，看上去脆弱无力，难以支撑庞大的躯壳。但正如当地的植物一样，我猜测这些动物的肿胀躯体内也充满了悬浮的气囊。

它们咕哝着飞回蕨类植物丛中。引擎熄火后，迈达斯气急败坏地跳下速攻艇，骂骂咧咧地对着涡轮螺旋桨捣鼓了几分钟，那台器械才恢复了运转。其间，费希格和我也走下了飞艇，舒展了一下腿脚。惩戒官爬上了一片烧焦的燧石，一边扎紧了呼吸器的绑带，一边眺望着半空。流星雨划出一道道碧蓝色的线条，点缀着西方地平线上的阴暗夜空。

我仔细观察着那些奇特的蕨类植物。食草兽在空中吱呀乱叫，俯冲着钻回到树叶之间，随后归于沉寂。风向突变，一群球冠树穿过蕨类植物丛的边缘，嘎吱作响。在狂风中，它们的球状树冠将根须拖曳到了地表植物的上方，来回搅动。

我们又向前行进了十千米，随后驶入了一道裂谷中。这里的沉积土十分厚实，泥土漆黑而潮湿。地表植被格外丰富，且土壤松软，有鳞茎的蛇锁花、闪亮而多刺的沼泽睡莲、石杉树、马尾草、凌乱的铁线蕨、表面长满凤梨的高大苏铁树和一片地生买麻藤。成群的蝇虫聚集在潮湿的林间空地上方，沿着河道溢出的流水上下翻飞。外形酷似黄蜂的捕食者张开了闪烁夺目的翅膀，在湿润的空气中发出了阵阵嗡鸣，仿佛是一把镶嵌着宝石的宽刃匕首。

"那边。"费希格话音未落，我的眼前便闪过了一道反光。我们停下来，定睛观察。道路两旁的区域泥泞不堪，那是一片荒废已久的耕地，两台锈迹斑斑的犁地机半埋在沼泽般的土壤里。

我们又向前几步，路过一块用燧石雕刻的路牌，上面用低哥特语写着"吉莲镇"。

我们继续前行，不知不觉就走出了镇区，又掉头重新搜查了一遍。这片区域内有几面用木板拼接成的墙，表面满是杂草和蔓延的买麻藤。至少五年前，此地还是一个能容纳八百人的镇区。根据扫描仪显示的数据，地下埋藏着大量的金属碎片和机械残骸。

费希格在镇区北侧发现了一块被苏铁遮盖的路标。标牌用当地的纤维木材制成，上面雕刻着一个符号——我确信那是邪恶无比、令人悚然的混沌文字。

"这是声明还是警告？"费希格大声地问。

"立刻烧了它。"我没有回答,直接命令道。

我的语音通信器震颤了一下。信号来自位于高空轨道的马希拉。

"我应你的要求,对地貌进行了扫描检查,审判官。"他汇报道,"大气层对扫描造成了干扰,但是我有了一些发现。我刚刚在你们的南面搜索了一圈。那里有活动迹象,但是很难分辨出究竟是什么,我认为那是人造建筑和正在运作的机器的反射信号。"

他在速攻艇的导航系统上标出了信号的方位。目标位于七十千米以外,大约就在我们地图上显示的另一处定居点的周围。

"路够远的,天色不早了。"迈达斯说,"我们先返回炮艇吧,等到黎明再向南进发。"

午夜时分,在我们入睡期间,某样东西接近了隐蔽在伪装网下的炮艇,警报声大作。我们带着武器跑出舱门,四处寻找着入侵者,但不见丝毫踪迹,就连球冠树飘落的迹象也没有。

按照计划,我们等到黎明时分向南方进发。那是火山最活跃的区域,浓烟在远方的山巅之上翻滚,遍地生长着蕨类植物和扭曲的荆棘。天气酷热难耐,火山口喷吐出恶臭的热气,倾泻在山腰的空地上。我们走进硫黄森林半小时后,全都大汗淋漓,依靠呼吸面具气喘吁吁地行进。

在一座巨大的圆锥形山峰下,我们驶入了一个表面干涸的土石陡坡,兰德速攻艇的基础扫描仪很快便检测到了活动迹象。费希格、迈达斯和我一起走下飞艇,费力地攀上了一侧的燧石陡崖,托着望远镜找到了一个视野开阔的观察点。

在锥形山峰的阴影中是一片规模较大的住宅区……那些用石料和木材修建的古老建筑如今只剩下断壁残垣,其中夹杂着使用陶钢材料、建成不久的单元式建筑楼。下方有机械倾轧的痕迹,动力装置和其他重型器械正在防水雨篷下呼啸着运作。在脚手架平台顶端,有人用加固防弹板立起了一道阻隔上方的屏障,以阻挡半空落下的火山灰。三辆飞艇和两辆重型八轮战车停靠在住宅的主体建筑旁。几个人影在四周活动,但他们与我们的距离过远,身份难以分辨。

"上一次官方的勘察数据显示，这片区域并没有活火山的活动迹象。"迈达斯提醒道。他的话与埃莫斯在着陆时进行的分析不谋而合。

"看那边！"我指向位于圆锥山体斜坡处的一部分住宅区域，"那些旧建筑有相当一部分埋在了凝固的火山灰里。由此可见，最初人类修建住宅的时期要早于火山活动的爆发期。"

迈达斯从口袋中取出了一块地图数据板，滚动滑条，寻找着索引。"这里是北夸姆，"他说，"最初的定居点之一，原本是一座矿业小镇。"

我们观察了十五分钟到二十分钟，地面始终不停地震动，白色的炽热岩浆从锥形的火山口喷涌而出。山脚下的聚居处警报声大作，但很快又归平静。夹杂着火星的余烬与火山灰从半空飘落，洒向了荒废的镇区，如同漆黑的雪花落在顶端的防弹屏障上。

"为什么他们要冒着火山喷发的危险，坚持在这里工作呢？"费希格的语气困惑中带着恼怒。

"我们凑近看看。"我示意两人。

我们用树叶将飞艇盖好，沿着山谷间的密林前行。在羽毛状的蕨类植物与坚硬干燥的荆棘丛之间的空地上，长着一层厚厚的真菌，偶尔闪烁着晶亮的光泽。虽然我们尽可能小心地迈出每一步，但还是难免带起了一片晶亮的孢子和囊菌微粒。

我披着扣袖的黑色外套；费希格穿着棕色的防弹服，将头盔别在腰间；迈达斯则与往常一样，身穿便装，但这次，他脱掉了那件俗气的樱桃色夹克衫，换成了一件深蓝色的短外套。我们都隐在了森林的阴影里。

我不知道费希格为什么还要跟来。古德伦事件后，卡佩尔禁卫长给他的任务已经告一段落，但他仍然拒绝返回倨傲星。他似乎十分认同我的直觉，认为这件案子还远未结束。

我们横穿过低矮的河床，河床的裂缝中冒出灼热的蒸汽。随后，我们悄悄地逼近了定居点的北侧边缘。此时，我们已经能听到发动机的震颤声与远方机械钻凿岩石时发出的低沉轰鸣声。几名卫兵身穿卡其色军装，外面套着布满尖刺的漆黑铠甲。他们在树林边缘的土石墙顶端来回巡逻，手中的长链上拴着几头西格尼犬兽。那些恶犬般的野兽体型粗壮，舌头和胡须上满是唾沫。卫兵们拉扯着锁链，肩上挎着崭新的短管激光枪。他们都佩戴着呼吸面具。

几名工人手持软管和铲斗链，忙不迭地将焦黑的火山灰从防弹板上筛出，其中一些人难以忍受酷热的环境，将裤管高高卷起。

迈达斯指向了定居点边缘，那里到处都铺设着动态监测仪和杀伤性地雷，但全都处于失灵状态。在接二连三的地震中，这两类防御设备早已形同虚设。然而，就在我们缓慢靠近时，我感受到了一种奇异的光环。北夸姆的整片区域都笼罩在一片灵能帷幕里。

我取出望远镜，观察着定居点四周的情况。更多的卫兵正在巡逻，还有几十名脏兮兮的工人，他们正懒洋洋地躺在一座极其巨大的模块化工棚的入口处。几位监工在休息的工人之间来回走动，偶尔说两句话，并在数据板上进行标注。又有八名工人从工棚内走出，手中抬着担架一样的长托盘，它的上方微微隆起，表面蒙着一层透明的塑料薄膜。我调高了望远镜的倍数，以便看清监工的脸。但我一个都不认识。他们都穿着灰色的防水工装服，表情严峻，似乎正在思索什么，神态中透露出学者的气度。

就在这时，某个巨大的东西突然出现在我的视野里。就在我调整好焦点后，它又消失在视野里，被工棚的屋顶遮挡住了。我脑海中隐约留着一个短暂的印象，对方身上好像佩戴着某种色泽鲜艳到近乎浮夸的金属物件，穿着一件耀眼的、飘拂着的长袍。

"那是什么玩意儿？"我低声问。

迈达斯愣愣地放下望远镜，看了我一眼，脸上满是惊恐。费希格似乎也感到困惑。

"那是个巨人……浑身上下都是嵌着宝石的金属。"迈达斯说，"他从小屋里走了出来，直接钻进了左边的工棚。神皇啊，可真是个大块头！"

费希格点头表示同意。"是个怪物。"他说。

火山口再次发出阵阵咆哮，苍白的火山灰如同雨点一般，从定居点的上空飘落。我们退回到荆棘丛内。那些卫兵的行动频率似乎有所提高。

"玫瑰利刺。"我的语音通信器响了一声。

"现在还不是时候。"我压低了声音。

那是马希拉的信号。他只对我发送了一个词，随后直接切断了连接。那个词是"圣殿"。

"圣殿"是我在离开伊森号之前教给马希拉的格罗西亚暗号之一。我希望他能留在近地轨道上，随时为我们提供高空掩护和地表扫描的帮助。但我深知，倘若其他舰船进入这片星系，他就必须隐藏起来。而"圣殿"这个词，表明他刚刚侦测到了一艘或多艘舰船正从亚空间驶入现实空间，因此伊森号不得不撤退到当地的恒星后的隐蔽轨道中。

这就意味着在这颗行星上，我们已经孤立无援，必须格外谨慎。

迈达斯拽了拽我的衣袖，向定居点的方向指去。巨人再次出现，正站在小屋入口前的开阔地带。他的身高超过两米，整个人裹在一条犹如浓烟与丝绸交织而成的斗篷里。他装饰华美的铠甲与牛角盔表面呈现出令人惊骇的混合色泽：璀璨夺目的金色、酸黄色、亮紫色，以及接近肌肉和含氧血液的鲜红色。这头怪物穿着一件古老的铠甲，仿佛一千年来都屹立在那里，岿然不动。看上他一眼就足以产生令人作呕的恐慌与厌恶之情，我根本抑制不住发自内心的强烈恐惧。

那是一名星际战士，来自被腐蚀与诅咒的阿斯塔特。

那是一名混沌星际战士。

第十四章

艰难往事

叛徒

重返火焰山

"我们可没闲着。"就在我们回到炮艇时,贝坤得意地笑着说。时值晌午,一旁的河流中挤满了从燧石平原上空飘落的一簇簇球冠树。它们漂浮在卵石滩旁,树根在水流的冲击下不断地拍打着河面。

贝坤穿着工作服,脖子上挂着呼吸面具,手中握着自动手枪。在迈达斯和费希格掀开炮艇的伪装网时,她带着我走进了船员舱,向一位瘦小邋遢的男人挥了挥手中的武器。那人被拴在一组铁架上。他蓬头垢面,浑身污渍,衣服上用碎布打着补丁,布料因为结块的泥浆变得粗糙而僵硬。他隔着一绺湿漉漉的头发注视着我,眼睛里充满了敌意。

"一共有三个人,可能还有更多。"贝坤告诉我,"他们用球冠树做掩护,企图偷窥我们。其他人都跑了,但我逮住了他。"

"怎么逮住的?"我问。

她瞥了我一眼,似乎是在告诉我不要总是低估她的能力。

"是昨晚的入侵者吗?"我想起前一天的异状。贝坤耸了耸肩。

我走向俘房。"你叫什么名字?"

"他不太说话。"贝坤打断道。我让她暂时避让。

"名字?"我再次问他。

没有回答。我顿了顿,集中意念,将灵能探针缓和地投射进他颅内的阴暗角落。

"泰玛斯·瑞泽。"他结结巴巴地回答。

很好。他的意识正在缓慢地妥协,我又一次轻轻推动,明显感受到他发自内心的恐惧和拘谨。

"来自吉利安圣地,神域。"

我调整语调，不再动用灵能。"吉利安？你指的是吉莲镇？"

"汝说吉利安圣地？"

"吉莲镇？"

他点了点头。"正如尔所言。"

"这是原始哥特语，经过几代人的流传，已经产生了微小的变化。"埃莫斯颇有兴致地靠近，"锦缎星在五百多年前被殖民，在那之后被孤立了相当长的一段时间。当地人口或许没有增长，但这套古老的语言体系因此得到了保留。"

"所以这人更有可能是当地人，原住民？"

埃莫斯点了点头。俘虏的目光从我的脸上移开，紧盯着埃莫斯的脸，试着理解我们的对话。

"你出生于锦缎星？"

他皱了皱眉。

"出生于此？"

"吉利安圣地乃吾之故土。吾劳作于神域。"

我转身看了一眼埃莫斯。这样沟通未免太浪费时间了。"我能翻译，"埃莫斯说，"问吧。"

"问他，吉莲镇发生了什么。"

"求问于尔，吉利安圣地历经何事？"

他向我们讲述了一段悲凉的往事——而这个故事则源于这个贫瘠的边陲世界世世代代、辛苦劳作的民众的无知。据他所说，这些家族大概都是最早一批迁居于此的住民，在这片土地上任劳任怨，这个文明的历史比祖辈们的记忆还要久远。起初，他们共有五个农业社区、两个采石矿场，矿场源源不断地提供建材和矿石燃料，他们用这些与外部世界交换农作物。他们十分虔诚，不辞劳苦地奉献滋养着"神域"——神的土地。毫无疑问，这里的"神"指代的就是神皇。四年前，官方记录在案的最后一次实地勘察中，锦缎星上定居的人口刚刚超过了九千人。

后来传教团来了。根据瑞泽估计，那是三年前的事了。一艘来自梅西纳的舰船载着一群教会牧师抵达此地。他们计划在当地修建一座教堂，为这些常年被帝国忽视的民众宣扬教义，共有三十名牧师参与了这次传教。在我的质询过程中，他辨认出了"达佐"的名字，并称其为"大祭司达佐"。除此以外，其他人也陆陆续续地抵达了，但他们并非达佐及其教友一样的牧师，而是服务于他的下属。从他的描述中不难推断，那些后来到访的人更像是地质勘测员，或是矿井工程师一类的专业人员。他们无一不对北夸姆的采石矿场产生了浓厚的兴趣。一年内，勘探活动越发频繁，往来的舰船也越来越多。当地农庄的居民纷纷被招募，然后被安排到矿场工作——其中多数是体格强壮的男性，招募的手段也极为粗暴。但向来宣扬正直、诚实的教团对此似乎并不介意。随着锦缎星常住人口的减少，从事农业生产的定居点迅速衰落，没有人维系这些经济区的运营。之后，一场极有可能是从外部世界输入的瘟疫袭来，造成了众多民众的死亡。祸不单行，当地的火山活动开始频繁，可这样的地质变化此前却毫无征兆。农庄里的居民被强行赶进了矿坑，好像被迫卷入某项不为人知的、越发紧急的任务中。起初，瑞泽和其他很多人一样不辞劳苦地工作，直到累瘫在地。后来他设法从教会手中逃脱，如同野兽般生活在荆棘丛中。

　　是达佐率领传教团来到了锦缎星，奴役了当地的贫苦民众，并强制他们在北夸姆周边的区域从事繁重的采矿劳役。我不禁怀疑，当地越发频繁的火山活动极有可能也是盲目矿采引发的地质变化导致的。

　　我再次触探他的意念……或许是因为感受到了灵能的触碰，他正在恐惧地颤抖……我向他展示了达佐的容貌。他见到图像的那一刻，就迫不及待地指认了对方的身份。随后是洛克，他带着恶毒的恨意辨认出了第二张脸孔。洛克曾经是剥削民众的暴徒头目。他的酷虐行径在瑞泽的心灵上留下了一道难以磨灭的伤疤。我又向他投射了乌瑞瑟尔和奥博伦·格劳兄弟的脸，但他都不认识。最后，我还原了那名抽着烟枪的男子的图像。

　　"马拉海特。"他立刻认出了那人。根据瑞泽的指认，那名有着水蓝色双眼、对暗影烟成瘾的人名叫吉罗拉莫·马拉海特，是测绘人员与矿井工程师团队的总负责人。

　　费希格也加入了我们的对话，并问起我们在吉莲镇发现的那块用纤维木材制成的标牌。瑞泽闻言，突然悲愤交加，苍老的脸庞也皱缩起来。原来，那个木牌标记着一座万人坑，是反抗者惨遭杀害后的埋身之处。

　　迈达斯示意我立刻前往驾驶舱。我示意埃莫斯给瑞泽提供一些食物，并让他继续盘问。

迈达斯坐在驾驶座的皮椅上，膝盖上放着用电子打印机打出的几张卷轴。

"难怪马希拉选择隐蔽起来。"他开门见山地说，"看这里。"

卷轴上记载着迈达斯能够借助近地轨道飞船监测到的星域，以及语音通信信号的往来记录。他用戴着手套的手指划过几排错综复杂的数字和字母。

"我从中至少辨认出了十二艘船，或许远远不止。很难确定一个准确的数字。比如，这条代码或许就是两艘舰船之间的通话记录，又或许是同一艘船在反复地发送信息。"

"用的是什么代码？"

"有意思的地方就在这里了，是标准的帝国通信——被称作'联文'的海军专用代码。"

"那确实是全帝国通用的。"

他点了点头。"看这里，这种问答的格式表明，一艘主力舰正在核对舰队的其他成员是否已经全部抵达现实空间。这是典型的帝国信号结构，军用格式……是我们的一员。"

"一支友军舰队？"

"或许不算是友军。看这段标识……这个名字可以翻译为——伊斯特鲁姆。"

"那个失踪的舰长？"

"那个失踪的舰长……或许根本就没有失踪。或许……是叛军。发生在古德伦停泊港的整起事件，被误读的信号，以及所谓的'恐慌'……或许都只是他率领麾下舰船撤离的借口。"

"但他仍然在用帝国标准的代码格式发送通信。"

"如果这支舰队里，只有军官级别的人知道这场骗局的真相，使用异于往常的代码肯定会引起普通船员的警惕与质疑。"

一小时后，一艘大型飞艇在战斗机群的护航下驶出了舰队，降落在了锦缎星的地表上。飞艇在北夸姆区域上空降落，与此同时，在四周护送的战斗机群在区域上方盘旋了两圈，随后返回了母舰。从炮艇内，我们可以听到飞艇推进器发出的轰鸣，以及回荡在高原与山谷间的声音。迈达斯立即将炮艇的系统调整到最低档位，以免我们的电气仪器被敌人侦测到。

埃莫斯与瑞泽聊了大半个下午。在我们提供食物后，他的情绪平静了许多，也更愿意向我们分享有用的信息。天色渐暗，夜幕降临，埃莫斯找到了我。

"如果你想返回现场，这个人或许能帮到你。"

"继续说。"

"他知道矿场和挖掘地点的位置。他在那里工作了很长时间。我们交谈了很久，他似乎很有把握能带我们找到连通矿井的地下通道。"

天色已晚。我们乘坐速攻艇出发。费希格担任驾驶，他关闭了前灯，借助驾驶舱内置的地形扫描仪前行，行进速度也因此减缓了许多。我坐在他身边，贝坤和瑞泽坐在后排。此前，关于参与行动的人员配置，我们展开了争论，但我坚持了自己的选择。速攻艇可以容纳四个人，虽然迈达斯是整个团队最善战的一员，在我眼中甚至比法务部的惩戒官更精通战斗，但我希望他能操控炮艇，以便随时接应。除此以外，贝坤的作用不言自明，她将在我们的行动中起到至关重要的作用。

我们跋涉了很久，直到后半夜才抵达北夸姆地区。厚实的云层遮蔽了天空，群星与月亮都已消失不见。唯一可见的是火山口发出的通红火光，在低矮的云层下折射出一片流淌起伏的红色薄雾。空气中弥漫着硫黄的气味。

我们将速攻艇藏在一处山洞内。地图数据板上的标签记录了洞穴的方位，该区域西侧的外围也被标注出来——瑞泽称其为"火焰山"。

夜行动物在黑暗中发出啼鸣和长啸。一头体形硕大的诡异生物正在远方嚎叫。我们穿过荆棘丛，眼前的建筑群在人工光源的照射下越发明亮。火山轰隆作响。

瑞泽花了一些时间才找到他的目标：几个又小又浅的天然水塘。水塘内的液体质地黏稠，冒着沸腾的气泡，被高温吸引而来的昆虫在四周肆虐飞舞。瑞泽小心翼翼地走进最大的那片水塘，绕过水塘中央的一块巨石，巨石上满是亮橙色的苔藓。石块后方有一个狭窄的石洞，表面布满荆棘和苏铁。我试着去理解他的话，他说这里就是他当年从矿场逃脱的地方。

我们检查了武器和装备，准备前行。行动开始前，我打开了炮艇上的武器柜，尽可能给所有人分配了最高效、最称手的火力武器。我带着动力剑，外套下的皮套中藏着一把自动手枪，以及一杆在枪口下捆着射灯的激光卡宾枪。我将其他的装备都塞进了背包，扛在背后。贝坤还是带着那柄自动手枪，以及一把短刀，也带着一盏射灯。我给费希格分配了一把伐木枪，他见到这把大家伙，立刻表现得欣喜若狂。他还带着法务部手枪，以及整整一包伐木枪的备用弹药。瑞泽拒绝携带任何武器。我很确信，一旦他带着我们找到正确的道路，他就会立即远离这片是非之地。

洞口的宽度只能容一人通过。我走在前面，瑞泽紧跟在我身后，然后是贝坤，费希格负责殿后。逼仄的岩石小径内极其闷热，硫黄的气味迫使我们不得不重新戴上呼吸面具。瑞泽没有换气设备，只是在口鼻处绑了一条破布。奴工们在矿井中劳作时常常如此。

石径蜿蜒曲折，盘旋着通向山脉内部的高处。有些地方的道路过于陡峭，我们不得不徒手沿着洞穴石壁的凹陷处攀爬。有两次，我们甚至不得不丢弃随身携带的背包和设备，才能通过狭窄的路口。

一小时后，我感受到北夸姆区域的灵能帷幕正在压迫我的神经。就在我们穿过那道帷幕时，我仔细聆听着随时可能响起的警报或动员声，但仍然一片寂静。尽管贝坤自己没有察觉，但她已经开启了一片能让我们无声无息地自由行动的屏障。行进过程中，我不断提醒众人，确保我们当中没有一个人远离她的反灵能光环。

每隔几分钟，地面就会传来一阵震动。松动的碎石与土块从洞穴顶部滑落，温热而刺鼻的气体随之颤抖，空气在蜿蜒的石道中缓慢地流动。

石径逐渐变宽，墙壁上出现了人工挖凿的痕迹。洞顶用荆棘木支撑，每六根立柱上就钉着一块标牌，上面用粉笔标记出数字。瑞泽开始解释我们的位置，十分努力。而我可以确定的是，我们正在矿区内的一个废弃区域。此外，他还说了些什么，但我实在听不懂他的话。他带着我们走到一条尚未废弃的低矮隧道的尽头。整条隧道是从松动的页岩和沙石中挖开的，我高举射灯，向洞内探望。贝坤跪在一旁，用手拂去地上的沙土。地上露出了几块地砖，砖块是用某种我从未见过的黯淡金属物质锻造而成的。尽管每块地砖都是不规则的八边形，但它们全都完美地贴合在一起。它们的形状并不对称，诡异至极。多边形的边缘长短不一，但地砖之间的衔接近乎天衣无缝。我们实在不知道该如何解释这一现象，这些砖块的构图和轮廓都散发着令人不适的诡异气息。

在洞口后方，我们隐约看到了一座古老的石雕。我不是地质方面的专家，但那是一种坚硬、苍白的石料，表面闪烁着云母般的亮斑，不像是出自本地，其中一些部位带有明显的被钻头开凿和激光切割过的痕迹。

"这很古老。"费希格用手抚摸着石块上的裂痕，"但是裂纹却是崭新的。"

"就像轮墓。"伊丽莎白·贝坤突然开口评论道，我好奇地转身看着她，"在波拿文都的轮墓。"她想起了自己的故乡，"在当地西部的丘陵地带有几处著名的旧址，出自早于人类的异形种族之手。它们被排列成放射状的圆环图案，就像车轮一样。我小时候常去那里。我猜它们曾经有很漂亮的装饰，但表面的材料都被切掉了，想必是遭到了后人的洗劫。这里的景象与那些遗迹十分类似。"

"不少人都热衷于考古物品的掠夺和交易，这种走私品的利润很高。"费希格说，"倘若是异形古物，那就真的是价值连城了。"

我曾经无意间听到格劳和同伙们提到过异形的考古文物。或许此处就是他们所说的考古遗迹，与神秘的萨鲁提人有着某种不为人知的关联——这似乎能够解释他们即便冒着火山喷发的危险，也要坚持勘探、挖掘的原因。

但他们究竟在此处挖掘什么？这对他们有什么价值？对于萨鲁提人又有什么价值？

我们返回到主矿道，接连路过了另外三座废弃矿洞。每一座都有古代石雕的痕迹，并且与第一座一样，全被洗劫一空。

我们走到了矿道尽头，一架金属直梯通向距离头顶十米高的岩石开口处。

我们爬上了顶部的另一条隧道，耳旁立刻传来了凿岩机的刺耳噪声。隧道里的空气清新了许多，我们都摘掉了呼吸面具。我暗自揣测，那应该是从地表抽泵到隧道里的冷空气。我们小心地走进了一座巨大的石门，四周的岩层结构近似于天然形成的岩浆房。石壁在高温岩浆的作用下变得光滑，并且带有高温熔化的痕迹。我们低头蹲下，向洞内观察，下面有一群奴工，有男有女，毫无疑问都是与瑞泽同样命运的镇民。他们手中提着链筐，来回搬运着工作台上的石块。隧道旁至少有十几名气势汹汹、身穿黑色刃甲的卫兵。其中一人绕着奴工队伍来回踱步，不断挥舞着手中的电鞭。

我仔细观察了一会儿，试图看清他们的具体工作内容。两名锦缎星的奴工正在操纵凿岩机，钻头切开了石壁的外壳，露出了一大片古老的石层。其他奴工——多数是女性——用小镐、铁锥和毛刷清理着暴露在外的石雕表面，那些构图复杂的雕刻图案正逐渐显露出来。

卫兵队伍的另一端传来了一连串呼喝声，我们连忙退回到隧道的阴影里。前方出现了矿灯闪烁的光芒，一行人沿着矿道从洞口走了进来。其中有三名卫兵，两个头戴灰色头巾的监工，他们的手中握着数据板。而另外两人，正是戈尔贡·洛克和抽着烟枪的吉罗拉莫·马拉海特。

我的猜想是对的。格劳集团的主要成员都从格劳的府邸逃了出来，毫发无伤。而伊斯特鲁姆的叛变舰队无疑起到了关键的援救作用。

洛克穿着皮革长袍，衣服内层缝着厚实的护板。他的嘴唇上还带着我撕咬出的伤口，看起来闷闷不乐。

马拉海特与我上次见他时一样，穿着黑衣服。他站在原地，仔细阅读着数据板，时不时与负责挖掘的监工商讨几句，随后查看起那些暴露在外的考古遗迹。奴工们见他走进，纷纷后退避让。

他和周围的人说了些什么，卫兵队长闻言匆匆离开，片刻后带回了一把巨大的石锯。那把工具的手柄后连接着几根电缆和管线，一直通向洞口的水电设备。设备的接口分别与动力系统和供水管相连，一直延伸到位于隧道尽头地表处的发电机和水泵。

斧锯嗡嗡作响，卫兵队长将水管中的水喷在锯刃上，以保持锯齿的冰凉和清洁。他小心翼翼地将锯齿切入了岩石表面，齿锋切入的一刻发出了尖锐刺耳的噪声。几秒后，他将一块石雕切了下来。据我观察，石雕纹路被刻在一块完整的石料上，而他切割的只是带有雕刻图案的那一面。他又凿下两块，并一脸敬畏地递到了马拉海特手中。马拉海特端详了一会儿，将石板用塑料布包裹好，放在了一旁的木架上。那些古老的石板与我在格劳府邸地下的私人书房中看到的一模一样。

伴随着一声脆响，卫兵队长又切开了一块石碑，但它碎成了几块。他连忙丢开斧锯，慌乱地捡拾着碎片，周围的人们接二连三地咒骂叫嚷着。洛克一脸怒气地走来。

他抬腿，一脚将对方踢倒在地，却还是不依不饶，对着卫兵队长反复踢打。

队长抱着头，乞求原谅。马拉海特捡起碎石块开始拼凑。

"我让你小心点，没用的杂种！"洛克怒吼道。

"还能修复。"马拉海特对船主说，"我能复原它们。"

洛克毫不理会。他又猛踢了一脚，将那人拖到一旁，狠狠地砸到墙上。他又恶毒地咒骂了几句，那人哽咽着，不断地哀求。

洛克转过身，绕开了那个被虐打得不成人形的可怜虫。随后抄起那柄飞速旋转的斧锯，抬手劈砍，将卫兵队长当场残杀了。

场面过于残忍，痛苦的嚎叫声响彻在整个通道。所有的奴工都号啕大哭，就连卫兵们也厌恶地将目光移开。洛克满脸杀气地欢呼起来，浑身是血。

随后他将冒着浓烟的斧锯扔在脚下，转身走向另一名卫兵。他指了指锯子。

"确保你比他做得更好。"他如同恶犬般咆哮道。

那名卫兵闻言，战战兢兢地捡起了斧锯，继续开始工作。

十分钟后，洛克与马拉海特带队离开了矿道。一伙奴工跟在他们身后，费力地扛着装满雕刻石板的木箱。我们暗中等候了几分钟，跟着他们走出了隧道。

前方是一片朦胧的白光。隧道直通向我们先前侦察时发现的大型工棚。工人们趁着休息时间四处走动，卫兵和身穿灰袍的监工在四周来回巡逻。挖掘机械和开凿工具被堆放在阴暗的棚屋内。费希格在设备箱后发现了一扇门，用枪托砸开了门锁。我们四人沿着矿区后方的建筑，悄声钻出了工棚。就这样，我们避开了人来人往的主矿道入口，成功潜入了后侧的住宅区。

此时此刻，我们正走在北夸姆矿区后方的街道上，身后是通向火山的斜坡。到处都是破败废弃的建筑残骸，尘土飞扬，浓烟滚滚。我们紧贴着墙壁，试图躲在所有人的视线范围外。

废墟后方是一片开阔地带，部分区域被挡在防弹板的屏障下，屏障上方堆满了从天而降的火山灰。两艘载具停靠在焦黑的登陆场上：较大的一艘是帝国海军运兵船，小的那艘是一架陈旧的飞机。旧飞机的外壳上覆盖着厚厚的灰尘。

两艘载具的入口四周都有重兵把守。卫兵和工人们用木制担架将新出土的古物抬进了海军运兵船的船舱。我们看到洛克和马拉海特站在附近，一旁站着几名监工和三位身穿海军军装的舰队长官。其中一人身材消瘦，下颌后缩，双眼高高鼓起，胸前佩戴着舰队长的丝带和徽章。那是帝国海军的逃兵舰长——伊斯特鲁姆。就在我观察对方时，教廷司事达佐从邻近的一幢建筑中走出，径直朝他们走来，一只手提着华丽祭袍的下摆，以免沾染到灰尘。

登陆场一旁响起了怒吼声。那人愤怒的叫喊尚未平息，一个更加低沉、粗野的声音传来，我顿时感到脖颈上的汗毛根根立起。

奥博伦·格劳领主身披斗篷，穿着贴身铠甲，从达佐现身的建筑内走出，昂首阔步地穿过登陆场。短短一秒钟后，一名魁梧可怖的混沌星际战士跟在他身后走出，满面怒容，口中不住地斥骂着。

格劳转过身，与那头巨大的怪物正面相对，高声辩解着什么。从体型看，格劳家族的领主虽然气势汹汹，但站在盔甲鲜艳的邪恶之物面前，却相形见绌。叛变星际战士已经摘掉了金盔：他脸色苍白，涂抹着厚重的脂粉，整张脸如同一个死寂的憎恶面具，空洞的双眼四周擦着艳俗的金粉和紫色颜料，干瘪而毫无血色的口中露出了镶嵌着珍珠的尖牙。他仅存的模糊人脸仿佛是被缝合在头骨上一般，接合处露出几块加工锻造过的黄金。空中飘过一股甜腻的香味与有机物特有的浓烈腐臭。我很难想象，与这样一名混沌星际战士进行如此激烈的争辩，究竟需要多大的勇气——或是多么疯狂。

大风迎面吹来，我们只能听到凶残的咆哮声，而不是清晰的文字。达佐和马拉海特快步走到格劳身边，在场的多数卫兵和工人都畏缩地后退了几步。

风向改变了些许。

"……休要再忤逆我，人类的渣滓！"叛变星际战士的刺耳声音突然清晰起来。

"你应该对我表示尊重，曼德拉戈尔！尊重！"格劳叫嚣着，他的声音洪亮，但很快又被混沌星际战士的声音掩盖。

星际战士高声咆哮着，最后几句是："……屠杀你们所有人，由我自己亲自履行使命！我的诸位主人都希望此事能够完美地完成！他们可容忍不了你们这些鼠辈自由散漫地浪费时间！"

"你要遵守契约！你要履行承诺！"

我突然意识到自己几乎被催眠了。我无知无觉地紧盯着那头狂怒的怪物，被他可怖的力量与气场深深地吸引、震慑。他的铠甲关节边缘涂抹的污秽雕文，

异形

胸甲上描绘的癫狂符号——我的目光在这些图案上停留的时间太久了。我仿佛走火入魔，感到目眩神迷。色彩斑斓的盔甲上点缀着的夺目的金色锁链，钢甲上镶嵌着的名贵宝石和装饰着的精致繁复的花边，从斗篷上披散下来的半透明丝绸，以及雕刻在全身的文字——都是可怖的异形文字，随他的动作不断地闪烁扭动，似乎在诉说着比时间还要古老的秘密……秘密、承诺与谎言……

我逼迫自己不去看他。倘若注视太久，我必定会因为那些符号和标记而陷入足以湮灭灵魂的疯癫。

曼德拉戈尔怒吼着，举起布满锈刃的铁拳向格劳领主砸去。

但那一击并未砸落。一股灵能冲击扫过了整片庭院，我仿佛被那股巨力扇了一巴掌。

曼德拉戈尔向后挪动了一步。达佐不慌不忙地向他走去。他身材比格劳、洛克都要矮小，与那头怪物相比更是微不足道，但他每向前走一步，混沌星际战士便不得不后退一步。

他一言不发，但我的脑海中却回荡起了他的声音。无论是话语还是音调都散发着极端污秽的气息，令人作呕。

"曼德拉戈尔·卡瑞恩，福格瑞姆之子，沙历士真神的勇士，帝皇之子的冠军、屠戮生者、玷污死者之人，奥秘守护者——您的协助让我们倍感荣耀，我们愿在您的引领下遵守契约……但您不应试图伤害我们。切忌对我们动用武力。"

达佐是我生平所见的最强大的灵能者。他仅凭意念，就足以逼退人类帝国至邪至恶的叛徒，一名效忠于混沌、自甘堕落的星际战士。

曼德拉戈尔不情愿地转过身，阔步走出庭院。这时，我看到格劳领主在激烈的对峙后展现出了一丝疲态，方才的嚣张气焰荡然无存。在场的多名工人在目睹了双方的争辩后均受到了严重的精神创伤，无一例外地抽泣起来。两名卫兵正在痛苦地呕吐。

我还在颤抖，回头观察队友的情况。费希格面如死灰，浑身战栗，双眼紧闭。瑞泽把头埋在泥地里，全身缩成一团，脊背拼命地贴在墙上。

贝坤，已经消失不见。

第十五章

身陷敌营

敌众我寡

空中恶斗

　　我花了一秒钟才意识到事态的危急：无论贝坤去了哪里，我们此时此刻都完全暴露在她不可接触者的光环之外。我听到一声怒吼，教士发出声嘶力竭的警告，紧随而来的是响彻云霄的警笛声。

　　驻守在登陆场的卫兵向我们跑来。达佐伸出一只手，指向遮挡着我们的废墟。洛克从袍带中抽出了激光手枪。怒斥声、西格尼犬兽的吠叫声混成一片。

　　"费希格！"我吼道，"费希格！赶紧跑，否则就死定了！"

　　他迟钝地眨了眨眼，脸色惨白，恍惚间竟然没有听出自己的名字。

　　我狠狠地扇了他一巴掌。

　　"快跑，惩戒官！"我再次吼道。

　　第一批卫兵已经冲到了我们眼前的废弃土墙外，其中一人一脚踹开了木板门。他怒目圆睁，透过肮脏的黑色面甲瞪视着我们，举起了激光枪。

　　我抄起那杆威力强大的卡宾枪，用几发激光弹将他轰飞到门外。碎石和木屑四处飞溅。

　　敌人的激光呼啸着从石墙的缝隙间袭来，在外沿的墙壁上炸开。

　　费希格手中的重型伐木枪轰隆作响。他火力全开，炽热的曳光弹扫射在左前方的漆黑洞窟内，将另外两名强行闯入的卫兵撕成了碎片。

　　又有几名卫兵从我的右方发起了夹击。我旋动激光卡宾枪身的旋钮，调成了全自动模式，伴随着一串尖锐的哀鸣，我从狭窄的入口处向外扫射，顷刻间扫倒了三人。

　　费希格向废墟后连连撤退，手中的火力丝毫不减。

　　"过来！"他咆哮了一声。我和他一同后撤，手中的武器接连轰射出爆破性极强的金属实弹，足以撕裂一切的能量光束搅动起周围的空气，在雨墙外扩散出一片致命的涟漪。到处是飞溅的碎片，漫天飞扬的尘土与灰烬，以及爆裂的肢体。

瑞泽早已因为恐惧丧失了思考能力。我一把抓住他破烂的衣服，拖着他撤退。他绝望地挣扎着。

从我们窥视登陆场情形的窗口处，跳进一个高大的身影，是洛克。他翻滚着落在地面，手中的激光手枪轰出了几道光束。

其中一发正中我的左肩。另外三发打中了瑞泽的后背，他当场毙命，将我也砸翻在地。

费希格见到洛克，连忙转身，手指用力压着伐木枪的扳机。重型武器内置的快速装填机发出了一种尖厉的金属噪声，随之而来的是狂野的子弹爆破声。

洛克身前的脆弱掩体被炸成了碎片，他大吼一声，连忙在另一面墙后扑倒。他一边移动一边开枪回击，费希格发出了痛苦的低吟，一发激光弹击中了他的半边身体。

"艾森霍恩，你这杂种！"洛克怒吼道。我从瑞泽的尸体下挣扎着爬了出来。这名衣衫褴褛的奴工为了协助审判庭的事业付出了偌大的代价，我不禁替他感到难过。这是戈尔贡·洛克必须偿还的另一桩血债。

我一边咒骂着该死的船主，一边从背囊中掏出一枚破片手雷，向洛克投去。费希格与我以最快的速度逃出了浓烟弥漫的废墟。

手雷在身后的建筑内爆炸了。我暗自对帝皇祈祷，希望洛克被炸得四分五裂。

费希格与我顶着浓烟，涕泗横流地跳到了一条壕沟内，壕沟一直延伸向北夸姆的废弃住宅和新建成的模组建筑后方。我们头顶架设着一面用于隔绝火山灰的巨型挡板。

激光子弹不断轰射在挡板上，枪声的回音如同凄厉的哭声在昏暗的沟渠内回响。在我们二十米外，卫兵们跌跌撞撞地拥入，西格尼犬兽跟在他们身后，发出愤怒的狂吠。

费希格让壕沟变成了杀戮场，他打空了第二管弹药，将盲目追赶的卫兵和犬兽轰成了碎片。就在他更换弹仓时，我们扭头朝着相反的方向狂奔。

源源不断的卫兵从废墟后涌出，向我们举枪射击，将腐朽的石墙轰成了大块的碎石。我们继续奔跑，身后炮火震天。

壕沟通向一座小型庭院，院门旁停靠着一辆八轮卡车。我们与庭院角落里的卫兵再次交火，击毙了其中的三人，但第四名卫兵突然出现，从他的皮带上解开了拴着三头西格尼犬兽的锁链。犬兽怒吼着从庭院对面猛扑过来。我举起卡宾枪射杀了第一头，但那辆卡车挡住了其他的子弹。其中一只犬兽跳上了那辆大型卡车，车身也随之摇晃起来。转瞬间，它已经向我扑来。就在它即将挥爪扫来的一瞬间，我的激光弹射穿了它的头颅，那具肌肉虬结的身躯与我擦身而过。另外一头西格尼犬兽从卡车下钻了出来，身上沾满了车轴上的机油。它咆哮着，向费希格扑去。费希格被撞倒在地，犬兽用巨大的颌部死死地咬着他护臂上的铠甲。

我抽出动力剑，剑刃直接刺穿了它的身体。

更多的子弹向我们袭来，轰进了卡车的车身。

"快起来！"我们合力将犬兽的尸体从他身上推开。

整支卫兵队都包围了过来，我们狼狈地躲到了一间模组棚屋后，撞开后门闯了进去。

这是一间用于存放矿采装备的仓库，里面堆满了凿岩机的备用刀片、电缆盘、探照灯管和其他各种开采时的必要设备。我们低着头，在一堆堆设备之间移动，门外传来了急促的呼喊与奔跑的脚步声。

我停在原地，一边更换卡宾枪的电池，一边按开了语音通信器的按钮。

"利刺期盼神盾，下有狂兽出没。"

"神盾收到，抬升中，天空之色。"对方立刻发来了回答。

"剃刀德尔福斯路径。"我指示道，"使用长牙战术。"

"战术确认。六分钟内。神盾抬升中。"

卫兵队从工棚后门鱼贯而入，费希格用一串狂暴的枪声，将他们从预先组装好的模组化墙体中逼了出来。

我环顾四周，一眼看到了工棚角落的托盘上堆放着几只漆黑的金属箱。箱体上的标签十分陈旧，且早已褪色。我飞快地撬开箱子的封口，确认了里面盛放的东西。

"准备转移。"我说着，掏出了第二枚手雷。

"该死。"费希格看到我的动作忍不住骂了一声。他还没抱怨完，半边身子早已经探出了门外，我将手雷放在箱子顶端，紧随其后。

我们一边射击一边出门，迎面遇到了十几名在街区巡逻的卫兵。其中多数人都身穿丑陋的黑色刃甲，但其中有三人穿着特制的黑色军装——那是帝国海军安防部队的装束，这三人无疑效命于叛军舰队长伊斯特鲁姆。

我们继续奔跑。我将手雷的引爆计时器设定在十秒。我们在卫兵队之间横冲直撞，这一举动令敌人们措手不及。他们手忙脚乱地抽出武器，却没有一个能精准击中。

费希格和我一头钻进了北夸姆曾经的集市区外摇摇欲坠的围墙之间。

手雷在我们身后炸开，连带着手雷下方的几箱矿井炸药也都被引爆。

爆炸引发的震荡波将方圆三十米内的一切墙体夷为平地，产生的冲击力向上鼓动出一团膨胀的火球，将模组棚屋炸飞到了二十米高的半空中，建筑物破碎的残骸砸向邻近的建筑。

金属碎片、灰烬与防弹板焚烧后残留的碎片落在费希格和我的头上。那声巨响让我头晕目眩，但刺耳的警笛、伤者的哭泣和绝望的哀号声打破了寂静的错觉。空气中飘满了灰烬。我们重新戴上呼吸面具，跌跌撞撞地冲过那片茫然的黑暗。

我头部突然感到一股刺痛，一种直刺骨髓、恶毒无比的灼烧感。达佐正用他强大到恐怖的意念搜寻着我们。

我们踉跄地穿过浓烟，穿过模组棚屋之间的无人街道，棚屋的窗户全都被震得粉碎。

那股刺痛越发剧烈。

"艾森霍恩，你逃不了，现身吧。"

刺痛再一次加深，我不禁倒吸了一口凉气。

突然，那股痛感缓解了许多。

"费希格，这边！"

我将他推进了一旁的破旧石屋。根据石屋内的设施，我猜测，这里曾经是北夸姆住宅区的洗衣房。

贝坤蜷缩在角落里，满身污渍，眼中噙着泪水。在亲眼看到了帝皇之子曼德拉戈尔的容貌后，她丧失了理智，盲目地逃离了现场。就像我一样，她犯了直视混沌星际战士的错误——她目不转睛地观察着铠甲上污秽得令人目眩的符文与徽记。但与我不同的是，她没有尽快移开目光，而是怔怔地凝视着，直到精神崩溃。

她噤若寒蝉，似乎根本没有认出我们来。但我们此时已经进入她的缄默光环中，暂时离开了达佐的掌控范围。

"现在怎么办？"费希格低声问，"他们很快就会重新包围我们。"

"迈达斯正在赶来的路上，我们必须返回登陆场。那里是他能操控炮艇降落的唯一区域。"

费希格看了我一眼，仿佛在看一个疯子。"他要飞到这里来？他们会杀了他的！即使他能起飞离开，那支听命于格劳的舰队也会派出拦截机。恐怕在他打开动力源的一瞬间，那些拦截机就会立刻开始行动。"

"确实，风险很大。"我不得不承认这一点。

我们拉着贝坤跑出了废弃的洗衣房。门外，住宅区建筑的表面早已蒙上了一层爆炸产生的灰烬。烈火隔着浓烟，在四周的街角处熊熊燃烧。近乎尖叫的命令声、西格尼犬兽的吠叫声夹杂在一起。除此以外，还有一声更低沉、更愤怒的咆哮声。我顿时产生了一种不祥的预感——是那名混沌星际战士。

"利刺呼叫，主场区与神盾会师。"我对着语音通信器说。

"神盾回复，三分钟后抵达主场区，天穹塌陷。"好吧，他们已经发现迈达斯了。舰队已经派出了飞艇，紧追在他身后。

我们必须设法逃走。爆炸产生的浓烟正在被风吹散。

一队卫兵从我们的掩体前经过，我们不得不折返回掩体后。更多的卫兵收到消息后封锁了下一条街。

我们身旁是一座结构特殊的建筑楼，据我目测，它应该是达佐的邪恶教团筑造的建筑中最大、最新的一座。这间房屋没有门，我们奋力爬上了低矮的房檐，转身把贝坤也拉了上来，随后钻进天窗，跳到屋内。

我们踩在房间内铺设的精致地毯上。屋内家具齐全，整间屋子看起来像是监工与学者们的办公室或是私人书房。房间四周摆放着成堆的数据板、图表和储存条。几只大号行李箱堆放在角落里，上面搭着一个斗篷和两件大衣。某位新来的客人似乎刚刚将行李存放在此处，还没来得及打开。

"快点！"费希格一边低吼，一边搜寻着通往其他房间的门。

"等等！"我说。我一只手用动力剑切开了行李箱的铜锁，另一只手将盖子向后掀开。里面塞着衣服、数据板、一把拆卸分装在盒子里的激光枪，这

第十五章

些全都是精美的奢侈品，镂刻着奥博伦的名字。还有其他几件闲杂物品。

"快点！"费希格快急疯了，不停地催促我。

"神盾呼叫。两分钟内抵达主场区。"通信器内传来了急迫的呼叫声。

"艾森霍恩，你在玩什么把戏？"费希格的表情万分焦急。

"这些是格劳的东西！"我继续搜寻。

"所以呢？你在找什么？"

"我也不知道。"我转向第二只行李箱。更多的衣物，描绘着大量野蛮、令人不适的异端图案。

费希格抓住我的肩膀，说："我尊重你的嗜好，审判官，但现在不是做这种事情的时候！"

"我们必须离开，必须离开这个该死的地方。"贝坤似乎在喃喃自语，她眼神涣散，目光随着屋外的每一次响动来回游走。

"有某样东西……某种关键的线索……或许我们逃离此地之后能用得上……"

"我们能活着逃出去就很走运了！"

"说得对。"我抬眼看着他，"我们能活下来是一件幸事——就算我们成功逃脱，也还是要追踪格劳，对吧？"

他绝望地扬了扬手。

"求你……求你了……"贝坤继续呢喃。

第三只箱子。一套被包裹得严严实实的不锈钢手术工具，我甚至不愿过多地联想它的用途。塞在硬木盒子里的一枚小骰子和棋类游戏。衣服，更多该死的衣服！

但衣物之间包裹着某个硬物。

我将它取了出来。

"满意了吗？"费希格问。

倘若洛克还能让我微笑，此时我必定笑得十分得意。

"快跑！"我说。

会客厅的大门通向一幢副楼。地板上堆放着更多的行李箱，以及一些用塑料封好的木箱。

"想都别想！"费希格看到我正有意无意地观察那些箱子，愤愤地说。

"神盾呼叫，已经抵达！"语音通信的声音刚刚响起，就被掩盖在一阵飞行器掠过低空的震荡轰鸣声中。屋外传来了一连串小型武器的射击声，以及来自激光步枪的呼啸。

我带领二人从副楼离开，穿过一道门廊，向登陆场飞奔。四周的敌人早已乱作一团，多数是海军士兵和监督奴工的矿场卫兵，他们仰望着天空，对高空中时隐时现的炮艇轰射。在庭院的另一侧，海军舰艇的下降斜坡旁，马拉海特一眼看到了我们，开始大声地呼喊。卫兵们纷纷转身射击，密集的子弹在我们四周噼啪作响。

随后，我见到了曼德拉戈尔，他从场院的右侧向我们发起了迅猛的冲锋，口中响起恶毒的嚎叫。

"回去！进屋！"我大喊一声。三人同时退回到了门内。

然而，建筑的外层墙体根本无法阻止这头混沌的狂兽。那道屋门更不能。陶钢铠甲下的铁拳轻而易举地将轻金属锻造的墙板撕成了碎片，将门旁的刚玉立柱拧成了两截，塑料板如同薄纸一般被捅破。曼德拉戈尔人还没到，咆哮声早已敲击着我们的耳膜，恐惧感立刻笼罩了我们的内心。

贝坤尖叫起来。

这名帝皇之子——多么充满恶意与误解的名字——撞开了副楼外的主墙。他咧开煞白的嘴唇，露出一口珍珠白牙，巨大的躯壳中发出了震天动地的咆哮声。他的铁拳中握着一柄巨大的爆矢枪。

"休要再前进一步！"我高吼，手中举起一枚预先备好的手雷。

他仰天大笑，嘶哑的笑声中充满了轻蔑。

"我是认真的。"我补充了一句，踢了踢脚旁的板条箱。箱子里塞满了从矿场中挖掘的石板，用塑料包裹得严严实实。

"只需要一秒。再接近一步，这些东西就都完了。"

他顿了顿。格劳领主带着几名卫兵从他身后的断墙中走了进来。

"照他说的做！"格劳狂叫道。

曼德拉戈尔低吼一声，放下了手中的爆矢枪。

"后退，格劳！带着你的人离远些！"

"你想逃跑吗，审判官？痴心妄想！"格劳说。

"立刻后退！"

格劳对部下挥了挥手,示意众人后退。费希格与我并排行动,他捧着板条箱,我将手雷握举在箱子上方。贝坤躲在我们身后。

庭院内,格劳正在命令众人分散开。现场共有四十多名士兵——包括家族卫兵、变节的海军士兵和矿场监工。我看到了达佐和马拉海特,那名临阵脱逃的舰队长伊斯特鲁姆也在其中。曼德拉戈尔并没有与其他人一样后退。他站在我们右前方,一身闪亮的斗篷在风中飘扬,盔甲鲜艳,闪闪发光。他的喉咙里不时发出愤怒的咕噜声。

"迈达斯。"我对语音通信器说,"下降,打开舱门。"

"收到。"他回答道,"请注意,三艘海军拦截机正在进港,三分钟内就会抵达。"

炮艇在场院上方悬浮着,洒下一片巨大的阴影,推进器喷出的气流吹起了云雾状的灰尘。随着炮艇在液压滑轨上缓缓降落,位于驾驶舱下方的入口坡道开始下降,发出了金属摩擦的刺耳嗡鸣。

我们缓慢地朝着炮艇的方向移动,距离入口坡道越来越近。敌人聚集在四周,目不转睛地看着我们,手中端着武器,丝毫不敢懈怠。

"真是一场僵局啊,审判官。"格劳说。

"让你的人放下武器,包括那些藏在暗处的人,不要企图狙击我。迈达斯……操纵翼炮对准我和惩戒官,倘若有任何异动,直接开火。"

"收到。"

飞艇侧翼悬挂的强大火炮横扫而过,将漆黑的炮口对准了我们。

"只要你们开一枪,这个箱子就会彻底蒸发。"

"放下武器!"格劳吼道,士兵们顺从地照办。

"现在,撤回你们的拦截机,命令它们立即返回母舰。"

"我——"

"立刻照办!"

格劳回头看了一眼伊斯特鲁姆,舰队长见状,对着语音通信器嘱咐了几句。

"拦截机已经中止了行动。"迈达斯对我说,"它们正在掉转方向。"

"很好。"我对格劳说。

"现在你想干什么?"他问。

是啊,现在我想干什么?我们刚刚扳回一城,至少他们不敢贸然行动,更不敢随意开火。贝坤的存在更是杜绝了达佐和其他在场的灵能者动手的可能。

"我需要一两个答案。"我试探着说。

"艾森霍恩！"费希格低声催促。

"答案？"格劳仰天大笑。他的部下也哄笑起来，就连曼德拉戈尔也发出了咯咯的刺耳笑声。我注意到达佐与马拉海特都没有笑。

"这些都是异形的考古文物，来自一座古老的萨鲁提遗址。"我说着，从费希格捧着的木箱中拿出一枚古老而不对称的石板，"它显然对你们有莫大的价值，因为它对于萨鲁提人来说至关重要。你们费尽周章地开采、修复这些建筑遗骸，究竟是为了什么？"

"我不会透露任何细节。"格劳说，"我也不会验证你的任何猜想。"

我耸了耸肩，说："值得一试。"

"还是那个问题。"格劳说，"现在你想干什么？"

"我们现在就要离开，而且要毫发无伤。"我说。

"那就离开，"他说着，微微摆了摆手，"放下箱子，然后离开。"

"这个箱子是唯一能确保我们活下来的东西。我们必须带着它，作为保障。"

"不！"达佐怒吼一声，向前走了几步，"这可不行！这样我们永远也得不到它！"他看向格劳，"此人乃是我们的死敌。我们将再也无法夺回这些珍贵的文物。即便你同意将他们安全释放，他也没有理由遵守诺言。"

"当然没有。"我说，"正如你不会履行和我的任何承诺一样。我们之间根本没有建立契约的可能——这样的事情虽然可悲，却无法避免。这就是我必须随身携带此箱的原因。我们没有其他的担保。"

"你将沦为一摊血肉，还妄想什么担保？"曼德拉戈尔声如洪钟，"迎接你的唯有死亡。如果你不幸没死，就要面对漫长的痛苦折磨后的死亡。"

"别让他搅乱我们的谈判。"我对曼德拉戈尔扬了扬头，重新看向格劳，"我们必须带着箱子走，如果不这么做，你肯定会下死手。"

"不行。"格劳说着，上前一步，从大衣中抽出了激光枪，"你的逻辑自相矛盾，审判官。倘若我们注定要失去这些宝物，我宁愿它毁在此处，至少有你作为陪葬。如果你妄图带着箱子离开，我们就必须无视后果直接开枪了。放下箱子，我只给你十秒的时间。"

我意识到，他绝不是在虚张声势。他们之所以还留着我们的命，全是为

第十五章

了保护这些文物。但他们不是傻瓜。他们知道我根本不可能归还这些东西。只有十秒，如果我们带着箱子登船，他们会毫不犹豫地开火。但如果我们将箱子放下……他们同样会开火，但或许会因为惧怕射中箱子而有片刻的犹豫。除此以外，炮艇的强大火力也能挽回一些劣势。

"退回到斜坡。"我对贝坤、费希格说，"听我的命令，抛下箱子。"

"你确定？"

"听我的命令，迈达斯？"

"引擎就绪，火力系统就绪。"

"现在！"

板条箱从我们的手中砸落，尘土飞扬。炮艇的引擎呼啸着发动。他们根本没有等到十秒。斜坡在我们下方摇摆着闭合，炮艇立即迅速地抬升。一连串子弹轰击在艇身上，炮艇侧翼的火炮在迈达斯的操纵下发出了咆哮。

艇身剧烈摇晃起来，我们摔倒在甲板上。费希格惊呼一声，沿着斜坡摔了下去，他的半截身子都滑到了即将关闭的舱口外。我牢牢抓着他，赶在他的双腿被闭合的斜坡切断或被地面敌人的子弹击中前，将他拖进了船舱。

我们逃脱了。从飞艇甲板的角度与艇身的震动频率，我判断出迈达斯正在强行加速，并且紧贴着地势复杂的地面飞行，以便借助地貌结构避开敌方的火力。船员舱内的警报灯频频闪烁，表明飞艇的外壳正在遭受严重的损伤。

"坐稳了，绑好安全带！"我对试图站起来搀扶我们的埃莫斯喊道，"费希格，把贝坤绑好！你自己也是！"

惩戒官把惊慌失措的女孩拉进甲板，固定在座椅上。我沿着倾斜的艇身向前，从同伴的座位之间穿过，奋力爬进了驾驶舱。

迈达斯拉着操纵杆，将我们抬升到高空。锦缎星斑驳的地貌在我们脚下左右摇晃着，云层在窗外呼啸而过。我在他身旁的座位上坐好。

"追兵有多近？"

"敌机没有选择直接进入拦截的航线。他们选择了对作战更加有利的海拔高度。"

"有多近？"

"距离遭到截击还有六分钟。该死！"

"什么？"

第十五章

他指着作战屏幕。在闪烁着的小光标后方，一个更大的物体出现在了描绘着空战环境的三维电磁地图上。"他们的舰队也在移动，是主力舰，旁边是两艘刚刚出动的战机。"

"他们是真的要穷追到底，是吧？"他愤愤地问。

"你才知道？"

"他们不打算让我们活着逃出这片星系？"

"迈达斯，我回答过这个问题。"

他咧嘴一笑，露出一口洁白无瑕的牙齿，半明半暗的舱室与他黝黑的皮肤形成了鲜明的对比。

"那样的话，我们得找点乐子喽。"他看上去跃跃欲试。迈达斯没戴手套，掌心嵌入的格拉威亚生化电路闪耀着晶亮的光泽。他双手握住控制杆，调整着我们的航向。

"有主意了？"我问。

"只能说有一点可能。让我好好感受那些数据。"

"你说什么？"

"相信我，格雷戈。如果我们还有一丝机会能够活着逃离锦缎星，那就必须依靠本能的飞行技巧和最微妙的细节。现在闭嘴，让我好好感受，我得计算他们的速度和拦截夹角。"

"我们遭到了地面火力的重创。"我并没有闭嘴。沮丧突然笼罩在我的心头，那是一种明知无力回天，却不得不挣扎的绝望感。

"机会很小，很渺茫。"他有些心烦意乱，"机仆已经帮我算出了全部的可能路径。"

他更换了航线。从屏幕上，我看到我们的炮艇几乎与追击的机队擦身而过，极大地减少了他们实行截击的时间，很快我们就会进入彼此的射程。

"你在做什么？"

"调整百分比，选择更安全的战术。"

散发着火红色光芒的锦缎星在我们脚下逐渐暗淡，我们正以最快的速度驶入最高轨道以外的星际空间。

"看到了吗？"他说。另一个光点在作战屏幕上闪烁，敌方在我们前方左右移动。

"标准的帝国海军舰队阵形。他们在目标世界的盲区位置总会留下一艘侦察舰。如果我们一直向前飞，很快就会驶入敌人的包围圈。"

驾驶舱的窗外闪烁着点点灯光。那艘负责侦察的舰船是一艘中型护卫舰，在锁定我们的一刻就开启了火力，企图实施拦截。我们不得不加速躲避。

"他们派了两艘战机。"迈达斯的声音亢奋，如同愉悦的歌声，"距离我们只有两分钟，后方追赶的敌机还有四分钟。"

真是十万火急。

我看了一眼动力量表。炮艇上的每一台动力推进器都显示为红色。

"迈达斯……"

"坐稳，就要开始了。"

"什么？"

掉转方向的一瞬间，一颗丑陋的小型卫星突然出现在我们的视野里。这一次，它看起来没那么小。我们眼看着就要撞上卫星的表面了。

我忍不住咒骂了一句。

"放轻松，天哪！"他居然在安慰我，"还有一分钟呢。"

我们全速冲向了那片千沟万壑的灰绿色岩层，眼前尽是崎岖的地貌。此时，身后开始火光闪烁。六架由斯卡鲁斯舰队的精英飞行员驾驶的拦截机跟在我们身后，贴着卫星表面飞行。

第十六章

虚空对决
贝坦科尔的背水一战
踪迹

  这颗卫星名为奥博尔，是锦缎星的十四颗卫星中最小、最靠近母星的一颗。星体表面布满凹痕，由不规则的镍、锌和硒块构成，直径约六百千米。星球表面缺乏大气，且布满了坑洞与沟壑，在恒星光芒的照耀下发出明亮的碧绿色光芒，崎岖不平的地表上布满了浮雕般的陨石。

  我强迫自己保持冷静，并尽可能减慢脉搏。这些都是哈普山特曾经教会我的意念控制技巧。

  我聚精会神地读着屏幕上弹出的与奥博尔相关的数据文档——它由镍、锌、硒构成，是十四颗卫星中最小的一颗——我之所以阅读，并不是因为我需要了解这些信息，而是因为这些信息能让我获得精神上的抚慰。关于地质构造的细节无关紧要，但是深入其中至少能让我从眼前的危机中转移注意力。

  我半仰着头，逐行阅读起那些发光的文字。锯齿状边缘的火山口正对着我们，如同一张血盆大口，足以吞噬整座多尔赛城邦以及那片毗邻的潟湖。

  "你们坐稳了。"迈达斯提醒舰艇上的所有人。

  就在离卫星表面只有一千米的高空中，他开始了行动。那一瞬间，我们仿佛被卷入了奥博尔星球的重力场中，开始全速坠落。在这样的俯冲速度下，一般的飞行员根本不可能平稳着陆或及时掉转方向。

  但迈达斯从小就在格拉威亚的飞行学院学习，十分精通舰艇的驾驶。由于他手部镶嵌的电路，他比我更加懂得飞行、动力与操纵的细微差别，娴熟的驾驶技艺凌驾于帝国绝大多数专业飞行员之上。他曾经测试过炮艇能够发挥出的最极限的性能，他知道它能做什么，不能做什么。

  然而，最让我担心的是他希望它能做什么。

  他突然切断了动力，打开全部着陆推进器，随后操纵艇身旋转，炮艇开始螺旋式地下降。窗外的景象在我眼前飞速地旋转，我被固定在安全带后，因为强大的惯性而左右摇摆。

高速的旋转看似失控，实则却经过了精心计算。在喷气式推进器的作用下，我们沿着垂直地面的方向翻腾起来，如同一片树叶般上下翻飞，炮艇利用螺旋式的运动轨迹挣脱了向下俯冲的惯性。在距离火山口表面九十米远的地方，我们恢复了水平方向的行驶，推进器在灼热的气流炙烤下泛着白光。随后，迈达斯重新切回动力，向下划出了一个弧形。

我们脚下的地面瞬间跃到了眼前，飞艇紧贴着地面，用近乎蛮横的推进方式越过了火山口的边缘。

从作战屏幕上看，六架敌机已经被甩到了六分钟的航程之外。没有人愿意模仿那样的高难度动作。他们的行驶轨迹更加保守，速度也更加缓慢。

迈达斯紧贴着卫星表面，载着我们跨过一座座峭壁和山峰，穿过恒星光芒掩映下的干涸深谷，掠过从未有人踏足、尘埃遍地的广阔平原。有一次，我们甚至穿梭在两座紧贴着的巨石峭壁之间。

"哎呀，他们跟不上了。"迈达斯控制艇身，向左舷倾斜。

确实如此。其中四架敌机仍在奋力追赶，贴着地表急速行驶。另外两架却早已不见踪迹，此时正在逆时针绕着奥博尔的盲区飞行，漫无目的地行驶着。

"距离多远？"

"八分钟后，我们将与他们正面交锋。"迈达斯面带得意的微笑。

他用力向右拉扯，将炮艇压低，穿梭在屏幕上标注出的裂谷之间。

随后，他将速度放慢，几乎是在慢悠悠地飞行，并将炮艇停靠在了一座小山丘上，山丘上的石块在阳光的照射下闪烁着黄绿相间的刺眼反光。

"你在做什么？"

"稍等……稍等……"

作战屏幕中出现了四架追赶的敌机，它们从裂谷上空飞速地掠过。

"我们身处地表以下，他们得花些时间才能发现我们不在前面。"

"现在呢？"

他启动引擎，驾驶着炮艇向追击的敌机飞去，喷气口后方扬起了一片烟尘。

"鼠变猫。"他轻描淡写地说。

几秒钟内，瞄准屏上的一个亮斑就被一枚红色的十字光标覆盖。

第十六章

在我们前方是一块块林立的巨石，一旁是高耸的台地，地面景色的移动速度快得令人头晕目眩。我看到了一团爆炸的火光。

"逮着一个。"迈达斯说着，操纵侧翼的火炮继续轰射。

正前方战机的引擎闪烁了一下，随后膨胀为一团燃烧的气态火球，锯齿状的火焰从我们身旁掠过。

炮艇剧烈抖动着，沿着另一道山谷加速行驶，我被惯性向后拉回了座位。在前方一千米处，出现了一道阳光照耀下的金属反光。

"两个了。"迈达斯数着。

重型火炮重新完成了炮弹的装填，表盘上的标签变成了红色。闪光弹在空中绽放着光芒，旋转着轰击在山谷两旁的石壁上，耀眼而夺目。

在我们右侧，亮起一道令人目眩的闪光，座舱剧烈颤抖起来，警报声再次响起。

"聪明的家伙，就差一点。"迈达斯说着，拉起操纵杆，避开了近在咫尺的悬崖。

其中一架战机判断出了我们的假动作，灵巧地闪到一旁。

"另一架呢？另一架去哪儿了？"迈达斯自言自语地嘀咕着。

我们已经占据主动，不只是火力方面，更是因为迈达斯高超的技艺。敌人驾驶的都是雷电战机，小巧而迅捷，体积不到炮艇的四分之一。鉴于炮艇在行动中用途特殊，它绝非普通的运输工具，艇中内置的动力系统、两翼挂载的武器和垂直冲刺能力使它成了一艘强大的作战艇，尤其擅长在极端险恶的地形上开展小规模追击战。

炮艇似乎遭受了重击，随之而来的是令人头晕目眩的坠落。迈达斯大骂一声，用力扭转方向将我们拉回到原先的高度。一架帝国战机从我们的视野中快速划过，我凭借肉眼，只能看到一抹银光。

迈达斯再次掉转方向，紧追在敌机身后。敌人俯冲向卫星的深谷之间，没入到冰冷的月光洒下的阴影里。

火力感应器捕捉到了热源。迈达斯对着目标开了一炮。

他没能打中。

敌机正试图环绕在我们四周，迂回着躲避。迈达斯又开了一炮。

又没打中。

异形

它向我们径直飞来。敌机的子弹连成了一道红宝石色的弧光，紧追着我们。

我们在陡峭的深谷间面对面地行驶，狭路相逢。

没有回旋的余地，更没有犯错的空间。

"再见。"迈达斯按下了火炮的开关。

爆炸的闪光照亮了深谷，我们冲破火墙向地表飞去。

"怎么样？"迈达斯问我。

我早就说不出话了，死死握着座椅扶手。

"过一会儿，"他说，"就是第二作战阶段。还有一位猎手在侧翼方向。盲区的战机在九十秒后也会追上来。现在来点即兴表演吧，尤克里德？"

主机仆发出了低沉的回应。

话音未落，我们开始向下俯冲。屏幕数据显示，舱体正在快速排放引擎的废气，飞艇尾部黑烟缭绕。

"炮艇的损伤很严重？"我问。

"别吵，我在表演呢。"他说。

漆黑的峡谷自下而上，快速填满了我们的视野。

"立刻抛出，尤克里德。"迈达斯命令道。

伴随一声巨响，炮艇剧烈摇晃了片刻。在我们身后，某样东西正在燃烧。

"那是什么？"

"足足两吨重的备用设施、废弃物和能源储备。再加上你武器库里的全部手雷。"

他驾驶飞艇绕了一圈，载着我们迅速驶入了一个漆黑的洞穴。洞穴位于深不见底的峡谷底部，炮艇紧贴着石壁和洞顶行驶，那些光滑的石壁几乎触手可及。

在洞穴内飞行了将近六百米后，迈达斯操纵飞艇向左停靠，随后切断了动力。泛光灯照亮了四周，洞穴内的锯齿状石棱清晰可见。

我们又滑行了一百米，飞艇的着陆承重轮砸起一片尘土。迈达斯切断了电源和舱灯，把除最基本的维生系统外的所有设施全部关闭。

"不要发出任何声响。"他说。

等候的时间漫长而煎熬，持续了将近六十六个小时，过程很难称得上舒适或愉快。我们穿着暖袍，坐在一片漆黑中，在我们头顶，叛军舰队在奥博尔及周边的区域搜寻着我们的踪迹。在最初的十个小时里，我们的被动传感系统监测到八次舰艇移动的信号——敌舰在我们伪装引爆的峡谷上空进行了扫描。我们的障眼法显然有足够的说服力。

但我们并未轻举妄动。没人知道我们的敌人会坚持多久，或者多么有耐心。迈达斯坚信他们或许在耍同样的把戏，他们的舰队一定静静地潜伏在暗处，直到我们按捺不住地发送求救信号，暴露自己的位置。

又过了四十个小时，洛温克确信他听到了星语通信的交流信号，这就意味着舰队即将离开。不久后，从深邃且无形的亚空间结构内传来了震荡声。但我们还是继续等候，我们需要证明敌人撤离的确凿证据。

在第六十六个小时后，我们期待的确凿证据终于来了。那是一则用格罗西亚暗语编辑的星语通信信号："西缅之颂"。

我们冲破了奥博尔的黑暗，驶入了一片朦胧的星光中。我不得不承认，当飞艇上包括我在内的所有人突然能够开口说话时，我们都迫不及待地高声畅谈，酣畅地沐浴在机舱灯光与重新启动的温控暖气中。漫长的沉默，无言的等候，对我们而言更像是一种无尽的忏悔。

威严而庞大的伊森号缓缓移来，迎接着我们。就在叛军舰队离开星系的同时，躲在恒星日冕后的马希拉立刻发来了加密信号。

登船后，我迫不及待地走向了舰桥。马希拉像兄弟般对我点头致意。
"你们都没有大碍吧？"他问。
"都侥幸逃脱，尽管九死一生。"
"很抱歉，我不得不抛下你们，但你也看到那支舰队的规模了。"
我点了点头。"我希望你能告诉我，他们究竟去哪儿了。"
"那是当然。"他答道。伊森号的领航员们始终都没闲着，他们的首脑从拱廊旁的房间内走出，一边跨过红黑相间的大理石台阶向我走来，一边发出嗡嗡的声响。与其他所有船员类似，它本质上也是一台机械。它有着人类的结构——我猜测只有大脑和主要器官——无论是骨架结构还是有机组织都与一台光滑的银制机仆连接。机仆的外形被雕刻成了一只狮鹫的形状，神态凶狠,细长的脖颈向后扬起,带喙的脸孔向下凝视着我们。它安插着反重力鹰翼,飘浮在地板之上。

它在我们身前停了下来,从张开的喙中投射出一张全息星位图。星位图的构成极为复杂,未经训练的人根本无法解读,但我从中辨认出了一些关键的细节。

"领航员们已经分析了撤离舰队留下的亚空间航迹,并代入了算法进行计算。这些异端正撤离赫里甘次星区,甚至逃出了帝国的疆域,向一片禁忌的星域全速进发——我认为那里是被称作'萨鲁提人'的异形的巢穴。"

"我也猜到了。但那是一片很大的星域,有十几个星系。我们需要更多的细节。"

"在这里。"马希拉伸出戴着手套的手,指向三维星图上的一个光点,"图上的这个位置是KCX-1288。如果一切顺利,我们到那里大约只需要三十周。"

"这种计算的误差大概是多少?"

"误差不会超过百分之六。叛逃舰队的亚空间航迹十分明显。当然,他们也可能会中断航行,转而改走其他的道路,但我们会紧随其后,密切关注他们路线的变化。"

"当然,"他补充分析道,"他们或许会猜到我们在追踪。即使他们认定你已阵亡,他们也一定知道是一艘星船将你带到此处的——一艘他们始终没有搜寻到的星船。"

他的观点与我不谋而合。格劳及其同谋一定知道自己正在被追捕,也能猜出有人会上报他们的行踪和目的地。

他们现在已是惊弓之鸟,凭借夺来的武装与火力,在集团头目的带领下谨慎地行动。

我安排洛温克起草了一份紧急公告,准备将此次行动的细节同步给古德伦当局和审判庭的高层。

"关于萨鲁提人的领地,你知道什么?"

"一无所知。"他说,"我从未去过。"

我暗想,这样的回答对于他这样健谈的人来说,未免过于简短了。

"所以,"他拉长话音,"除了知道他们要去的地方,我们还有什么别的优势吗?"

"有。"我从外套口袋中取出了一个物件——自从我在北夸姆的旅行箱里搜出这个物件之后,它就一直被我带在身边。马希拉端详着它,满脸困惑。

"此物,"我对他说,"就是庞提乌斯。"

第十六章

我们在伊森号里腾出了一间宽敞的船舱。马希拉的机仆们布置好了供电和照明设施。我们自己的机仆——摩多和尼尔奎特——将那台嵌着金属爪足的匣型装置安放在了冰冷的钢铁地板上。

我站在一旁观察,将手插在大衣口袋里,来抵御室内的寒气。埃莫斯佝偻着上半身,低头看着匣子,在尼尔奎特的协助下组装起那团杂乱的电缆。我扫了一眼贝坤。她正站在费希格身边,身穿一件厚厚的红色长袍,搭着一条灰色坎肩,满脸都是惊魂未定、极不情愿的表情。

她起初似乎乐在其中,甚至在亲身经历了格劳府邸的险境后,仍将我们的行动视作游戏。但锦缎星一行彻底改变了她。一切都是因为那头名为曼德拉戈尔的怪物。她知道自己参与的绝非一场游戏。她见到了众多——或许是多数帝国公民从未亲眼见过的邪恶。多数人都能居住在远离战乱与恐惧的世界,安逸地度过一生,那些蛰伏于虚空最晦暗处的污秽之物,对他们而言,不过是遥不可及的神话与传说——如果真是那样的话。

但现在,她终于明白了一切。或许她已经改变了主意,或许她不愿继续与我们为伍,抑或她正为当初迫不及待地接受我的条件并加入审判庭小队而后悔万分。

我并没有上前询问。如有必要,她会主动来找我。我们现在都必须专注于更重要的事。

"艾森霍恩?"埃莫斯伸出双手,我将名为"庞提乌斯"的坚硬球体放在他的手中。他如同一位小心谨慎的牧师,将球体放入了匣型装置中。

我命令所有人立刻离开船舱,包括几台机仆。只留下贝坤与埃莫斯。费希格出门后小心地关上了身后的舱门。埃莫斯看了我一眼,我点头应允。他接通了最后一处连线,随后摆动起年迈且经过多次改造的四肢,尽可能快地从匣子旁退开了。

起初,什么也没有发生。一圈不起眼的信号灯在匣子的边缘闪烁——那是艾克隆的装置——内部的线缆开始发光。

随后,我感受到了气压的急剧变化。贝坤敏锐地看了我一眼,她显然也感觉到了异常。

船舱的金属墙壁上冒出了一串串水珠。水滴啪的一声从墙板上滴落。

一种微弱的噼啪声突然响起,像是纸张燃烧时发出的轻声脆响。那声音开始蔓延,并且越发响亮。匣子表面和周围的地板上结起了一层冰霜,冰霜沿着墙体向上蔓延,覆盖了整块天花板。不到十秒钟的时间,整间船舱都被一层钻石般剔透的寒冰覆盖。我们呼出的气息都化作了空中的水汽,用手即可拂去衣服和睫毛上细碎的冰晶颗粒。

"庞提乌斯·格劳。"我试探地说。

没有回答,但片刻之后,从匣子里传出了一连串动物般的咕哝和吠叫声。

"格劳。"我重复道。

"什么事——"一个人工合成的语音打破了寂静。

贝坤一怔,警觉地挺直了身子。

"你为什么唤醒我?"

"你记得的最后一件事情是什么,格劳?"

"承诺……承诺……"那个声音仿佛透过话筒飘向了远方,随后又由远及近地回荡,"乌瑞瑟尔在哪儿?"

"他们对你许下了什么承诺,格劳?"

"生命……"它嗫嚅道,"乌瑞瑟尔在哪儿?"这次回答的语气明显带着愤怒与焦躁,"他在哪儿?"

我刚要思索下一个问题,眼前突然亮起一道刺眼的闪光,水晶球体表面的突触位置响起了噼啪声。它掌控着强大的灵能,释放出一道意念冲击。倘若贝坤没能在现场抵消这股力量,毫无疑问,我和埃莫斯马上就会横尸当场。

"别发那么大的脾气……冷静……"我说,我向匣子走近几步,"我是艾森霍恩,帝国审判官。你已沦为我的阶下之囚。你现在能开口说话的唯一原因,是我允许你这么做。你要配合地回答我的所有问题。"

"我……不会……"

我耸了耸肩。"埃莫斯,关闭这个危险的装置,并立刻拆除。"

"慢着!住手!"那声音乞求着,尽管那只是毫无生气的人工合成音。

我跪坐在匣子前。"我知道你残存的生命与智慧都被封存在这台可悲的装置里，庞提乌斯·格劳。我也深知你已苦苦等候了两个世纪之久。你在这种失去躯壳的状态下挣扎，渴望重获完整的新生。那正是你的家人承诺给你的，不是吗？"

"乌瑞瑟尔允诺过……他说过……一旦万事俱备……"

"万事俱备？是指牺牲整个倨傲星的贵族阶层，将他们的生命能量透过这个匣子虹吸到你的体内，还是赋予你足够的力量去创造一副人类的躯壳？"

"他允诺过！"他狠狠地喊出"允诺"二字，语气痛苦而低沉。

"乌瑞瑟尔和其他人都抛弃了你，庞提乌斯。他们为了一己私欲在最后关头抛弃了倨傲星的计划。他们早就被一网打尽，被审判庭羁押了。"

"不……"那声音化作低沉的嘶哑声，随后渐渐消失，"他们不会……"

"我确信他们不会……除非事关紧要，不容差池，否则他们也不会别无选择，只能将你抛在脑后。你知道那是什么事，对吧？"

沉默。

"比你还要重要的事，究竟是什么呢，庞提乌斯·格劳？"

沉默。

"庞提乌斯？"

"他们根本没有被捕。"

"什么？为什么没有？"

"我的同胞兄弟，我的血脉——如果你真的逮住了他们，你就不会问这些愚蠢的问题。他们还在自由行动，而真正绝望的人是你。"

"无稽之谈。你知道这种事情的走向——一旦他们被俘，就会有太多谎言，太多自相矛盾的故事。你卑微的家人为了重获自由，不惜互相出卖。我来找你，只是为了查明真相。"

"不。或许你说的可信，但是我不会告诉你。"

"你知道真相，庞提乌斯。"

"不。"

"你知道真相。他们会定期将你从球体内的虚无幻境中唤醒，并告知你工作的进展。例如，在格劳府邸之下，在那间特别修建的礼堂内。我在那里见到过你。你曾经用你的力量将我击倒。"

"我还会那么做的。"它恶毒地说。金色的环状丝线与错综交织的电缆上闪过一道道火焰般的痕迹，参差不齐的石英被裹在球体的正中央。

"你知道真相。他们告诉过你。"

"不。"

我伸手抓住一根电缆。"你在撒谎。"我说完，将接口拔了下来。

语音传声器发出了一声短促的呻吟，随后回归了寂静。匣子顶部的灯熄灭了。气温与气压重新上升。冰霜也开始缓慢地融化。

"终究是一无所获啊。"贝坤叹气道。

"我们才刚开始，"我回答，"别忘了，还有整整三十周的时间。"

第十七章

高谈阔论

关于非对称图案的推测

背叛

　　我每天都带着贝坤、埃莫斯去船舱，例行公事一般，反复地进行审讯。在最初的几天里，他全都拒绝回答。大约过了一个星期，他开始对我们出言不逊，满口威胁与亵渎的言论。每隔几天，他就会尝试释放一次灵能轰击，每一次都因为贝坤不可接触者的能力而失败。

　　与此同时，伊森号正在亚空间内全速航行，向着遥远的目标星系行驶。

　　在第四周，我们改变了策略，转而与他探讨我能想到的任何课题。关于"真迹"，我始终只字未提。最初几天，他一直拒绝与我深聊，但我始终寻找着机会，坚持与他交谈。最后，他终于心痒难耐地开始了讲述：关于星际航海、高雅的教廷音乐、建筑学、行星人口学、古董武器、美酒佳酿……

　　他按捺不住内心的冲动。庞提乌斯多年以来与世隔绝，无比渴望接触到真实而鲜活的世界。他渴求重新品尝、阅读、观察和生活。两周后，无须我多言，他便会自顾自地开始交谈。我绝非他的朋友，因此他依旧谨慎，并且总是找机会对我出言侮辱，但他显然期盼着我们的谈话。其中有一天，我假装忘记找他，第二天他竟然闷闷不乐地抱怨起来，仿佛内心受到了伤害。

　　对我而言，我再一次意识到了格劳是个多么危险的存在。他有一颗无与伦比的聪明头脑：充满魅力，体察入微，学识渊博得令人惊叹。与他交谈、向他学习堪称是一种享受。这段高谈阔论的经历是一个良药苦口的警示，更是一个混沌窃取人类心灵的典型示例。即便是我们之中天资聪慧、温文尔雅、满腹经纶的伟人，也会沦为混沌的猎物。

　　第十周的一天，我与贝坤、埃莫斯一如既往地走进那间舱室，并唤醒了他。

但某种异于往常的感受涌上我的心头。

"怎么回事？"我说。与平时相比，那台匣型装置似乎被挪动过。"你来过这里，埃莫斯？"我问，"是常规的设备检查吗？"

"没有。"他的语气十分肯定。每次我们会面结束，船舱都会被牢牢锁死。

"或许是我多虑了。"我思索片刻后说道。

我们的交谈仍在继续，每天早上都会近乎愉快地持续一个小时。我们经常谈论帝国的政策与社会伦理，在这方面，他堪称是学富五车。在讨论过程中，他从不偏离主题，丝毫不允许自己表露出任何与帝国正统的严苛教义背道而驰的信仰或理念。他似乎很清晰地意识到：谈论异端信仰无疑会为我们的友好交谈画上句号。偶尔，我会给他一些机会畅所欲言，允许他批评或谴责神皇之道与神圣泰拉的统治方针。在这方面，他却显得相当克制，尽管我能看出他迫不及待地想要表达自己离经叛道的观点。他仍然迫切地渴望互动与交流，不愿因为措辞不当而失去更多对话的机会。

他常常旁征博引，无论是帝国条例、哲学典籍、诗词歌赋，还是教会典故，他都能熟练地引用其中的语句与章节。他的学识堪比埃莫斯。正如不愿阐述异端邪说以免遭到冷落一样，他对黄金王座的话题同样三缄其口。他自始至终都以一种主观却冷漠的口吻与我们对话。他丝毫不掩饰自己的观点，更没有企图扮演一个帝国忠诚公民的角色。我对此颇感欣慰，这种态度代表着某种尊敬。至少他并没有用撒谎来侮辱我的智力。

比起政治和伦理，我们更偏爱谈论历史。他在这方面涉猎颇多，但恰恰在这个领域，他首次表露出一种急迫的欲望——对知识的无边渴望。他从不会直接提问，但很明显的是，他迫切地想要知道在他死后的两百一十二年里究竟发生了哪些事件。他的家人显然没有透露过太多细节。他常常会主动评论两句历史，并从我口中索取答案。我给了他一部分答案，有时也会主动讲解一些重大的事件，包括政治格局的变化和人类帝国近来取得的进步。我有意不去谈论帝国的战败或损失，这些敏感的话题无疑会令他欣喜若狂。庞提乌斯·格劳从我口中得知的，是一个比以往任何时候都强大且健康得多的帝国形象。

即便如此，他依旧对此感到欣慰。毕竟，这是他与整个银河久别重逢后的珍贵一瞥。

在漫长旅途的其他时间里，我们都会各自忙于行动规划、情报研究、日常训练和作战模拟上。费希格每天下午都会进行徒手训练，并主动担任起教练的角色，帮助贝坤提升灵敏度与速度。我则坚持在健身室里做负重训练，每天在伊森号空旷的大厅和走廊间跑上几十千米。日积月累，我的体能也恢复到了巅峰状态。

我同样会锻炼我的意识。那是一套严谨的灵能训练法，其中有几项必须在洛温克的协助下进行。

埃莫斯与我进行了广泛的研究。我们翻阅了几乎全部的档案与资料，查找与萨鲁提文明有关的一切，但收效甚微。帝国对它们的领土范围有所记载，但除此以外，我们对萨鲁提人几乎一无所知。在过去两千年间，仅有少数的官方文件与之相关。我不禁好奇，像戈尔贡·洛克这样的行商浪人穿越帝国的边界后，对这些诡异的异形文明究竟能了解多少。

我们唯一能够确信的是，萨鲁提人是一种古老的异形种族——它们与世隔绝，神秘莫测，位于帝国边境外的偏僻地带。它们的技术公认地先进而成熟。但我们对它们的文化类型、信仰体系和语言都一无所知……甚至连它们的身体构造都是一个谜。

"我们至少可以推测出他们的宗教信仰或价值体系。"埃莫斯做出了分析，"或者，至少他们对于往日的遗迹仍然怀有崇高的敬意，并渴望借此达到某种象征性或神圣性的目的。我们的敌人只选择在锦缎星开采这些古物，因为他们知道这些遗物对萨鲁提人的价值。"

"圣物？标志？"

他耸了耸肩。"或者是先祖之灵——也可能仅仅是对昔日家园的缅怀，对复辟的渴望。"

"况且我们知道他们昔日的领地比现在广阔得多，一直延伸到锦缎星，虽然现在看，那只是个偏僻的星球。"洛温克插嘴道。

我们围坐在马希拉的会客厅内嵌的桌案四周，光洁如新的桌面上堆满了翻开的书籍、卷轴、数据板和笔记本。

"还有波拿文都。"我说，"轮墓。贝坤曾说过，北夸姆的遗迹让她联想起了她的故乡。"

"或许吧。"埃莫斯说，"但我并不是异形考古领域的专家。在我能查阅到的所有文本资料中，波拿文都的轮墓一律被归类为'未知异形种族遗址'。它们只不过是赫里甘次星区内数百处未经鉴定的遗迹之一。太多的种族和文明都消逝在了历史长河里，有些虽然苟延残喘，却一直萎靡不振，萨鲁提文明……以及那些早在人类进入太空之前，就曾经遨游在银河之间的先行者们——它们留下的遗迹数不胜数。"

我放下手中的数据板，拿起放在桌子正中央、用毛毡包好的物件。它是我们从锦缎星逃脱时获得的唯一一块古董石板。在与格劳对峙时，我从板条箱里拿出了一块，直到我们跳上炮艇时，它还被我握在手里。就像"火焰山"里挖掘出的石雕一样，它由一种质地坚硬的浅灰色材料制成，表面闪烁着云母状的斑点——我们一直认为这种材质绝不是出自锦缎星本地。它是八边形的，却并不规则，其中两条边长得出奇。石板背面已经被烧焦，切面上带有划痕。正面则是一个浅浮雕的符号——五芒星。但那枚标志同样也是不规则的：放射状的星芒线条长度各异，呈现出的夹角也不尽相同。

"真是蹊跷的扰动。"埃莫斯来回翻看了无数遍，"对称性——至少最基本的对称感——都是银河系中的常态。所有物种——即便是像泰伦虫族这种极端污秽的异形——都遵循着对称的规则和秩序。"

"这些夹角不太对劲。"洛温克皱起了那略显病态的、凹陷的眉头。我知道他的意思：似乎五芒星图案内部的夹角总和超出了三百六十度，这自然是超出想象的。

"有谁来过？"在我与庞提乌斯的另一次会面开始前，我再次觉察到了异状。我环视着冰霜笼罩的房间，贝坤耸了耸肩，对着掌心哈了口气，埃莫斯看起来也十分困惑。

"匣子又被挪动过，虽然只是轻微的变化。究竟谁来过？"

"没人。"庞提乌斯的人工合成音听上去依旧毫无生气。

"我没问你，庞提乌斯。因为我怀疑你并不会告诉我真相。"

"你伤害了我，格雷戈。"他的语气出人意料地温柔。

"你确定不是你多虑了吗？"埃莫斯问，"你上次不也——"

"或许吧。"我皱起眉,"我只是感觉有些——不一样了。"

在漫长的航程中,多数晚上我都会和马希拉共进晚餐,有时餐桌上会有其他成员,有时只有我俩。在第二十五周的一个夜晚,马希拉和我坐在会客厅的餐桌旁,镀金的机仆为我们送来了可口的饭菜。

"托比亚斯,"我故意拉长声音,"说说萨鲁提的事吧。"

他一愣,将一叉子食物放回到托盘里。

"你想让我说什么?"

"为什么我提出要去它们的领地时,你宣称对它们一无所知?"

"因为那是禁忌之地。因为你是一名帝国审判官,对你这样的人供认这种罪过,那可是自投罗网啊。"

我晃了晃半空的酒杯。"托比亚斯,自我们相识以来,你就一直热忱慷慨地为我提供帮助。起初,我曾经怀疑过你的动机,对此我已经表示了歉意。而现在,我需要你和我一样为伟大的人类帝皇效忠。在上次交谈中,你对我有所隐瞒,这令我感到十分困扰。"

他露出了镶嵌着珍珠的牙齿,用餐巾的一角擦拭嘴唇。"这同样令我感到困扰,格雷戈。这件事让我愧疚不安,倍受良心的谴责。"

"那现在是时候说了吧。"我拿起酒瓶,在我们两人的酒杯中分别斟满了陈年佳酿,"人类帝国对于萨鲁提人的认识十分有限,而且正如你所说,这些均是禁忌的学识。我非常清楚行商浪人与帝国境外的疆域和异形物种之间总是不乏交集。你现在虽然不是浪人,却是经商领域的精英。我想,你不太可能从未接触过任何与此类异形种族有关的消息。"

他无奈地叹了口气。"在我年轻的时候,那是九十多年前了,我曾经闯入过萨鲁提人的领土。当年的我不过是一名新手船员,在名叫普罗米修斯号的行商浪人舰船上工作。船主名叫威登·奥尔,我记得他早就死了。他绝对算得上是名副其实的冒险家,他丝毫不介意与未知的异形种族交易,或者,将他们洗劫一空。"

"他做到了?"

"没有。别忘了,我当时还只是个新手。当时,我与船舱的设备形影不离,更没有到过任何世界的地表。我只知道这次旅途十分痛苦。老船员们全都守口如瓶。据我所知，他们花了很久才找到萨鲁提人，但从那次会面后，他们的热情就减退了许多。舰船的三副和我关系很好，他曾经向我透露，萨鲁提人在奥尔派出的贸易使节身上施加了某种咒术，它们暗中操纵着，折磨着船员们的精神。"

"怎么折磨的？"

"他们的世界非常诡异，令人感到迷惑而不适——这与他们的角度有关，副官当时是这么说的。"

"角度？"

他苦涩地一笑，耸了耸肩。"如同某种扭曲的邪物感染了他们所在的维度。一年后，我们悻悻地空手而归。归来后，很多船员都选择了辞职，永远告别了普罗米修斯号。而奥尔回来时也已经病倒，但他仍然信誓旦旦地宣称要重回萨鲁提世界，再次进行交易。当时我也辞职了，但我的理由要单纯得多，我可不愿在暗无天日的甲板底下再待上一整年。"

"奥尔呢？"

"他真的回去了，至少我这么认为。几年后，我听说他的舰船在极北边陲遭到了灵族变节者的伏击。这就是整件事情的始末，你或许可以理解我为什么不愿提及这段往事——因为这件事除了向你证明我曾经有过越界的行径外，基本没有任何有价值的信息。"

我微微点头。"以后，千万不要对我有所隐瞒。"

"我保证。"

"如果你'记起了'别的什么事……"

"我会毫无保留地告诉你。"

"托比亚斯，"我顿了顿，"你说过普罗米修斯号的旅途漫长而煎熬，你的同伴在遇见那些异形生物后又遭到了无尽的折磨。你就不忌讳回到那里吗？"

"我当然忌讳，"他微微一笑，"但我理应与你一同效忠于帝皇，这是分内之事。此外，我也有些好奇。"

"好奇？"

"我想亲眼见见这些萨鲁提人。"

我或许该谈一谈梦境。

旅途中，梦境并没有给我带来太大的困扰，但它们每隔几天就会悄然降临。那个眼神空洞的英俊男子几乎不再单独出现，但他会潜伏在其他的梦中，仿佛是一位冷眼旁观、默默注视的路人，缄口不言。

他四周涌动着电光，每一次梦境都离我更近了一步。

在第二十九周的第三日凌晨，我悄悄地站起身，离开了卧室，向囚禁着庞提乌斯的船舱走去。在通常情况下，要再过四个小时，我们的日常交谈才会开始。

我打开船舱旁的管道，沿着管壁向下攀爬，在通风的格栅上站稳。我从上往下看，船舱内的布置一览无余。

格栅表面满是冰霜。

下方，一个人影正蹲坐在匣子旁，他的身体蜷缩在长袍内，手中提着一盏灯，屋顶的电灯却没有亮。

庞提乌斯已被唤醒，那一层冰霜足以证明这一点。我看到匣子表面的突触发出了微弱的闪光，隐约能够听到他沉闷的低语。

"说说边境战争吧，你上次提到的那些战役。帝国损失十分惨重，是吧？"

"我对你说了很多，你却对我守口如瓶。"那人回答道，"我们当初可不是这么约定的。我说过，如果你愿意帮我，我也会私下帮助你，帮你获得渴求的力量，庞提乌斯，还有你企盼的情报。如果你想让我充当你的信使，至少应该对我表示出足够的信任吧。既然我对于你们口中的'真迹'一无所知，我凭什么将你的意志传达给你的同伴？"

沉默。

"这一切都是因为什么？"那人不依不饶地追问，"那究竟是怎样的回报，居然有这么重大的价值？"

仍然是沉默。

"你应该在被人发现之前赶紧离开。这几天，艾森霍恩明显疑虑重重。"

"告诉我，庞提乌斯。我们再过几天就要到那儿了。现在告诉我还不算晚，我能帮你。"

"那我……告诉你吧。《亡灵经》，那才是我们毕生所求之物，伊丽莎白。"

第十八章

光翎照耀下的 KCX-1288
进入裂隙
谬误

在第三十一周的第一天,也就是距离马希拉测算的日程不到一天的时候,伊森号跃回到了 KCX-1288 星系内部的现实空间。几乎就在这一瞬间,我们便身处险境。

这个星系的恒星如同一颗巨大肿胀、不断跳动的火球,积攒了数百万年的生命力倾泻而出。星体表面因为浮肿而变形,不再是完美、规则的球体,斑驳而崎岖的黑色表层下燃烧着病态的粉红色火焰,仿佛某种腐烂的物质正在侵蚀满目疮痍的躯壳。火焰风暴在星体表面肆虐,将恒星内的物质喷射向整个星系。喷薄而出的气体和恒星物质汇聚成一根高耸的立柱,它们竖立在这颗庞然大物上,长度足有一光年。从远处看,它酷似一根庞大的发光翎羽,深深地扎入那颗脆弱柔软的恒星球体内。

我们抵达现实空间的那一刻,舰桥上就响起了警笛声。舱外的辐射已经严重超出了可测量范围,我们在恒星碎片灼热的冲击波中剧烈摇晃着。整个星系都飘浮着放射性的块体、尘埃组成的云团、碎裂的耀斑、狂搅在一起的物质碎片,以及带有异常磁场的恒星物质。我们的护盾已经严重超出负荷,星船的船体也遭到了重创。

马希拉一声不吭地皱着眉,专心驾驶着颠簸起伏的星船,驶过险恶的航道,在错综紊乱的重力池与放射性的能量逆流之间来回周旋。

"它正在解体。"埃莫斯有些畏惧地看着主投影屏幕上快速滚动的数据流,"这个可悲的星系注定毁灭,它正在分崩离析。"

"有敌人的踪迹吗?"我问马希拉。

"我们始终紧随其后。他们只比我们提前半天抵达,不可能更早。该死,干扰太严重了。等等——"

"怎么了？"

他的声音被响彻船舱的尖锐噪声吞没。

"再说一遍！"

马希拉关闭了刺耳的警报。星船还在剧烈地摇晃，此时，我们可以听到伊森号的船体在重力与逆流的挤压下发出的痛苦呻吟与令人不安的嘎吱声。他指向记录着伊森号传感器数据的大屏幕。

"我刚刚收集了敌人的航迹和重心位移的情况，但在这种环境里很难准确地读取数据。"他用戴着手套的指尖轻轻敲击着屏幕，"这肯定是航迹数据，但是你怎么解释呢？"

我摇了摇头——我不是航海专家。

"他们选择了兵分两路。"迈达斯的视线越过我的肩膀，逐行浏览着数据，"舰队的主要成员都已经撤离，甚至已经逃离了这个星系，守候在危险区域之外的某个地方；与此同时，一支小规模的核心舰队长驱直入，驶入了星系内部。看航迹的规模，他们大约有五艘，不会超过六艘。"

"我也是这么解读的。"马希拉表示同意，"一次舰队的分散行动。我猜他们决不会将主力舰送入这场致命的旋涡。那样的话稍有不慎，便会迎来灭顶之灾。"

"我能看出原因。"贝坤嘀咕着，凝视着主窗外的混乱景象。

"别理会那些撤退的舰船了。跟着核心舰队走。"我说。

"我建议——"马希拉话刚出口。

"照我说的做！"

在领航员和机仆的协助下，他快速调整了伊森号的航线，沿着规模较小的舰队的航迹前行。

"那边！快看！"马希拉突然高呼一声，快速调整着辅助显示设备，将图像放大并调高了分辨率。我们隐约看到远方闪耀着一圈暗淡的能量光环，一艘帝国巡洋舰的残骸正漂浮其中。

"那一定是伊斯特鲁姆的战舰，是被陨石击穿的。他们一抵达这里就遇上了大麻烦。"

伊森号又震动起来。

"我们的状况如何？"我问。

第十八章

马希拉与贝坦科尔快速地交换了意见。随着船身剧烈颤抖，舰桥的主灯熄灭了将近一秒。

"看情况，我们需要找个掩体。"马希拉无奈地说。

伊森号的传感系统受到了严重的磁场干扰，早已被迫进行了超负荷运转，但我们还是勉强完成了对星系环境的扫描。扫描结果表明，这个星系中共有十五颗行星，以及数百万颗小行星碎片，多数都是碎石与泄露能量混搅而成的粗糙颗粒。敌舰的航迹直接通向星系的内部世界之一，是这一带的第三大行星。那是一颗伤痕累累、濒临毁灭的球体，星球的表面悬着无数湛蓝色的气流旋涡。北半球布满了大大小小的陨石坑——其中一些陨石撞击的力度过大，将地幔彻底撕开，露出了地底深处令人骇然的深红色地核。从远处看，这颗星球宛如一个因遭受毁灭性重创而破裂的颅骨。就在我们观察的同时，成群的陨石从我们舰船下面划过，砸向被焚烧得焦黑的大陆，星球表面上不时有爆炸的光点闪烁。

我们驶入了震荡不已的星系内，穿梭在血红色的卫星与布满条纹的鱼鳞状尘埃云之间。一面熊熊燃烧的火墙向我们迎面扫来，灼热的能量将星船猛地冲离了原先的航线，同时掀起了无数银色的碎岩与晶体，如冰雹一般疯狂地敲砸着我们的护盾。

"疯了！"费希格高喊，"他们不可能到这儿来！这里是死路一条！"

马希拉看着我，仿佛希望我能够赞同惩戒官的意见，并考虑到伊森号的安危，宣布撤出星系。

"你确定那是他们的航迹？"

马希拉双手死死攥着控制杆，咽了口唾沫，点了一下头。

"带我们降落，躲进任何能够为我们提供庇护的掩体。就算要走，我们至少也要先确认他们的尸体。"

降落花了将近二十分钟。每一分钟，我们都提心吊胆；每一分钟，我们都不知道能不能活到下一分钟。我本想利用这段时间让洛温克或马希拉的星语者们检查一下古德伦特遣部队的抵达情况——该部队三十周前在我们的指示下出发，并与我们约定在此会合。

但这根本不可能。星际空间发生了严重扭曲，星语通信设备完全失灵了。

我心中暗自叫苦。

第十八章

我们跌跌撞撞地冲向了那颗伤痕累累的行星的暗面。暗处的火山口早已被铺天盖地的烈焰吞噬,氨性物质组成的风暴席卷在大洋区域上空。行星在我们和正在毁灭的恒星之间闪耀,即便如此,我们着陆的过程依旧无比艰辛。途中,我们见到了第二艘舰船的残骸,那也是伊斯特鲁姆舰队的成员之一,它被烈焰风暴撕扯得支离破碎。

这是一个死亡的世界,这是一片死亡的星系。

"我们的敌人一定搞错了。"埃莫斯说着,紧张地用手扶住控制台的边缘,"萨鲁提人不可能在这里。即便他们曾经定居在这个星系,他们也一定早就舍弃了这个世界。"

"然而,"我反驳道,"叛军还是派出了核心舰队,这说明他们有充足的理由和决心要这么做。"

伊森号继续向星体靠近,一直靠到比常规的停靠高度还要低。船体与地表之间只隔着大气带,马希拉的庞大星船紧贴着崎岖的地表,在裸露的岩石地表上空十千米处,沿着水平方向行驶。坠落的流星从我们身旁划过。

"那是什么?"我问。

马希拉调整着传感器和显示屏的分辨率。不远处,行星的地壳表面上撕开了一个巨大的裂隙,足足有一千千米宽,如同骇人的巨口正对着我们。岩层在悬崖状的裂口边缘高高隆起,裂口底部是深不见底的巨大洞窟。

"传感器回传的图像很模糊。那是陨石坑吗?"

"或许吧,陨石如果垂直砸落,就会造成类似的地表结构。"埃莫斯说。

"他们会不会已经穿过了裂隙,或是进入了裂隙内部?"我问。

"裂隙内部?"马希拉难以置信地问。

"内部!有这个可能吗?"

埃莫斯俯下身子,看着观测台上忙碌工作的机仆。"航迹到这里就消失了。他们要么在这里凭空蒸发,要么确实驶入了深渊。"

我看着马希拉。伊森号再次受到了行星重力池的拉扯,舰桥上的主灯第二次短暂地熄灭了。

"这是一艘星船,"他虽然内心焦急,却始终保持着温和的语气,"可不是为了着陆而造的。"

"我知道,但是他们的船也不是。"我答道,"他们比我们掌握更多的情报……而且他们确实将船开了进去。"

马希拉摇了摇头,随后继续操纵着伊森号,向巨大的裂隙下降。

根据传感设备显示,大裂隙内一片漆黑。它的深度远远超出了我们舰船传感器能够测量的范围——尽管我认为那些传感器多半此前就已经失灵了。突然我们脚下的黑暗被一片突如其来的暗红色光芒点亮。船身停止了震动,船体的壁面在重力作用下持续地发出令人烦躁的"嘎吱"声。

我们感觉到船身仿佛正在穿过一层特殊的结构,接着是第二层、第三层。就在我们穿过第四层时,显示屏捕捉到了个特殊结构的外观:一个八十千米宽的环状体。伴随着船身不断下降,类似的环形结构反复出现,仿佛我们正从一个巨大的胸腔骨架中央穿过。

"它们都是八边形的。"埃莫斯说。

"而且不规则。"我补充道。

每一圈肋骨状的环形结构都不尽相同,但它们呈现出类似的质感,并且全都缺乏对称性——我们立刻将这样的结构与萨鲁提人联系起来。

"不可能是天然形成的。"马希拉一口咬定。

我们接连穿过了十几座巨大的环状体,接着又是十几座。

"前方出现光源。"一名机仆发出了提醒。

在远方的八角形拱门大道上,隐约亮起了一枚绿色的光点,朦胧而暗淡。

"我们继续吗?"马希拉有些不安地问。

我点了点头。"将一台指引无人机送回地表。"

片刻后,舰桥后墙的屏幕上显示一架袖珍机仆无人机已经穿过庞大的通道,回到了我们来时的地表入口,几枚指示灯在半空中频频闪烁。

与此同时,我们穿过了最后一道拱门。星船再次产生了震荡。

我们驶入那片清晰、明亮、柔和而苍白的绿色幽光之中。

尽管我们深知自己正身处行星的诡异洞窟内,但我们根本感受不到任何上下高度的界限。周围只有一片纯粹而朦胧的绿光,脚下是一片薄纱般的云层。

震荡终止。我们的船仿佛从暴怒中平息了下来。

逻辑告诉我们,星船正位于行星的地表之下,但这里却存在一层十分稀薄的大气，空气中似乎充斥着某种惰性的氨性蒸汽。没有人能够解释那道令人宁静的绿色光晕的来源，更没有人知道伊森号能够安然停靠的原因。正如马希拉所说，伊森号并不是能在大气层内安全行驶的飞行器，它根本无法与一颗普通行星保持如此之近的距离，它将会因为遭到严重的重力挤压而彻底崩解。

从系统记录的数据看，伊森号似乎感到非常惬意，仿佛和我们一样，正在侥幸能从KCX-1288恶劣的恒星风暴中脱身，驶入这个安全的港湾。

除了轻微的撞击损伤外，整艘星船只有两组系统出现了故障。传感系统基本失灵，设备传回的信号只剩下古怪而空荡的回声。船上几乎所有的导航仪表也都停止了工作，只有两台例外——它们正在倒着走。

贝坦科尔和马希拉研究了传感器陈列的杂乱信号，得出的结论是，我们身处的云层之下是一片类似陆地的构造。我们距离新的"地表"仅六千米。在这个谜一样的诡异裂谷中，一切都还难以下定论。

倘若格劳的异端真的在这里，他们并没有留下任何踪迹。但鉴于我们的传感器已经失灵，也不排除他们的先遣舰队躲在云层下的可能。

不久后，我们乘坐炮艇离开伊森号，驶入了云层中。我们全都穿上了从马希拉的收藏室借用的真空防护服。洛温克、费希格、埃莫斯和我在船员舱里伸展身体，试着习惯防护服厚实的布料与内部镶嵌的沉重板甲。

贝坤坐在驾驶舱里，观察着贝坦科尔降落的全过程。他俩也穿着借来的真空防护服。贝坤将一头长发高高盘起，以免妨碍头盔的密封接合。

"狩猎愉快，审判官。"马希拉从伊森号上发来了问候。

"他也会在下面，是吧？"贝坤突然发问，而我立刻明白她指的是曼德拉戈尔。

"很有可能。他……以及所有涉及其中的人。"

"好吧。你也听到庞提乌斯说的了。"她答道。

我怎么会没听到呢？《亡灵经》，这可不是一个能让人轻易遗忘的名字。她花了几周时间才赢得我们这位失去躯壳的阶下囚的信任——扮演一名因心怀芥蒂而背信弃义的叛徒。起初，我对她能否胜任这一角色并无把握，但她充满耐心、驾轻就熟的精湛演技很快就打消了我的顾虑。让她单独与庞提乌斯相处风险极高，但她也一再向我保证了计划的万无一失。

《亡灵经》……如果庞提乌斯·格劳所言不虚，那么我们本次的追缉任务将格外紧迫。我始终心怀疑虑，究竟是怎样的回报能让我们的敌人如此看重，以至于如此大动干戈，不惜发动如此大规模的异端势力——如今，我找到了答案。据说，这本罪恶之书的全部版本早在万年前就被尽数焚毁。然而其中一份抄本除外，它不知通过何种途径，在万年以前落入了萨鲁提人之手。而此刻，我们的敌人正试图用全部的家当换取这本污秽的经书。

我们冲破云层，一眼便看到了下方的陆地。一大片绵延翻滚的灰尘被卷入海洋般的水体中。泡沫状的液体反复冲刷着一百多千米长的蜿蜒海岸。闪耀的光芒穿透了淡淡的云层，将一切都蒙上了一层苍绿色。所有东西都带有一种朦胧的柔和感，缺乏能让人集中注意力的焦点。那种别样的柔和感似乎根本没有止境，所有的东西都不疾不徐，色泽单调。那是一种平和而空灵的感觉，令人心生慰藉的同时，又隐约生出不祥之感。就连拍打海岸的浪潮也显得十分慵懒。这不禁让我联想起凯伦二星上毗邻特拉利托城邦的海岸，当年我重伤初愈，在那里度过了一整个夏天。我至今还记得那无边无际的云母沙丘，缓慢流淌的海浪和柔和而氤氲的空气。

"有多大？"我问迈达斯。

"什么？"他反问。

"这个……地方。"

他指着仪表。"不好说。一百多千米，或许是两百……三百……一千。"

"完全没有数据参考？"

他环顾四周，面带焦虑的苦笑。"系统表明这里根本没有边界。这当然不可能。所以我猜这台仪器早就失灵了，反正我也不指望能读出什么。"

"那你靠什么驾驶炮艇？"

"肉眼——或者凭借天生的感觉，如果这么说能让你感觉踏实的话。"

我们沿着无尽蜿蜒的海湾行驶了大约十分钟。终于，眼前出现了一些与众不同的事物，打破了一成不变的单调风景。

那是一排八边形拱门，耸立在距离海岸线几百米的沙滩上，与水面保持着平行。它们每一个都有约五十米宽，除了体积小得多以外，外观与马希拉驾驶伊森号穿过的环状体几乎完全相同。拱门一直延伸到我们隔着绿色雾霭能够看到的尽头。

"降落。"

我们将炮艇停靠在距离海岸半千米的松软沙滩上，随后扣上头盔，走出了舱门。

来自半空中的光芒比我预想的更强——炮艇的出舱口如同镀过金一般——我们不得不放下棕色的玻璃护目镜，以防眩光。

我尤其厌恶真空防护服，穿上之后好像被压得喘不过气来，一举一动都受到了极大的限制。耳旁回响着自己的喘息声，以及对讲机里断断续续的电流声。这套衣服几乎屏蔽了外部的所有声响，我只能听到双脚踩在干燥细沙上的嘎吱声。

我们步履艰难地走到水边。除了埃莫斯，其他人都携带着武器。

那片水体看上去像是海洋，绿色的海浪拍打出了白色的泡沫。

"氨性液体。"埃莫斯的声音通过语音通信器传来。

水中有些古怪。

"你看到了吗？"他问我。

"看到什么？"

"海浪是从岸边翻滚出去的。"

我又仔细端详，显然他是对的，我竟然忽略了这一点。那些液体并不是顺着远处的洋流拍岸而来，而是被一股无形之力从岸边吸走，又翻滚着回到了岸边。

我感到毛骨悚然。这一幕如此简单直接，却又如此充满了谬误。我的自信荡然无存，我迫切地想要脱下那件让人感到幽闭恐惧的防护服，高声尖叫。要不是笨重防护服上的大气读表亮着红色警示灯，我恐怕早就摘掉了头盔。

还记得马希拉的故事吗？普罗米修斯号的船员们遭受的折磨？我不知道洋流的反常是否也是它们的杰作——但这究竟是如何做到的？我已经大致领略到了它们究竟会向人类施加多么阴险而可怖的精神折磨。

费希格和贝坦科尔已经向第一道拱门走去。我站在远处眺望，二人在高耸入云的不对称结构旁显得十分渺小。下一道拱门在三百米之外，它们的排列方式似乎遵循了某种规律。我观察到，每一道不规则拱门都截然不同，但大小和分布比例都十分类似。

贝坤跪在沙滩上，用手套轻轻拂去地面上的沙砾。紧接着，她发现了或许是从旅途开始以来最令人毛骨悚然的细节。

沙砾下方几厘米深的地方铺设着地砖。遍地都是密密麻麻、不规则的八边形瓷片，与她在北夸姆的矿井内找到的一模一样。砖块之间始终完美地相互贴合，可单凭它们诡异的形状根本不可能做到如此严丝合缝。

她拨开更多的沙砾，地下露出了成片的地砖。

"够了！"我说，"考虑到我们仅存的理智，还是不要掀开整个沙滩比较好。"

"这沙滩和海洋，会不会都是——人造的？"她问。

"应该不会，"埃莫斯说，"或许这些砖块与拱门原本都是废弃建筑的一部分，后来被洪水淹没，顶部积满了沙尘，因为……因为……"

他听上去，似乎连自己也无法说服。

我向费希格和贝坦科尔走去，与他们并肩站立，凝望着第一道拱门。拱门的材质与我们在锦缎星见到的那种古怪的未知金属一样。

"我们现在怎么办？"费希格问。

"好吧，我向来不喜欢说显而易见的事。"埃莫斯从海滩上走了下来，"但先前的那排环状构造似乎是经过深思熟虑而设置的，为了引导伊森号下降而刻意筑造。以此类推，这些拱门是否也会起到同样的作用？"

我向前走了几步，穿过了第一道宽阔高大的拱门。

"出发。"我说。

我们走了将近二十分钟。那只是估计的时间，因为我们所有的仪表都失灵了。在跋涉的最初几分钟里，远方响起了重复的轰鸣声：一种低沉到接近于亚音的轰鸣声从远方的海面传来，如同滚滚惊雷。那或许是我的错觉，但那声音每隔约半分钟就会响起一次，随后是漫长的沉寂。但就在我们以为声音将就此停止时，便会响起另一声轰鸣。尽管防护服的传声系统已经被切断，但我们还是隔着衣服清晰地听到了那种异响，与我们踩踏沙砾的声响一样。

我向马希拉发去了语音通信。"听得到吗？"

对方并没有立即回复，只有一阵噼啪声。断断续续的电流声后，突然传来了马希拉的声音："……按照你的指示，格雷戈，但是这个不容易办到。再说一遍……费希格怎么了？"

"马希拉，请重复！"我刚开口，但他含糊不清的声音打断了我。那并非正常的回答，那一刻，我似乎只是在单方面地听他讲述，我感到脊背发凉。

之后是更多的杂音。

"告诉伊丽莎白，在这一点上，我和她观点一致！"

信号被切断。

我看着其他人。他们一脸讶异，棕色的护目镜下，惊愕的表情如同鬼魅一般。

"那是……什么？"我喃喃地问。

"回音？"埃莫斯也困惑不已，"这种对话的异常可能来源于大气的干扰以及——"

"那根本就不算是什么对话。"

另一阵轰鸣滚滚而来，响彻泛着柔光的干燥海滩。

根据我的估计，我们大约又走了二十分钟，不知不觉地穿过了最后一道拱门。我们停下脚步，前方的地势陡然升起，逐渐转变为一片起伏的山丘和低矮的山脊。那里的光线更暗，环境也相对恶劣。原本笼罩着一切的柔光也暗淡下来，深绿色天空洒下的晦暗光芒渗进了山巅的阴影里。

"那边……还有更多！"费希格喊道，"更多拱门！"他说的没错。就在我们经过最后一道拱门时，环绕在四周的八边形廊柱陡然消失。我后退几步，本以为从外面能看到那道神秘拱门重新出现，但并没有。轰鸣声仍在继续。我们向山丘进发。语音通信器里发出了静电流的嘶嘶声。"有通信信号。"洛温克说，他调节着频道，"我无法接收，但我确定有人正在交谈，是军用代码。现在还在继续。"或许那是我们的目标正在通话。

"看！"贝坦科尔指向我们身后。在海岸与拱门外，三个散发着不祥气息的神秘黑影正隐蔽在云层的阴影里。它们悬浮在海面之上。两艘帝国护卫舰和一艘古老的非标准商船放下了反重力锚停靠在半空中。"我们刚刚路过时，怎么没看到它们？"

"我不知道，迈达斯。这里的一切都还是未解之谜。"我转过头看向团队里的其他人，发现埃莫斯正在解开头盔。

"埃莫斯！"

"冷静。"他说着露出了苍老干瘪的脑门，脖颈上戴着宽大的防护服颈环，看上去如同一只从壳里探出多瘤脑袋的乌龟。他抬起左手，给我看了一眼大气读表，指示灯竟然是绿色的。

"完美适合人类的大气环境。"他说，"有些寒冷，而且没有生命迹象，但极其适合人类。"

我们掀开扣锁，摘下头盔。冷风刺骨，但能摆脱防护服的感觉真的很不错。空气清新，没有任何杂味，就连一点海盐、氨水与尘土的气味也没有。

我们互相帮助，将头盔系在背包的肩带上。轰鸣声变得越发沉重而悠远，只不过没有了那种在真空头盔内产生的共鸣。我们能够听到彼此的脚步声、彼此的呼吸声、海浪的汇聚与拍打声。我突然闻到了贝坤身上的香水味，这格外让人安心。

我带领队伍沿着升起的山坡前行。此刻，我们摘下了挡在眼前的头盔，我方才明白，之所以走路困难绝不仅仅是因为我们穿着厚重的防护服。不知何故，我们对于距离和深度的感知与测量都十分吃力，稍有不慎就会绊倒。整个世界都充斥着根深蒂固的谬误。

我们突然遇到了一伙人。而唯一的警告是突然响起的语音通信器，我们所有人的对讲机在同一时间恢复了运作。

"快跑！向上面跑！第二区域！"

"你在哪儿？你在哪儿？"

"向左侧掩护！这是命令！向左侧掩护！"

"他们就在我身后！他们就在我身后，我不能——"

一串杂乱的电流音。

我看到几名士兵从漆黑的山脊和坡道上奔跑下来。他们是帝国卫队的人，戴着红金相间的战斗头盔——是古德伦步枪团。

"寻找掩体！"我一声令下，所有人都跳进了沙丘后的掩体内，准备好武器。

他们有六十多人，从坡道顶端仓皇地奔跑着，一边分散阵形，一边向我们所在的方向快速转移。其中一名军官在他们中间挥舞双臂，大声呼喊，但其他的逃兵似乎并没有理会。多数人都丢盔弃甲，连步枪也扔到了地上。

片刻后，追兵出现在了山巅的另一头，向那群逃兵俯冲下来。其中还有三艘带有海军安防部队涂装的黑色装甲速攻艇。共有三十名黑盔黑甲的士兵，他们纪律严明，整齐划一地排成队列，端着地狱枪对着逃窜的新兵无情地扫射。兰德速攻艇在低空疾驰，密集的炮火如同细雨般轰射在山坡上。子弹扫过之处，沙尘、残肢与血浆四处飞溅。短短一秒内，三艘速攻艇就贴着我们的头顶飞驰而过，从灌满氨性液体的海洋表面绕了一个弯，再次追击着那些逃兵。

其中一些古德伦人发起了反击，我看到一名海军士兵中弹，直挺挺地倒在了地上。

"这下怎么办？我们就躲在这儿？"贝坤急切地问。

"他们很快就会发现我们。"费希格说着，掀开了重型伐木枪的弹仓。

可能性很大。自从伊森号上发生刺杀之后，我对于这些黑甲士兵便产生了一种发自内心的厌恶。

但是他们毕竟是……

我将沉甸甸的自动手枪递给了埃莫斯，从背包的扣环内解下了激光卡宾枪。贝坤抽出了她最称手的一对激光手枪。洛温克和迈达斯也都取出了武器——分别是激光卡宾枪和一把格拉威亚出产的针刺步枪。

"对付那些海军士兵。"我嘱咐费希格、洛温克和贝坤，"找点事干吧，埃莫斯。迈达斯，我们负责那些飞艇。"

我们潜伏在沙丘之间，突然起身，抢先发动了袭击。费希格举枪冲着高大山脊的边缘扫射，扬起了一片烟尘。他调整射程，准星精准地来回摆动，连续轰杀了三名追兵。

洛温克的卡宾枪也断断续续地咆哮起来，而埃莫斯则犹豫着扣动了激光手枪的扳机。

贝坤的表现十分亮眼。在长达三十周的旅途中，她最大限度地利用了自己的时间，而迈达斯和费希格显然也训练有方。她双手各持一把激光手枪，口中发出激扬的战吼，全神贯注地打出了两发子弹，又有两名敌人被击倒。

来自叛军的追兵似乎意识到了突发的变化，他们从无情的单方面追杀中缓过神来，一时陷入了踌躇。原本分散逃跑的古德伦人也受到了影响，他们中的一些人，包括军官本人在内，开始转身对追兵发起反击。这正合我意，单凭我们几人，很难将全部的追兵击溃。我期待我们的突袭能够激励他们奋起反抗。

然而，还是有很多人选择了逃跑。

被拦截的海军士兵与准备转身反击的古德伦人在山脊处发生了剧烈的交火。洛温克、费希格、埃莫斯和贝坤全速前往支援。

兰德速攻艇开始向反方向追击，重火力炮弹接连轰射在海滩上。

贝坦科尔单膝跪地，举起那柄地域特色鲜明的武器，连续几个点射。修长的枪管不断跳动，发出了一种类似耳鸣般的尖厉枪声。距离我们最近的速攻艇掠过我们头顶时，被一连串子弹撕开了装甲，在空中引爆了。

燃烧的飞艇残骸散落在沙地上。

我举起卡宾枪紧盯着第二艘速攻艇，而它正掉头向我们冲来。飞艇在转弯的过程中有些减速，我的第一枪打偏了。它转动着重炮的炮口向我开火，我眼前顿时被轰起一片沙土。我找准缝隙，抬手一枪，击穿了驾驶员的面甲。

速攻艇仍在开火，一头撞上了我身后五十米远的沙丘。它高高弹起后在半空中解体，随即再次砸落到海滩上，顷刻间化作无数的合金碎片，溅起了千万个凌乱的水花。

第三艘速攻艇成功地调整方向，重新掠过半空，击杀了六名逃窜的古德伦人，他们在沙滩上是尤为显眼的目标。迈达斯转过枪口对准了它，在飞艇掠过时开了一枪，没打中。他又打出一枪，子弹轰断了飞艇的尾翼。

它仍在疾驰，掠过海滩，向远方的海域驶去。我不知道他究竟打中了什么——是船尾的船员还是控制系统，但它就那样一刻不停地向前飞驰着。一刻不停，直到彻底消失在我们的视野里。

我们攀上高坡，走向那群古德伦人。他们一个个衣衫褴褛，浑身污渍，全都是二十五岁以下的小伙子。在亲眼看到我们对追兵造成的重创后，他们欢呼雀跃，或许把我们当成了古德伦派遣的救援部队成员。

远方的山脊上，最后几名海军士兵早已乱了阵脚。费希格手中的伐木枪仍然在咆哮，十几名古德伦士兵紧随其后发起了冲锋，迫不及待地想报复折磨过他们的敌人。

山脊上的战斗只持续了两分钟。费希格损失了两名古德伦枪手，但他干净利落地击毙了所有的海军士兵。我依稀记得，当时的我一度心生感慨：对于帝国而言，像惩戒官费希格这样的优秀战士，在法务部工作未免是大材小用了，这无疑是帝国部队战斗力的巨大损失。

我找到了古德伦的军官。他们狼狈不堪，在经历一番血战后如释重负。有些人还在哭泣，看得出，他们多数人仍然深陷在恐惧之中。空中没有风，遍地的残骸上冒出了滚滚浓烟，沿着山脊飘落到了低洼地带。

那名军官是一位中士，并不比他的部下年长。他似乎有意留着胡须，但他脸上的须发实在过于稀疏。我还没来得及出示徽章，他就先对我敬了军礼。随后双膝跪地以示感激。

"起来吧。"

他站起身。

"我是审判官艾森霍恩。你是……？"

"中士恩尼尔·杰鲁斯，来自古德伦第五十步兵团的第二连队。长官，帝国舰队来了吗？他们找到我们了？"

我抬手示意他冷静。

"请快速、简短地向我汇报你们的遭遇。"

"我们也不想牵涉此事。我们全都被召集到了至尊号护卫舰上，等候出发。当我们从古德伦的空港撤离时，舰长谎称古德伦已经陷落，我们要接受重新部署。"

"舰长？"

"伊斯特鲁姆舰长，长官。"

"然后呢？"

"然后就是长达三十周的转移。我们一到这里就知道不对劲了。大伙儿一同发起了抗议，要求长官立刻告诉我们真相。他们称我们抗命不遵，并派来了十几名枪手。我们必须做出选择，要么服从，要么被就地处决。"

"这哪里是选择？"

他摇了摇头。"当然不是，长官。这就是为什么我要想方设法带领部下逃脱。到达目的地后，趁着他们忙碌的工夫，我们就冲破防线逃跑了。他们发现后就开始穷追不舍。"

"你说的目的地在哪儿？"

他指了指山脊另一侧的方向。"就在那片阴影中。"

"告诉我，你究竟看到了什么？"我问。

第十九章

杰鲁斯的汇报

平原上

"真迹"

"我甚至都不知道这是什么世界。"杰鲁斯中士汇报道,"他们一直都不愿告诉我们,尽管这次旅途漫长而艰辛。"

"据我所知,这个星球还没有名字。继续说。"

"他们将我们安排在这片海滩,任务是保护核心成员。"

"多少人?"

"超过一百名海军安防部队的士兵,还有大约三百名像我们这样的帝国卫队。"

"载具呢?"

"如您所见,那样的速攻艇有不少,还有两架重型的私人运输机,用来运输货物和主要成员。"

"你对他们了解多少?"

杰鲁斯耸了耸肩。"我对那批货物一无所知。主要成员里有舰队长官,还有古德伦的格劳领主——他在我们家乡是个备受尊敬的贵族老爷。"

"我认识他——还有谁?"

"还有其他人:一位商人,一名教会人员,一位体格魁梧的可怕战士——他们总是让他离我们这些普通士兵远些。"

是曼德拉戈尔,毫无疑问。还有达佐和洛克。他们都是奥博伦·格劳阴谋集团的首脑。

"然后发生了什么?"

杰鲁斯指了指昏暗的坡道和高山上散发着禁忌气息的土地。"我们进入了那片区域。在我看来,他们对于路线非常熟悉。随着我们的行进,四周的环境也发生了可怕的变化。天气越来越暗,但也越来越暖和。而且路越来越难找,就好像——"

"像什么？"

"就好像我们完全无法测量距离，有时候我们寸步难行，有时候我们却被迫加速，根本没办法放慢脚步。不少人都因为这样的异常而感到十分慌张。我们在那里也找到了不少多边形，就像海滩上的那种。"

他所指的应该是环状体和拱门。

"那是一排排门廊，直通向高地。它们完全不规则，几乎让人着魔。而且每一座拱门都在变化，不停地变化！"

"你说的'不规则'，是什么意思？"

"我从没去过军官学校，长官，但我也接受过最基础的教育。我懂最简单的几何原理。那些多边形的角度根本无法组合在一起，但它们竟然就那样存在着！"

我感到脊背发凉。我回想起马希拉曾经提到的那些"不自然"的角度，也联想起了我从锦缎星上捡到的那个石板上的标记。

"我们沿着其中一些拱门行军，偶尔会从多边形中间穿过。教会牧师和商人在前面带路，他们对那条路线十分熟悉。对了，还有一个神秘的家伙，好像是个技术专家或是科技牧师一类的角色。"

"身材纤瘦？蓝眼睛？"

"是的。"

"他的名字叫马拉海特。他也在领路？"

"是的，他们好几次征求了他的意见。最后，我们抵达了一片高原。那里的地形高高隆起，十分宽阔。站在上面，你甚至能俯瞰锯齿一样的群山。那片高原是人造的。就连地上都是打磨光滑的石头，形状就像这——"

他伸出食指和拇指想要比画出石头的形状，但他耸了耸肩，还是放弃了。

"更多不可能存在的多边形？"

他紧张地干笑了一声。"是的，高原上很宽阔。我们在上面等了很久，大家都守在外围，核心人员和车辆聚在中间。"

"然后呢？"

"我们等了几个小时，但因为计时器都停了，我们都不知道具体的时间。后来发生了一些争执，格劳领主与其他人正在争吵。我觉得机会来了，于是偷偷把大家召集起来。我们将近九十人，随时准备找机会逃跑。所有人都目不转睛地观察着他们的辩论。那位巨大的战士——愿神皇救我于水火——他发出了一声震天动地的怒吼，正是这声怒吼让我们下定了决心。我们三三两两地退到了队伍最后，沿着高原两旁的坡道悄悄溜走，原路返回。"

"他们发现你们逃跑了？"

"后来发现了，他们派人一路追杀，接下来的事，想必您都见到了。"

我等了一会儿，给了他一些时间平复心情。随后我们将所有人都召集到一起。还剩下三十名步枪兵，每个人都受到了过度惊吓，看上去魂不守舍，还有三四人负伤。埃莫斯正在照料他们。

我站起身，面向他们所有人。"各位，你们面对上司无理蛮横的非法命令，毅然选择不屈不挠、奋起反抗，此乃效忠帝皇的崇高举动。将你们带到这里的人是整个帝国的大敌，他们早已背负罪孽。而我们此行的目标，恰恰是阻止他们的阴谋。我们将立即展开行动，但无法保证每一名追随者的安全。与我共赴战场无疑是效忠帝皇的壮举，此时此刻，帝国需要我们为之奋战。如果你们用心铭记着、践行着帝国卫队的庄重誓言，你们将义无反顾地投身这场战斗。这次行动的重要性不亚于银河间的任何一场战争，值得每一名忠诚的战士抛头颅、洒热血。"

他们一脸惊恐地盯着我，有人低声表示赞成。但眼前的这些人多数都是涉世未深的年轻人，有些不过是半大孩子，仍然还在丧失心智的深渊里挣扎。

"鼓起勇气！要知道，神皇与尔等同在，也与尔等共同面对险境与危机。人类帝国的未来掌握在我们手中，这一点我就不赘述了。"

士兵们似乎受到了更多鼓舞。他们原本并不懦弱，但他们需要一个明确的目标，以及为了高尚使命而战斗的信念。

我对费希格简短耳语了几句，他立即站起身，高声唱诵起《帝国信条》与《忠诚颂歌》——这是帝国境内每一个孩童都耳熟能详的赞歌。古德伦的年轻士兵们纷纷加入了合唱。这一举动更加坚定了他们的决心。

与此同时，轰鸣声仍在海岸上回荡。

在贝坦科尔的协助下，我从阵亡战士的身上摘下了多余的武器和装备。每个人都得以配备一杆激光步枪或地狱枪。我们还从敌军的尸身上挑拣了三套完整的海军士兵制服。

我脱下厚重的真空防护服，套上一件海军安保部队的黑亮铠甲。迈达斯也试着披上伪装，但他的体形过于消瘦，不适合佩戴重型护甲。对普通人来说，那些海军士兵个个都是体格魁梧的汉子。

费希格代替迈达斯穿上了那身行装。为了不浪费第三套制服，我们从杰鲁斯的队伍中挑选了一名体格魁梧的古德伦人——一位名叫图恩的下士。

"古德伦部队的指挥频道是多少？"我一边调整头盔内置通信器的参数，一边问杰鲁斯。

"贝塔-斐-贝塔。"

"留在高原上的士兵，有多少人会投靠我们这边？"

"所有的古德伦人。克雷顿中士的队伍一定会倒戈。"

"那么你的工作就是趁我们潜入时将他们召集到一起。我会提前给你指示的。"

他点了点头。

我们将伤员在海滩上安置妥当，随后向昏暗的山区进发。

正如杰鲁斯所说，周遭的环境很快就变得晦暗闷热。我穿在身上的那套光滑的黑色护甲自带完整的冷却系统，但它似乎毫无效果。充斥在这个世界的空间谬误仍然折磨着我们。我们步履维艰，稍有不慎便会跌倒。

我们走到第一道拱门前，杰鲁斯带领着我们从中穿过，尽管我们自己也能轻易辨别出正确的路线——此前的行军队伍与重型车辆在沙石土地上留下了深深的脚印和车辙。

我们向着群山前行，山顶漆黑一片，与明亮的天空格格不入。前方的一排排拱门相互交错。我们很快便晕头转向。有时候，似乎当我们从一道拱门进入后，便会从另一排拱门内走出来。地面上笔直的车辙从未中断或扭曲，但我们的路线似乎在一道又一道的拱门之间来回变化。正如杰鲁斯所言，站在几何学的角度看，拱门之间的接合角度根本不可能实现。

"我认为，"在行进过程中，埃莫斯小声推断道，"似乎每一个维度、每一个细节都缺乏对称感。"

"这意味着什么？"

"包括我们能够看到的三维世界，以及第四维——时间，这些维度都遭到了拉伸和扭曲。或许是偶然，也或许是为了折磨我们刻意而为，亦或许另有其他目的。但我认为，这才是这里的一切都遭到严重扭曲、充斥着谬误的最根本原因。"

我们终于抵达了杰鲁斯口中所说的高原。这是一座平顶土堆，将近一千米宽，地面铺设着表面光滑的八边形地砖——每一块的形状都毫无几何逻辑可言。平顶四周是向上倾斜的土坡，被参差不齐的褐色山峰与石壁层层包围着。高原之上是一片漆黑的夜空，点缀着寥寥星辰。

在我们这一侧的高原顶端，数百人正坐在边缘，围成了一个半圆形。他们似乎在等待着什么，虽然距离遥远，但我还是能感受到人群中散发的紧张气息。其中超过半数都是古德伦人，其他则是海军士兵。一小群士兵整齐地排列在靠近高原正中央的区域，护卫着两艘海军运输机，以及两艘空空如也的兰德速攻艇。他们从运输机内搬出了几只板条箱，将它们堆放在地砖之上。

在高原的另一侧，一排八边形拱门密集地排列着，一直延伸到四周的岩层之间。

我们躲在掩体后等候着，密切地观察着局势。

漫长的等待后，对面的拱门外隐约出现了几个人影。即便距离很远，我还是能辨认出，为首两人是达佐和马拉海特，他们在四名海军士兵的护送下步伐轻巧地走出。两人向车辆旁等候的主力部队发送了信号，四周围坐的士兵们全都站起了身。

又有几个身影出现在了对面的拱门处。起初，它们的体型无法辨别。那些生物通体灰白，反射着混浊的光芒，毫无人类的身体特征，每一个动作都让人捉摸不透。

我取出望远镜，小心地调高分辨率。

然后，我生平首次看到了萨鲁提人。

视野里一共有九个萨鲁提人，它们让我联想到了蛛形纲或甲壳类的生物，但二者都不足以准确地描述它们的身体构造。扁平的灰色躯壳中伸展出五根用于支撑的足肢，肢体的构造极其诡异，主肢的关节要高于水平的躯干。足肢的排列与移动方式毫无对称性可言，每一根足肢的移动速度都没有规律，彼此之间更没有协调性。仅仅是目睹它们行走的姿态就足以令人感到神思恍惚、惴惴不安。每一根足肢的末端都握着一根银制的卡钳，关节四周包裹着金属的链扣，足肢将躯干托起到距离地面一米左右的高度。卡钳上的金属钉刺在坚硬的砖块上发出咔嗒的敲击声，隔着很远都能听得十分真切。它们椭圆形的头部安插在身体顶部隆起的无骨立柱上，头骨细长，没有明显的嘴部和眼睛，但鼻子上有几个张开的鼻孔。鼻孔的排列同样杂乱无章，颅骨的形状也不对称，丑陋的脖颈从背部的正中央伸出。

它们都是面目可憎的污秽生物，每一只的体型都大约是正常人的两倍，灰色的皮肉绽放着诡异的光泽。

等候在现场的人们不约而同地发出了绝望的呐喊，有几个抱头鼠窜，有几个号啕大哭起来。

九个萨鲁提人从拱门内走到了开阔地带，慢慢散开，排成一个弧形，与达佐、马拉海特正面相对。我看到了奥博伦·格劳、戈尔贡·洛克、伊斯特鲁姆，以及身躯庞大而可怖的曼德拉戈尔，他们从车上走下，与两名同伙会合。

我不得不承认，当时的我与所有人一样心生恐惧。我见过无数令人惊惧的至邪之物，但我从未真正向恐惧妥协过。这些生物的外表不足为惧——诚然，它们是彻头彻尾的异形，对于纯净派而言更是值得高度警惕的存在。但客观地说，它们的外表本身就有足够的吸引力。它们姿态坚定，举止稳重，散发着近乎威严的气质。

真正让我恐惧的，是源于我内心深处的本能。就和我们所在的这个世界一样，它们浑身上下都充斥着谬误——诡异的体型，怪诞的运动模式和超乎常理的构造。每一根扭动的足肢，每一只摇摆的头颅，无一不暴露出邪祟的本性。我原本很难想象，我们习以为常的对称性竟然如此不可或缺，如此让人安心，而缺乏对称性竟是如此令人痛苦。它们是扭曲的异形，抛开了一切文明共同追求的优雅美感，舍弃了人类对于美学的基础认知。它们的身躯和足肢极不规则，甚至根本就不应该存在——正如那些地砖和拱门的结构，它们的身体结构与肢体组成的角度根本不在同一个空间内。

恐惧令我动摇。我看了一眼同伴，发现他们呆若木鸡地瞪视着那些异形，脸上写满了惊恐与难以置信。

危急时刻，埃莫斯及时挽回了我的理智和生命。所有人中也只有他，一脸惊奇地看着萨鲁提人，那张苍老皱缩的脸上挂起了充满理性、欣喜与困惑的微笑。

"真是蹊跷的扰动。"我听到了他的喃喃自语。

这句简短的评论将我逗乐了。我顷刻间就恢复了信心，随之而来的是坚定的意志。我挥手示意费希格和名叫图恩的士兵向我靠近，并一一确认贝坤、迈达斯和杰鲁斯的状态。我需要他们尽快恢复理智，并具备作战的能力。杰鲁斯和图恩在我反复催促后方才恢复常态。而贝坤早已做好准备，紧紧握住武器。见到曼德拉戈尔的那一刻，她的战意就已被重新点燃。

"等我的信号。"我示意迈达斯，并叮嘱费希格，"留意我们的战友。"我指的是图恩。

我们三人紧贴着掩体从石壁上爬下，缓缓逼近高原的边缘。所有人都一脸惊恐地瞪视着平台中央的诡异景象。几名海军安防军官斥骂着古德伦士兵，让他们保持秩序，但我看得出，那些军官自己也早已心不在焉。

我们爬上斜坡，混入围观的人群中。古德伦的队伍挡在我们面前——此外还有三名海军军官，他们佩戴着白色的面甲，手中握着地狱枪。

我们拨开队伍走到了前排。身旁的一名海军士兵看到了两百米外的萨鲁提人，忍不住哀号起来："我可没答应参与这种事！"

"振作精神！"我厉声对他说，他警惕地看了我一眼。

"这不正常！"他的语气中充满了绝望。

"很快会见分晓的，对吧？"我说着，拍了拍手中的地狱枪，"如果伊斯特鲁姆和那些家伙害我们陷入绝境，他们就会见识到斯卡鲁斯舰队战士的厉害！"

他点了点头，将武器上膛。

图恩、费希格和我再次向前摸索。没人顾得上理会我们——事实上，许多士兵都在向前推搡着，想要立刻返回运兵船。

我又看向异形的方向。奥博伦·格劳高举双臂，袍袖垂落，似乎正在向萨鲁提人问候。寒暄持续了一段时间，但我听不清他的声音。

"我们诚心诚意地到访，如约奉上宝藏。"

洛克转身看着众人。"和我一起！"他高声喝令着周围的海军士兵。我与费希格毫不犹豫地走上前。短短一秒内，我们就与十多名相同打扮的士兵一起扛起了板条箱。我站在洛克的右边，黑色的手套紧挨着他粗壮的拳头，共同紧握着箱子的提手。

我们将板条箱放在萨鲁提人面前，退后几步。洛克站在原地，掀开了板条箱的封盖，其中一名萨鲁提人向前走来，足肢踩踏在地面上，发出了令人头皮发麻的咔嗒声。

我终于近距离看到了它们，依旧令人骇然。它们灰色的皮肤上布满了螺旋状的毛孔，鼻孔不断地张开闭合。我清晰地看到，它们的足肢末端上全都生长着诡异的人手，灰色的手掌牢牢抓握着银色的十字钉刺。

那名上前一步的萨鲁提人将其中的两枚钉刺放在地砖上，一边扭动着手指，一边将手伸进了半开的板条箱。它摸索了一会儿，将双手抽出。它无眼的头颅轻微地晃动着，高举双手，两只手紧紧握在一起，如同胜利者常常摆出的欢庆的姿态。

它每只手上都长着修长的手指，指节如同橡胶一般富有弹性——我无法数清那些手指究竟有多少根，甚至无法断定每只手的手指数量是否相同——它们相互缠绕，彼此紧握，拼凑出一个形状。那是一张脸，人类的脸，有着清晰的眼睛、鼻子、嘴唇。那是一张近乎完美的脸，阴森可怖，令人胆寒。

那张脸孔微微抬起，似乎在打量着我们，随后它开口了。

"你们履行了承诺，人类。"

我身后的人们陷入了恐慌。那个声音沉闷无比，没有任何语气变化，但手指拼凑出的怪嘴却准确地说出了人类的语言。

"那么，我们继续交易？"格劳的声音也在止不住地颤抖。

那双手分开了，怪脸也随之消失。那头生物捡起钉刺向后退了几步，它的同族也后退了几步，站立在拱门一旁。

更多的异形从门外走入，与先前出现的萨鲁提人别无二致。但其中有四只生物与众不同，它们的身体结构与其他异形类似，但臃肿且畸形。它们全身的皮肉皱缩着，带有令人作呕的、病态的白色斑点。它们的足肢末端并没有附带钉刺，而是被固定在沉重的金属铁蹄中，铁蹄之间用铁链相连，如同一副结实的镣铐。这些表皮苍白的可悲生物——毫无疑问是萨鲁提人的奴隶，一边移动一边呻吟，空气中响起病态的哀号。当这些奴隶嘎吱嘎吱地走过高原时，其余的萨鲁提人竟然纷纷抬起钉刺，对着它们指指戳戳。

它们的背上驮着一只梯形的黑色金属龙龛。龙龛悬挂在它们之间，表面杂乱，覆盖着肉瘤状的凸起。它们突然停下脚步，腹部紧贴着地面。

达佐和马拉海特向前走去，靠近了抬着龙龛的奴隶。一只手握钉刺的萨鲁提绕过它们，伸出修长的足肢，用银色的卡钳按压了一下龙龛表面的一处凸起。

龙龛在内置铰链的作用下被打开，如同扭曲畸形的花瓣。我本以为旋盖下会发出亮光，或是显露出某种奇异的力量。

但什么都没有发生。马拉海特忍不住走近了一步，隔着下跪的奴隶们蜷起的足肢，伸出双手向龙龛内探去。但达佐怒斥了一声，用一道灵能将他拉了回来，他仰面栽倒在地，动弹不得。

萨鲁提人之间产生了一些骚动，它们的足肢在地上不安地踩踏着。

与此同时，达佐将手伸进了龙龛。他取出了一个爆矢枪弹匣大小的长方体，颤抖地托在双手中，凝视着它。

那是一本书。一册被封装在黑色萨鲁提金属外壳内的古老羊皮书卷，书卷的侧面用封扣固定着。

"这个，司事大人？"格劳催促道，"请帮忙鉴定。"

达佐解开了封扣，揭开了这古老书卷的第一页。

"这无疑是'真迹'，终于是我们的了。"他磕磕绊绊地说着，跪倒在地上。

那是《亡灵经》，他们得到了《亡灵经》。

现在必须行动，否则将再无机会，我暗自下定了决心。

第二十章

我的战友，混乱
曼德拉戈尔的狂怒
对抗奥博伦

我高喊："当心！它们进攻了！"

话音未落，我猛地撞向身旁的两名士兵。就在他们乱作一团时，我按下了地狱枪的扳机，疯狂地倾泻着火力。

聚集在高原四周的人类部队早就笼罩在紧张的氛围里。我十分确信，萨鲁提人一定在故意动用他们的设备与环境煽动危机感，借此实现削弱、恐吓人类的目的。倘若当真如此，他们的气氛渲染得未免有些过头了。古德伦人与海军士兵们的精神都已濒临崩溃，他们的心智因为所见所闻的一切而受尽折磨。对于这群惊弓之鸟而言，一句突如其来的警告与几声枪响足以扯断他们紧张脆弱的神经。

四周的人们开始尖叫，手中的武器噼啪作响。他们本能地认定上司和长官遭到了异形的攻击，那些仍然忠于格劳和伊斯特鲁姆的士兵们发起了冲锋，端起突击枪向萨鲁提人开火。其他人在混乱之中胡乱地扫射。位于高原边缘的古德伦部队一部分将枪口对准了海军的监督长官，另一部分朝着载具发起了猛烈的袭击。

在高原外的石壁上，迈达斯和贝坤带着伏击的队伍冲向了战场，手中的武器火力全开。

一秒内，空中回荡起怒吼声、尖叫声、炮火的轰鸣声与激光武器的呼啸声，整片高原彻底被混乱笼罩。

我听到杰鲁斯通过地面部队的语音通信器召集着战友，呼吁他们共同反抗海军叛军的镇压。与之相比，海军安防的作战频道一片嘈杂，充斥着大声的命令声，而更多的是反驳的违抗声，以及愤怒的吼叫、咆哮与咒骂声。我听到奥博伦·格劳在厉声维护秩序，曼德拉戈尔在他身后高声号叫着。

异形

"费希格、图恩,趁着混乱锁定目标!"

他们二人与我一样身披海军伪装,快速向前移动。战况十分激烈,士兵们乱作一团,丝毫不像常规的两军对垒。帝国卫队与海军持续交战,有些人甚至在自相残杀,无差别地向四面八方的所有人射击。

我击毙了身旁跑过的海军士兵,他身后的人惊慌失措,刚想逃跑,也被我一枪击倒。我一眼看到了那名身材瘦高的叛变舰队长伊斯特鲁姆,他正隔着滚滚浓烟瞪视着我,满脸狐疑。他的眼睛比往常更加凸出。"你在干什么,士兵?"他厉声斥骂,喉结上下鼓动。

"履行神圣审判庭的光荣使命。"我一字一句地对他说完,轰开了他的头。

萨鲁提人似乎感到了极度的不安。我不知道它们究竟产生了怎样的情感变化,或者是否真的具备情感。但从它们的反应看,这些异形显然既痛苦又震惊。一些海军士兵认为是异形先发动了攻击,纷纷举起地狱枪对萨鲁提人开火。其中一名萨鲁提人被开膛破肚,顷刻间化作地砖上的一坨灰色鳞片和软骨组织。另一个被炸得肢体断裂,拖拽着残肢向拱门的方向逃窜。

在猛烈的火力和喧嚣叫喊声中,萨鲁提人开始号叫。那绝望的叫喊声究竟是威胁、警告、求救,还是撤退的命令?我不得而知。他们癫狂地逃窜,奇异的嚎叫声响彻云霄。

两名萨鲁提人突然向不知所措的海军士兵冲去。湛蓝色的电光在萨鲁提人摇摆的头颅四周噼啪作响,凝聚成寒冰般的幽蓝色能量光束。两名士兵被当场蒸发,他们的肉体和器官在白炽的光芒中融化。

我转身看到了曼德拉戈尔。这头巨兽在第一时间就杀死了一名选择反击的士兵,试图终止这场闹剧般的混战。但此时,萨鲁提人真的向他们开火了。那些官兵们原本略有迟疑,现在则深信不疑,果断地组织着进攻。一道异形光束划破了曼德拉戈尔的臂膀,他怒不可遏地挥动着巨大的链锯斧,砍杀着萨鲁提人。

我反倒希望它们能杀了他。

我推开纷乱的人群,跑向停靠着的飞艇的另一侧。我看到了达佐,他仍然跪在那些令人作呕的白色奴兽旁,神情恍惚地握着那个邪祟的战利品。

我向他跑去。

费希格的头盔被打掉了,他在我身旁掩护,黑色的盔甲上满是鲜血。

"图恩！"他扭头大吼一声。那名伪装的古德伦士兵一跃而起，一边紧跟在我们身后，一边扭头射击。几枚手雷在混乱中被引爆，残缺的尸体与八边形砖块的碎片被炸向半空，一艘运兵船随之起火。

此时，"真迹"近在咫尺。一名萨鲁提人拖曳着丑陋的身躯走来，用针刺将那群蜷缩在一起的奴兽推到一边，向达佐走去。

它颤抖地挥动着针刺，猛刺向跪倒在地的教士身上，达佐手中的《亡灵经》滚落在地。

马拉海特就跪在奴兽旁，他见势不妙，高喊一声，向经书扑了过去。那名萨鲁提人挣扎着想要阻拦，被费希格和图恩的地狱枪轰成了两截。灰色的黏液溅洒在地砖上。

另一名萨鲁提人半路杀来，颅骨四周闪烁着噼啪作响的电光，向刚刚杀死他同类的两人轰射。图恩抽搐着，被蓝色的电火炸成了一团血雾。在他身旁，费希格被令人目眩的爆炸掀翻在地，身上的黑甲被炸成了碎片。

已经没有时间帮他了。马拉海特手握经书，沿着高原一路狂奔，飞速逃离了混乱、残酷的战场。我举起地狱枪击中了他的膝盖，直到我追上他时，他仍在拼命爬行，浑身鲜血，伸出手想要抓住那本落在地上的经书。

"丢下它！"我摘下头盔，一只手举着地狱枪，枪口对准了他的脑袋。他见到我的脸时咒骂了一句。我跪在地上，捡起了那本古籍。即便是透过铠甲护手，我也感受到了它炽热的能量。那一秒，在那无比漫长且如梦似幻的一秒里，我立即明白了达佐在第一次触碰它之后长久下跪的原因。不知为何，那些书页中的文字，那些古老的知识竟是如此鲜活。它在热切地呼唤着我，沙沙作响，栩栩如生。

它呼唤着我的名字。

它认识我。它在向我娓娓道来，劝说我去翻开书页，去领略它蕴藏的奇迹。我连一丝抗拒的念头都没有。它向我展示的事物是如此神秘瑰丽、奇绝壮美……璀璨的群星、群星背后的诡秘、宇宙运转的奥妙、错综微妙却臻于完美的自然伟力，而我们却作茧自缚，甘愿蒙蔽双眼，称其为"混沌"。

我情不自禁地打开了书封上的扣锁……

一股突如其来的强大灵能刺入了我的脑海，打断了经书的魔咒。我转过身，目光从展开的书页上移开，多亏了这一转身，我才免于一死。

第二十章

我的肩头被一发实弹击中，整个人摔倒在地。就在我跌倒的同时，那本书无助地从我渴求翻页的手中滑落。我的鲜血泼洒在地砖上。

我翻身躲过随之而来的劈砍。链锯斧尖啸着的钢牙险些将我劈开，布满血迹的地砖被砸得粉碎。

曼德拉戈尔，帝皇之子——帝皇的忤逆之子。

我慌乱之间摔倒在地。那名浑身恶臭的混沌星际战士正站在我的头顶，他可怖的铠甲上布满了人类的血液与异形的脓浆。我在恍惚之间侧过身来，侥幸避开了他的第一击，但我身上的海军护甲还是被爆矢弹轰成了碎片，左肩护板被完全撕开。我的肩胛骨遭受了重创，血花四溅，血水沿着左臂向下流淌。我向后拧过身，双手不得不支撑在血淋淋的八边形地砖上。

我释放意念，挥出一道灵能。尽管这道攻击与他可怖的灵能相比逊色不少，但足以干扰到他的劈砍动作。然后我匆忙低头，斧刃尖啸着从我的头顶划过。

手中的地狱枪落在一旁，我顾不上捡拾，甚至怀疑枪弹究竟能否在这头怪物身上留下任何一丝痕迹。我眼中只有他可怖的脸，他的颌骨愤怒地张开，面部的皮肤被缝合在颅骨表面，露出一道道令人悚然的裂口。

我的左臂已经麻木无力。我一跃而起，从绑带中抽出了剑。

这是一把年代久远的宝剑。与那些锻造磨砺而成的刀剑不同，这把剑并没有实体剑锋。它只有一个二十厘米长的剑柄，表面缠绕着一根根银色的丝线，丝线中央包裹着一枚聚变发生器，能够产生长达一米的光子剑刃。英克斯的长老曾经亲自为这把剑祈福，并"嘱托"它"庇佑吾之兄弟艾森霍恩，使之免受诅咒混沌大敌之侵害"。

我默默祈祷，希望他当初不是在浪费口舌。

我点燃光刃，挡住了斩落的斧锯。剑斧相交的那一刻，火花和金属齿片四处飞溅，那头巨兽的蛮力几乎要将我手中的武器震飞。我向后跳开一两步，避开紧随而来的第二斧。我感到头晕目眩，这是失血过多的症状，还是那本腐朽经书的作用？

曼德拉戈尔感到格外愤怒，因为他突然发现我是一个很难被杀死的目标——区区一个凡人，竟然与他打得有来有回。

可事实上，我根本没有招架之力。

他再次向我冲来，居高临下地发动了袭击。我设法格挡住了链锯斧刃，但他迅捷地调整了施力方向，用武器的长柄猛击我的胸腔。我被那股巨力砸中，身体脱离地面，飞出了几米远。

我原本就受了重伤的肩膀砸在地上，突如其来的剧痛让我在一秒内丧失了神志。虽然只有短短一秒，对他来说却绰绰有余。

他两步跨过血迹斑斑的地砖，咆哮声越来越响亮，致命的斧刃在半空中扬起。我拼尽全力，将《亡灵经》向他踢去，金属的书封砸中了他的铁靴。

"别忘了你为何而来，孽种！"我大喊道。

曼德拉戈尔·卡瑞恩——福格瑞姆之子，沙历士的勇士，帝皇之子的冠军，屠戮生者、玷污死者之人，奥秘守护者——停住了脚步。他发出骇人的大笑，一双毫无生气的眼睛一动不动地瞪视着我，他俯身想要捡拾那本经书。

"你说的不错，审判官，因为……"

他的手指环握住《亡灵经》，书本在他戴着钢铁护手的粗大手指的衬托下，显得格外渺小。他低沉的声音突然沉寂。胜利者的狂傲在他可憎的脸上褪去，他浑身燃烧的怒火顷刻熄灭，嗜血的渴望也随之平息，充血的双眼变得暗淡无光。

《亡灵经》开始了吟唱，通过每一缕邪祟的纤维、每一寸腐朽的书页，从他身上抽走了对于外部世界的全部感知。

我摇摇晃晃地站起了身，握住动力剑，将他砍杀。

那颗头颅旋转着滚落，还没落到地上便爆炸成一团白色的火球，液体状的火焰滴落在地砖上。火球弹跳着，翻滚摇晃，最终在污秽的烈火里消失殆尽，除了几枚带有灼烧痕迹的头骨碎片以外，什么都不剩。

那具尸体依旧站在原地，躯壳内部开始燃烧，从颈腔处冒出长长的绿色火舌。一缕缕邪祟的黑烟上升到凝固的天空中。一身浮夸的精致战袍和斗篷也随之被点燃，烈火彻底笼罩了那具无头的金属废墟。

在最后一刻，我挥动剑锋劈下了曼德拉戈尔的铁拳，攥在他手中的《亡灵经》从火焰中掉落下来。我感到它仿佛在呐喊，在恳求我将它重新捡起，让我重新感受它能够赋予的奇迹，那么耀眼的奇迹。

我俯下身，感到沉重的责任压在我的肩头。此等至邪之物必须被销毁，但它记载着无穷无尽的奥秘！审判庭，乃至整个帝国是否有可能从蕴藏在书中的无尽真理中获益？我真的有足够的权力摧毁此等无价之宝吗？

我内心的一部分无疑遵循着纯净派的理念，但另一部分却对浪费这一宝物的行为感到深恶痛绝。知识就是知识，当真如此吗？邪恶根植于对知识的误用。这些不过是未被领悟的知识罢了……

或许我应该读上一两页，方能做出更好的判断。

我摇了摇头，将那些阴暗的念头抛到脑后。战场的喧嚣再次传来，曼德拉戈尔直立的尸体还在燃烧，马拉海特匍匐在地上挣扎扭动，我眺望着远方的战局。战斗已经进入尾声，巨大的地砖平台上到处都是尸体与残骸。两艘运兵船都已起火。萨鲁提人不见了，就连尸体也没有留下。根据我的判断，古德伦部队以绝对的数量优势战胜了海军部队。双方都损失惨重，几乎没有一个人还能站在高地上，我一时间也找不到我的战友。

奥博伦·格劳朝我大步走来，右手提着一把激光手枪。他的脸上满是血污，一身贵族斗篷被撕扯得破烂不堪。

"把枪放下，格劳，结束了。"

"对你来说，确实结束了。"他举起了武器。远方燃烧的运兵船上，一只弹药筒突然被引爆，将整艘船炸成了碎片。爆炸过程中，爆裂的装甲护板和碎片在空中呼啸而过，如同导弹一般划出一道道弧线。其中一块车轴碎片精准地击穿了格劳领主的后脑，他一声不吭地栽倒在地上。

我从地上捡起一块冒着青烟的废船板，用它当作临时工具，从尘土中铲起了《亡灵经》。我下定决心，不再理会它温柔的蛊惑。我抬起手，让经书滑到曼德拉戈尔站立的尸体上，它沿着炽热的裂口掉进了熔炉般的铠甲里。

白炽的烈焰变得通红，随后开始泛黑，火势越发猛烈。

某个没有嘴的东西发出了凄厉的嚎叫声。

我一瘸一拐地从火堆旁走开。马拉海特还活着，神志清醒，他大喊着："洛克，求你了，帮帮我！"声音绝望而嘶哑。

一艘帝国海军的速攻艇在高原上空升起。戈尔贡·洛克正坐在驾驶舱里，达佐瘫坐在他身旁的座位上。片刻后，那艘速攻艇便消失在了崎岖的山巅之间，远离高原，驶向了无边无际的海滩。

迈达斯、贝坤、埃莫斯和洛温克都从这场战斗中活了下来，多少都受了些轻伤。另有二十多名古德伦士兵活到了最后，包括杰鲁斯本人。

埃莫斯想要检查我的伤势，但我为了避免失血过多，早已将伤口包扎得严严实实——我必须争分夺秒。

"此地不宜久留。"我告诉众人。

费希格躺在临时改造的担架上。萨鲁提人的武器杀死了图恩，也炸伤了费希格的一只胳膊和半张脸。所幸他只是陷入了昏迷，两名古德伦士兵正抬着他走下斜坡。

"尽管我很不情愿，但是我们也得带上他。"我对迈达斯和杰鲁斯说着，指了指面目全非的马拉海特。

"你确定？"贝坦科尔问。

"审判庭需要挖掘出他脑中的信息。"

我们一行人衣衫褴褛、神情狼狈地离开了昏暗的高地，返回朦胧阳光下的海滩。轰鸣声的音量和频率有所提高，天色暗淡了许多。

"看起来，这地方即将迎来末日。"埃莫斯似乎感受到了不祥的气息。

"我们得赶紧离开。"我说。

海滩上，我们看到过的那两艘帝国护卫舰和商船已经离开。一阵阵带有浓烈氨臭味的海风从海面吹来。迈达斯和洛温克的真空防护服都还算完好，两人走向炮艇，准备重新启动它。

我的语音通信器突然响起了咔嚓声，马希拉的声音从中传出。

"艾森霍恩，帝皇啊，听得到吗？听得到吗？三艘船刚刚离开，直接从我眼皮底下逃跑了！这里的环境正在恶化。我的船要坚持不下去了，收到请回答！请回答！"

"马希拉，我是艾森霍恩！能听到吗？我们需要你来接应我们。我们有伤员……费希格和其他几人都受伤了。这个世界的地表正在分崩离析。重复一遍，我需要你将伊森号下降到我们的位置，接应我们！"

通信器在发出了一串电流声后，传来了他的回答。

"按照你的指示，格雷戈，我立刻照办，但是这可没什么容易。再说一遍，你刚刚说费希格怎么了？"

"他受伤了，马希拉！快来接我们！"

"快点！"贝坤在我身后大喊，"我们可不想在这个鬼地方多待片刻！"

更多的杂音传来。

"告诉伊丽莎白，在这一点上，我和她观点一致！"

无论那是回音、延迟还是信号紊乱导致的结果，马希拉那段莫名其妙的对话此时都有了合理的解释。看似怪诞的谬误，实则暗藏玄机，只可惜我们并不会因此感到欣慰——我略带讽刺地想。

第二十一章

同袍集会

罗尔金领主的沉思

马拉海特的秘密

两天后，我们在 KCX-1288 星系危险区域外的伊森号里，与古德伦派出的帝国特遣部队顺利会师。

我们用了不到两个小时就从高原上全部撤离。正如埃莫斯所料，那个世界似乎在遵循某种特殊的规律，开始一寸一寸地瓦解。似乎那片看似永恒的海洋、沙滩与高地不过是被巧妙搭建而成的空间，一个由萨鲁提人专门设计、用于接待人类访客的特殊空间。

当我们驾驶着炮艇返回等候多时的伊森号时，那些柔和朦胧的光线已经彻底暗淡，气压骤降。我们被卷入到了强烈的气浪中，自然形成的重力重新产生影响，那个原本不可能存在的裂口开始迅速地崩溃。就在马希拉沿着晦暗的拱门全速撤离时，我们与异形交战的内部世界已经彻底沦为一个由氨气与砷蒸气混搅而成的黑暗旋涡。我们的计时器和钟表终于恢复了运转。

我们离开了那颗破碎的星球，冒着耀斑与重力风暴，飞速驶出了星系。在离开那片神秘地带四十分钟之后，飞船后方的传感器已经找不到"裂痕"的位置，仿佛整个世界都已经坍塌，或者根本从未出现过。

我不知道那些萨鲁提人从何而来，又去向了哪里，就连埃莫斯对此也一无所知。我们都没有看到任何船只离开星球表面的痕迹。

"它们难道住在星体内部？"我问埃莫斯。我和他一起站在观测平台上，透过频频闪烁的航灯回望着那颗远去的行星。

"我不知道。它们的技术手段远远超出了我的认知，但我认为它们或许从另一个世界而来，通过拱门来到那座高原，踏入了他们为了交易而特地筑造的秘境。"

这样的概念确实超乎想象。埃莫斯认为他们似乎掌握了一种独一无二的星际传送技术。

在星系之外，几乎没有任何异端舰队的痕迹。马希拉仔细分析了航迹和亚空间轨迹。毫无疑问，那三艘船已经载着洛克和达佐离开，与星系边缘留守的舰队重新会合，并立刻驶入了亚空间航道。

除此以外，我们侦测到了另一组亚空间坐标，帝国的特遣部队即将抵达，距离我们只剩下两天的路程。我们抛下重力锚，一边修整，一边等候援军。

早在三十周前，在我们离开锦缎星时，我借助洛温克的星语通信向古德伦发起了求援。我尽可能详尽地描述了当时的局势，并提供了几乎全部的细节与推断。我希望作战总指挥能够派遣一支远征军协助我们作战。但我们并没有强求，也只有像康茂德·沃克这样的人才能如此强硬。

我确信，就算仅仅从我的报告和信函描述的内容本身看，这次行动的紧迫性和重要性也已经不言而喻。

十一艘舰船闪烁着驶出了亚空间，跃入了我们的视野。六艘帝国护卫舰排成作战阵形，行驶在队伍前端。护卫舰组成的矛头后方，是天狐号和圣镰号战列舰。每艘战列舰的体积都是护卫舰的三倍，个个都是气势汹汹的庞然巨物。在它们身后是三艘散发着不明气息的巡洋舰——帝国审判庭的黑船。我们迎来的不是一般的远征军，而是一支审判庭特遣部队。

我们相互致意，表明了身份，随后在一支雷鹰战机卫队的护送下，加入舰队的阵列中。运输机将我们的伤员送到了圣镰号的医护室里，包括仍处在昏迷中的费希格与战犯马拉海特。一小时后，应斯佩提安上将的要求，我也乘坐运输机抵达了战列舰。他们正在等候我的汇报。

我的左臂还被捆扎着，用绷带挂在手术支架上。我穿着黑色的套装和扣袖皮衣，将审判庭徽章挂在胸前。埃莫斯穿着朴素的绿色长袍，紧跟在我的身边。

在圣镰号泊船区的空旷大厅里，海军舰队检察官欧姆·马多辛和几名海军风暴军士兵早已等候多时。

和我们首次见面时一样，马多辛穿着那件显眼的白色制服，四周的士兵身穿蓝色的铠甲，上面点缀着华丽的金穗和仪式用的饰品。

马多辛向我行了一个军礼，随后带着我们大步走向升降梯，朝着舰队的指挥中心行进。

"叛乱处理得怎样？"我问。

"还算顺利，审判官。最新消息，作战总指挥官宣布'赫里甘之祸'已经平息，尽管围绕特雷锡安主星的镇压战争仍在继续。"

"损伤情况呢？"

"伤亡惨重，尤其是那些被波及的世界，人口锐减，物资严重损耗。海军和帝国卫队的兵力也受到了打击。格劳领主的叛变让帝国付出了相当惨痛的代价。"

"格劳领主已经伏诛。此时此刻，他的尸身正在我们身后星系里的无名世界上溃烂。"

他点了点头。"您的长官一定会非常满意。"

"我的长官？"

在圣镰号主舰桥的两层甲板下方，在礼堂般庄严的大殿尽头，审判官领主菲力巴斯·亚力山卓·罗尔金正端坐在大理石宝座上。我此前只见过他两次，对于这样的会面毫无心理准备。他穿着黑衣，戴着黑手套，最外层套着一件平平无奇的猩红色长袍。除了一根手指上戴着金色的攘外修会印记戒指外，他的身上没有任何装饰。他简洁而朴素的装束更衬托出了他的威严。他的头发被剃光，脸上留着一撮分叉的山羊胡须。一双眼睛深邃而敏锐，闪烁着智慧的光芒。

众多部下环绕着他。十位审讯员级别的初阶门徒侍立在两侧，他们有的高举着条幅，有的手持各种各样的物件：神圣的喷火武器，成箱的卷轴和数据板，在红色锦缎衬垫上闪闪发光的审讯工具，还有几册翻开的赞美诗集。他们两侧站着四名身披红色大氅的护卫，每名护卫都握着双手阔剑，将剑锋竖在面前。他们的铠甲十分华丽，面甲被分别描画、塑造成了四大圣徒的模样：欧里奥、菲利多、曼尼泽和卡德蒙。那些面孔毫无表情，几乎完全是从古代手卷的肖像画中描摹下来的。几名灰袍学者在附近恭敬地等候。十多名小天使机仆——全都被塑造成了胖乎乎的三岁孩童模样，金色的卷发，脸上却带着石像鬼般的恶毒表情，它们在大厅内一边盘旋飞舞，一边嬉笑。

"走近些，艾森霍恩。"罗尔金领主说。他的声音柔和，却毫不费力地响彻整间大厅。他说："所有人都走近些。"

在他的命令下，所有人都从大厅和前厅外走了进来，坐在两侧的座椅上。其中一人是海军上将斯佩提安，他是个瘦骨嶙峋的老人，身穿纯白色的海军制服，几名高级幕僚陪同在他身旁。其他人都是审判官。泰图斯·恩多，他身穿栗色外套，身边只带着一名身体佝偻的女学者。我经过他身边时，他对我微微点头，以示鼓励。康茂德·沃克，他看上去瘦削而干瘪，在一名身穿黑衣的高个儿男子的搀扶下落座。那名黑衣男子的头发被剃开了，只剩下几绺病态的须发。他的头皮、脖颈和面部都是受伤和手术留下的疤痕，他就是赫尔丹，与卡诺顿兽的恶斗并没有改变他的容貌。与恩多一样，沃克也对我点头致意，但神态中并没有友好的成分。

审判官松嘉尔德坐在沃克身旁，他体格粗壮，一如既往地佩戴着黑色的金属面具，整张脸只露出了沧桑的双眼。他身边站着两名身材纤细、身手灵巧的女子，从装束看，她们都是拜死教的刺客，她们几乎浑身赤裸，身上文着大量的刺青，头戴布满倒刺的兜帽，肩带上插满了致命的利刃。

松嘉尔德对面坐着康拉德·莫里托，他是修会内的极端激进派。我对他并无好感，更谈不上尊重。莫里托体形健硕，穿着一身黄黑格子花纹的贴身护甲，上半身披挂着一副闪闪发光的银色胸甲，一头色泽均匀的黑发被修剪得干净利索。他举手投足之间展露出首次大远征期间武僧般的气质。他身后站着三名身穿长袍，头戴兜帽的侍从，一人握着莫里托做工精良的动力剑，一人拿着银制圣杯和祭碟，第三人手持圣髑盒和冒着青烟的香炉。莫里托的瞳孔是明黄色的，他的目光始终锁定在我的身上。

在罗尔金领主右侧，一位身穿黑色动力装甲的巨人最后落座，他是一名来自死亡守望战团的星际战士，效力于攘外修会。"死亡守望"是专门为审判庭设立的星际战士战团之一，即便在阿斯塔特修会内部，他们也是神秘莫测的存在。就在我走向领主的时候，那名星际战士将头盔摘下，放在铠甲的护膝上，露出了一张苍白的脸。他的下巴结实有力，鬓发灰白，纤薄的嘴唇微微皱缩着。

机仆们给我抬来了一把椅子，我坐在审判官领主面前。埃莫斯一声不吭地站在我身旁。

"我们已经审阅过你的初步报告，吾之兄弟艾森霍恩。此番经历着实惊险，可谓九死一生。"罗尔金领主意味深长地说，"你一路追击格劳的叛军舰队，找到了这个被神皇遗弃的蛮荒之地，并证实了他们正与异形种族发起交易。如你所说，那笔交易牵涉的物件非同小可，对整个人类帝国的安全性与神圣性都构成了莫大的威胁。"

"我均如实禀告，吾兄。"

"我们深知你素来表里如一，赤诚待人，兄弟。我们对你所说的也深信不疑。但是，我们兴师动众地来到此处……究竟是为了什么？"

他向众人比画了一下，大厅内响起了几声刻意的大笑，笑声来自沃克和莫里托。

"那笔交易究竟涉及何物？"

"那些异形藏有一本极端邪恶的禁书，我们称之为——《亡灵经》。"

这句话引发了不小的骚动。四周响起了惊奇、错愕与质疑的声音。我听到沃克、莫里托和松嘉尔德同时提出了质疑。我周围的侍从、学徒和探员们面带怒意，开始交头接耳、窃窃私语。盘旋在半空中的小天使们见状，一边哭泣，一边躲到了罗尔金领主的宝座后。罗尔金自己也满脸怀疑地看着我。我发现，即便是神情冷峻的星际战士也狐疑地看了一眼大审判官。

罗尔金领主抬手示意众人安静。

"你确定吗，艾森霍恩兄弟？"

"大人，确信无疑。我亲眼见过那本经书的邪恶。那就是《亡灵经》，据我所知，那是一个被称作萨鲁提的异形种族，它们在数千年前得到了一卷遗失的经书。如今它们与格劳家族的异端势力相互勾结，同意用经书换取属于它们的遗落文明的古物。"

"荒谬！"康茂德•沃克怒斥道，"《亡灵经》不过是子虚乌有的可悲谣言！这些污秽的异形必定是凭空捏造了这个虚构之物，从而诱骗了那群愚昧的异端！"

我扭头看着沃克，重复了一遍刚刚说过的话，"我亲眼见过那本经书的邪恶——那就是《亡灵经》。"

海军上将斯佩提安仰头看着罗尔金领主。"这个邪物，这本书——当真如此珍贵？竟然值得整个次星区的异端势力倾巢出动，只为了夺取一本书？"

"那是无价之宝！"莫里托从大厅对面走来，"价值不可估量！就算关于它的传说仅有只言片语是真的，它包含的知识也足以超出我们所有人的理解！为了将它据为己有，他们会毫不犹豫地点燃整个银河，不惜动用所有的资源。"

"显而易见，"恩多轻声说，"此事干系重大。尽管我同样对格雷戈兄弟的信息感到震惊，但此事也在情理之中——唯有《亡灵经》这样强大的宝物才能引发如此规模的流血事件。"

"《亡灵经》——如此珍奇！"松嘉尔德低声惊叹。

"他们得逞了吗，审判官艾森霍恩？"星际战士目光如炬地看着我，突然开口询问。

"没有，连长兄弟，他们未能得逞。尽管他们信誓旦旦，不择手段地接近萨鲁提人，但我的队伍成功破坏了他们同萨鲁提异形的会面。异形已经被驱逐，而异端部队的多数成员，包括格劳领主和一名邪恶的帝皇之子均被当场诛杀。"

"我从你此前的报告中看到了曼德拉戈尔的名字。"星际战士说，"正是因为他的存在，我才决定带队参与这次征讨。"

"帝皇之子——愿神圣泰拉诅咒他们的灵魂——他们显然也渴望得到这本书。他们派出了曼德拉戈尔协助格劳。这些怪物也选择投身其中，足以证明我的推断和汇报的真实性。"

高贵的星际战士点了点头。"你刚刚说，曼德拉戈尔已死？"

"我亲手杀了他。"

死亡守望的战士微微向后一仰，略显惊讶地扬起了眉毛。

"有几名异端逃脱了？"松嘉尔德追问。

"有两名关键的主犯，兄弟。行商浪人，戈尔贡·洛克，我认为他就是始作俑者，是他在萨鲁提人和格劳的阴谋团伙之间牵线搭桥。还有一个名叫达佐的教廷司事，我认为此人是团伙背后的精神支柱。两人都成功逃脱，与星系外沿等候的舰队会合，离开了这里。"

"去往何处？"斯佩提安问。

"我们正在分析，上将。"

"他们有多少船？该死的叛徒伊斯特鲁姆拐走了整整十五艘！"

"他在那片坍塌的星系里失去了两艘护卫舰。此外，他们还有一艘非军用标准的商船——那应该是洛克的私船。"

"他们是落荒而逃，还是有下一步计划？"罗尔金领主问到了症结所在。

"我需要继续追查，才能回答这个问题，长官。"

斯佩提安站起身，看向审判官领主。"即便他们真的在逃跑，我们也不能放虎归山。我们必须主动追击，将他们一网打尽。我请求重新调集舰队发起追击，此事刻不容缓。"

"我准许你的请求，海军上将。"

莫里托突然高声询问，声音压过了众人。"还没有人向我们的英雄兄弟艾森霍恩问最关键的问题。"他的话语中突出了"英雄"二字，却毫无恭敬之意，"《亡灵经》去哪儿了？"

我转过身面对他。"我做了我们当中任何人都会做的事，莫里托兄弟，我烧了它。"

哗声四起。莫里托来回踱步，扯着嘶哑的嗓音斥责我的行径与异端并无差别。松嘉尔德也提高了嗓门，支持莫里托的论调。与此同时，恩多和沃克一齐起身，出言喝止。审判官的扈从们也互相指责咒骂起来。只有死亡守望连长和我两个人坐在原地，一言不发。

罗尔金领主站起身。"安静！"他转身看向怒气冲天的莫里托，"请陈述你的观点，莫里托兄弟，要简明扼要。"

莫里托点了点头。他舔舐着嘴唇，一双蜡黄色的眼睛扫视着房间。"艾森霍恩必须为这一破坏行径接受我们最严厉的谴责！《亡灵经》固然是一本污秽的禁书，但我们是审判庭，大人。他何来权力，竟然如此草率地毁掉它？此物应该被上缴，被严加看管，并被交给我们最见多识广的学者潜心研究！抹除这本书，就等于剥夺了本属于审判庭的获得珍贵知识和超乎想象的无穷奥秘的权力！《亡灵经》的内容或许能让我们洞悉人类宿敌的本质，这将是难以估量的优势！如果经书真能为我们所用，它将给我们带来多大的裨益？为我们无休止的斗争创造多大的优势？艾森霍恩玷污了我们神圣审判庭的本心！"

"松嘉尔德兄弟？"

"大人，我深表同意。艾森霍恩的这一举动过于鲁莽。如果处理得当，《亡灵经》就能为我们带来各种有益的知识。它蕴含的奥秘本身即是对付敌人的武器。诚然,我对他挫败格劳家族及其同伙阴谋的壮举赞许有加,但我对这种草率地抹杀此等奥秘学识的做法嗤之以鼻。"

"沃克兄弟呢?你的——"罗尔金领主刚要继续,被我打断了。

"这里是法庭吗,长官?我可是在受审?"

"不,兄弟。但我们需要完整地考虑你的行为带来的影响。沃克兄弟?"

康茂德·沃克站起身。"艾森霍恩是对的,《亡灵经》乃是令人憎恶之物,允许此等邪物流传于世,这种行为本身即是异端!"

"恩多兄弟,你来说说?"

泰图斯没有起身。他坐在座位上,低头看着台下的康拉德·莫里托。"我全力支持格雷戈·艾森霍恩。莫里托,听完你的无病呻吟,我不禁好奇你究竟是个怎样的莽夫。是激进派吗?毫无疑问。是堂堂正正的审判官吗?我对此表示怀疑。"

莫里托闻言,暴跳如雷。"你这无赖!你这个混账!你怎敢如此出言不逊!"

"有何不敢。"恩多不怒反笑,双臂交叉着向后一倚。"而你,松嘉尔德,你也好不到哪里去。真是可耻!除了那些玷污思想、摧残理智的污秽学识以外,你们认为我们还能学到什么?自从帝国创立之初,《亡灵经》就被列为封禁之书。除了禁忌本身,我们根本无须知道任何与之相关的细节!我们需要铭记的唯一宝贵的知识,就是它应该被彻底销毁,并确保没有人会遭到它的荼毒。告诉我吧,你需要亲自感染上乌伦疱疹才能理解这种瘟疫的致命性吗?"

罗尔金领主听到这里,忍不住露出了微笑。他将目光转向星际战士:"西尼沃夫连长兄弟?"

连长微微耸了耸肩。"我的职责是率领杀戮小队诛杀异形、变种人和异端,大人。我更倾向将学术典籍和书本交给学者们研究。但如果只有我本人在场,无论此物多有价值,我都会毫不犹豫地将它焚为灰烬。"

之后是漫长的沉默。每到这样的时刻,我都不禁为面部神经的损伤而感到庆幸,因为没人能觉察出我在大庭广众之下露出的微笑。

罗尔金领主坐回原位。"诸位的意见我已铭记在心,我本人也赞成艾森霍恩的选择,考虑到他当时所处的极端环境,他已经做出了最正确的决定。"

"感谢您，领主。"

"让我们暂且休会，好好考虑此事。我希望在四小时后听到你们关于下一步行动的建议。"

"现在怎么办？"泰图斯·恩多与我坐在圣镰号的私人房间里，迫不及待地问。一名女性机仆为我们倒了两杯从纳尔木桶中发酵的上等阿玛斯克酒。

"我们必须清剿异端余孽，"我答道，"达佐和叛军舰队的其余成员。他们失去了梦寐以求的战利品，此时可能正在逃亡。或许他们会逃上数年，但他们麾下有一整支舰队供其差遣。我会建议审判庭的全体成员立即追击敌军，一劳永逸地排除这一隐患。"

埃莫斯走进了房间，对恩多礼貌地点了点头，然后交给我一块数据板。

"海军上将的领航员已经完成了关于异端舰队航向的绘制，这与马希拉转发给我的分析判断近似。"

我浏览着数据。"你有这一带的航海图吗，泰图斯？"

他点了点头，启动了一台带有玻璃屏幕的便携装置。装置的表面亮起闪光，他将数据板上的定位代码输入其中。

"所以……他们并非要潜逃到帝国内的世界。这并不奇怪。奇怪的是，他们也没有逃到遥远的法外之地。"

"他们的导航系统将他们引向了56-艾扎，距离这里有十周的航程。"

"萨鲁提人的领地。"

"非但如此，那里是萨鲁提人领地的正中央。"

罗尔金领主表情凝重地点了点头。"如你所言，兄弟，此事或许远未了结。"

"据我判断，他们不会将萨鲁提人视作盟友，也不会相信它们能给自己提供容身之所。有一点可以肯定，格劳的部队与异形种族之间的协议无比脆弱，二者之间的和平关系也早已被那场暴力冲突彻底破坏。达佐之所以率队深入萨鲁提人的腹地，必定另有原因。"

罗尔金领主在议事厅内来回踱步，陷入了沉思，时不时拨弄着隔着手套佩戴的修会印记戒指。那一群小天使不安地栖息在房间四周的扶手椅和沙发后，他们扭动着石像鬼般的头颅。就在我站在原地，等候领主回答时，这些顽童全都热切地注视着我。"我实在猜不透个中蹊跷，我们需要更多的情报，艾森霍恩。"他终于说道。

"我有意审讯那名异形考古学家，马拉海特，我确信他能够提供更多有价值的情报。我同样确信的是，他对于刑罚的抵抗力远远不及他的贵族主子乌瑞瑟尔·格劳。"

罗尔金停下脚步，下定决心一般拍了拍双手。小天使们似乎受到了惊吓，全都飞到了半空中，紧贴着天花板来回扑腾。"我们很快就会做好动身前往56-艾扎星的准备。"罗尔金丝毫不顾那些回响在耳边的叽叽喳喳声。

"查明真相后，立即回禀。"

海军安防部队将吉罗拉莫·马拉海特囚禁在战列舰医护室的安全舱内，我对他造成的伤口已经基本痊愈，但还没有给他安装义肢。我期待着能从他口中得到秘密。

我穿过闪烁着冷光的医务室，检查了费希格的伤势。他仍然处于昏迷状态，但医生告诉我他的状况已经稳定。惩戒官躺在一张塑料病床上，周身缠绕着生命维持装置和咔嗒作响的循环系统，他伤痕累累的身体被固定在一层层敷药包、油膏和金属骨夹之中。

我走出医务室，转身穿过了一条没有暖气的通道，向门口的值班警卫亮明了身份。走到那间阴暗的舱室入口处，在第二道检查点突然听到了舱内传来的尖叫声。

我一把推开驻守在通道里的警卫，快步跑到安全舱的卷帘门前。那几名警卫紧跟在我身后。

"开门！"我大吼一声，其中一名警卫手忙脚乱地掏出了一串电子钥匙，"快点！"

舱门应声开启，门板被固定在敞开的状态。康拉德·莫里托和他的三名头戴兜帽的侍从赫然站在门内，他们扭过头，对我怒目而视。我看到他们都戴着手术手套，手指上沾满了血红色的泡沫。

在他们身后，吉罗拉莫·马拉海特正平躺在一个水平放置的金属牢笼上，哽咽不止。那个牢笼被几根铁索悬吊在天花板上。他赤身裸体，几乎每一寸皮肤都已经被剥掉。

"快去找外科医生！呼叫罗尔金领主！马上！"我对警卫说。

"你可否解释，你们为何会出现在这里？"我质问莫里托。

他一定会选择避而不答，或索性命令三名侍从将我从舱室内扔出去，我暗想。

我将自动手枪的枪口对准了康拉德·莫里托出汗的额头，另外三人丝毫不敢造次。

"我正在审讯犯人……"他支支吾吾地辩解。

"马拉海特是我的重犯。"

"他是被审判庭拘留的，艾森霍恩兄弟……"

"他是我的犯人，莫里托！审判庭的规章赋予了我优先审讯他的权利！"

莫里托试图后退，但我将枪口紧紧抵在他的头盖骨上。面对我的威胁，他眼中闪过一丝明显的怒意。但他很快便意识到：此时此刻，向我发起挑衅绝非明智之举。

"我，我关心你的健康，兄弟。"他仍然在为自己开脱，"你重伤未愈，身体还很疲惫。马拉海特需要尽快受审，我觉得，我或许可以帮你分担一些——"

"分担？你几乎杀了他！我暂时不会相信你的任何狡辩。莫里托，如果你当真想要帮我，你会先征求我的同意。而你之所以这么做，只是为了将秘密据为己有。"

"谎言！"他驳斥道。

我用拇指拨动扳机。响亮的咔嗒声在铁壁环绕的舱室内回荡，令人如芒在背。"哦，是吗？那就请你分享一下你获得的情报。"

他犹豫了一下。"他也是个守口如瓶的家伙，我们没什么进展。"

舱门外响起了皮靴踩踏地面的嘎吱声，警卫带着两名身穿绿袍的舰队医师和四名护工急匆匆地赶到。

"泰拉王座啊！"其中一名医师看到架子上面目全非的人，忍不住发出了惊呼。

"尽你所能，医生，保住他的性命。"

医师们连忙投入了工作，从护工手中接过了工具、器械和药包。马拉海特再次发出了哽咽声。

第二十一章

"以暴力威胁帝国审判官是死罪。"一名头戴兜帽的侍从向前挪了几步。

"这会触怒罗尔金领主。"另一人说。

"把武器移开，我们的导师会配合你的。"第三名仆从也出言辩解。

"让你的马屁精们闭嘴。"我对莫里托说。

"求您了，审判官艾森霍恩。"第三名侍从再次开口，他的语气很轻，仿佛是从斗篷下的阴影内传出的，"这只是个不幸的误会，我们会补偿您的，收起您的武器。"

那声音带着出奇的自信，他在为莫里托辩解时，竟然流露出令人诧异的威严。倘若换个处境，埃莫斯和迈达斯面临同样的局面，恐怕也会为我辩解。

"带着你的助手滚出去，莫里托。我禀告罗尔金领主之后，自会找你算账。"

他们四人仓皇地逃出了安全舱，我收回了武器。

主治医师向我走来，无奈地摇了摇头。

"这人已经死了，长官。"

应罗尔金领主的命令，军舰上的高阶教士破例腾出了一间大礼堂，供我们使用。我想整艘船上的人对刚刚审判官领主的狂怒都还心有余悸。

我们几乎没有时间弥补此事造成的损失，唯一能做的便是将马拉海特可悲的遗体放置在静滞力场内。

罗尔金领主想要亲自执行降神仪式，但他意识到他有义务将机会让给我。罗尔金虽然贵为审判官领主，但他很清楚一点：倘若在此事上怠慢于我，我就会变本加厉地追讨对莫里托的刑罚。

我欣然领命，并表示在经过一系列追查之后，我责无旁贷，是最合适的人选。

我们在大礼堂集合。这是一间狭长的大厅，石柱整齐地排列在两侧，地上铺设着庄严的方砖。描画着帝皇凯旋场景的彩色玻璃在亚空间涡流的光芒照耀下十分透亮。大厅内回荡着圣镰号的动力装置透过甲板传来的剧烈震动声。

对面的长椅和两侧的高台上，坐满了审判官和教廷人员。我所有的"兄弟"们都出席了，甚至包括莫里托——我知道，他此时此刻已经举步维艰。

我与洛温克沿着教堂正厅走向教堂中央的基座，马拉海特所在的静滞力场被摆放在基座旁。从舰船和审判庭小队中抽调的三十名星语者站在基座后方。他们披着头巾，有的肢体残缺，被固定在轮椅和支架上，有的与几台冷酷的机仆相连，时不时发出嘶响和低语声。洛温克正在简要地布置任务，面对那些平日里地位高于自己的星语者，他似乎十分享受发号施令的优越感。

洛温克无法独自完成这种规模的仪式：他的能力只够进行最简单的灵能探测。但他对我的抗压能力和行事作风都熟稔于心，他的指挥将起到至关重要的作用。

我看着马拉海特，他的可悲尸体被封存在闪闪发光的静滞力场中。我突然产生了一种诡异的感受，他让我联想起了神皇本人——他永恒地长眠在黄金王座的静滞力场内，被定格在遭受荷鲁斯致命一击的瞬间，永恒地存续到时光的尽头。

洛温克向我点头，示意星语者的吟唱已经准备就绪。

我转过身，在人群中看到了恩多。他在莫里托身旁找了个位置，并承诺会替我密切监视那个混账。松嘉尔德与他的激进派同僚相隔甚远，远远地坐在后排。

我看到西尼沃夫连长带着两名令人敬畏的星际战士伫立在祭台的屏障后。他们穿戴着全副盔甲，手持风暴爆矢枪。他们出席绝不是出于礼仪，而是为了确保现场的安全。

"开始吧，兄弟。"罗尔金领主端坐在宝座上说。

星语者的和颂声中洋溢着崇敬之情，他们将折叠的亚空间缓缓展开。灵能裹挟着寒意笼罩了整间厅堂，现场不少人情不自禁地低吟起来，他们或是心生恐惧，或是被卷入了强烈的情感共鸣之中。

康茂德·沃克在满脸阴郁的赫尔丹的搀扶下蹒跚着向我走来。鉴于罗尔金领主将这一重大任务托付给了我，我不得不做出了让步，同意让这名经验老到的审判官参与降神仪式。毕竟这次侦测行动尤为险恶，两个头脑总比一个好。况且与沃克这样老谋深算的家伙并肩战斗，终归不是坏事。

"放下静滞力场。"我说。星语者的和颂声越来越大。那道半透明的力场逐渐消失，沃克与我同时伸出摘掉手套的双手，触碰着那张黏滑的、失去表皮的脸。

亚空间的帷幕缓缓掀开。我仿佛正在一根烟雾堆积而成的立柱上俯瞰着一切，鬼魅般的白色浓烟笼罩在四周，亿万个孤魂的无尽嚎叫回荡在耳旁。

漫天坠落的火雨发出蓝色的焰光。大地被撼动，发出一阵阵轰鸣，破败庙宇的断壁残垣间响起空灵的圣歌。那是木炭、熏香、盐水和鲜血的气味。

一片缥缈的虚空幻境，浩瀚且永恒，我冲破那层帷幕，感到茫然若失。一闪之间，幻境便又破灭不见，我的心智险些迷失在无边无际的虚无中。

又一闪，红光耀眼。星系剧烈碰撞，亮起一片令人目眩的火光。无数幽魂划过亚空间，如同翻滚的彗星般留下一道道光痕。银河的薄幕后，天神般的巨兽在呼号。

一闪，幽如深海的漆黑，圣歌吟唱。

一闪，浩瀚星际的摇篮，千阳萌生。

一闪，寒光掠动的刹那，亘古万年。

一闪……

"格雷戈？"

我转过身，发现康茂德·沃克正站在我身后。起初我竟然没有听出是他，他的声音变得轻柔许多，仿佛这起事件让他原本高傲的态度也变得谦卑起来。我们站在一块绿色的页岩山坡上，头顶的两轮烈日炙烤着干涸的大地。地平线上是起伏的山峦，如同一座座要塞在远方时隐时现。

我们穿过松动的页岩，循着凿岩与挖掘的声音前进。那是一台古老的钻探设备，活塞上涂抹了机油，焊接着刃铲的杠杆反复钻着岩层。它喷吐着蒸汽和浓烟，将碎石块通过后侧的传送带抛入一堆闪亮的废渣中。

我们从机器旁走过，沿途看到岩山旁分布着更多的挖掘点，小型机仆在暴露在外的岩层中刷洗、打磨着开凿出的石块，随后小心地将它们放在采集托盘中。

马拉海特站在一旁，看管着往来运作的机械。幻境中的他格外年轻，几乎是个健壮的青年，因为常年经受风吹日晒而肤色黝黑。他穿着短裤和宽松的工作服，满面尘土。

"我知道你们会来的。"他说。

"你愿意提供协助吗？"我问他。

"我没时间闲谈。"他说着弯下腰，从机仆摆放在托盘中的众多物件中捡起一枚，"我还有工作要做。再过一周就到雨季了，我得尽快发掘。"

他显然认识我们，但他对于自身的真实处境却浑然不觉。

"我们有足够的时间交谈。"

马拉海特一怔。"你说的似乎没错，你知道这是哪儿吗？"

"不。"

他顿了顿。"是一个边陲世界，我刚想起来，但我不记得这里的名字了。我想，这是我一生中最快乐的时光，因为我的考古生涯即将从这里起步。这次发掘让我声名鹊起，为我赢得了异形考古学家的赞誉。"

"我们要谈论的，或许是那之后的事。"沃克打断道。

马拉海特点了点头，解下手帕擦去了脸颊上的汗水。"但这里是一切的开始。我为这些伟大的发现庆祝，并且受到了社会精英们的赏识。我应邀参与了格劳家族的宴席，与他们共进晚餐，并受雇成为一名勘探领队。乌瑞瑟尔·格劳本人将亲自出面招募我，并给予我一份丰厚的报酬。"

"具体是什么工作？"我问，"说说萨鲁提人吧。"

他满脸怒容地转过身。"凭什么？你们能给我什么？什么都没有！是你们杀了我！"

"我们自有办法，马拉海特，你可以弃暗投明。格劳家族已经将你引入了命运的深渊。"

他盯着我的双眼，眼中闪过一丝好奇。"事到如今，你们还能救我？"

"是的。"

他愣了愣，端起一只采集托盘。转眼间，那只托盘就盛满了从锦缎星遗址上切割下的八边形地砖。"它们有一个帝国。"他说着，拨弄着石板，从中挑出几块向我们展示，"这些石板看似毫无意义，但历史就蕴藏在其中，书写在图形与意象内——但我们的双眼根本无法读出其中的奥妙——萨鲁提人天生就没有视觉与听觉。事实上，嗅觉与味觉才是它们最主要的感官。它们能够嗅出现实的气味，甚至是空间的气味，并以此丈量时间的角度。"

"如何丈量？"

他耸了耸肩。"《亡灵经》，这本古书扭曲了它们。经书落入萨鲁提人之手时，它们的帝国疆域并不大，只有不到四十个世界，但历史却已经十分悠久。几个逃避泰拉追杀的人随身携带了这本书。由于它们将味觉作为最基础的感官，它们从《亡灵经》中汲取的知识远胜于凭借视觉阅读的人类。只一品尝，它们就从古书中习得了最艰深的奥秘——这些知识如同燎原的野火，在萨鲁提文化里快速传播；又如同活跃的病菌，使它们突变异化，却也赐予了它们强大的力量。不久后，萨鲁提帝国爆发了内战，很快便分崩离析，繁华的世界被遗弃，昌盛的文化被付之一炬。萨鲁提人的疆域也萎缩到了如今我们所知的遥远国度。"

"它们被腐化了——整个种族都是如此？"沃克问。

马拉海特点头。"哦，它们已经病入膏肓，审判官。你们教育民众忌惮并远离那些可憎的异形，萨鲁提人就是这些异形中最污秽的一个分支。在我的职业生涯中，我遇到过各式各样的异形文明，其中多数种族根本不值得审判庭与教会如此憎恨。你们都是些心胸狭隘的莽夫，你们之所以对异形格杀勿论，是因为它们与你们不同。但这次，不得不说，你们是对的。《亡灵经》如同瘟疫一般感染了萨鲁提人的心智。它们是不是异形已经不再重要，重要的是，它们已经沦为混沌种族。"

他颤抖起来，仿佛置身于刺骨寒风中，但两轮烈日依旧在无情地炙烤着。

"它们有什么资源吗，比如武装？"

"我不知道。"他又哆嗦了一下，"它们在数个世纪前就放弃了航海技术。它们不再需要这种技术了。正如我所说，《亡灵经》扭曲了它们原本的感官，它们也因此能够扭转空间与时间的角度，在不同的维度之间穿梭，进而往返于世界之间。它们精通于在四维位面内构建新的空间，以及建造只在特定的时间周期内存在的封闭环境。"

"就像那起交易发生的空间。"

"没错。KCX-1288 原本只是它们帝国的世界之一,但后来发生了内战。它们之所以选择 KCX-1288 作为会面地点,是因为这颗星球远离它们的人口中心。它们特意为我们创造了'四相之景'。"

"四相之景?"

"抱歉!这是我创造的术语,我本以为有朝一日我会在学术论文中用到这个术语。那是它们为我们量身订制的四维环境,是特殊情况下构造的、有着适宜人类居住的气候条件的空间。要知道,我们当时算得上贵客。"

"这场交易是如何发起的?"

"行商浪人,洛克。他是格劳家族的门客,同时也率领着一支游走在星系间的雇佣军,随时听从格劳的差遣。他冒险闯入了萨鲁提的领地,并与异形取得了联络。不久后,他发现了《亡灵经》的存在,并立刻明白了这本经书对他的主子而言有多大的价值。"

"他们约定了交易?"我逐渐失去了耐心——时间确实所剩无几。

他缩了缩脖子。"真冷啊,天气变冷了?"

"他们就这样达成了交易?快点,马拉海特!如果你有意拖延,我们就帮不了你了。"

"是的……是的,他们达成了协议。想要换取《亡灵经》,就必须用那些它们再也无法涉足的世界上的众多古物和宝藏来交换。"

"难道《亡灵经》对萨鲁提人来说就不重要吗?"

"经书的内容已经渗透到它们的灵魂和思维深处,编进了它们的基因代码里。经书本身并不是关键。"

"于是,你就被雇佣采掘那些材料,为格劳提供交换的筹码?"

"当然了,他们承诺会奖赏我……"

他突然闭口不言,看向远方的群山,原本骄阳似火的天空此刻却暗淡无光。狂风呼啸,吹动着我们脚下松动的页岩石块。

"要下雨了?"他说,"怎么会这么早?"

"别分心,马拉海特,否则你会彻底迷失!《亡灵经》被毁了,交易的阴谋已经被粉碎,格劳家族已经被一网打尽!既然如此,为什么洛克和达佐还要率领舰队深入萨鲁提的腹地?"

"怎么回事?"他尖声问,抬手示意我们保持安静。现在的天气确实冷多了,密集的云层遮盖住了太阳。耳旁传来了邈远、哀怨的哭嚎声。

"他们那么做究竟是为了什么？"沃克追问。

他看着我们，仿佛我俩都愚不可及。"当然是弥补你们带来的损失！格劳的组织内不乏位居高位的强者，而他们自己也有渴望取悦的主人！他们主人的怒火足以焚灭一切理智！他们必须挽回《亡灵经》被焚造成的损失，安抚他们的主人！"

我看了一眼沃克。"你说的主人，可是帝皇之子？"我问马拉海特。

"当然！尽管格劳位高权重，手段也非同寻常，但他们终究无法独自完成这个艰巨的任务。他们与那个邪祟的战团达成协议，以获得武装支援和安全保障。作为回报，他们会与混沌战团分享《亡灵经》。如今大势已去，帝皇之子必定会勃然大怒。"

"可洛克和达佐打算怎样平息他们的愤怒？如何补偿？"沃克问。我们二人都注意到了空中浮现的斑驳污点和夹杂在风中的哭嚎声。

"只有找到另一本《亡灵经》。"我脱口而出，方才意识到自己替马拉海特说出了答案。

异形考古学家大笑着说："还算有点头脑！我都快对你们丧失希望了，说得很对。"

"还有一本？"沃克一时语塞。

"萨鲁提人之所以心甘情愿地拿出人类语言的版本作为交换，是因为它们有一套属于自己的版本。"我说着，暗自咒骂自己竟没能更早看穿问题的本质。

"说得太对了。它们确实还有一本，审判官。"马拉海特欢欣鼓舞地说着，身体却不由自主地在寒风中瑟瑟发抖，"当然，那是异形版本，用它们的语言编纂而成——说是'语言'可能并不妥当,或许用'调味'更合适。尽管如此，经书内记载的奥秘不会有丝毫折损。尽管你挫败了他们的计谋，但达佐和他的主人终究会得到《亡灵经》。"

空中电闪雷鸣，尘土飞扬，狂风将无数页岩碎石卷到半空中。

"时间到了。"沃克对我吼道。

"太对了。"马拉海特说，"现在，你们也该履行承诺了，我毫无保留地回答了你们的问题，你们是否也应该信守诺言？"

"我们没办法让你摆脱死亡，马拉海特。"沃克对他说，"但你选择投靠的邪祟之物即将吞噬你的灵魂。我们至少可以赶在那些邪物降临前，让你的灵魂得到解脱。"

马拉海特咧嘴一笑，露出的牙齿上竟然带着页岩状的斑点。"去死吧，康茂德·沃克，你们两个都得死！"

"快跑，沃克！"我高喊。

马拉海特在故意拖延对话，拉长故事的篇幅。他很清楚，我们除了让他死得干净利落外，并不能改变什么。他已经自暴自弃，对我们的条件也丝毫不感兴趣。他只求报复，那才是他招供的真正目的。他想确保死亡幻境的末日降临的那一刻，我们也给他陪葬。

他身后的荒漠突然向上裂开，漫天的岩石与尘土被狂风席卷。一根巨大的血柱从地表喷出，如同暴涌的泉水，将近半千米宽，十几千米高。那个邪祟之物仿佛是一棵参天大树，树干上布满了鼓胀的肉块、碎裂的肌肉、扯碎的器官和百万颗圆睁的眼球，如同裹在一层闪闪发光的猩红色泡沫之中。

无数树枝般的骨头和组织从旋转流动的庞然巨物中迸溅而出，将马拉海特撕成了碎片。

这几乎是我见过一个人能够遭受的最彻底、最悲惨的命运，但灭亡的那一刻他仍然在微笑，如同胜利者一般。

第二十二章

亚空间入口

清剿令

56-艾扎星

马拉海特对边陲世界、考古发掘地的记忆在亚空间中的投影渐渐模糊，如同破碎镜面中四分五裂的倒影。但那个高耸入云的恶魔邪物仍然存在，它在致命的黑暗中潜伏，催动邪祟之力向我们袭来。

我发现沃克正在用意念对抗那个邪物，但那只是螳臂当车，不亚于普通人对着飓风呼气。

"回来！"即便在我耳中，我自己的声音也显得虚无缥缈。

我看到他正坠入身旁裂开的虚空深渊，努力向我伸出了手。我高喊着他的名字，伸出手拽住他。他发出了回应，可我却听不清他的声音。

取而代之的是呼喊声、尖叫声与枪声。

转眼间，我正痛苦地趴在礼堂的冰冷地板上，浑身都是残留的血浆。我喘不过气来，心脏如同要爆开一般。四周环绕着震耳欲聋的噪声。

我翻过身。

恐慌在整个厅堂里蔓延。教会牧师、审判庭的新兵、探员和扈从纷纷撤离，他们大声哭嚎着，长椅被推翻在地。罗尔金领主站在座椅前，面色惨白。那几名佩戴着圣徒面具的护卫挡在他身前，他们娴熟地挥舞着阔剑，将剑尖划出了几个"8"字形。

沃克正伏在我的身边，昏迷不醒。就和我一样，他浑身都是非人的血浆和亚空间的黏液。

我感到天旋地转，大脑的反应变得越发迟钝。我呕出了几个血块。我深知自己极有可能受到了亚空间的诅咒与玷污，此时此刻，或许已经身心俱损。我距离邪物太近，暴露的时间也太久了。

星语者们跌跌撞撞地向后撤离，一个个神态癫狂，高声尖叫。其中一些人已经当场丧命，另一些人剧烈抽搐着，血流不止。我抬头，看到两枚肿胀爆裂、充满血浆的水疱。水疱爆开的瞬间，几道亚空间的能量弧跃动其中，里面充斥着被煎熬折磨的思维，相互融合的骨骼，以及沸腾着的体液。

马拉海特的尸体已经消失不见，只剩下一团由滚滚的浓烟和腐烂的骨骼混搅而成的惊惧之物。在切断与亚空间的连接前，星语者为我和沃克的逃脱争取了足够的时间，并且为此付出了极大的代价，有一样东西跟我们一起回到了现实空间。

它无形无影，却变幻莫测，如同投射在墙面上的阴影，又如同空中的云彩，眨眼间便会闪烁、聚合成各种物体。它被笼罩在一件浓烟编织成的长袍里，露出一口闪亮的牙齿，反射出群星般的光芒。

罗尔金的一名护卫率先发起了进攻，他手中的剑锋不断挥舞。如剃刀般锋利的剑刃上刻着祈愿祷文与圣礼符号，但剑锋却没能造成任何伤害，只是划破了那层虚无缥缈的薄雾。

作为反击，邪物抬起了一只锐利细长的骨爪，那骨爪如同一柄刃锋上长满人类牙齿的长镰。骨爪扫过护卫的躯干与他手中的圣剑，他连人带剑都断作了两截。

我摸索着武器，可恶，任何武器都行。

耳旁传来嘈杂刺耳的枪声。

那是风暴爆矢枪的轰射，三名死亡守望的星际战士同时向怪物展开了猛攻。他们黑色的铠甲上结了一层灵能冰霜。从语音通信器中，我能听到西尼沃夫的声音，他在高声呵斥敌人，同时向队友下达了战术命令。

三把描绘着战团图案的爆矢枪齐声轰射，猛烈的炮火将亚空间的邪物一步步炸退，从它身上轰出了一片杂乱的黑色污渍与骨骼碎片。它从基座上方坠落，砸在那群挣扎着撤退的星语者之间，无论是死者还是幸存者都被砸到了半空中。

西尼沃夫连长带队发起了冲锋。他们身披沉重的铠甲，居然也能如此迅捷，实在超出了我的想象。西尼沃夫连长将爆矢枪抛到一旁，抽出了链锯剑，对着那团扭动的怪物反复劈砍，将它逼退到祭坛的角落。怪物蜷缩起来，如同燃烧中的柴火，逐渐缩成了一团。

第二十二章

罗尔金领主从我身旁快步经过，途中从一名随从手中夺过了一把银色火焰喷射器，向怪物直冲过去。那名随从见状，慌乱地提起脚下的镶金燃料箱，紧跟上领主的步伐。

罗尔金的唱诵声回荡在混乱的厅堂中。"邪祟位面的幽魂，吾将你放逐。人类神皇之赐福与我同在，我不惧亚空间之邪影……"

圣火从审判官领主的武器中喷射而出，清洗着从亚空间中诞生的邪物。罗尔金领主全神贯注地吟唱着驱魔祷文。

恩多将我搀扶起来，我们异口同声地念诵着。伴随一阵剧烈的震荡，整艘船似乎都晃动了一下。那邪物在烈焰中化作灰烬，除了满地狼藉外，什么也没有剩下。

鉴于康拉德·莫里托的违规行径间接导致了这场亚空间入侵，他受到了责罚，要在那座受损严重的厅堂内进行忏悔，并参与修复的工作。他的所有工作必须接受教廷的大祭司与侍奉万机之神的机械神甫的共同监督。在我们驶向56-艾扎星的十周内，他的苦刑持续了六周。莫里托身穿肮脏的忏悔麻布衬衣，任劳任怨地履行着赎罪的职责。仪式间隙，几名侍从用长鞭和灵能锥对他进行了鞭挞。

我认为他接受的刑罚实在是太轻了。

我花了一个月的时间在战列舰的住所内调养，在降神仪式中遭受的生理创伤渐渐恢复。然而，我在那次事件中受到的心理创伤却持续了数年。我依旧能梦到那股血泉，它的表面覆盖着无数瞪大的眼球，遮天蔽日。我永远也不会忘记那样可怖的景象。人们常说，记忆就像画卷，会随着时间而褪色。时至今日我也常常宽慰自己，如果我真的忘记了那一幕，结果或许会更糟。倘若这段充满警示的回忆从脑海中消失，癫狂之门也将随之开启。

整整一个月，我都躺在卧房的宽敞大床上，枕靠着舒适的棉垫和枕头。医师们定期为我检查，罗尔金领主那些身穿华服的随从们也时常前来探望。他们检查了我的身体、思维和康复进度，其实我知道他们在找什么——亚空间的污点。我确定，我的身心都没有被亚空间玷污，但口说无凭，他们当然不会相信我的话。沃克与我，我们当时距离混沌诅咒的万丈深渊仅有一步之遥。

如果再待上几秒……后果将不堪设想。

埃莫斯始终陪伴在我身边，为我送来一些书籍和数据板作为消遣。有时，他会为我朗读书本，上到复杂的历史和晦涩的教义，下到俗不可耐的民间传说故事。有时，他又会摇动老式喇叭留声机的手柄，播放录制好的音乐。我们一起欣赏了达米尼亚·巴特密的轻管弦乐前奏曲、汉斯·索尔维格振奋人心的交响乐，以及昂格列禅院的虔诚圣歌。偶尔他也会跟着格温拉斯的歌剧唱上几首，直到我恳求他停下才作罢。他有时模仿着指挥家的动作跟着《马卡里乌斯安魂曲》挥舞双臂，有时又会抖动着那对移植来的双腿在房间里跳舞。这些滑稽却又活泼的举动逗得我合不拢嘴。

"听这样的音乐对你有好处，格雷戈。"他说着，吹起一枚线轴上堆积的尘土，将线轴装进了播放器中。

我本想回答他，但尖锐刺耳的《莫迪安兵团奏鸣曲》打断了我的思绪。

迈达斯也时常前来探望，并花了不少时间和我下几盘弑君棋，或者拨弄他的格拉威亚七弦琴。他能为我演奏几乎令我感到受宠若惊。从我第一次遇到他起，他便与这把七弦琴形影不离。尽管我多次提出邀请，他却从未为我演奏过。

他堪称抚琴的大师，镶嵌着电路的手指不断拨弄拂动着内置代码的琴弦，手法就如同驾驶飞艇般娴熟。

他第三次到访时，为我演奏了三支欢快的格拉威亚舞曲，然后将镶嵌着玳瑁的乐器放在椅背上，说了一句："洛温克死了。"

我闭上眼，点了点头，我猜到会这样。

"考虑到你的身体状况，埃莫斯本不愿告诉你，但我觉得向你隐瞒并不是好事。"

"他死得痛苦吗？"

"他的身体在降神的事故中活了下来，但意念早已死亡。一周后他撒手人寰，无声无息。"

"谢谢你能告诉我，迈达斯，这或许是最幸运的死法。现在请再演奏一曲吧，我希望能沉醉在你的音乐里。"

异形

然而，令我自己也感到奇怪的是，在所有人之中，我几乎最期待贝坤的来访。她每次来都会绕着我团团转，一边手忙脚乱地收拾屋子，一边对着房间内杂乱摆放的水罐、邋遢的靠垫指指点点。清理完房间后，她就会为我读书，读的内容通常是埃莫斯之前留下的书本或数据板，也是老学士百般叮咛的、有助于我的身心健康的材料。她读得有声有色，有时还不忘自由发挥。她扮演塞巴斯蒂安·索尔时的声音让我笑得前仰后合，肋骨都隐隐作痛。而当她朗读克尔洛夫撰写的《荷鲁斯战争史》时，模仿帝皇的语气和风格则足以称得上是异端。

我教她学会了弑君棋。尽管她连续输了几盘，但她却被精美的棋子、复杂的棋盘和变幻莫测的棋局、策略深深吸引。她表示这个游戏的"策略性"过强，而且没有"激励"。于是我们开始用硬币作为筹码，她也立刻认真起来。

自那之后，她几乎全都赢了。

过了几天，迈达斯再来拜访我时，一见面，就恶声恶气地问我："你是在教那个小妞儿下棋吗？"

在我疗养的第三周周末，贝坤来到了我的卧房。"我带来了一位客人。"

古德温·费希格，他遭受重创的半边脸已经用人工肌肉和金属修复，并用半张白色的陶钢面具遮挡起来。他失去的臂膀也被替换为一条强而有力的金属义肢。与往常一样，他穿着纯黑色的夹克和一条马裤。

他在床边坐下，祝我早日康复。

"古德温，你的勇气值得嘉奖。"我说，"本次行动之后，你可能会希望回到倨傲星的故乡继续效命，但我十分希望你能加入我的团队，如果你愿意的话。"

"尼森梅·卡佩尔会暴跳如雷。"他回答道，"冬眠墓穴的禁卫长可能会勒令我尽快归队，但我知道我想去哪儿。这才是充满目标与使命的生活。我愿意留下来。"

自那之后，费希格时常会来探望我，每次都一直待到深夜时分。我们畅所欲言，偶尔开着玩笑，在贝坤的观战下玩几盘弑君棋。起初，他因为更换的义肢无法准确地挪动棋子，不小心落子失误后的懊悔神情给我们带来了不少乐子。但不久后他竟然连赢了我三盘，直到那时，他才承认是冰雪聪明的贝坤过去几周里一直在教他。

在我能够自如行走,并全身心地回归工作之前的一两天,我迎来了最后一位访客。赫尔丹推着一张带有钢制辐条的轮椅走了进来。

沃克看上去憔悴不堪,他只能通过语音增强设备说话。我当时甚至怀疑他活不过几个月的时间。

"是你救了我,艾森霍恩。"他的声音透过语音设备传出,断断续续的声音十分沙哑,带着浓重的喉音。

"真正让我们活下来的,是那群星语者。"我纠正道。

沃克摇了摇扭曲而凹陷的头颅。"不……就在我即将迷失在诅咒世界里无法自拔时,是你将我硬生生地拉了回来。我听到了你的呼喊,是你喊出了我的名字,那已经足够了。如果不是那声呼喊,我恐怕早就陷入亚空间,再也回不了头了。"

我耸了耸肩,不知如何作答。

"我们不一样,格雷戈·艾森霍恩。"他的嗓音中带着颤抖,"我们遵循的审判庭理念大相径庭。但你临危不惧、大公无私的精神令我钦佩不已。在我眼中,你已经证明了自己的忠诚。尽管你的手段和方式与我不尽相同,但这不正是修会赋予我们的权利吗?不出意料的话,我很快就会死——但我会平静地死去,因为我知道,还有很多像你一样的人,为了帝国的芸芸众生,在继续奋战。"

我感到无比荣幸。尽管我对他的办案手段颇有微词,但我知道——我们殊途同归。

他比画了一个手势,示意赫尔丹走上前。赫尔丹的头部依旧受损严重,与上次见面时相比,丝毫没有好转的迹象。

"我请你信任赫尔丹,在我所有的学生之中,他是最出类拔萃的。我有意将他提拔到高阶审讯员的级别,并从此列入审判庭的正规编制。如果我死了,就看在我的分儿上适当地提携他。我十分确信,有了他,审判庭必定会获益匪浅。"

我向沃克承诺会尽我所能,这似乎让赫尔丹十分欣喜。说句实话,我不喜欢这个人,但他面对残酷的死亡时展现出的坚忍与顽强足以证明他的能力与忠诚。

沃克伸出鹰爪般的双手,牢牢地握着我的手,他掌心冒汗,轻声说:"谢谢你,兄弟。"

后来,康茂德·沃克继续活了一百零三年,他也因顽强的生命力和意志力而广为人知。格里希·康斯坦丁·费波斯·赫尔丹最终被推举为审判官,这背后一直有沃克的苦心经营。

正如人们常说的,这是"身为人父的原罪"。

围绕56-艾扎星的军事演练持续进行了三周。起初,海军上将斯佩提安的计划是采取舰队级行动——简单粗暴地使用轨道炮歼灭一切作战目标,但罗尔金领主和死亡守望都认为地面作战不可避免。我们必须亲眼看到异形版本的《亡灵经》被毁灭的全过程,否则便无法确定它已被销毁。唯有在确定这一目标实现后,我们才能毫无顾忌地对56-艾扎星采取彻底的毁灭性打击。

帝国海军的参谋团与死亡守望备受尊敬的智库布莱特诺思开展了几轮详细的讨论,从我的小队成员与幸存的古德伦部队士兵口中得到了与萨鲁提人的"四相之景"有关的信息——讽刺的是,我们都不约而同地沿用了马拉海特创建的术语。

舰队的决策层对收集到的信息进行了细致的剖析,并编写了仿真程序来训练地面部队。在我看来,那些模拟的环境丝毫没有体现出我们在高原所在的世界上经历的诡异谬误。

在欧姆·马多辛的陪同下,布莱特诺思亲自主持了对我的访谈。布莱特诺思如同巨人一般,没有穿戴任何盔甲,在访谈过程中体现了细致入微的一面。他措辞严谨,语气中充满关切之情,真挚地聆听了我的讲述。我尽可能客观地口述了我对于那段经历的回忆,并进一步阐述了马拉海特在那场决定性的降神仪式中表达的具体观点。

布莱特诺思有意避开了誊抄机仆或办事人员,一边聆听,一边亲自完成纪要的录入。星际战士宽大的手握着细小的触笔,在数据板上耐心而细致地记录着我的描述——这充满视觉反差的一幕,让我不禁看得出神。

我们坐在房间内,访谈持续了数个小时。贝坤时不时端来几杯热腾腾的蜜酒和用茶粉冲泡的茶水，布莱特诺思举起酒杯与我共饮——事实上，他在端起瓷杯时，不得不用小拇指钩住把手。在我看来，他是战争机器在和平时期的完美化身，优雅且低调的行为中蕴藏着巨大的力量。他十分克制，仿佛稍有不慎，那股可怕的暴虐之力便会挣脱而出。他举起瓷杯并伸直小拇指，在啜饮之前翻阅着笔记，追问了另一个问题。

我之所以无法忽视这个细节，是因为他小拇指的大小和粗细程度，堪比法务部人员肩抗的警棍。

"审判官兄弟，我还想请教的问题是：萨鲁提异形营造的环境是否会阻碍我们部队官兵的行动，并影响他们在战场上的发挥？"

"这一点你基本可以确定，智库兄弟。"我从银壶中倒了一杯欧力赛特茶，"在执行整个任务期间，我的战友们全都迷失了方向，而古德伦的步兵之所以一蹶不振，也是因为当地存在的异常。它们会营造一种特殊的谬误感，并让身处其中的人逐渐丧失理智。我们曾经猜测，那些令人不适的谬误是萨鲁提人故意施加的手段，其目的是破坏人类在三维空间内的感官。但马拉海特的招供似乎更能解释得通——这些谬误不过是萨鲁提人在所处的环境中产生的副作用，而非刻意而为。不难推测，这种特殊的效应在它们居住的任何星球上都是一种常态。"

布莱特诺思点了点头，再次认真地记录。

"我相信，您所在的战团具备的经验以及更加专精的设备足以应对这些异形。"马多辛说，"而我，我更担心的是帝国卫队的士卒，他们才是本次行动的中流砥柱。"

"他们都参加了作战模拟的演练。"布莱特诺思低声说。

"恕我直言，我也做过演练，但恐怕它们并没有如实、完整地反映出我们即将面临的战场环境。"我隔着桌案，看着布莱特诺思的脸。他五官粗犷，面部凹凸不平，且毫无血色——对于大半生都戴着战斗头盔的人而言，这是他们共有的样貌特征。他用耷拉着的双眼看着我，似乎对我的经历颇感兴趣。我不禁心生好奇：这双眼睛究竟目睹过怎样的血腥战争、怎样的胜利，以及怎样的惨败？

"那你有什么建议？"布莱特诺思问。

"我建议,进行异常环境下的交叉训练。"我想了很久，终于说出了答案，"欧姆长官知道我不是个军人，智库兄弟，但在我看来理应如此。让作战部队进行负重的作战训练，并且在重心失衡的状态下行动。让他们在一些作战练习中蒙上双眼，或是铐上双手，然后改变训练室内的重力加速度。频繁地改变他们负重背包的重心，创造各种不适感。在没有提前预警的情况下，反复地调整作战环境的亮度，高频率地改变气温和气压。让他们感受打破常识的困境，训练他们在令人烦躁、不安的极端环境下重复完成奔跑、掩护、射击和装弹动作。让他们将必要的战斗程序烂熟于胸，以确保他们在任何地方、任何环境中都能够不折不扣地完成全套流程。当最终抵达 56- 艾扎星时，帝国卫队的官兵们只需要考虑战斗本身，其他的全部细节都应该依靠本能适应。"

马多辛自信地一笑。"我们的地面部队全部来自帝国海军的主力和米尔普瓦的精英部队——他们个个身经百战，不像那些可怜的古德伦士兵，在前线居然还需要您亲自照顾，格雷戈。他们经受过战火的锤炼，具备更高超的作战技巧。他们久经沙场，有胆有识。"

"别掉以轻心。"我警告马多辛，"还有一点，你刚刚提到的那些新兵——包括杰鲁斯中士和他的部下，我需要他们与我一起行动。"

"格雷戈，我能给你一支最好的米尔普瓦精英特种小队——"

"我只要古德伦的那些幸存者。"

"为什么？"布莱特诺思也感到困惑不解。

"因为无论他们的战斗经验是多么匮乏，他们亲身经历过'四相之景'，我希望将他们留在身边。"

马多辛和布莱特诺思交换了一下眼神，海军检察官无奈地耸了耸肩。"如您所愿。"

"至于其他人，如我所说，切勿在训练环节就掉以轻心。"

"我们不会的！"他发出了夹杂着怒意和嘲弄的笑声，"参加训练的士兵会竭尽所能，他们将渴望一场真正的战斗。"

"我没有开玩笑。"我说，"每一个部署到 56- 艾扎星的人——包括尊敬的死亡守望战团在内，愿帝皇保佑——应该随时做好视听感官、判断力、忍耐力甚至是最基本的精神力全面失控的准备。他们会因此受到致命的打击，而对方采取的手段也会极其阴险。他们在战斗后或许会忘记自己母亲的姓名，或者只是被吓尿裤子那么简单，但他们必须时刻牢记应该如何镇守防线，如何瞄准和开火，如何重新装弹——当然，如何爱戴帝皇，并不折不扣地服从每一道命令。"

"注意你的措辞。"布莱特诺思说，"当然，我也会把你的原话调整后，再转达给我的战友们。"

"我不在乎你对他们怎么说。"我忍不住笑出了声，"只要你确保不说出信息的来源。"

"放心，肯定会匿名的。"他微笑道。真是个奇迹，我暗自惊叹。或许我是帝国境内为数不多的，能够目睹阿斯塔特智库展露微笑的凡人；也是为数不多的，在目睹阿斯塔特智库后还能露出微笑的凡人。

布莱特诺思突然将数据板和触笔推到一旁，面带好奇地看着我。"曼德拉戈尔。"他开口说。

"那个帝皇之子的杂碎？怎么了？"

"有人说你亲手杀了他，还是单打独斗？对于你这样的人来说，这可真算得上是了不起的成就——我无意冒犯。"

"这么说一点都不冒犯。"

"你是怎么做到的？"他坦率地问。

我对他讲述了全过程。我尽量言简意赅。在聆听过程中，布莱特诺思始终面无表情，但马多辛却听得如痴如醉。

"我的连长兄弟西尼沃夫肯定会十分高兴的。"布莱特诺思说，"我答应过他，我会问个清楚。他恨不得亲自找你刨根问底，但他居然有些不好意思。"

万万没想到。

我们为即将到来的战斗做好了准备。这将是一场恶战，而且与多数战役截然不同的是，我们要同时面临异形和异端，而不是一般意义上的两军对垒。我观察了士兵们的训练过程，他们严苛的训练与严明的军纪令我印象深刻。在这个过程中，我甚至发展了一个有些可怕的爱好：在货舱层外，观看连长西尼沃夫率领杀戮小队执行猎杀任务。

我们蓄势待发，万事俱备。

在航行的第九周，罗尔金领主与海军上将斯佩提安发布了一篇联合声明，他们在国教的应允下，正式签发了《对 56- 艾扎星的清剿令》——条款和细则全都遵循帝国法典的要求，这纸文书标志着军事行动的正式开始。我们浩浩荡荡地穿过亚空间，向萨鲁提人的世界全速进发，并将按照计划开展入侵行动，如有必要，我们会将它彻底毁灭。

在我康复后的几周时间里，我很少做梦。但就在我们抵达 56- 艾扎星前的最后一晚，那个眼神空洞的英俊男子重新出现在了我的梦境中。

他在和我说话，但我却什么也听不清，更不明白他意欲何为。他领着我，迎着呼啸的寒风，穿过了一座破败不堪的宫殿，随后默默地走向了远方的荒野。只留下我一个人，赤身裸体地伫立在摇摇欲坠的断壁残垣之间。

萨鲁提人也出现在了那个梦里。它们从破碎的瓦砾间轻巧地爬起身，寻找着我根本无法看见的角度和路径。当它们嗅到我的气味时，一个个都摇晃着脑袋，不规则分布的鼻孔纷纷张开。它们的颅骨四周凝聚着致命的能量……

我猛然惊醒，大汗淋漓，大半截身子已经探出了床。靠垫落得满地都是。

摆放在床头柜上的语音通信器发出了声响。

"审判官艾森霍恩？"

"很抱歉吵醒您了。"马多辛说，"但我有必要向您汇报：舰队在二十六分钟前跃出了亚空间，我们已经驶入了 56- 艾扎星的入侵轨道。"

第二十三章

反入侵作战

扭曲的折角

萨鲁提花园

战争正式打响。

56-艾扎星如同一颗悬挂在半空中的珍珠，散发着乳白色的朦胧光芒。刺眼的火光与缓慢绽放的毁灭之花在半透明的云层下若隐若现。异端的舰队比我们提前两天抵达，抢在我们之前展开了对这颗行星的袭击。

我习惯性地将那支舰队称为"伊斯特鲁姆的舰队"，但它早就不是了。没有人比我更清楚这一点——在我击毙伊斯特鲁姆之后，这支舰队听命于洛克。

十三艘舰船将56-艾扎星彻底封锁，虽然没有使用帝国的标准阵形，但他们的战术却十分有效。他们的战斗轰炸机、拦截机和登陆运兵船如同雨点般向行星砸落，轨道武器向星球的地表宣泄着全部火力。

就在我们跃出亚空间的一瞬间，敌人立刻侦察到了我们。敌方的重型驱逐舰尼布甲尼撒号和富尼耶号担任警戒舰，在阵形的后方迂回巡逻。

斯佩提安上将指挥舰队上升到轨道范围外，命令护卫舰斯特林瓦守卫号、帝皇之锤号和钢铁雄心号冲向敌营，将敌营撕开了一个缺口。

随后他派出了参与远征的部队的战机中队，并命令天狐号战列舰掉转方向，向里昂柯尔号重型巡洋舰发动炮击。

帝皇之锤号与钢铁雄心号的炮火已经锁定了尼布甲尼撒号，密集的火力引爆了舰身，真空宇宙中的战场被爆炸引发的火光照得通明。

斯塔林瓦守卫号与富尼耶号则陷入了漫长而紧张的周旋，两艘巨舰旋转着，互相逼向对方的死角。它们最终撞在了一起，舰上搭载的人员和海军安防部队伤亡惨重。

两艘船如同相互锁死一般，在死亡的怀抱中翻滚向远方。

天狐号再次发起了冲锋，却没料到里昂柯尔号敏锐地侧过身，天狐号接连被三发侧舷炮命中。危急时刻，帝国方的战船急速掉转船艏，轰碎的残片被甩向了半空。随后，天狐号高举炮口，与里昂柯尔号展开了殊死一搏。敌军的旗舰如同一颗垂死的恒星般爆裂开来。

天狐号也遭到了重创，勉强再次掉转方向，向最接近目标世界大气层的敌舰发起了远距离炮击。与此同时，斯佩提安上将将剩余的舰队分成三列，中间一列的规模尤其浩大，为首的舰艇正是威严的圣镰号。

敌我之间的距离越来越近。56-艾扎星的近空区域火光冲天，密集的飞弹如同划破天穹的彗星。激烈的虚空战随之而来，两支舰队各自派出了大量拦截机和轻型轰炸机，如同相互撕咬、搏斗的虫群般嗡嗡作响。细小的光点在虚空之中旋转飞舞，速度之快、数量之多已经超出了肉眼所能捕捉的极限，即便是战术显示屏也无法展现战场的全貌：数以万计的标记和闪烁的光标杂乱地分布在屏幕上，它们彼此旋转，时而相互叠加，时而明灭交替。

叛军在舰队方阵后的缓冲区域部署了大面积的鱼雷，作为率先突破的入侵者，帝皇之锤号遭到了严重的破坏，被迫从战场上撤离。异端的拦截机如同食腐的苍蝇般扑向了那头奄奄一息的巨兽。

钢铁雄心号从帝皇之锤号身旁驶过，使用针对性的清除装置在雷区内开辟出了一条小径。数千枚鱼雷在被锥形探测区域触碰后，纷纷自发引爆。

斯佩提安的目标正是从敌军的扁平阵形中凿出一个漏洞，他命令舰船见缝插针，侵入到行星地表的射程范围内。在这一阶段性目标达成后，他便立即命令对地火力全力开展行星突袭，为随后的登陆运兵船提供火力掩护。

圣镰号是首个突破防线的战船。它的主炮无情地摧毁了叛军的巡洋舰鳞盾号，迫使阿尔戈之耀护卫舰不得不后撤回防。

数百艘登陆运兵船如同暴雪般涌出了战列舰，另有两艘主力护卫舰从审判庭的黑船后驶出。

多数运兵船都是帝国卫队的制式装备，它们全都是灰色的登陆艇，喷气式引擎在56-艾扎星的大气云层中轰鸣。但灰色之间也夹杂着几台黑甲舰船和死亡守望战团的空降舱。

反入侵作战开始了。

在战斗开始后的第一个小时内，我们成功将十二万名米尔普瓦轻步兵精锐中三分之二以上的兵力部署到了56-艾扎星的地表。此外，还有将近半数的机动装甲部队，以及全部六十名死亡守望的阿斯塔特修会战士。

传感器扫描显示，隐藏在厚实气层下的56-艾扎星是一颗其貌不扬的星球。无机的软泥堆积在广袤而平坦的大陆上，晶状的高地耸立其中，高地四周环绕着由惰性的液态化学物质蓄积而成的海洋。唯一存在的高级生命迹象——事实上，是唯一的生命迹象——是沿着大陆的赤道排列的、彼此串联在一起的庞大建筑群，每一个建筑都有城市大小。这些建筑体采取的材质和构造几乎无法在近地轨道读取。叛军的入侵行动集中在其中最大的三座建筑上，斯佩提安上将敏锐地指出，敌人不会费尽周章地入侵难以存活的地点，于是直接锁定了目标建筑群。

损伤严重——沿途我们遭到了敌人的拦截机、微缩鱼雷和地对空防御系统的火力阻碍。敌人全都是人类，完全没有萨鲁提人参与作战的迹象。

登陆作战的主力部队之后是审判庭方队，其中共有五个专业化突击小队，他们遵照作战计划，跟随主力部队冲入了被撕开的防线缺口，重点实现两大作战目标：抓捕或剿灭全部异端分子，并彻底抹除与《亡灵经》有关的全部材料。其中一支作战小队由我单独指挥，其他小队则分别由恩多、松嘉尔德、莫里托和审判官领主罗尔金本人率领。沃克因为过于衰弱，无法指挥战斗，所以指派赫尔丹加入了恩多的作战小队。

我率领的小队名为"肃清二号"，包括二十名古德伦步枪兵、贝坤、迈达斯和一位名叫古伊拉的死亡守望星际战士。在本次行动中，每位审判官身边都安排了一名阿斯塔特修会的战士。费希格曾要求参与作战，但由于他刚刚接受了手术，伤势未愈，仍然十分虚弱，我内心有些沉重地拒绝了他。他与埃莫斯留守在战舰上——无论怎样，老学者肯定无法参战。

我们坐在帝国卫队的登陆艇内，跟在罗尔金领主的肃清一号小队乘坐的登陆艇之后，离开了圣镰号。登陆艇从主舰出口处剧烈震动的斜坡驶入了真空中。

杰鲁斯的士兵们在我们降落时开始高歌。他们身穿标准的古德伦部队军装，外侧披挂着从舰队库房中领取的崭新铠甲，袖口缝着审判庭徽章，徽章紧挨着古德伦第五十步枪兵团的团徽。他们士气高昂，脸上全都洋溢着热切而坚定的笑容。我相信，我选择他们加入我的行动小队，这个决定对他们而言也是一种莫大的激励。马多辛曾经向我透露，这些入伍不久的新兵在诸多异常训练中的得分始终高于平均水平。他们互相开着玩笑，吹着牛皮，像老兵一样高唱着帝国的战歌。从多尔赛的建军大典至今，他们已然经受了重重磨难的洗礼。

从我与贝坤在倨傲星首次见面起，她也发生了天翻地覆的变化。她从"太阳穹顶"上的那个轻浮散漫、自私自利的卖笑女子快速蜕变为了一名坚强且严肃的女性，因为她找到了真正适合自己的使命。她专心致志地开启了新的生活。我认为这样的转变才是人类帝国进步的根基。无数忠诚的帝国子民已经投身于帝皇的事业，而更多人才尚待挖掘。尽管久经磨难，但伊丽莎白·贝坤始终都在证明自己的价值。如果说有什么标志了她的转变，那便是高原上的那次行动——曼德拉戈尔被焚烧的残骸让她彻底战胜了恐惧。

她身穿黑色的贴身铠甲和长长的黑色天鹅绒外套，坐在我身边仔细检查着手中的卡宾枪。惩戒官指导她进行了十分有效的训练。她摆弄着武器，动作敏捷而娴熟。只有外套领口周围的黑色翎羽装饰透露出她曾经是个喜爱打扮的女孩。

迈达斯坐在我的另一边，好像浑身不自在。他是个糟糕的乘客，我知道他迫不及待地想代替飞行员，自己挤进登陆艇的驾驶舱。他穿着标志性的樱桃色夹克——尽管面色阴沉的古伊拉强烈反对，认为这种艳俗的色彩"不适合战斗"，但他还是固执己见。他将刺针手枪塞在枪套内，将那杆格拉威亚步枪平放在膝盖上。

综合考虑了护甲和机动性两方面的因素，我选择了一件棕色皮甲和用于冲锋作战的扣袖外套，我骄傲地佩戴着审判庭的标志。为了表示对我的感激，智库布莱特诺思将他的爆矢手枪借给了我使用。这是一把做工精致、结实可靠的武器，外壳用亚光的绿色钢铁锻造。长方体形状的弹夹刚好能收纳在手柄之中，我将其中一枚锁死，将另外八枚挂在我的腰带上。

在连续八分钟的快速下降之后，登陆艇的震动逐渐减弱，我们稳定了下来。古伊拉坐在舱口旁，对着天空比画了一个天鹰礼，随后戴上了作战头盔。

"还有二十秒！"船舱内的语音播放器里传来了驾驶员的通知声。

我们从云层向地面垂直俯冲，驶向忽明忽暗的地面战场。船头对准近地轨道上能够确认的一座城市结构发起了全速冲刺。该地区被一片酷似湖泊或水库的大型水体包围，但其中的液体却在熊熊燃烧，火势凶猛异常，火焰高达数千米。火墙上涌起遮天蔽日的浓烟，浓烟下的地面被翻腾的火焰和武器发出的密集火光照得通明。

随着缓冲喷射器的开启，登陆舱开始剧烈震荡，如同醉汉般左右摇摆，大约五秒后方才停稳。古伊拉一拳砸在舱门的墙钉上，伴随着金属相互挤压的声音，舱门被打开了。冷空气夹杂着乌黑的浓烟灌进了船舱内。

我们走出舱门，踏上了一片宽阔平坦、反射着白光的泥泞土地，向着目标处奔跑，靴底踩踏在潮湿的地面上，发出吱吱声。泥地位于两片燃烧的湖泊之间，猛烈的火势掀起滚滚的热浪，扑在我们的脸上。翻滚的焰光在潮湿的泥地上反射出耀眼夺目的光芒。

一架速攻艇在半空被引爆，燃烧的残骸中掉落出无数白色的碎片，夹杂着几具米尔普瓦士兵烧焦的尸体。激光火力在我们头顶轰射。前方一千米处，突然出现了几道似曾相识的环状拱门，舰队的科技神甫们称其为"四相之门"，其中一些因为遭受袭击而支离破碎。在拱门的另一侧矗立着一座珍珠白色的巨型建筑，建筑外面的弧线与切割纹路如同一只巨大的海贝，表面布满了千万条细微的焦痕与爆炸留下的裂纹。

我们跟在古伊拉身后，继续行军。空气中弥漫着燃油蒸汽与其他浓烈气体混杂在一起的味道，那气味浓烈刺鼻，酷似甘草，我一时也辨别不出。

"肃清二号，在地图的七号方位部署。"我通过语音通信器汇报。

"收到，肃清二号。肃清一号、四号已经安全着陆，正在部署。"

看来罗尔金和莫里托的队伍也已经到达地面了。目前还没有收到来自恩多和松嘉尔德的消息。

我们穿过第一道破碎的环状拱门时，古伊拉踉跄了一下，停下脚步摇了摇头。我也感到了那种特殊的谬误感，萨鲁提人阴险地扭曲了周遭的环境。那道"四相之门"的破裂似乎更加剧了这种诡异的效应。这些装置无声无息地投射、维系着萨鲁提人的"四相之景"，尽管此时，它们已经严重破损。

古德伦的官兵们也觉察到了异常，但他们镇静得多。

"你们先行！"我示意杰鲁斯，古伊拉闻言，目光敏锐地看了我一眼。

"你需要一些时间适应这里的特殊环境，古伊拉兄弟，这一点不容置辩。"

异形

　　杰鲁斯和三名古德伦士兵走上前，他们也感受到了困难，如同喝醉了一般，步履蹒跚地前行——空间和时间的角度在这里受到了严重的弯折与扭曲。

　　在我们身后，登陆艇的推进装置开始启动，从闪烁着亮光的泥潭升到了半空中，将坡道和着陆支架收回到船舱内。然而，在距离地面六十米时，我们的飞艇被一枚呼啸而至的导弹击中，船身的主体部位遭受重创。驾驶舱的部分燃烧着从半空坠落，被淹没在火湖之中，其余的残骸纷纷散落在火堆之间的白色泥土上。

　　若非神皇的恩典，我们或许还在那艘飞艇上。

　　我们步履艰难地小跑前进，来到了萨鲁提人的一座巨型建筑前。建筑体闪烁着荧光，大小接近于一座帝国的巢都，地基深深地埋在白色的泥土之下。我企图研究它的构造，但它实在超出我的认知范围。我因为担心迷失心智，很快便放弃了目测。

　　建筑的外观酷似一只菊石，一些闪亮的部位镂刻着光滑优雅的曲线，但我光凭肉眼根本无法看透它的真实形状。建筑体重叠的部位和结合的边缘与人们平日所见的几何结构截然不同——倘若你盯着其中一个端点，目光沿着边缘线向另一个端点移动，很快便会因为光学错觉而头晕目眩。

　　我们抵达了建筑体的底部。没有门，也没有入口。洛克的人在我们之前抵达，他们曾经试图采取爆破手段炸开光洁的表面，但显然，这些墙体比想象中结实得多。

　　我率领小队从那道墙面撤回，朝不远处的一排四相之门折返。距离建筑体最近的那排环状八面体仍然完好无损。

　　如我所料，就在我们迈入最后一道八面体拱门后，转眼就已身处建筑的内部，仿佛换了个角度，直接穿透了那些珍珠白色的墙体一般。

　　从建筑内部观察，墙体内的某种特殊物质散发着微弱的辐射。屋内一片温热，那股甘草的气味格外浓烈，几乎到了呛鼻的程度。半透明的地板焕发出珍珠般的光泽，地势凹陷，地面弧度与墙体的曲面融为一体。

　　我们备好武器，继续前行，踏上了一条长廊——这么称呼似乎太不严谨——长廊的形状是一个奇特的旋涡，仿佛是一只巨型海螺的内部或是人类的耳蜗。但我们除了笔直地行走以外，不曾有任何异常的感觉。

　　旋涡逐渐向上盘旋舒展，仿佛是一只倒置的牛角状圆锥体，走廊通向一个近乎球形的房间。身处其中，我们几乎无法准确测算出房间的真实大小，也无法断定它的真实形状。它的内部陈设酷似观赏用的花园，甚至带有些许人类花圃、农庄的风格。在反重力或者其他无形之力的作用下，几条银色的路径悬浮在半空中，蜿蜒地穿插在弧形的液罐之间。液罐中生长着色彩斑斓的高大苏铁和其他鳞茎作物。鼓胀的多肉球茎在我们的头顶垂落，表面蒙着一层湿漉漉的水汽，茎上布满了藤蔓和虬结的茎须。绿藤与带花的枝叶将液罐上方的固定装置遮盖得严严实实。屋内昆虫肆虐，在臃肿的钟形树干和纤细的新月形枝条之间穿梭飞舞。有一只昆虫落在了我的袖子上，我刚要举手拍打，发现它竟有五条腿、三只翅膀，体型毫无对称性可言，心中顿时涌起了一股嫌恶之情。

我们沿着银色的小径向前摸索。在穿过一道四相之门后，我们立即发现自己出现在了另一座花园大厅里。这里同样摆满了造型奇特的液罐，长满了色彩斑斓、繁茂生长的植物。最高的植物是几簇异常高大的鹅黄色问荆，橘黄色的茎秆矗立在悬浮的道路之上，足有八九十米高。

古伊拉突然高声警告，手中的风暴爆矢枪接连轰射，密集的子弹沿着银色的道路扫过整座花园。几株葫芦造型的植物应声爆裂，纤维颗粒与汁水四处喷溅，卷须与残叶散落了一地。

几发子弹向我们袭来，激光和自动步枪的火力相互交织。在那片怪诞而病态的室内丛林间，叛军向我们发起了反击。

第二十四章

肃清二号行动

沉默的革命

达佐的胜利

敌人穿过植被之间的银色道路，用手中的武器向我们连续轰射。他们有的身穿古德伦第五十步枪团的制服，有的戴着帝国海军安防部队的黑色铠甲，浑身都是斑驳的泥渍。我率领的两名古德伦士兵被子弹射中，从道路边缘坠落，消失在了底部水罐的混浊液体之中。但敌人开展的反击多数都毫无章法。

肃清二号小队发起了新一轮进攻，激光弹向敌人齐射。我一马当先，举起爆矢手枪轰出了几发子弹。银色的路面上几乎没有闪展腾挪的空间，连掩体都没有。

我的第一枪打偏了，偏差之大让我一度怀疑我的爆矢枪是否出现了错位故障。但我随即想起了萨鲁提人"四相之景"的诡异特质，然后改变了射击的角度。接下来的两发爆矢弹不偏不倚地击中了敌人。贝坤和迈达斯也找到了其中的诀窍，杰鲁斯的小伙子们还在适应。

古伊拉发出了不少动静，用他的风暴爆矢枪轰射着花园内的一切。但在我看来，他似乎正因为环境的异常而感到惴惴不安。

这一幕对我而言是一个有益的警示。自从三十年前目睹了白色疤痕的星际战士攻占阿曼纳德的全过程后，我对这些天神般的战士便充满了敬畏之心——但此时此刻，我惊讶地发现他们居然也会犯错。尽管他力大无穷，勇猛无比，有着超出常人的生命力与最先进的武器，但他在这样的作战环境中却无所适从——与此同时，古德伦的小伙子中最年轻的叶尔顿已经击毙了三名敌人。

这是傲慢，还是对于自身能力的过度自信？

"古伊拉，古伊拉兄弟，调整瞄准方向！"

我听到他咒骂了几句，沿着道路向前猛冲，用子弹轰开了植物的块茎。

第二十四章

"那混蛋为什么不听?"迈达斯一边抱怨,一边托起格拉威亚步枪瞄准,一枪轰掉了百米外叛军士兵的头。

"靠近!"我命令道,"杰鲁斯,投弹!"

杰鲁斯和其他三人躲在灌木丛中,纷纷向敌人投掷破片手雷。伴随着爆破的闪光,液罐内的浆水和植物碎渣四处飞溅,空气中满是植物纤维和氪氩的湿气。

敌人枪声的音调突然发生了变化,爆矢枪的爆破声彻底掩盖了激光武器的嗖嗖声。

我的目光顺着银色的道路望去,看到古伊拉的胸甲被几发突如其来的爆矢弹轰中,他踉跄着后退了两步,怒吼一声,仰面栽倒,跌进了身后的液罐中。

开枪之人将叛军的步兵们推搡到一旁,沿着悬浮的道路向我们走来。

"不!"贝坤发出了绝望的呼喊,"黄金王座啊!这不是真的!"

是另一名帝皇之子,与曼德拉戈尔相差无几的混沌战士。他晶亮的斗篷在身后呼啸、抖动,一双铁蹄践踏在路面上,如同愤怒的公牛般野蛮地咆哮着。他手中的爆矢枪跳动了一下,我身旁的一名古德伦士兵就被轰成了一团血雾。

帝皇之子,一系列阴谋的始作俑者与隐藏在暗处的赞助方,此时已经赶来守护他们的财产。他们究竟是在曼德拉戈尔死后不请自来的,还是走投无路的达佐、洛克向他们寻求了援助?

我扣动爆矢枪的扳机,与肃清二号的其他成员一同对帝皇之子发起了新一轮齐射,企图减缓他的步伐。恐惧令忠诚的士兵们忘记了训练时的射击技巧,射击动作出现了严重变形,多数子弹都打偏了。而那头怪物对于少数击中了铠甲的子弹似乎毫不在意。

"肃清二号,我是肃清二号!这里出现了帝皇之子!"我对着语音通信器大喊。我知道我距离死亡只有一步之遥。但比起我的生死,尽快与舰队指挥同步这一关键信息更加重要。

漆黑的水面下突然冲出了一个黑影,他浑身都是泡沫和淤泥。古伊拉兄弟向那名混沌星际战士猛扑过去,将他掀翻在地。两人同时摔进了一旁的液罐中。不知是异端战士的爆矢枪还是别的武器在水下反复地轰击着,位于悬浮道路下的液罐侧面被轰成了碎片。混浊的浆水涌出,在花园建筑之间的沟壑中流淌。随着液面的下降,那两位巨人逐渐显现。他们浑身是淤泥,在液

异形

罐昏暗底部纠缠的树根和导管之间扭打着,每一次击打都倾注了非人的力量。

陶钢的巨大拳头猛砸在装甲护板上,塑钢碎片四处飞溅。混沌星际战士抡起两只硕大的钢爪,撕扯着古伊拉的目镜和肩甲。古伊拉将他向后撞倒,双脚在浓稠的浅水中猛力践踏。他们一同跌进盛放着巨型苏铁的容器。敌人奋力挣扎着,一只手死死抓住古伊拉,将拳套上的利刺捅进了死亡守望护甲腋窝处的连接部位。古伊拉踉跄了两下,就在他仰面跌倒的同时,敌人挥动巨大的手掌,一掌抡了过去,将他的头盔撕扯了下来。

混沌星际战士跨坐在匍匐在地的古伊拉身上,撕扯着他的咽喉,拳头如同巨石般砸在他的脸上。

伴随一声巨响,爆矢枪轰射,发出了夺目的闪光。他的脸被轰得支离破碎,半边颅骨彻底凹陷,身体内部剧烈地燃烧着。邪恶的混沌战士摔倒在沼泽般的泥水中,不再动弹。古伊拉摇晃着站起身,手中握着风暴爆矢枪,面部和脖颈上的伤口血流如注。

这是一场令人敬畏的胜利。杰鲁斯的部下们士气大振,欢呼着向剩余的异端分子发起了冲锋。敌人如同丧家之犬,溃不成军,消失在了茂密的花园树丛之中。古伊拉爬回到悬浮的路面上,满脸滴血,低头看着我。

"很高兴,你还能与我们并肩战斗,古伊拉兄弟。"我说。

我们沿着小路穿过了萨鲁提花园,过程中再也没有遭受更顽强的抵抗。途中敌人的尸体或是漂浮在液罐中,或是散落在悬浮的路面上。他们的脸上满是符文烙印,全都是混沌的印记,看上去不像是用一般的滚烫烙铁留下的疤痕,更像是用邪力烙下的。斯佩提安上将曾经抱有一线希望,那些被迫参与异端行动的士兵,尤其是古德伦的帝国卫队,或许能够重新被征召到帝国的事业中来。正如杰鲁斯和他的部下们一样,多数士兵都是迫不得已地陷入伊斯特鲁姆叛变的泥潭中的。对此,舰队的参谋军务探讨了可行的战术:鼓动被迫叛变的帝国官兵揭竿而起,让洛克与达佐陷入众叛亲离、腹背受敌的困境。如今,这些希望都破灭了。这些官兵们的理智与意志早已被混沌灼烧殆尽,异端之徒彻底剥夺了他们赤忱的忠心。

我们穿过了另外几道四相之门,沿途走过了六座花园式的球形建筑,穿过了几个镶嵌着地砖的宽阔庭院以及由不对称的立柱支撑起的大厅——这些建筑的功能和效果全都令人费解。有两次,我们与异端势力短兵相接,但很快便将他们击退到建筑边缘的扭曲洞窟内。更多时候,我们耳旁会响起猛烈的交火与厮杀声,声源仿佛近在咫尺,但我们却看不到任何战斗的痕迹。

与此同时,我们与舰队指挥中心之间的通信连接也始终断断续续。肃清一号——罗尔金领主率领的队伍——正在某处陷入苦战,而莫里托的肃清四号则毫无消息。松嘉尔德的队伍,肃清五号,迷失在了"四相之景"的某个区域中。通信器中不时传出急迫而焦虑的呼救声,零碎的话语中充斥着对"不可能空间""疯狂的螺旋"近乎丧失理智的描述。

泰图斯·恩多杳无音信。

地面主战场的战争仍在激烈地进行。据米尔普瓦指挥官报告称,我方在邻近目标建筑群的火湖边已经取得了重大突破,其中一座火湖从内部被引爆,直接导致建筑群的核心区域遭到了严重的破坏。

在一座表面光滑、高不见顶的暗窖内,我们发现了第一个萨鲁提人。现场共有十多个异形,全都被开膛破肚,灰色的外壳被彻底撕开,银色的钩爪也被扯去。紧邻的大门通向一个螺旋形的房间,里面有将近一百具尸体,脓浆沿着苍白的肢体滴落在地上。尸体之间有几头白色的奴兽,与此前在高原上驮运《亡灵经》的异形一模一样。它们拖曳着空荡荡的缆线移动着,似乎获得了久违的自由。其中一些奴兽拿起了银色的尖刺,缓慢地向灰色主人的尸体反复地捅刺。

我不知道这些可悲的白化异形究竟是被萨鲁提人奴役的另一个种族,还是受到它们排斥、鄙夷的变异亚种。这次入侵似乎将它们从压迫中解放了出来,它们开始肆无忌惮地背叛、杀戮它们的主人。这便是奴隶制度的惨痛代价,奴隶主们迟早都要奉还。

奴兽们对我们已经无法构成任何威胁,它们甚至都没有留意到四周有人类出没,它们沉默不语,有条不紊地撕扯着萨鲁提人的尸体。

在另一个笼罩着诡异氛围的温暖房间内,有一座镶嵌着砖块的椭圆形磨盘,上百名萨鲁提人在四周漫无目的地碾磨着。一些异形抛弃了银制的钉刺,一瘸一拐地推动磨盘,其他的异形则颤抖地躺在一起,它们的颅骨向后仰起。那股令人作呕的、类似甘草的怪味便从这里传出。就在我们观察的时候,一

第二十四章

群白色奴兽从另一扇四相之门外笨拙地闯了进来，它们扭动着散开，用同样冷静而有序的动作奋力敲打着萨鲁提人。萨鲁提人丝毫没有反抗。

其他的房间和厅堂内重复着同样的景象，萨鲁提人或是曝尸当场，或是在漫无目地四处爬行。重获自由的白色奴兽四处摸索着，一旦找到萨鲁提人，便会痛下杀手。

直到如今，我仍然对这些异形生物的末日景象感到困惑不已。萨鲁提人当时已经放弃了抵抗，坐以待毙地等候即将降临的末日，抑或是别的什么因素剥夺了它们生存和抵抗的意志？就连科技神甫或异形生物学家也无法给出一个令人信服的答案。关于这些异形的天性，唯有一点可以确认：它们是深奥而费解的谜团，是不可言说、无法理解的存在。

我们发现达佐时，他已经奄奄一息。

他所在的四相空间内发生了一场大规模的战斗。数千名死者凌乱地躺在地砖上，包括米尔普瓦步兵和异端的部队。两名帝皇之子和三名死亡守望战士也已经阵亡。这片"四相之景"是我在这幢巨型建筑中见过的最大的空间，空间边缘的形状已经远远超出了人类在三维空间内能够理解的曲线范围，地面上躺着数不清的尸骸，似乎根本没有尽头。

达佐躺在一块高耸的石碑状物体下。他的身体被子弹射穿，整个人遍体鳞伤。赫尔丹背靠着那块巨石，无力地坐在一旁，看守着大祭司，警惕地握着一把自动手枪。赫尔丹身上血流如注，他艰难地喘息着。

他看到穿过四相之门的是我们，便将枪口稍稍放低了。

"这里发生了什么，赫尔丹？"

"一番苦战。"他喘息着说，"我们抵达时，战斗正是最激烈的时候。审判官恩多一眼就看到了这个混蛋，他命令我们加入战斗，立刻抓住达佐。后来的事情我就记不清了。"

"恩多在哪儿？"我环顾四周，暗自祈求尸体中没有他。

"去追……追洛克了。"

"哪条路？"

他虚弱地指向了那片尸骸对面的一道四相之门。

"洛克有《亡灵经》了？萨鲁提版本的《亡灵经》？"

"不。"赫尔丹说,"但他有秘钥。"

"什么?"

"达佐动用某种手段从这里面得到了秘钥。"他说着拍了拍身后倚靠的石碑,"破译的密钥,一种翻译工具。如果没有它,萨鲁提人的文本对我们毫无意义。"

"帝皇啊,他究竟是怎么做到的?"古伊拉困惑不解。

"用他的意念。"赫尔丹说,"你们难道感受不到灵能灼烧后残留的痕迹?"

我方才意识到他所谓的痕迹,那是意识被灼烧殆尽后留下的气味。那块高耸的石碑显然运用了萨鲁提人特有的神秘技术,功能或许与人类帝国的解码器类似,甚至有可能是某种自带感知能力的活物。我早已领略过达佐强大无比的灵能,他从石碑中感受到了异形语言的踪迹,并催动灵能展开了侵袭,从中撬出了萨鲁提人的秘密。这一举动堪称灵能的壮举,是意识的胜利。

"一个多面体。"赫尔丹补充道,"看上去形状很不规则,而且很小,是珍珠一样的质地。它就那样从石碑内投射到了他的手中,凭空地实体化。就在我向他冲锋的同时,我目睹了全过程。但这一举动几乎摧毁了他的整个意识。恩多将他击倒了,而他根本无力抵抗。"

"你怎么知道,这是……秘钥?"贝坤走了过来。

"我是从他濒死的意识里读出的。我说过,他已经毫无抵抗之力。你自己看吧。"

我靠近达佐,跪在他身边。他早已奄奄一息,口中吐着血沫。我调动意念,侵入他的大脑中。我拨开那几缕脆弱到可悲的抵抗念头,窥探到了赫尔丹所说的一切。达佐凭借远超凡人的意志力从萨鲁提人的科技中夺取了破译异形语言的密钥,同时得到了异形版《亡灵经》的具体方位。临死前,他将密钥和经书的位置信息告诉了洛克,委托他完成最终的任务。

"格雷戈!"迈达斯低声催促。我转过身,看到"四相之景"边缘的曲线处出现了一群异端士兵,他们跨过无数尸骸,对我们发起了进攻。

古伊拉和古德伦士兵纷纷予以还击,四处寻找着掩体。

"古伊拉兄弟,我需要你坚守住阵地。"

"你要去哪儿,审判官?"他一边问,一边将新的弹夹装进风暴爆矢枪里。

"追赶洛克和恩多,履行我应尽的职责。"

第二十五章

异形《亡灵经》

终局

眼神空洞的人

我们甩开了敌人，一头冲进了四相之门。贝坤、迈达斯和我，我们三人同时以最快的速度穿过了蜿蜒扭曲的螺旋形建筑，跨过一道道鳞次栉比的隔层。萨鲁提的巨型建筑似乎正在崩塌。

奔跑的同时，我向舰队的指挥层汇报了战况，但对方并没有立即回复。我不知道他们是否成功接到了我的通信。我随后试了试拨打泰图斯·恩多的频道，但对方的设备已经失灵。

我们在建筑内快速地奔跑，整个空间也变得更接近于一座思维的迷宫，但此时我的脑海中已经浮现出从达佐脑中窥探到的记忆——他从石碑中找出的通往《亡灵经》的路线。

据我推测，我们的路线通往建筑体内部最核心的区域——尽管从坐标来看，这根本不可能。或许并非物理层面或地理方位上的核心，却是空间、时间剧烈扭曲后的交织位面中，被掩藏得最深的部分。

这里聚集着更多的萨鲁提人，它们伸展着银色的足肢，漫无目的地来回奔跑，对于我们的到来也毫无反应。空气中弥漫着浓烈、温热的甘草气味，隧道和镶嵌着地砖的房间散发着氤氲的光芒。

我们听到前方传来了怒吼声和枪声。

"泰图斯？泰图斯，我是艾森霍恩！听到请回答！"

语音通信器断断续续地恢复了正常。"格雷戈！帝皇啊！我需要——"

信号又中断了。更多的枪声传来。

我们急忙穿过下一道四相之门，四周突然被激光火力包围，我们不得不立刻寻找掩体。这里绝不是建筑体内最大的空间，却是最独特的。厅堂内十分昏暗，与其他房间不同的是，这里没有其他房间墙壁和地板上发出的幽光。

巨型建筑的其他部位采用的建筑材料都闪闪发光，但这里的墙体却是暗淡的灰色，墙面被分割为块状，仿佛是生物体内坏死的器官。

　　晦暗的地板上安放着另一座石碑，材质与赫尔丹倚靠的那块一模一样，但体积是先前那块的数倍。巨石表面布满了黏滑的绿色液体，这些液体从石碑侧面流淌下来，在底部淤积。石碑上方安插着一个不对称的架子，架子略高于普通人的身高。架子上摆放着一个湛蓝色的八面体物品，散发着阴森的光芒。

　　那是异形版本的《亡灵经》——从达佐的记忆中，我确定了这一点。

　　厅堂内散发着邪恶的甘草气味，浓郁得令人窒息。在主立柱后方的墙面和顶端的扭曲屋顶上，生长着金属、骨片和其他有机物质混搅在一起形成的怪诞雕塑。几条污秽的铁链从延伸的雕塑上垂落，尽头悬挂着恶毒的倒钩。这些绝非出自萨鲁提人之手，而是触碰到纯粹的混沌之后的产物。《亡灵经》滋生的邪祟在这里蔓延开来，侵袭着这座萨鲁提圣所内的每一寸纤维。

　　巨石四周的地板上镶嵌着一些小型的石碑，石碑表面极不规则，彼此之间的形状格格不入。石碑之间正在爆发一场激烈的枪战。我们三人从闪亮的四相之门后跑出，躲在一块较小的石碑后。激光火力在石块表面来回弹跳。

　　"泰图斯！"

　　"格雷戈！"恩多距离我大约二十米，在厅堂内部约三分之一的位置。他蜷缩在一座石碑后，用激光枪向敌人射击——那些人正向着《亡灵经》的位置步步逼近。

　　我一眼瞥见了洛克，他身旁跟着八九名叛军士兵。

　　我左右观察，又看了一眼贝坤和迈达斯。"锁定各自的射击目标。"我告诉他们。我们火力全开，力求为恩多提供尽可能多的掩护，并至少击毙了一名异端。就在他们试图躲避密集的火力时，恩多一跃而起，开始向下一个掩体奔跑。一发激光弹击中了他，将他轰向了身后的巨石。

　　我见势不妙，一边向前飞奔，一边用双手举起爆矢手枪连续射击。子弹将前方的几块石碑炸断，并击倒了另一名枪手。我快速转移到了恩多身旁。

　　他胸口中了一枪。如果我们不尽快带他撤离，他很快就会丧命。我将他拉到隐蔽处，贝坤沿着侧边的石碑跑到了我的身边。

第二十五章

"按住这里！"我向她示范。我的这位老友血流不止，我的双手浸满了鲜血。贝坤按照我的嘱咐，按住了伤口。

我察觉到圣所之外传来了雷鸣般的轰响，整个区域都在震动。声音越来越大，弯曲的天花板突然断裂坍塌，顶部的废墟轰然坠落。屋外天空的冰冷光线从缝隙中投射进来。一秒后，上方的屋顶再次炸裂开来，被轰出了三个孔洞，我听到外面响起了地面轰炸特有的低沉鸣响。

"迈达斯！"

他早已从我的左侧蹿出，将步枪抛到一旁，换上了更适合狭窄地势的手枪。致命的格拉威亚针弹在空中嘶嘶作响，地面仍然晃个不停，又有一截屋顶塌了下来。

我留下了恩多和贝坤，冒着枪林弹雨，在石柱之间快速转移。迈达斯和我通过入耳式通信器，用格罗西亚暗语简短地沟通了两句。

"利刺接应神盾，暴雨之恶。"

"神盾听命，三秒后，暴雨来袭。"

我在心中默数了三秒，起身向前狂奔。迈达斯向我左侧投出了一枚破片手雷，随后举起双枪连续开火。

一时间，伴随一道夺目的闪光，手雷引爆发出的巨响盖过了屋外的爆破声。一名异端被炸飞，四肢颤抖地前后挥舞着，他的身体擦过一根石柱后砸落在地。

迈达斯的"暴雨"造成了短暂的混乱，为我快速接近十米内的洛克创造了足够的时间。可我竟一时找不到他。我右手握着爆矢手枪，左手抽出了动力剑，绕到了石柱的另一侧。

洛克与他的一名手下几乎在同一时间向我扑来。我避开他们的攻击，从另一侧跳出了掩体，随即在林立的石柱之间与他正面相遇。我开出的第一枪被洛克侧身躲开，但炸断了他同伙的左臂。就在那人哭号着倒在地上时，洛克的激光手枪也打中了我的右臂。一柄长刃匕首在他的另一只手中闪烁着寒光，我们呐喊着向对方冲去。我挥舞动力剑，但这次劈砍似乎砍中了别的什么东西，剑锋未落，便被洛克侧身避开了。他用匕首的短柄猛砸在我的脸上，将我仰面砸倒。

洛克得意地咧嘴一笑——他知道，我再也做不出同样的表情，随后举起了手中的激光枪，将枪口对准了我的大脑。

两吨重的异形石柱在我的动力剑劈过的部位齐腰断裂,将他砸瘫在了剥落的地面上。

我站起身。

戈尔贡·洛克还活着。他的腹部和盆骨被砸落的石柱压得粉碎,双臂也被卡住了。他抬起头凝视着我,眼神闪烁,满是困惑。

"戈尔贡·洛克,于神圣审判庭法眼中,你背负亵渎之举、叛逆之盟、异端之心三条罪状。"我说着,开始念诵审判庭的处死教义。

"不……"他嗫嚅道。

我完成了念诵,用剑尖在他额头的皮肤上刻下了异端的标记。就在我念诵的过程中,他因为遭受碾轧,伤势过重而死。

破碎的大厅依旧在摇晃,长链上的铁钩来回摆动,无数灰烬与碎石从屋顶的缝隙中坠落,在冷光照耀下的裂痕中清晰可见。我伸手摸索,在洛克被鲜血浸透的外套中找到了那枚珍珠质地的多面体——是秘钥。我将它塞进口袋,转身看到迈达斯向我走来。

"最后一个鼠辈也逃跑了。"他说着,将手枪塞回到枪套内,低头看着已经咽气的船主,"所有异端之徒都已经伏诛,是吧?"

我伸出手,想从架子上取下异形版的《亡灵经》——却发现自己动弹不得。一股强大的灵能迫使我纹丝不动地僵立在原地。

"在这里的所有异端之徒均已伏诛。"一个声音响起,"把他转过来,让他能看到我。"

我在那股力量的驱使下转过身,一只手高高举起,仍然摆出了伸手抓取的动作。我看到了迈达斯,他同样僵硬地站在原地,黝黑的面孔看上去无比沮丧。

康拉德·莫里托,我的审判官"兄弟",正站在我的眼前微笑。那三名头戴兜帽的仆从站在他身旁。

"如此英勇,格雷戈。如此无私奉献。我就知道你会揭晓最终的谜底。"

我想要回答,嘴却不听使唤,唾液在齿缝间挤出泡沫。

莫里托转身扫视着头戴兜帽的同伴。"让他说两句。"

那股遏制我出声的束缚被松开了。但我说话仍然十分吃力。"你在做——

第二十五章

做什么,莫里托?"

"当然是挽回至宝《亡灵经》,我们可千万不能让你再销毁一本,是吧?"

"我们?"

"不少人都和我一样,坚信人类应该研究这件圣器,并从中获得裨益,而不是将它肆意摧毁。我此行的目的,就是为了守护这件至宝。"

"罗——罗尔金决不允许,你——你会为此——"

"我敬爱的罗尔金兄弟当然不会知道。感受一下你脚下的震动。看到屋顶是如何破裂坍塌的了吗?十分钟前,我就已经向舰队发送了信号,表示我们已经完成了主要任务。我发送了'末日裁决'的命令。他们相信《亡灵经》已经被我们截获,并得到了妥善的处置。我们的地面部队正在全速撤离。舰队的炮火正在将这个异形世界夷为平地。没人会知道神圣的《亡灵经》将被安全地带走。轰炸过后,连一点证据都不会留下。不会有任何证据……也不会有任何争议。"

他焦黄的眼珠瞪视着我。"你会在56-艾扎星的行动中英勇就义。你的名字会被列在荣誉烈士的榜单上。我向你保证,我会亲自列上你的名字。"

"你这个……杂种……"我试着凭借意识挣脱,但这根本不可能。操纵我的并非莫里托,而是他的侍从之一,抑或三名侍从联手释放的灵能极其强大。

"帮我取下。"莫里托嘱托其中一人,挥动格子图案的长袖,指向《亡灵经》,"我们最好马上撤离。"

原本断断续续的轰击声转变为连续不断、震耳欲聋的轰鸣。身穿长袍的侍从向前挪动了几步,优雅地伸出指甲细长的手指,取下了那枚蓝色的八面体。他似乎正在研究它,随后转身看向莫里托。

"这没有用。"他说。

"什么?"

"无法阅读,书本的内容被锁死在了无法破译的异形文字中。"

莫里托勃然大怒。"不!不可能!现在就破译!"

"我也有意如此,但此事超出了我的能力范围。"

"一定有破译的法子!"

那名握着《亡灵经》的兜帽男子扭头看向我。

"他有秘钥,唯一的秘钥。他正试着不去想它,但我还是从他的脑海中捕捉到了这个念头。看看他口袋里有什么吧！"

莫里托的脸上重新浮现出笑容。他向我走来，将手伸向了我的外套。"死到临头还想耍奸计，格雷戈。你这个可悲的杂种。"

一束激光轰飞了他的手。

莫里托尖叫着后退几步，攥住了冒着青烟的断肢。

贝坤神情严峻地端着激光卡宾枪，一边走到我的身旁，一边用枪口瞄准了莫里托的心脏。

"杀光他们！杀光他们！"莫里托歇斯底里地大叫着。我感到那灵能压力逐渐收紧，其力道之大，足以将我碾碎。但我很快从中挣脱，获得了自由。贝坤此刻正站在我身旁，她不可接触者的灵能屏障已经重新将我笼罩。那名手持《亡灵经》的侍从错愕地后退了一步。

莫里托的面孔因为痛苦和愤怒而扭曲。在目睹侍从的强大灵能居然莫名其妙地遭到削弱后，他大喊了一声："阿尔巴拉！特哈斯！"

他念诵的是触发口令。他身旁的另两名侍从闻言，一跃而起，身上的长袍被撕得粉碎。

是鞭笞者。他们是接受了大量人造器件和生化装置植入，经过改造与重建、充当国教杀戮奴隶的异端之徒。触发口令会将他们从平静的状态中唤醒，使他们陷入癫狂与暴怒。

他们挣脱了长袍，露出了污秽而佝偻的身躯。他们浑身都是通过手术植入的器件，身上描绘着圣符。他们的双手被改造为几条电鞭，眼球呆滞而鼓胀，颅骨上方牢牢地钉着褪色的金属头盔。

迈达斯、贝坤和我同时开火，密集的子弹轰射在他们身上。他们无疑遭受了巨大的创伤，但仍然继续向我们逼近。他们的体内被灌满了具有麻醉效用的肾上腺素、止痛药剂和足以令人狂乱的生化兴奋剂。他们根本感受不到任何痛楚。

其中一人距我仅有一臂的距离时，我的爆矢弹终于将他完全击倒。一发子弹轰开了它肩膀上的化学容器护板，里面的液体泼洒而出。一秒内，它便浑身抽搐着倒在了我的脚边，它用来维系行动的麻痹药剂装置遭到了彻底的破坏，立刻感受到了巨大的痛苦。

另一名鞭笞者同样无视了迈达斯细小的针弹，暴怒地向我们冲锋。我们

异形

快速分散，从它的冲锋路径上远远地逃开。它发出震耳欲聋的嘶吼声，手中的电鞭不断挥舞，在迈达斯身后紧追不舍。迈达斯在石柱之间左躲右闪，试图避开它的攻击。也只有像他这样的格拉威亚人，才能以如此优雅的姿态摆脱那无情而致命的追击。

他知道自己只剩下几秒钟了。贝坤和我向他跑去，但我们其实做不了什么。

迈达斯从腰间摘下弹药袋，拧开了其中一枚手雷。他一边扭动上半身，一边滑步钻到了两根石柱之间。他与那根致命的金属长鞭擦身而过，鞭子在石柱上砸出了一道可怖的凹痕。

迈达斯佯装向后避让，却趁其不备，猛地转身扑向了那头巨兽。他高高跃起，踩过它的肩头，同时将弹药袋的带子绑在了它的脖子上。

那袋手雷瞬间被引爆，将狂乱中的巨兽轰成了碎片。迈达斯被爆炸产生的冲击波掀到半空中，一头撞在身后的立柱上，失去了动静。

"艾森霍恩！艾森霍恩！"莫里托号叫着，带着仅存的侍从在我们身后追赶。他因为愤怒和剧痛，叫声听上去撕心裂肺。

"跟着我。"我们向厅堂内部飞奔，"只要你在身边，那个灵能者就奈何不了我。"

将近一半的屋顶和墙体已经坍塌，转眼间，四周便燃起了橙色的熊熊烈焰。

我与贝坤跑出了火海，一时间感到耳膜剧痛，皮肤在爆燃的火焰中炙烤。此时，厅堂顶部已经完全敞开，天空的冷光透过弥漫的浓烟照了进来。

"快点！"我们沿着被炸开的墙体一路攀爬，踩在燃烧着的碎石坡道上，向高处拼命地奔跑。不知萨鲁提人在建筑中究竟使用了怎样的诡异材料，墙体在高温中居然开始融化，像塑料或肉块一样出现了泡状的鼓起。

我们循着发出亮光的方向，向上攀登。

我们站在萨鲁提巨型建筑的弯曲拱顶之上。这里气温很低，刺骨的寒风拂过洁白屋顶上起伏的屋脊，风中充斥着浓烟、炸药与钸素的气味。

脚下的高度令人眩晕。建筑一侧连接着珍珠质地的侧翼，呈现出一个平滑的弧形，一直向下延伸到远低于地表的位置。弧形坡道的表面如同寒冰般坚硬而光滑。贝坤不慎滑倒，我赶忙在她滑进弯道前抓住了她。

站在异形世界的半空中，我们可以俯瞰燃烧着的火湖与绵延数百千米的烟幕。我们看到了成群结队的战船从地表起飞，它们穿过滚滚浓烟，撤回到了近地轨道的母舰中。在我们脚下的白色泥滩上，帝国部队正列队跑向等候在一旁的运兵船，他们丢掉了背包、头盔，甚至是武器，以便赶在第一时间撤离。坦克与装甲部队呼啸着，碾轧过潮湿泥泞的地面，驶上了重型运输机的坡道。偶尔有炮弹与激光火力在湖面与泥滩上空来回扫射，少数残余的异端部队还在勉强抵抗着。

夺目的能量光束在云层上空聚集，如同一柄柄锋利的长矛和钢叉投向广袤的大地。斯佩提安上将听从了莫里托的指示，已经下令轰平整片区域。所有的审判官以及西尼沃夫和死亡守望的核心成员、被选派参与本次侵入行动的高阶军官都被分配了释放"末日裁决"的军用代码。莫里托的卑劣行径无疑已经决定了我们的命运。一旦代码被发出，"末日裁决"的指令便无法被撤回。即使我的语音通信能够正常运作，能够不被轨道袭击导致的电磁冲击影响，我们也难以幸免。根据先前的作战计划，斯佩提安会不计一切代价，尽可能快地将目标地点彻底摧毁，哪怕损失尚未撤回的地面部队也在所不惜。

远在二十千米以外，另一座萨鲁提建筑轰然倒塌。它的外观让人联想起鹦鹉螺的外壳，乳白色的曲线被湛蓝的灼热激光劈成了两半。那道笔直的死亡光束从隐藏在云层上方的舰船底部轰射而下，如同处决者的利刃，将整座建筑切成了两半。大量的战斗轰炸机席卷而来，在不断翻滚的爆破海洋中播撒着密集的炸弹。流线型的制导弹头如同遨游在半空中的巨鲨，从星船内游出，朝着轰炸目标全速冲刺，进行着它们诞生以来的首次，也是最后一次旅行。

那座建筑在破裂的瞬间便爆炸成了一团夺目的火焰，震荡的光波照亮了整个半球。一道白灰色的烟柱笔直地伸向半空，汇聚成一团直径十五千米的环形云。

这可怖的一幕令我们惊骇不已，我和贝坤出神地凝望着。几秒后，就在我们身后的四十千米处，另一座萨鲁提巨型建筑被夷为平地。

毫无疑问，我们脚下这座表面光滑的弧形建筑体也将迎来同样的命运。我甚至能够猜到，此时此刻，这座建筑的坐标数据正被载入那些枪炮机仆的代码里。

我们沿着建筑体的另一段弧形表面奔跑。在黑烟的衬托下，更多的登陆艇从半空降落，向着聚集在开阔地区呼喊、比画的米尔普瓦步兵驶去。登陆艇的船员们展现出的无私和无畏令我极为震惊。斯佩提安的轰炸并没有给他们足够的时间运输所有人，但他们仍然愿意冒着一切危险，为帝国保存尽可能多的有生力量。

"格雷戈！"贝坤在我耳旁喊道。

我转过身。在我们身后的贝壳型屋顶下，莫里托和他仅存的侍从从爆炸产生的缺口中爬了出来。他们始终跟在我们身后。

一道激光与我擦肩而过，在珍珠质地的建筑表面留下了一道炙烤的伤疤。

"秘钥！你这个杂种！快给我秘钥！"莫里托歇斯底里地吼叫道。

我给了他满满一弹夹的爆矢弹。

第一枚子弹将屋顶轰出了几块残片。接下来的几发子弹依次炸开了他的左侧大腿、腹部和咽喉。

康拉德·莫里托的身体被爆矢弹逐渐击碎，他浑身抽搐着向后栽倒，支离破碎的躯体沿着弧形屋顶滑下，消失在了漆黑的建筑底部，只留下一道刺眼的血痕。

他唯一的侍从一步步向我走来，完全无视我的子弹，同时掀起了兜帽和长袍。

长袍下的他浑身赤裸。他身材高大、肌肉匀称，皮肤散发出金色的光泽。他的脸庞十分英俊，颅骨两侧长着一对残破的角。

他的眼神一片空洞。

那个困扰着我的梦魇，如今有血有肉地站立在我的眼前。

恐惧死死地攥住了我，我感到心脏都被掏空了。

第二十六章

切鲁贝尔

边缘

灭绝令

那名眼神空洞的男子——他事实上并非人类，而是一头人形的恶魔——向我阔步走来。一只纤细灵巧的手紧握住记载着萨鲁提邪恶文本的发光八面体。

"我现在需要秘钥，格雷戈。"

"你究竟是什么？"

"这可不是自我介绍的场合。"他比画了个手势，几道湮灭光矛轰射在附近的泥潭中。

"不妨给我个面子？"我强作镇定。

"好吧，我的名字是切鲁贝尔。现在，把秘钥给我，没有足够的时间了。"

"不管怎样，我们的时间永远都不够。"我说，"是谁创造了你？"

"创造我？"双眼空洞的男子皮笑肉不笑地说。

"你是……一个恶魔宿主，虚无的邪物。告诉我，究竟是谁创造了你，并驱使你与莫里托寻找这件宝物……你若如实招来，或许我会给你这把秘钥。"

他放声大笑，用黏滑而分叉的舌头舔了舔又薄又皱的嘴唇。

"让我们认清一下现状，格雷戈。你会把秘钥给我。要么你现在交出来，要么我亲自动手夺走——我会折断你身上的每一根骨头。我会强暴你身旁那个女孩，再把她的骨头也一根一根折断。我会将你们支离破碎的躯壳拖到底层的房间里，把你们挂在钩子上。最后，就在我等待他们将这里夷为平地的同时，我会不紧不慢地烧穿你们的痛感神经。"

他停止了威胁。

"你来选择。"

"你曾经出现在我的梦中，为什么？"我丝毫不为所动。

"你天赋异禀，格雷戈。时间绝不像人类所理解的那样，是一个单向箭头。

在亚空间内待上一秒钟,你便会理解这一点。你在萨鲁提人四维空间里的经历也足以证明这个道理。你的梦境不过是反映未来的梦魇。"

"究竟是谁创造了你?"我语气坚决。但他的回答却完全出乎我的意料,我一时间目瞪口呆。

"神圣的审判庭创造了我,格雷戈。你的一位同袍兄弟创造了我。现在,我最后一次提出这个要求,把秘钥给——"

屋顶下方突然传来了声响,恶魔宿主转身寻找来人。星际战士连长西尼沃夫从炸开的洞口处爬了上来。他的两侧分别站着迈达斯和另一名死亡守望战士,第二名巨人正肩扛着身受重伤的泰图斯·恩多。

西尼沃夫举起了风暴爆矢枪,向双眼空洞的男子轰射。

切鲁贝尔伸出手接住了闪光的弹头,将它们从空中一一拨开。

"滚回去吧,阿斯塔特的杂种!"他站在屋顶,向西尼沃夫吼道,"这件事与你无关!"

恶魔爬上了屋脊,面对面直视着我。我能感到他发光的皮肤闪耀着几道微弱的能量弧。一股腐坏的腥臭气味扑面而来。

我们面对面,近在咫尺。

他伸出手,手掌向上,细长的指甲根根竖起,如兽爪般光滑锋利。

"你可真聪明,居然找到了一位不可接触者为你效劳。"他看着贝坤,"你是怎么做到的?"

"命运,就和时间一样,并非线性。切鲁贝尔,你当然知道这一点。我在亿万人中找到了贝坤,这与你找到我的方式有何不同?"

他点了点头。"我喜欢你,格雷戈·艾森霍恩。作为人类来说,你是个充满挑战、令人亢奋的对手。我希望有足够的闲暇时光能与你畅谈……但我们没有!"他突然吼了一声,"把秘钥交出来!"

我伸手取出了那枚多面体,他咧开了嘴。

我将那枚物件抛在光滑的屋顶上,赶在它滚落之前,用靴子跟将它踩得粉碎。

恶魔宿主惊愕地后退了一步,低头看着散落一地的碎片。

他随后扬起脸,用空洞的双眼瞪视着我。"你是个视死如归的人,格雷戈。我会满心欢喜地将你杀死,不过你现在也难逃一死。这座高楼距离毁灭只剩下两百四十秒。收好这个——"

他将异形版本的《亡灵经》抛向我，我伸出一只手接住了。

"你赢了。将它视作来生的慰藉吧。"

他话音刚落，就转身朝着屋檐奔跑，随后展开双臂，在空中划出了一个完美的弧线。有那么一瞬间，他的身体悬停在半空，绷直身子，做出了一个完美的翻滚，转瞬消失在了脚下的火海中。

西尼沃夫、迈达斯和另一名死亡守望战士向我跑来，我拉起了贝坤。恩多蜷缩在那名阿斯塔特的臂弯内，看上去毫无生气。我倒希望他真的死了，死于枪口之下总要好过活活被烈焰焚为灰烬。

"神盾呼叫，玫瑰尖刺，上方有……呃……上方，看在帝皇的情分上！不要管格罗西亚语！赶紧上来！"

我的炮艇正盘旋在高楼顶端，舱门敞开着。隔着驾驶舱的挡风玻璃，我远远地看到费希格正一边拉动操纵杆，一边对着我大吼大叫。埃莫斯正坐在他身旁。

就在我们离开近地轨道时，我站在圣镰号的舰桥上凝视着濒临毁灭的56-艾扎星。一片片陆地板块大小的烈焰花瓣在乳白色的大气层下层层绽放。这便是"末日裁决"——灭绝令。

在进行了神圣烈焰的洗礼后，审判庭发动了病毒轰炸——预先设定的瘟疫飓风席卷了全球。

最后是核能引爆。

我们走的时候，整个世界已经化作了微尘。从此以后，萨鲁提人不复存在。《亡灵经》散发的那一抹污秽的幽光永久地熄灭了。

第二十六章

尾 声

帕莫福瑞

亚空间航行持续了四十周，漫长到足以让我们的喜悦之情烟消云散。舰队在经过特雷锡安主星时正式宣告解散，参与特遣行动的几股兵力各自回到了原先的岗位。我最后一次见到杰鲁斯中士时，他坐在烟雾缭绕、喧闹嘈杂的酒吧中，向我挥手作别。

我在帕莫福瑞租下了一幢度假别墅。迈达斯几乎一整天都在呼呼大睡。到了晚上，他就和埃莫斯、费希格凑在一起，一头扎进弑君棋游戏里打发时间。贝坤晒起了日光浴，偶尔在海浪中畅游。

我仰面坐在门廊外，惬意地眺望着沙滩，任凭海风吹拂脸庞，如同一位遗忘了创世造物的神明。

我们还有很多工作要做——递交报告文书、参与繁复的审讯盘查。罗尔金领主已经呈交了组建专案法庭的申请，泰拉高领主们对于本次事件的侦破进度尤为重视。长达数月的文书撰写、会议听证和证物核查的工作亟待完成。莫里托背后的始作俑者，以及那名恶魔宿主的真实身份都还是未解之谜。尽管罗尔金领主与我一样在迫切地寻求答案，我却并不认为真相会轻易地浮出水面。鉴于审判庭低效而呆板的官僚体系，案情的推进或许会陷入长久的停滞中，那些谜团多年以后甚至也不会得到合理的解答。

我决不允许这桩悬案就此搁置。在奉命追查其他案件之余，我会全力以赴地追捕切鲁贝尔的幕后真凶。因为他的邪恶阴谋，人类帝国的崇高统治或将面临灭顶之灾。

我更不会忘记萨鲁提和它们的惨痛教训：即使是高度发达的文明，也会被看似渺小的混沌之物彻底吞噬。

海鸟盘旋在风中，浪花拍碎在海滩上。

那名眼神空洞的男子依旧浮现在我的梦境里。

那是象征过去的回音，还是预兆未来的涟漪？

我将拭目以待。

作者简介

丹·阿伯奈特创作了五十多部小说,其中包括著名的冈特幽魂系列的最新一部《叛乱者》。他笔下的拉文纳系列和艾森霍恩系列均广受好评,其中最新一部是长篇小说《学者》。在荷鲁斯之乱系列中,他依次创作了《荷鲁斯崛起》《军团》《不被铭记的帝国》《无所畏惧》和《普罗斯佩罗之焚》,而后两部曾被《纽约时报》列为畅销书。他为荷鲁斯之乱系列的首部图像小说《马库拉格之耀》撰写过文本,此外还创作了大量有关战锤40,000和战锤宇宙的广播剧、短篇小说。他常年生活在英国肯特郡的梅德斯通。

译者简介

赵笃,毕业于英国伦敦帝国理工,现居北京;科幻与推理迷,向往汪洋星海,热衷蒸汽霓虹,既喜爱半神手中的爆矢和链锯,也感慨于凡人经历的离合与悲喜;GW"黑图书馆"的忠实读者。

版权所有　侵权必究

图书在版编目（CIP）数据

异形 / (英) 丹·阿伯奈特著；赵笃译. -- 杭州 : 浙江科学技术出版社, 2022.9（2023.8重印）

书名原文: Xenos

ISBN 978-7-5739-0047-0

Ⅰ. ①异… Ⅱ. ①丹… ②赵… Ⅲ. ①幻想小说 – 英国 – 现代 Ⅳ. ①I561.45

中国版本图书馆CIP数据核字(2022)第083251号

著作权合同登记号　图字：11-2020-228号

书　名	异形
著　者	［英］丹·阿伯奈特
译　者	赵笃

出版发行　浙江科学技术出版社
　　　　　杭州市体育场路347号　邮政编码：310006
　　　　　办公室电话：0571-85176593
　　　　　销售部电话：0571-85176040
　　　　　网址：www.zkpress.com
　　　　　E-mail：zkpress@zkpress.com

排　版	浙江新华广告有限公司
印　刷	浙江海虹彩色印务有限公司

开　本	710×1000　1/16	印　张	18
字　数	250 000		
版　次	2022年9月第1版	印　次	2023年8月第2次印刷
书　号	ISBN 978-7-5739-0047-0	定　价	60.00元

责任编辑　吕路明　　　　责任校对　张　宁
封面设计　孙　菁　　　　责任印务　叶文炀